Un violon sur la mer

海上提琴师

【法】吉尔伯特·博尔德(*Gilbert Bordes*) 著
尹彪 译

百花洲文艺出版社
BAIHUAZHOU LITERATURE AND ART PRESS

图书在版编目（CIP）数据

海上提琴师 /（法）吉尔伯特·博尔德著；尹彪译. — 南昌：百花洲文艺出版社，2017.6
ISBN 978-7-5500-2230-0

Ⅰ. ①海… Ⅱ. ①吉… ②尹… Ⅲ. ①长篇小说－法国－现代 Ⅳ. ① I565.45

中国版本图书馆CIP数据核字（2017）第094190号

江西省版权局著作权合同登记号：14-2017-0117

海上提琴师
HAISHANG TIQINSHI

作　　者	〔法〕吉尔伯特·博尔德（Gilbert Bordes）
译　　者	尹　彪
出 版 人	姚雪雪
责任编辑	安姗姗
出版发行	百花洲文艺出版社
社　　址	南昌市红谷滩新区世贸路 898 号博能中心 A 座 20 楼
邮　　编	330038
经　　销	全国新华书店
印　　刷	北京正合鼎业印刷技术有限公司
开　　本	880mm × 1230mm　1/32　　印张 10
版　　次	2017 年 6 月第 1 版第 1 次印刷
字　　数	270 千字
书　　号	ISBN 978-7-5500-2230-0
定　　价	39.80 元

赣版权登字 05-2017-158

邮购联系　0791-86895108
网　　址　http：//www.bhzwy.com
图书若有印装错误，影响阅读，可向承印厂联系调换。

目　录

CONTENTS

Part 1

弗兰切斯卡

Chapter 1

1869年9月，纽芬兰岛，大浅滩①。

“右满舵，船要偏航了！”

埃里克·波利莱克站在“波尔内”号的船栏边喊道，人们都称他为“老手”，尽管他的年龄并不大。时下正刮着东南风，这种从南面吹来的风极具危险性，现在它越来越强劲。船长把头埋在肩膀中间，以一种藐视的眼神望向大海，浑身已经湿透了。这已经不是他第一次这样做了。他以斩钉截铁的语气发布着他的命令，洪亮的声音压过了波浪与大风的怒吼。“波尔内”号船身向左倾侧，在笼罩着海面的灰色水雾中前行。这个海上老手目不转睛地盯着天际，那由大浪的浪尖形成的白色涌潮。变化多端的风使得船首巨大的三角帆和用来增强船只稳定性的前帆支撑杆咯吱作响。海浪已经冲进了船上的纵向通道里，冲刷着船桥和舷梯。三个水手用缆绳紧紧拉着舷梯，想让它稳定下来。一些水手已经用粗布挡住了船上的开口，又关上了舱门，用绳子把能移动的东西固定，还建造了一座小坝来隔绝水和那些容易变质的食物，腌过的鳕鱼被堆成一米见方的正方体，用粗布盖着。

波利莱克盯着熟悉的纽芬兰海域。他们需要设法避过这些表面看起来平静

① 大浅滩，亦译作大岸滩、大濑，是纽芬兰之东南方北美洲大陆架上的一个海底高原。

大浅滩是大西洋北美大陆棚的一部分，位于加拿大纽芬兰岛南部和东南部。这个地区的水深相对较浅，由25至100米不等。拉布拉多寒流在这里与墨西哥湾暖流相遇。南北长560公里，东西宽675公里。平均深度55公尺，局部达180公尺。为国际渔场。

的大暗滩。紧紧抱着桅杆的水手嘟嘟哝哝地抱怨着大风的突然袭击。剩下的人形成一条流水线，用长柄勺舀出存放鱼的贮藏舱里的海水，把结着冰碴的海水灌在沉重的木桶里，再从船栏上将海水倒入大海。但他们的努力是徒劳的，随便一个波浪就能把二十多个船夫一个渔期的努力化为乌有。

这已经不是老手第一次遇到暴风雨了，不过这次的情形却让他心惊胆战。他在思考，是不是应该把握逃跑的机会，就像其他船一样躲在就近的海湾里？不，波利莱克始终相信自己是最强的。他喜欢一个人面对危险的局面，他喜欢挑战大海。有多少次，他的勇气，临危不乱的头脑和航行了三十年的海域经验帮他死里逃生。但是今晚，他迟疑了。他忘掉了自己在班波尔父亲那里得到的圣・伊芙奖章[①]。船上的窟窿越来越大。

“波尔内”号由抗风斜撑支撑着，时而垂直地立在海浪中，时而立在浪花白沫的顶端。船在大海中漂浮着，桅杆时不时地猛然晃动。波利莱克知道任何轻微的风眼与涌潮都能使沉重的帆船触礁，使它 90 度翻转，然后毫无疑问地被大海吞没。时下他关注的焦点是海水会不会损坏到货舱里 30 吨的腌鳕鱼。就在此刻，一股大浪就像一根绳子一样把“波尔内”号拽向右边，随后又撒手使它复归原位，像狡猾的老猫玩弄着受伤的老鼠。船身前后摇晃、上下起伏，像是在打瞌睡，又突然间惊醒。

“去把大三角帆拿来。”

船身开始整个摇晃、震动，饱受创伤的内部木板不堪重负地号叫。后桅横桁的响声就像管风琴的低音，中帆横桁则像在吹口哨，紧绷的帆布吱吱作响。周遭的声音就像是群鸟的叽喳声。老手观察着前方的雾气，期盼下一次的短暂平静。他想到了那些再也没有回到班波尔的船：“不勒威尔”号，“皮埃尔班”号，“富兰岗”号；想起那些没回来的人，那些曾经对大海了如指掌的朋友。他问自己，

① 圣・伊芙奖章，是当地航海界为奖励勇气可嘉的水手而颁发的奖章。

在还有时间向圣约翰港湾放出缆绳的时候，是不是因为他们的过度自信而放弃靠港，导致了现在身处危机。

“右满舵，小心点！别让船撞上东西。”

名叫罗兰的舵手，尽其所能地遵从船长的命令。他的副手马尔卡罗，帮他把持着齿轮以防止船偏航。但是船上的窟窿越来越深，海水通过这些缺口涌进船舱。这时又下起雨来，夹杂着冰霜，倾盆大雨盖住了船上的融雪剂。在纽芬兰，冬天来得总是很突然，即便现在正值8月。老手想起了他在班波尔的妻子玛丽和两个儿子，波勒和路易。波勒，在十岁就梦想能成为“波尔内”号的水手，随父亲一起出海。埃里克本想过两三年就将他带上船，但现在一切都不用着急了。

水手们在冰水中涉水而行，脸上结出了冰霜。一些水手会因为身上的冻疮和流着血的皲裂而感到疼痛，常挂着一副怪异的鬼脸。当务之急是加固他们的小堤坝来阻止海浪进入储存腌制品的船舱。水手们四处走动，在这不停对他们施以威胁的水中显得局促不安。他们已经两天没有合眼，刚刚才吃过这两天来的第一顿饭。对他们来说现在最需要的就是烧酒。他们的身体已经习惯用酒精来驱赶寒冷。由于少了这种日常的饮品，湿气正吞噬着他们的气力。波利莱克站在船桥上，面对着他曾无数次咒骂而又深爱的大海。“波尔内”号前后颠簸，但船的主体还保持着稳定。经历过30年来多次的暴风雨，这艘木制的船还依然稳固。船长自言自语道：如果负重更轻的话，他的船可能更好操纵。

接着风好像突然间变得软弱无力了，这是风暴平息了吗？是这场考验的结束吗？眼前的景象是波利莱克在整个纽芬兰的航海生涯所未见的。一个巨大的海浪在地平线上集聚。这是一道竖立在海面笔直的墙，慢慢地向前移动，吞没了所经之处的一切。一堵水墙，就像布列塔尼的花岗岩那样坚硬。显然“波尔内”号躲不过它。

波利莱克看到这样的情形在胸前用手画了一个十字，罗兰和马尔卡罗也做出相同的动作。随后骄傲的船长盯着眼前大浪慢慢地将所有东西吸入，吞没。

水手们听过这个怪物的存在，但从来没人和他们仔细说过，或许因为亲眼看见过它的人再也没有回来过。船长一言不发，不再发放指令。此时此刻，他们就静静等待着，心中祈求着圣·伊芙。

大浪继续靠近，就像在刻意保持着它表面的平滑。它继续扩张，变成了一座顶端没入雾气的大山。风对它也丝毫没有阻挡之力。波利莱克紧紧地抓住船栏。他想起了他的儿子，他的妻子——温柔贤惠的玛丽，想起了他在班波尔的房子，他的朋友们，想起那些在岸边等待自己的人们……

这艘三桅帆船就像被从窗户扔出的一个包裹一样瞬间坠落在海浪中，但愿橡木材质的船身在海浪的冲刷下能挺得住。甲板上的人们又把头缩进肩膀中。船舱里的水手因为没看到这种情形，还在继续往外舀水。对于这样的大浪，或许看不见更好。海浪的强烈冲击使得上桅帆的重量都压在桅杆上，中桅帆被拦腰折断，海浪卷走了几个抱着沉重的方箱子的水手，与此同时海浪也涌入了底舱，四处都是水手们的尖叫。

船体发出噼里啪啦的声音，像是无力呻吟。船身开始下沉，因为自身的负重而被活生生地折断。厚橡木材质的船板也被解体了。波利莱克在光滑的甲板上紧紧抓住一根被风吹来吹去的缆绳开始为自己进行涂油仪式[①]。等他再次站起来的时候，他发现另一面水墙正缓慢向他们移动，马上就要和“波尔内”号相遇了。大浪总是结伴而来，一个支撑着另一个，然后接着完成同伴已经开始而还未完成的工作。

埃里克·波利莱克曾经想过很多次这个场景，每年经过大浅滩的时候他都会想。他曾经坚信他的勋章能给他提供庇护，能够保护他的船。他曾经无数次战胜他早已毫不畏惧的大海。然后，等待更多接踵而来的挑战。

他大声喊道：

① 涂油仪式，是宗教为临终者举行的仪式。

“右满舵，快向右打满！”

罗兰和马尔卡罗一下子没有反应过来愣住了。这样的一个迟疑就可能导致翻船，使船葬身于大洋之中。

“快右满舵！”船长看着水墙接近再次喊道。

这次，他们遵从船长的指示完成了操作。因为他们知道，每当危急时刻，即便自己感觉命令是错误的，还是应该毫无抗议地遵从船长的指令。“波尔内”号向右转向，船身已经倾斜成45度角，然后又重新回正，就像是一头被投枪扎中的公牛。它在和大海抗争，破浪前行，一堵水墙被分成了几面水墙，这时一股大浪涌向船桥，向水手们冲去。波利莱克看着水手们被甩到了满是水花的空中。到处都是叫喊声，越来越多的叫喊声……

然后，一切归于沉寂。大浪已经过去了。船向大洋深处下沉，船身已经失去平衡，以自己为中心原地打转，然后陷入大海。直到被大海吞没。

在班波尔，在1869年的10月，消息总是传得很快。因为每当纽芬兰归来的船只靠岸，卸下船上的鳕鱼总需要很多的人力。一些脚夫和短工会加入船员的队伍一起把腌过的鳕鱼运送到内陆的晒场。在这些劳作的人群中夹杂着出海的捕鳕渔夫的孩子和老婆，焦急地等待着自家船只的靠岸。

“‘超级’号？我们在海上碰到它了，它最晚明天应该到了。它这次打了很多鱼所以它走得慢。”

“‘蓝色王子’号？它上北边了。如果天气好的话，它应该这周末能到！”

玛丽·波利莱克也在他们其中，她拉着两个儿子的手。但是人们最近都没有碰到“波尔内”号。

“我们8月末的时候离它很近，但是后来它去公海了，因为埃里克熟悉那些鱼多的海域。自从他发现了这些地方，每次出海他都会去，已经成习惯了。我们之后再也没有碰到它，但你也知道他总是最后一个回来的。”

他说的玛丽都知道，然而，她还是不能平静下来。这个秋天，不同于以往，她晚上常常做噩梦然后半夜惊醒。她每天为埃里克和他的船员们祈祷，但不知从什么时候开始，她的祈祷不再指向某人，而是指向经常帮她的那个保护神所在的天空，一片空白。她害怕了。

波勒在母亲身旁急得跺脚。他喜欢在船的周围打听消息，听捕鳕渔夫们之间的交谈，听那些他羡慕的小水手的谈话。他心想，很快他的父亲就要带他出海了，他崇拜父亲，在他眼中父亲是完美的，他想做一个父亲那样的人。或许还需要几年的耐心等待吧……

在 10 月末的时候，“波尔内”号还是没有回来。玛丽整天在港口等着，望着空旷的大海。其他人试图安慰她，却私下心里怀疑船已经遇难。

“它应该北上去拉布拉多[①]了，风向不利于航行，它错过易航期了。他可是老手中的老手了，总能化险为夷。”

“在我看呀，”另一个人不确定地说道，“他南下带着他的货去波尔多了，那儿能卖个好价钱，他应该会晚回来一些。那边盐很稀缺……”

在 11 月中旬的时候，玛丽心里已经明白：“波尔内”号再也回不来了。这种事每年都会发生，一只或几只船在大海中失去音信，但现在，人们还在想着埃里克・波利莱克，这个港口最好的水手，某天能够忽然回来。

从这一天开始，玛丽穿上一身黑衣，就像班波尔很多的妇女那样，她穿上了代表丈夫非正常死亡的寡妇的服饰。贪婪扼杀了她的丈夫。从今往后，她需要辛苦工作来独自养活她的两个儿子。

波勒，在他的年纪，已经具有了意志坚强和执着的品质。父亲的消失对他打击很大，但是他却从不表现出来。他怨恨大海，因为它夺走了他心目中不可战胜的父亲。他常常会带路易到沙滩去，然后指挥他用木棍击打海水来惩罚它。他这一生都将保留对班波尔最大的贸易——渔业的怨恨。作为学业极其优秀的

① 拉布拉多为加拿大东部沿海城市。

学生，从这时起他决定以后走学习这条路。玛丽在一个制作帆布的工坊得到的微薄收入并不足以支撑这个家庭。波勒强壮的身体使他兼工成了一名港口上的脚夫。大人们喜欢这个倔强的孩子。

因为整日工作，玛丽原本就脆弱的身体吃不消了。在1880年的时候她因结核病去世。而他的两个孩子在布雷斯特过着艰苦的生活。波勒学习医学，而路易准备他的大学入学考试。直到他们的母亲咽下最后一口气他们都才有时间回来班波尔。在葬礼过后，兄弟俩在房东即将收回的小租屋里清算着他们的财产。在衣柜的一个抽屉里他们找到了一本圣经和一块路易从来没有见过的奖章，波勒记得这是父亲的奖章。它代表着圣·伊芙，是埃里克·波利莱克最后一次出海忘记带的吉祥物。玛丽一直认为船只的失事是因为这次疏忽。

“如果你没意见，我拿着圣经吧。”路易说道。

“行，我就保管这块奖章吧。”波勒说道。

波勒在1884年宣读了希波克拉底誓言①。之后他在布雷斯特的医院工作了几个年头，因为他不想抛下大学学业还没有完成的路易。之后，兄弟俩都回到了班波尔，路易利用一个老医生退休的机会定居在了圣布里厄，波勒接手了戈耶医生在布勒斯尼克的诊所。波利莱克兄弟俩跻身于社会的上层，靠捕鱼为生的生活结束了。

波勒重新找到了快乐。

① 《希波克拉底誓言》是希波克拉底警诫人类的古希腊职业道德的圣典，是约2400年以前中国孔子时代，向医学界发出的行业道德倡议书，为从医人员入学第一课要学的重要内容。

Chapter 2

1908年3月初。

亚纳沿着海岸边的峭壁散步。他的马跟着他快步走在供人们散步的小路上，早上这个时候小路上人烟稀少。在他的对面，波黑哈提岛在浓雾中若隐若现。他张大口呼吸着海边特有的气息，然后慢慢呼气使气息平息。海鸥在空中滑翔。打鱼的船都已经收起了帆布停靠在港口内。一些看上去飘忽不定的小船零零散散地停在海岸边。据说班波尔的名字就是住在这些阴暗船舱里的捕鳕渔夫起的。以捕鳕鱼为生的人们，在冬季快要结束的时候已经开始准备他们的下一次出海。

波勒医生的儿子每年都会混在港口的人群中看着这些巨大的三桅帆船慢慢驶出港口，然后借着风力进入公海。他们会离开长达几个月，船上划船工们迫不及待地再次看到纽芬兰渔场寒冷的海水，他们站在船桥上朝岸上的人们挥挥手以示告别。并不是所有人都能够活着回来，大家心知肚明，但谁也不想那个回不来的人是自己。

亚纳停下脚步骑上马，望着远处在太阳光下白浪翻滚的公海。现在的风很温和，天空中云彩的颜色变幻莫测。闪闪发光的海浪相比冬天已经和缓了许多，在阳光的照耀下，显现出绿色和蓝色的色彩。亚纳喜欢在海边将目光投向地平线然后静静倾听海的声音。然而，他到现在还没有出过海。他的活动范围仅限于法国内陆。

亚纳骑着马转过身来。他的叔叔，路易·波利莱克，和婶婶萝丝以及他们的两个女儿在中午前会到访。波勒和路易一直都保持密切的联系，尽管他们一碰面就不停地斗嘴。兄弟俩是截然不同的两种人：亚纳的爸爸波勒是个朴实的人，喜爱运动。而路易，与他的哥哥不同，发福的身材，钟爱美食和美酒。他钟情于制作帆船模型。然而，路易却从来没有上过船，即便他家的背后就是公海。当波勒对他的行为嗤之以鼻的时候他总是以“家庭的返祖性[①]”的借口来为自己开脱。这是两兄弟间永无休止的争论。

“我想你可能是在这个年龄犯思乡病了。但是你忘了‘波尔内’号的失事带给我们的苦难了吗？你忘了我们可怜的母亲整天穿着一身黑衣了吗？那时你才四岁我十岁！你难道忘了我们要每天干苦力活来付我们的学费了吗？”

“我没忘。”路易反驳道，“但是过去的已经过去了，我们应该学着接受它，这正是我做帆船模型的用意。”

大风驱散了天空中的乌云，温和的阳光洒在这个幽谷地形的村庄上。亚纳骑马飞奔了五公里直到完全离开布勒斯尼克。他的右脸颊上有一块小时候被狗咬而留下的伤疤。他的父亲已经为他制定好了人生的道路——当一名军人。这将切断亚纳与海洋的联系。父亲的话回响在他的脑畔：“在19岁的时候，干什么都比当一名捕鳕鱼的渔夫强。”医生的职位已经极大地提升了父亲的社会地位。他希望他的独生子能够继续这个上升的趋势。而陆军军官学校将使得亚纳达到波利莱克家族前所未有的社会地位。

时候已经不早了，亚纳在勒纳合德黑耶路上转了一圈，然后骑马经过了“吊死者之屋”，这是一个已经被遗弃的房子。他的主人是乐黑耶先生，他拥有一座罐头工厂并且以吝啬而闻名。自从他的房客在屋子里吊死之后，没有人愿意再租这个房子。死的房客是一对朴实的菜农夫妇。村庄里的人们传言那座房子闹鬼。就在这时，亚纳惊奇地发现有蓝色的烟从房子的烟囱里冒出来。

他停下马来，往回走一探究竟。一辆套在一匹弯腰曲背的老马背上的马车

① 返祖现象是指个别生物体出现了其祖先所具有的性状的现象。

停在那里，旁边有两个男子，一个非常年轻，而另一个大约有五十来岁。他们正在从车上往下卸东西，一些家具和一些装衣服的包裹。同行的还有两个女人，手里拿着一些较轻的东西。亚纳完全不懂他们之间交谈的语言，他认为他们说的应该是意大利语。他下马向房子走近。年龄大的那个男子个子很高，棕色的皮肤，一双如隼眼般乌黑的眼睛，他细腻的手显示出他绝不是一个工人。另一个男子年龄小，却有一副魁梧的身材。

“你们搬来这里了？”被亚纳打断的人们怔怔地看着他。

年长的男子停下脚步，用手捋了捋他黑色的头发，警惕地看着眼前这个好奇的年轻人。

“正如你所看到的那样。”年长男子用带着意大利口音的法语回答道。

“这座房子有很多传言，”亚纳继续说道，“但是这里的人们都很迷信，你们不用太在意他们说的。但我想这个时节你们完全可以在村子里租到一个更加舒适的房子……”

“您不用管我们的闲事！”这个外乡人斩钉截铁地说道。

亚纳对于这个意大利人能讲一口流利的法语很是惊奇。他可不像其他的意大利移民一样。男孩站起来重重地看了亚纳一眼。这时，一个年轻的女孩从房子里走出来。

亚纳完全被女孩的美貌震慑了，美丽的脸庞，用精致的发卡盘起来的黑色秀发，曼妙的身姿，举手投足间尽显优雅。一种奇怪的感觉，一种前所未有的感觉突然冲向心头。他的喉咙似乎打了结，呼吸也变得急促。女孩站在他的面前一动不动，听到屋内人的呼唤也不为所动。这时一个长脸的女人走过来打破了女孩对他的吸引。她以责备的语气对女孩说了几个字。亚纳向他们问好之后重新上马踏上了泥泞的小路。

路上，女孩曼妙的身姿和女孩的目光始终萦绕在亚纳的心头。他返回家的时候甚至没有注意到：位于村子中央，被那时对自己平凡出身感觉不安的父亲买下的精致的大房子。

他回家时，他的叔叔路易刚刚抵达。亚纳能认出叔叔的汽车，因为它处处彰显着其主人的傲慢。路易，他的妻子萝丝，还有他的女儿们今晚将在这里过夜，明天才起身离开。家庭聚会一个必不可少的部分，便是亚纳在他受过良好教育的婶婶喜悦的目光下弹奏音乐。但他的婶婶却不能接受丝毫对她女儿客观的评价。柏丽娜已经学习了钢琴，马尔泰则学习了小提琴。但是姐妹俩对于音乐却丝毫没有天赋可言。

亚纳脑海中满是那个陌生女孩的样子，在与叔叔一家拥抱之后坐在了父亲旁边的位子，显得心事重重。刚一落座，路易便开始讲他最近的帆船模型，一个他耗费一年时间完成的捕鳕渔船。

“最困难的就是制作帆布了，他说着显露出心满意足的表情。我找不到既薄又和真的帆布一样密度大的布料。”

“真是无法理解。”波勒挖苦道，“你怎么能花费这么多时间来琢磨和制作那些小玩意儿呢。”

“那在你看来，赶鸭子是一个更好的差事喽？我至少不会无趣到去和动物较劲！”

他们又变回了那两个在港口上跺脚来取暖的孤儿，他们之间总是有无尽的斗嘴。这过去是他们之间用来表达互相的情感，来表明团结一致应对生活的挑战的游戏。亚纳喜欢他的叔叔，喜欢他的坦率，慈爱的目光，和他简洁的玩笑话。

一家子人整天都沉浸在欢乐中。这也是为数不多的波勒医生不营业的情形。在陪路易的上级德·迪文·布顿先生游览了一圈之后，波利莱克兄弟俩又开始了关于政治永远没有结果的讨论。这是一个巨大的不和谐话题。每当这时亚纳就开始拿出他的小提琴，去和他的堂妹们弹奏了。

亚纳的妈妈叫约瑟芬，高个子，每一步都能显示出她受过良好的教育，以及有钱人出生就带的那种优雅。她平时就是丈夫的副手。弟妹萝丝出身并没有她那么好，但是她的睿智和她的教养也使人们并不关注她不讨人喜欢的脸庞和臃肿的身材。两个女人变成了闺蜜，时常书信往来谈论她们的知心话。在演奏完音乐之后，柏丽娜和马尔泰向亚纳提议骑马去散步，亚纳接受了她们的建议，尽管外边天已经阴沉下来了。

给马上好鞍，亚纳领着她们直奔森林，两个满心喜悦的女孩簇拥在亚纳身旁，她们庆幸有这样一个既帅气，身材又魁梧的堂兄，女孩们被堂兄的小提琴天赋深深吸引。

他们在接近“吊死者之屋”的时候放慢了速度，马车还停在房子前边，那匹老马应该被牵到院子的某个角落了。亚纳希望能再次见到那个美丽的意大利女孩，但是看到堂妹们已经走远了，他也只好不情愿地快马赶上去。这时，天空开始下雨了。

雨后的空气变得潮湿。在晚饭过后，一家人开始玩扑克牌，接着就是不能跳过的小型音乐会，亚纳演奏了一支巴赫的曲子，然后伴着母亲的钢琴演奏了一首勃拉姆斯[①]的奏鸣曲。但是今晚他发挥得很差，犯了很多音节的错误，婶婶萝丝问道：“怎么了，亚纳？你有心事吗？”

“没有，我只是有些累了。”

美丽的意大利女孩的样子始终在他的脑海里挥之不去。他不想加入到家人们的谈话中。他甚至想让叔叔一家快点离去。一股莫名的悲伤涌上心头，甚至是绝望。

① 约翰内斯·勃拉姆斯（Johannes Brahms，1833 年 5 月 7 日—1897 年 4 月 3 日）德国古典主义最后的作曲家，浪漫主义中期作曲家，出身于音乐家庭，又译白蓝士、柏纳谟斯。生于汉堡，逝于维也纳。他的大部分创作时期是在维也纳度过的，是维也纳的音乐领袖人物。一些评论家将他与巴赫（Bach）、贝多芬（Beethoven）排列在一起称为三 B。

Chapter 3

亚纳彻夜难眠。脑海中的疑问整晚纠缠着他：村子里空房子又不缺，为什么那家意大利人要住在“吊死者之屋”呢？更令人不解的是为什么他们要避开那些在罐头厂和甘冈帆布厂工作的意大利移民和班波尔的意大利籍海上木匠定居的社区呢？为什么他们一家一看就是有钱人，却又让人感觉很贫困呢？

第二天，天气并不是很好，但是寒雨已经停了，羞涩的太阳在天空的乌云间穿梭。路易叔叔把一家子都安置在车上，然后用摇杆发动了汽车的马达，故作庄重地坐在驾驶座上，他的姿态让人感觉有些好笑，但他自己却不以为然。

“波勒，我和你说，你应该也开开汽车，我们总要跟上社会进步的步伐嘛，现在的生活真是越来越方便了。”路易一边整理他那一对长耳朵上边的鸭舌帽一边说道，戴上帽子使他的脸看起来更圆了，就像一个活生生的瓜。

“再说吧。”波勒回答道。波勒心里担忧这些机械是不是会三天两头地出毛病。

一家人把叔叔的汽车送到了大路上。叔叔的汽车刚一离开，亚纳就骑上他的马，他觉得自己需要出去透透气了。他骑马飞奔，不一会儿就到了森林的边缘。他经过了那一家意大利人住的颓败的房子前，穿过一片林下灌木丛，然后掉过头，走到铺着碎石的小路上。忽然，他看到那个意大利女孩提着两个空水桶，他停下马。

女孩对着他笑了笑，一种奇异的感觉闪过男孩的脑际，他心花怒放，感觉自己轻飘飘的就像一只蝴蝶。

“你好。”

女孩用法语和他说道，他向前一步，问道：

“您法语讲得这么好，这可不常见。您是在哪里学习的法语呢？”

“起初在米兰的圣多明尼哥学校，后来在马诺斯克[①]，然后我就来这里了。”

女孩一看就不是贫苦出身的。她举手投足间的优雅都表明她受过良好的教育。她来到水井边想要把水桶挂在缠绕在绞桶上的绳子的钩子上。这里的人们都转动手柄来控制绞桶从水井中打水。亚纳走上前帮她把水桶挂在钩子上，然后转动手柄来使水桶下降到水井中。

“这很重。”他说着为自己辩解道。显然亚纳也不能熟练地使用绞桶来打水。

他把水桶装满然后放在一堵墙的前面。

“我叫亚纳·波利莱克，我是波利莱克医生的儿子。”

他说后半句话的时候故意压低了声音，似乎对于他的家庭难以启齿。女孩笑了笑，脸上优美的轮廓在阳光下显得更加诱人。她带着一条灰色的纱巾，乌黑的秀发顺着脸颊优雅地垂下来，在夕阳的照耀下，秀发变得更加耀眼。

“我叫弗兰切斯卡·波尔丽。”

她说着眨了眨眼睛，亚纳从她的眼神中看出了可以继续他们的谈话的可能性。

“你们为什么要住在这个没有人愿意住的房子里？”

弗兰切斯卡的脸一下子阴下来，嘴角微微向下撇，低下了头。

---

① 马诺斯克是法国普罗旺斯地区的一座小城，虽然只是一座两万多人口的小城，但是却是保存最完好的中世纪小城之一。

“我们没有其他地方可去了，就是这样。”她说道，“我们离开米兰已经快一年了，这一年我们几乎过着乞丐的生活。我们的房子被夺走了，财产被夺走了，我们无能为力，我们丢掉了一切。我们有时就住在路上。所以我们才来到这个多雨，多雾的地方。只有在这里地平线才触手可及。”

“到底发生了什么？”

“我不知道该怎么和你说，和我说说你吧。”

“我正在准备巴黎军官学校的考试。”

两个年轻人沉寂了一阵。

“过去，我也和你一样，过着有钱人的生活。”弗兰切斯卡说道，“我上米兰最好的学校，我们一家住在一座大房子里，身旁时常有用人相伴。那时，我还学了小提琴……我怎么也不会想到突然之间我就变得一无所有！”

“你说你学过小提琴？”亚纳睁大眼睛问道，“我也学过小提琴，人们说我拉得还不错。”

弗兰切斯卡轻轻地笑了一声，然后转身走上小路。

“跟我来。”

她朝着房子的方向跑起来，全然忘了身后的亚纳还提着两个装满水的水桶。

到了房子前的时候，他看到那个高个子的年长男子就站在门前，妻子站在他的旁边。女孩为他介绍道：

“这是我爸爸，”弗兰切斯卡说道，“他叫安东尼奥·波尔丽。这是我的妈妈，玛利亚。”

玛利亚和她的女儿一样有漂亮的棕色皮肤。一副贵妇人模样，额头和眼角微微上扬，长长的头发上系着亚纳从未见过的头饰。

“弗兰切斯卡，你忘记我和你说过什么了吗？”她爸爸说道。

“爸爸，亚纳是一名小提琴手，我只是想让他看看我的小提琴。”

在停顿了几秒之后，弗兰切斯卡朝房子里跑去，然后抱着一个盒子跑了出来，从它金属的配件和形状就可以看出这个盒子年代久远。她把盒子放在一堆木柴上打开了盒子，亚纳看到了一把极其精致的小提琴。

“这是我们历经磨难之后唯一留下来的东西了。它好像是在米兰附近的一个叫作克雷莫纳[①]的地方出产的。”

亚纳把乐器接过来，仔细地端详着，深情地凝视着它红棕色的清漆，然后调了调音。然后，他将小提琴放在下巴下，用琴弓拉起来。一段雄浑而又活泼的音乐响起来。弗兰切斯卡，她的父亲、母亲都怔住了。他们静静地听着，嘴巴半张着，目光融汇在温和的日光中，显示出享受的表情。太阳被一块乌云遮住，温度瞬间降下来，但是却无人察觉。

当音乐停了的时候，女孩感觉似乎从前的日子又回来了，那段学小提琴快乐的时光。她从来没见过有人可以如此自如地演奏出既充满力量而又不失细节的音乐。她的乐器到了亚纳的手中仿佛变了个样子。她微微低下头来掩饰自己内心的冲动。弗兰切斯卡的妈妈走近亚纳，和他握了握手然后富有感情地说道：

“年轻人，你真是一个出色的音乐家。”

随后她转身走回了房子里，再没有说什么，她的丈夫紧随其后。弗兰切斯卡不敢冒昧请求亚纳再演奏一首了，她接过小提琴缓缓地放在盒子里。

这时弗兰切斯卡的哥哥快步从小路上走到亚纳的面前。

“我警告你别再接近我的妹妹，她和你没什么好说的。”他凶神恶煞地对亚纳说道。

“我只是做了我想做的事情！”亚纳反驳道。这个年轻的意大利人触到了

---

① 克雷莫纳，是意大利北部伦巴第政区中的一个城市。克雷莫纳是小提琴发源地之一，聚集了许多优秀的制琴师，并出产全世界最优良的小提琴，中提琴，大提琴。

亚纳的底线。他继续说道：“在我们这里，我还没有让别人来指使我的习惯。”

“小子，如果你再敢接近我的妹妹，我保证我会揍你的。”

“别激动，我不是什么坏人，没必要担心。”亚纳说着转过身。

尼古拉没有再次回击亚纳的话。他气冲冲地径直走进他们的破房子里。亚纳也很恼火，他骑上马飞快地离去。沿着街道走的时候，他看到了朋友皮埃尔·弗安日在和他招手。皮埃尔是一个药剂师的儿子，他个头比亚纳小得多，但是身材却比亚纳粗壮。他的方脸上顶着一头乱蓬蓬的浓密的头发，一看就是干苦力的料。他的学习成绩并不好，他的父亲也不指望他能接自己的班。同样的，他的父亲也想让皮埃尔从军。在19岁的时候，他就当了海军，现在他在等待应召入伍，然后去布雷斯特的某个基层军队。和这种整天没心没肺的男孩待在一起会让人感觉很舒服。

亚纳从马上下来的时候，皮埃尔略带惊讶地说道：“你怎么板着脸呢？谁招惹你了？对了，今晚我们在俱乐部等你，那儿会有桥牌比赛。”

所谓的俱乐部其实就是弗安日家的一个马房，俱乐部是几个年轻人给它夸大的名号。马房经过整理然后摆上几件家具，就成了这群年轻人的俱乐部。他们常常聚在这里打桥牌，也谈论那些在父母面前不能说的话题，比如女孩或是政治。亚纳也经常光顾。很大程度上他只是想避开他的母亲。他对政治并不感兴趣，至于女孩……可以这样说：他过于羞涩，过于保守，不敢去接近女孩子。但弗兰切斯卡除外……

“你发现‘吊死者之屋’有人入住了吗？”亚纳问道。

皮埃尔爽朗地笑了一声。

“人们说新房客是不知道从哪里来的意大利人。这些可怜的家伙住在那里都买不到食物。”

“这家人有一个姑娘……”

“我知道，”皮埃尔回答道，“那是个非常漂亮的女孩儿，可不是只有你注意到她了，但她可不是一个可以交往的女孩儿。”

“你怎么这么说呢？她家教很好，而且……”

“这么说，你是对她一见钟情了？这我倒不奇怪。我已经可以想象等你把她追到手，带到波利莱克医生面前时候，你父亲的脸色了。”皮埃尔打趣道。

亚纳做了一个无奈的表情，表示默认皮埃尔说的话。

“我第一次看到她是在昨天下午，我简直无法跟你形容我当时的感觉。真是太棒了，但又让人苦恼。从那之后，我无时无刻不在想她，整天想着和她见面。她的哥哥威胁说要打断我的腿。”

“我倒是真想见识见识！一个外乡人，来到我们的地盘挑衅。如果你想，我和你一起去给他点教训。”皮埃尔说道。

“还不到那个时候。再说，我足以保护自己。”亚纳说着走远了。

拉着马的缰绳，亚纳慢慢地朝家走去。自从他遇到了弗兰切斯卡，他的脑子里就全是她，这让他时而喜悦，时而又很烦恼……

第二天，亚纳整个上午都在父亲搬到卧室旁边的办公室里学习。他先复习了数学，又看了看从军官学校毕业需要的分值系数。随后，他又看了看历史，他喜欢看那些往届的优秀学生的寄语。但是，弗兰切斯卡还是在脑海中挥之不去。他满脑子想的就是尽快再见到她。

在将近11点钟的时候，春日的暖阳照耀着大地。天气已经有些热了。午饭过后，亚纳想要出去活动活动手脚，于是他步行来到了森林里。他走在被浓密大树包围的小路上，这条小路的尽头是一条水流湍急的河，叫作勒布尔丹河。亚纳绕过一座被遗弃的磨坊，自从人们都习惯把谷物送到布吕安的面粉厂，就再也没人来这里了。勒布尔丹河向前流淌，前边有一条长长的弯曲的河道，水中倒映着桤木[①]，岸边的芦苇被风吹得都向水面倾斜。再往前是一块由一些浅水

---

① 桤木，别名水冬瓜树、水青风、桤蒿，为桦木科，桤木属植物。喜水湿，多生于河滩低湿地。

滩边的大岩石组成的河滩。亚纳听到有窸窸窣窣的声音，亚纳向前走去，躲在一块大岩石后边怔住了，是弗兰切斯卡。亚纳静静地屏住呼吸，再次见到女孩心中满是喜悦。他出神地盯着女孩。

弗兰切斯卡在一块岩石上跪下来。尽管天气还是很冷，她摘下纱巾，把她长长的秀发释放出来，然后将头发放在河水中，用力地往头发上搓着洗发皂，用心地搓洗她的头发。随后将头都浸到河水里。

随后她用毛巾擦干了头发，脸面对着太阳在石头上又坐了一会儿。她在想什么呢？是在想意大利？又或许是她在那边的某段恋情？亚纳心中想到。这样一个美女一定不乏求爱者。想到这些让亚纳心里很不是滋味。他恨自己没能早点认识她，没能早些走进她的生活。

最终，女孩起身准备离开，她整理了一下自己的衣服，用毛巾把头发包起来。走到了来时的小路上，亚纳站起来向她走过去。

“啊！是你啊。”女孩儿吃惊地喊道。

毛巾的浴帽更加凸显出了女孩儿的鹅蛋脸和炯炯有神的黑眼睛。

“当你在河里洗头发的时候，我刚好经过这里。你这样洗头发会受凉的。”

女孩耸了耸肩，走到他的面前，一脸严肃地说道：

“我已经习惯了，我们的柴火只够煮饭。再说，冷水对身体好。”

她转过身朝着他们房子的方向走去。

“等等！”亚纳拉着她说道。

“你想怎么样？父亲和哥哥不让我随便和别人说话。”她说着继续向前走去。

“没有人会看到的，我向你保证，求求你了，和我待一会儿吧。”

年轻的意大利女孩眼中闪过一丝迟疑，然后停下脚步，转向亚纳。

“不行，我不能违抗父亲和哥哥的意愿。”她说道。

“和我说说你们为什么要离开意大利？你们是在躲避什么吗？”

女孩思考了片刻，叹了口气，扶着她的毛巾浴帽，说道：

“我的父亲原本是意大利北部的丝织物进口商。直到有一天，一切都变了。一切！我们深夜从米兰逃出来，穿着用人的衣服以免引起别人的注意。我们首先在普罗旺斯停留了一段时间，然后到了马诺斯克，都是有很多意大利移民的地区。我们的仇家在那里又发现了我们，所以我们又逃到了这里。这里就像是世界的尽头。”

她微微偏转目光掩饰她的悲伤。亚纳向她走去。女孩令人难以招架的吸引力已经完全征服了亚纳。

“发生了什么使你们必须要这样躲躲藏藏呢？”

“我不能再和你多说了。你只要知道我的父亲被人诬告了。”

亚纳保守的性格使他从来不会在外人面前直接地表达他的感受。然而，在弗兰切斯卡面前，他的一切谨慎都被抛在了脑后，就像他已经认识女孩很久了。

“在这里，我会保护你的！”亚纳微微有些愤怒地说道，“从我看到你的第一眼开始，我的脑子里就全是你。昨晚，我还梦到了你。今天早上我不能安下心来准备我的考试，因为我每翻一页书，我眼睛里看到的全是你。”

弗兰切斯卡笑了笑，眼中闪过一丝亮光，似乎这个告白使她精神抖擞。然后她什么也没说向家走去。

“请别走！”亚纳喊道。

“如果我的父亲和哥哥看到你，他们会揍你的！”弗兰切斯卡回应道。

“我不怕！”亚纳说道。

亚纳的五脏六腑中好像有烈火在燃烧。他向前一跃，一下子又拉近了他与女孩的距离。弗兰切斯卡抽出身来，转身逃跑了。亚纳愣在原地站了许久，陷入了沉思，他想自己刚刚的行为是不是失礼了，是不是表现得就像一个粗鲁的人。然而，他却不后悔。如果再来一次，他还是会做同样的选择。与弗兰切斯卡的联系让他浑身发热，这世上没有什么可以阻挡他追随梦中女孩的步伐。

“我真是疯了！”亚纳转过身，边走边说。

他的思绪飞扬。他脑海中想到或许有一天他会离开自己的家人，带着弗兰切斯卡私奔，到一个全新的世界开始他们的生活。随后他的热情又被失落所侵占：一个他完全不了解的陌生女孩就这样走进了他的心中。完全没有爱情经验的他，在这股冲动的推动下，可是会做出蠢事的。算了，反正他也不想前怕狼后怕虎地生活。

当他走到河边，快要接近那座磨坊的时候，一个黑影突然出现在他的面前。尼古拉拦住了他，威胁地对他说道：

“我看到你又来骚扰我妹妹了！我已经警告过你。”

“你凭什么这么说？你有证据吗？”

“证据就是我的眼睛。看来你真是不见棺材不掉泪。我非得教训教训你。”

他朝着试图自卫的亚纳跳过来，很明显这个意大利人的速度更快。他正正地打中了亚纳。虽然亚纳也很强壮，但显然他不是对打架习以为常的意大利人的对手。亚纳被重重地打了一拳然后晕倒在小路上。

尼古拉气冲冲地转身向家里走去。到了家里，他抓住弗兰切斯卡的手说道：

“我已经告诉过你不要再见这个男孩！”他声音低沉地说道。

“别再像对小孩子一样对我。我已经不是小孩子了，我知道自己想做什么。”弗兰切斯卡有些生气地说道。

“不行，”尼古拉冲她喊道，“你我都知道你不能这样。这样会使父亲和母亲生气的。我们的事情还没有解决，你应该就待在家里，不要节外生枝。”

听到这话，弗兰切斯卡心中的气愤稍稍平息了一些。

“尼古拉，你说的我都知道。但是那个男孩真的很好，他小提琴拉得好，他……我知道自己的底线。”

“不，他不行。我刚刚已经教训过他了，他吃过苦头以后也就不再来骚扰你了。”

当她哥哥动身去村庄里找工作的时候。女孩赶紧穿过灌木丛，全然不顾灌木枝条抽打在她的身上，在这个季节，她只穿着一件薄裙子。她知道自己正在犯错，但她管不了那么多了。自从她第一眼看到这个法国年轻人的时候，她也同样地整天在想他，想他对自己说过的每一句话，想他那蹩脚的告白。那些话语就像烧红的刀片似的插在心中，一方面使她内心火热，另一方面又使她十分苦恼。

她看到亚纳躺在小路上。他死了吗？她心里疑惑道。女孩跑到他的身边跪下来。用唾液把裙角沾湿，来给亚纳擦脸上的血迹。在这一刻，她再也不顾得羞耻与否，她慢慢地靠近亚纳的脸，触碰到了他的皮肤，他的味道，他的五官。她轻轻地把嘴唇凑向这个毫无生气的年轻人。这一吻的愉悦使她感觉自己是这世上最幸福的意大利人。她过去幻想过自己的未来，那个未来没有亚纳的位置。但现在，一切都变了，她愿意做一辈子仆人，一辈子流浪的难民，只要能跟亚纳在一起。

亚纳终于睁开了眼睛，脸上浮现出灿烂的微笑。

“你在这里？是你吗？”

一种巨大的喜悦瞬间传遍全身。他想起了刚刚发生的事，与尼古拉的搏斗，自己被一拳打倒在地上。他想要站起来，但是全身的疼痛让他蹙了蹙眉。

“我是在做梦吗？真的是你。”他说道。

她对他笑了笑，然后把他抱在怀中。这样亲昵的动作，放在两天前是他们怎么也想不到的，而就在此刻，就这么自然地发生了。两个年轻人紧紧地抱在一起许久，然后她把亚纳扶起来。

“他不应该这样对你的！”她以一种指责的语气说道。

然后跑着离开了。这次亚纳没有再挽留她。因为他知道他们还会再见的。

亚纳一路吹着口哨回到了村子里。一到家母亲就发现了他脸上的伤势。他和母亲说自己在森林里重重地摔了一跤。但母亲从他说话时飘忽的眼神看出来了儿子是在说谎。

Chapter 4

接下来的一晚，一场暴风雨来临。大风呼呼地在屋檐间呼啸，风吹在海岸边峭壁的岩石上发出呻吟声。半夜的时候亚纳就醒了，脑海中浮现出大海里大浪翻滚的样子，大浪生气地击打着岸边的船使它们挤作一团，船在这个时候就像深秋的落叶一般。这无疑就像是岸上的人们所说的他祖父的“波尔内”号失事那次遇到的暴风雨，或许是在纽芬兰的大浅滩又或是其他地方。

狂风怒号，吹得老房子吱吱作响。亚纳想到了弗兰切斯卡，这场暴风雨一定让四面漏风的“吊死者之屋”不堪重负。他想到了女孩儿蜷缩在床上害怕地瑟瑟发抖，又或是连床都没有，只是一块铺在地上的草席。

凌晨的时候，大风停了。这天早上，亚纳一反常态，他起得很早。自从他认识了弗兰切斯卡，觉就变得很少，心中的念想使他整日不能平静。

他经过马房，看到西蒙。西蒙正照看马房里的三匹马。因为小时候有一次从树上重重地摔下来，让他变成了一个行动不便的人，而且一个肩膀高一个肩膀低。然而，他坚持自食其力，这让人们很敬佩他。他和他的妻子莉亚住在园丁的房子里。他负责照看花园和菜园，妻子负责雇主家洗衣服的工作。亚纳喜欢这对看着他长大的夫妇。原先他每次受到委屈，就会跑到莉亚的怀抱中，虽然她没有孩子，却对亚纳很是慈爱，总是原谅他犯的过错。

“马儿们都受惊了！”西蒙边往他的烟枪里装烟丝边说，“你看它们的脚都在咳嗽，真是坏年景啊！第13个月亮[1]，这可不是什么好兆头。出海打鱼的人们都知道。”

“是吗？为什么呢？”

“嗯，当年我父亲乘‘皮埃尔·让’号出海的时候就是这样。那次，船上的人都没有回来。”

他说着伤感起来。自从那次事故之后他出海打鱼的生涯就终止了，自那之后他就只能在陆地上发发牢骚。

“你真的相信那些关于月亮的故事吗？”亚纳问到。

“当然了，”西蒙肯定地说道，“第13个月亮，所有人都知道那对于出海打鱼是不吉利的。

“天气会很反常，暴风雨接二连三。我本来不应该和你说这些的。你父亲不愿意我和你说这些。

“你祖父的‘波尔内’号沉海的那一年，也是这样有13个月亮。”

西蒙仅仅出过五次海。但是每年春天，当出海的日子临近的时候，他就会变得脾气暴躁。看着别人出海，而自己却只能待在陆地上让他眼里的泪花直打转。每到这个时候，他就会自己一个人喝很多的苹果酒。亚纳缠着他让他讲他在纽芬兰海域捕鱼的冒险经历。老人让他发誓不许和他的父亲说才肯讲。然后，接下来的几个小时，西蒙就坐在马房旁边的草席上回忆着法兰西海岸的大雾、圣皮埃尔破旧的港口、船上的平底捕鳕渔船、用延绳钓捕鱼、处理鱼的工作。他总能找到合适的词语来把年代久远的冒险讲得栩栩如生。

由于毫无学习的心思，亚纳步行走出家门希望能再次与弗兰切斯卡相见。他把两只手插在兜里，在旁人惊讶的阳光下穿过村庄。人们从来没这么早见过他。

① 13个月亮的年份指经过一个寒冷冬天和潮湿的春天之后，预示着夏天的天气会很多变。——摘自费加罗报。

在经过红酒和啤酒商人于勒・勒斯比尔克的酒库的时候，亚纳惊奇地发现女孩的父亲正在把酒桶滚向一辆套着两匹马的马车。

亚纳和他打了声招呼。但意大利人却没有回应他，继续干自己的活，就当没有看见他。亚纳看着他蹩脚地滚酒桶，笨拙地将酒桶装上车。而一旁，他的同伴，一个红脸窄肩的瘦弱男子却可以轻松地将酒桶搬上车。

他继续散步，直到来到“吊死者之屋”。院子里空荡荡的，一个人都没有。他站在树林的边上等了一会儿，但还是没人出来。他失落地回到家里。到家时父亲正坐在客厅里。当亚纳走进屋子的时候，父亲把烟枪放在壁炉的边上然后清了清嗓子说道：

“亚纳，我想我们需要谈谈。”

他从父亲的语气中听出来父亲要说的绝不是什么好事儿。他向后退了几步。

“村子里的消息传得很快。”波勒接着说道，“人们看到你与住在‘吊死者之屋’那家人的姑娘来往。他们可不是能来往的人。”

亚纳咬紧牙关。他心想为什么我们就不能和这些意大利人来往呢？然后，他反驳道：

“那一家人都是好人，他们是被逼离开自己的家乡。他们的出身很好。”

“这可不是你说了算。”医生打断他的话说道，“人们已经都和我说了。我再和你重复一遍，不许和这些外乡人来往，我不想你再见那个女孩。”

“那个女孩有名字，她叫弗兰切斯卡！”亚纳气狠狠地说道。这令他的父亲很惊讶。“她可以讲一口纯正的法语，她受过的教育绝对不亚于我们这里的任何一个女孩子。”

“重点是我不想你再去见她。我要和你说的就这么多。”随后波勒使了个眼色，将亚纳打发走。

亚纳怀着满腔怒火，离开了客厅。这是他第一次公然反抗父亲的专制。他已经决定了不再任人摆布。没有人可以阻止他去见他美丽的意大利女孩。他穿过书房的时候看到妈妈正在里边读书。当他像一阵龙卷风似的突然闯进来，妈妈满怀好奇地看了他一眼，说道：

“你见过你的爸爸了？”

亚纳微微地点点头，松开了他一直紧咬着的嘴唇。

“你也知道，爸爸并没有做错什么，他都是为你好。”约瑟芬安抚地说道，“今年你就要毕业了。我们已经同意让你自己复习来应付考试了，因为我知道你是一个严谨执着的孩子。但这并不代表你能分心去做其他的事情。”

“我没有分心。”亚纳说道。

“我已经感觉到你最近行为很怪异。”约瑟芬用手捋了一下额头前的一缕白发说道，“你知道人们是怎么说那家意大利人的吗？”

“我不知道，我也不想知道。”亚纳回答道。

“人们说他们是因为逃避法律的制裁才来这里的。”

“是谁说的？”亚纳反问道。

“其他的意大利人。那些在罐头厂工作的意大利移民。这就是为什么他们宁愿住在‘吊死者之屋’也不愿和他们的同胞们混在一起。”

“事实上，他的爸爸是被诬告的。”亚纳反驳道。

“那你是怎么知道的？”

“是弗兰切斯卡和我说的！”

“不管他们为什么要逃亡，总之，你最好不要再见那个女孩。”约瑟芬坚持说道，“你不要自寻烦恼，你只需要安心复习你的功课准备你的考试。”

“可是我正在认真地复习啊！”亚纳大声说着砰的一声关上了门。

亚纳在心中怒气的驱动下，再次出了家门。在村中央的广场上，一些年轻人正在酒馆前三三两两地闲谈。亚纳看到了阿尔邦·德·沙马亚克，当地一个大家族的独子。他个头很高，肩却很窄，胸脯向内凹陷，一副苍白的脸看上去总是病怏怏的。他和家人一块住在祖上传下来的一座城堡里。阿尔邦是个作家，他经常会写一些诗歌和小说。自他小时候起他就梦想有一天能够一鸣惊人。他写的第一本书叫作《蒂蒂安的梦想》，他往这本书里投入了很多钱，但最终这本书却没卖出去。他并没有气馁，现在正在创作自己的第二本小说，他相信这本书一夜之间就可以为他带来荣誉与未来。除去他浮夸的讲话方式，亚纳还是很喜欢他的，亚纳认为他是个乐于助人的人，同时也很有才华。他的头发乱糟糟的，旁边站着他的邻居皮埃尔·弗安日，他俩相差足足一头。

沙马亚克朝着低头走路，两手插在衣兜里的亚纳张开了双臂。

“看看是谁来了，未来的波美拉尼亚[①]领主。”沙马亚克嘲讽道。

亚纳右边眉骨位置被尼古拉打过的痕迹还在。弗安日，这个习惯用拳头解决问题的男孩，看到之后，惊讶地向他问道：

“你和人打架了？让我猜猜对手是谁。”

“我当时正站在门边，一阵大风吹来，就把我给吹倒了。”亚纳回答道。

“对啊，我们都知道，这些奇怪的灾难只有在那些伟人身上才会发生。我们去一边品尝着卢瓦尔地区的酒一边打牌怎么样？”

“我没工夫和你开玩笑。”亚纳斩钉截铁地说道。

这是第一次亚纳以这样严肃的语气来拒绝和他们打趣儿。

“那你一定是恋爱了。”阿尔邦·德·沙马亚克大声地呼喊道。

弗安日松了一口气说道：

“是那个女孩让你鬼迷心窍了？”

① 波美拉尼亚是中欧一个历史地域名称，位于今德国和波兰北部，处于波罗的海南岸，主要河流包括维斯瓦河、奥德河和雷克尼茨河。波美拉尼亚拥有丰富的历史，也许因为它曾被不同国家统治过。由962年到1181年，一直到1806年，此地是神圣罗马帝国在波兰的一个省。它亦曾是波美拉尼亚公爵的采邑；波兰、丹麦、萨克森、勃兰登堡、普鲁士和瑞典多国国王也一度统治该地。神圣罗马帝国解体后，波美拉尼亚成为普鲁士王国的一部分，后来并入德意志帝国。1945年后，此地分别为德国与波兰所有。

“你根本不懂。”亚纳脱口而出，“我脑子里只有她，白天，晚上，无时无刻。”

“说真的，你到底想怎样？一个意大利女孩，整个家都在躲躲藏藏，有这么大的魅力吗？人们说他们是来逃亡的。我给你个建议：别让她牵着你的鼻子走，你以后会后悔的。”

“你不懂，这感觉是难以抑制的。自从她把她的嘴唇放在我的嘴唇上，自从我把她紧紧地拥在怀中，我在这世上便别无所求了。”

“你醒醒吧！亚纳！女孩又不缺，如果你想的话，我们改天去圣布里厄，我们去那儿找漂亮的姑娘，那些不野蛮的姑娘！我们一起去让你改变你现在的想法。”

“我和你说，别管我。”亚纳说道。

皮埃尔·弗安日站在他的身前，四目相对，他想试着说服他的朋友。他说道：

“我老实和你说说我的想法吧！他们一家子人都在和你耍心眼，她妈妈，她爸爸，还有那个叫尼古拉的男孩。他们就是想吸引你，然后获取你的钱财。你上套了，我的朋友。你明白吗？那个女孩只是一个诱饵。”

亚纳生气地抓住皮埃尔的领口。

“我不许你这么说她。别再和我说这样的话！”亚纳嘶吼道，“我不想再听到这样的话，否则我就掐断你的脖子！”

“好吧，随你吧！我已经警告过你了！”皮埃尔反驳道，然后气恼地走到沙马亚克的旁边。

安东尼奥·波尔丽大步地走在回家的小路上。他穿过院子，进家门的时候，看到房子里飘出呛人的浓烟。玛利亚着急地在炉子边努力扇火，可木柴还是不着。她关上了生铁做的炉子侧门，失落地看了女儿一眼，然后一屁股坐在凳子上。她始终学不会操纵这些原始的家伙什儿。出生于富贵家庭的她，面对这些东西显得很笨拙。而且安东尼奥现在越来越频繁地抱怨饭菜做得难吃了。

“我用这样的炉子实在是做不了饭。”她低着头说道。

一年来。法国寒冷的天气和其他的一些恶劣天气不断侵袭着她过去白皙的皮肤。这位曾经讲究的米兰贵妇人已经变成了一个终日为钱发愁，被繁重的劳作压垮了身体的老太太。

弗兰切斯卡若有所思地在择菜。因为没有干木头，所以他们也无法使这个一家人挤在一起的潮湿屋子变得暖和起来。

安东尼奥从他的布挎包里掏出了半块圆面包和一点点猪油。他今天所有的工钱只能买这些。因为装卸酒桶，他已经变得疲惫不堪。尽管他有个高个子，他的肌肉却没有力气。他还饱受关节疼痛之苦，手也火辣辣的。他的脸上已经有皱纹了，再加上他几天没刮的胡子。他看上去就像个乞丐。

他走到弗兰切斯卡身旁，脸色阴沉地说道：

“我不允许你再和那个男孩子见面了。”

弗兰切斯卡继续洗菜，装作没听到的样子。安东尼奥又说道：

“我不想你再和这个法国佬来往，你听到了吗？你知道你这样做会让我们陷入危险吗？”

“是的。”父亲说的她心里都明白。

“再也不要见面，你听到了吗？”

父亲说的话回响在女孩的脑子里，就像一口丧钟。她想象不到如果再见不到亚纳会怎样。但她知道如果她反抗的话，下一秒她就会遭到父亲的殴打。

“和我保证你不再和他见面了。在上帝面前发誓。”父亲继续说道。

女孩咬紧了嘴唇。想到如果她违反誓言就会下地狱，弗兰切斯卡哭起来。

“快，发誓！”父亲对她吼叫道。

她摇了摇头，跑到门口想要借着夜色逃出父亲的掌控。安东尼奥在院子里逮住了她，又把她带回了家里。

“你不发誓，也就是说你开始不听我的话了是吗？我告诉你后果是什么，如果再让我发现你和这个男孩子来往，我就把你送到修道院关起来。”

安东尼奥现在已经对解决他的事情不抱希望了。他的生活在那一刻已经结束了，他随时都可以死，活着对他来说已经没多大意义。但是他想他的孩子们能够有朝一日回到意大利过上正常人的生活。如果他是孤身一人，他早就选择吊死在国家的法院前了。如果没有尼古拉，没有弗兰切斯卡，他可以任由别人玷污自己的名誉。他那些挚友们已经抛弃他了。但是，塔拉索伯爵已经承诺要帮他，可谁知道结果会怎样呢？

尼古拉在一家运输站工作，运输站负责把货物运到圣布里厄或者是班波尔。他负责从布勒斯尼克出发的一辆马车，他要牵着马步行几个小时，把货物送到目的地，然后装上新的货物，再返回到布勒斯尼克把货卸下，然后把车退还给他的老板。幸运的是，因为爱好体育以及预备役的训练使他拥有了一副壮实的身子板。曾经，他也有和亚纳一样的生活，未来也会变成一名军官。

回到家走进厨房的时候，年轻人看出来父亲正在生气。像往常一样，他站在父亲的一边，向安东尼奥解释道他已经教训过那个骚扰弗兰切斯卡的小子，如果必要的话，他会再去教训那个法国佬。弗兰切斯卡恶狠狠地看了他一眼。玛利亚没有参与他们的对话，她在一旁等着炉子上的水沸腾。

“就用这个没有火的炉子，我永远也做不了汤。”

安东尼奥叹了一口气，他不能再这样下去了，他也不再等待什么了。自从一年前从自己的国家逃出来，他已经多次给尤利·德·塔拉索伯爵写信求助，但到现在还是了无音信。当他有钱的时候，身边的朋友总是成群结队，随时准备为他办事。等他一朝失意，甚至没有人愿意向他伸出一根手指。朋友们都抛弃了他。

Chapter 5

随后的几天，弗兰切斯卡刻意地躲着亚纳。

至于亚纳，他要离开班波尔去布雷斯特的一个军官家中，这位军官是父亲的朋友。他要去那里学习军事统计学，这对于他以后研究各个重大战役是必不可少的知识。他已经推迟了他出发的日期，因为他不想在没见到弗兰切斯卡之前就离开布勒斯尼克。但是女孩却总是躲着他，这让他很苦恼。

一天晚上，亚纳思前想后决定不论怎样都要和弗兰切斯卡说清楚。他在女孩每天去公证员马尼耶家里干活都要经过的小路边等着女孩的出现。当女孩走到他身边的时候，他把女孩挡住，手拽住女孩的肩膀怕她再次跑掉。女孩惊讶地大喊了一声，然后试着挣脱他的束缚。

“弗兰切斯卡，我想和你谈谈。你为什么要躲着我？你知道我见不到你有多伤心吗？”

女孩低下了头，为了避免和男孩的眼睛直接对视。

“弗兰切斯卡，回答我！为什么你老是躲着不想见我？”

“因为我应该这样做。”女孩回答道，“我的父亲不同意我和你见面。”

“他为什么要这样做？原因呢？我喜欢你，弗兰切斯卡，我比这世上任何一个人都要喜欢你，我想象不到没有你的生活会是怎样？如果那样，我宁愿去死！”

一阵寒战使女孩打了个激灵。她怎样做才可以抵挡得住亚纳的真情呢？

“我想我们以后还是不要见面了。”女孩说道。语气中充满了不坚定。

她向后退了一步，反身朝家里跑去。她心里明白父亲这样做都是为自己好，然而心里还是充满了抵抗。

当她气喘吁吁地跑回家的时候，她看到母亲坐在厨房边的一个小凳子上在哭泣。父亲站在她的旁边，拉着她的手轻声细语地安慰着她。

他看了一眼女儿，好像要从女儿脸上看出她是不是背信弃义又去和那个男孩见面了。女孩的眼中闪烁着一丝光亮，这不就是每次她见过那个男孩的那种眼神吗！尼古拉走向他的父亲，说道：

“没有人知道我们在这里。我们不用太在意那些外边的流言蜚语。”

“在这里有很多意大利人，”安东尼奥反驳道，“他们认识我们，他们知道我们在逃亡。”

“难道这种生活就没有个头了吗？”玛利亚一边擦眼睛，一边哽咽地说道，“我再也不能忍受这样的生活了！”

安东尼奥把妻子搀起来，紧紧地抱在怀中。说道：

“原谅我，亲爱的。这一切都是我的错。”

“听我说，父亲。”尼古拉决绝地说道，“他们要抓的是你，他们不会把我怎么样的。我计划去米兰，我要去找塔拉索伯爵。如果我和他说明情况，我想他会出手相助的！”

“不行！”安东尼奥生硬地回应道，“我们波尔丽家的人不是乞丐。如果他想帮助我们，他早就做了。我不想再去向那些曾经口口声声称为朋友的人低三下四地乞求帮助。他们先前的弃之不理让我伤透了心。”

弗兰切斯卡走向妈妈，把头埋在妈妈的怀里。

“妈妈，我求你了，别哭了，一切都会好起来的。”

“你也知道那是不可能的！”妈妈回应道。

以前在意大利的时候，人们都知道玛利亚的固执性格容不得别人欺骗她。但自从她逃到了法国，孩子们再也看不到原来的那个母亲。她躲在角落里，小声地哭泣，就好像对现实已经妥协了。她不再抱怨在沙马亚克家里繁重的洗衣工作，不再抱怨她那贵夫人的手在洗衣板上一次一次地擦破。她装作不去理会其他仆人对自己的风言风语，她们说她是一个故意卖弄风骚的女人，说她干起活来一点用都没有。

安东尼奥坐在一把吱吱作响的椅子上，他坐上去的时候木头仿佛就要被折断了。

“不管我们到了哪里，他们都会继续追捕我们的。我想去自首。”安东尼奥说道。

这晚，安东尼奥的表现就是一个活生生的失败主义者。无休无止的逃亡有什么用呢？那些在马诺斯克找到他们的人，一定会发现蛛丝马迹，说不准哪个时候他们就会冲进这座烂房子里来。尼古拉试着说些话去安慰他的父亲，使父亲重拾信心。

“谁和你说他们会找到我们？法国这么大，没人知道我们在这里！”

安东尼奥神情低落地看着他的儿子。在黑暗中，尼古拉可以看到父亲消瘦的长长的头，他笔直细长的鼻子，还有他凸起的下巴。一束光线从他的发间扫过。

“今天晚上，我在班波尔送酒的时候，在小酒馆里，我听到两个男人在谈论最近有罪犯逃亡来到了村子里。你认为他们是在说谁？”

“这说明不了什么。”尼古拉气呼呼地说道，“犯人到处都有，再说这些法国人又不知道我们的事情。你怎么知道他们说的是我们呢？”

“我不知道。”安东尼奥回答道，“但是我的直觉告诉我他们说的就是我。佩里尼一家已经夺走了我的一切，我现在一无所有，我拿什么和那些富人斗？”

尼古拉紧紧地攥着拳头，脸色变得阴沉下来。他受不了曾经那么强势的父亲变成现在这样消沉萎靡。他们不幸遭遇的罪魁祸首就是那该死的佩里尼。是他用一个莫须有的罪名诬告自己的父亲。他在心里发誓，自己有朝一日一定会给他还回去的。心里盘算着如果有一天他们闯进这个房子里，他一定叫他们有去无回。

“逃跑，无休无止的逃跑……”安东尼奥叹着气说道。

“不，这次我们不逃了。”尼古拉气愤地说道，“如果他们来了，我知道怎么能够制止他们。”

“我可怜的儿子，你忘了你现在是在法国，在这里外乡人永远是错的。让他们抓住一点点把柄，他们就会把你送进监狱！”

安东尼奥说着用手抵住自己宽宽的额头，意味深长地看了妻子一眼。

“我亲爱的玛利亚……”

玛利亚一个字也没有说，转身去厨房看炉子上用土豆、芜菁和劣等羊肉混在一起做的羊肉炖菜。

“我怎么也做不出茱莉亚的那个味道。原谅我手太笨了。”她自己低声说道。

一家人静静地坐在桌子边。安东尼奥往昏暗的油灯里加了一些鲸鱼油。鲸鱼油的燃烧发出了一阵呛人的味道。他们只能这样，他们没钱去买优质的煤油，更买不起用羊脂做的蜡烛。他学着那时在米兰看工人们吃饭时的样子给每人切了一块面包，那时他们还不用终日为买面包和蜡烛的钱而担忧。

“我要去把我的小提琴卖掉。”弗兰切斯卡抬起头看了看桌上盐水里漂着两片肥肉的汤说道。

安东尼奥猛地一下站起来。

“你想都别想！”

“那我们吃什么呢？再说，我现在也没有机会弹奏它。在公证员家里辛苦工作了一天后，我的手酸得要死，我的指头都被冻僵了，小提琴不是给仆人设计的。”

“不，我不许你卖掉它！”安东尼奥斩钉截铁地说道，“你的小提琴是我们唯一保留下来的有些价值的东西。你应该留着它，留着它……就当作是一份纪念吧。”

听到爸爸的话，弗兰切斯卡不再坚持。她想到了亚纳，自从这把小提琴被亚纳拉过之后，她现在看看它就觉得满足了，她不敢再去拉她的小提琴，就像她根本配不上这把小提琴似的。

吃完饭后，女孩躺在角落里的一个垫子上，这就是她的床。一家人都住在同一间屋子里，这种拥挤的状况有时会让人很尴尬。一天的工作之后女孩的身体极度疲乏，不一会儿就沉沉睡去。旁边的尼古拉也是如此。只有安东尼奥和玛利亚在黑暗中还睁着眼睛。玛利亚知道丈夫并没有和她说清楚 1906 年 4 月的那一晚。在突发变故的那一晚，他的合伙人安德鲁·佩里尼家里到底发生了什么。玛利亚早就听过外边传言安东尼奥 · 波尔丽先生在出差的时候时常带着美丽的比昂卡 · 佩里尼，多米尼哥 · 蒙特罗家的寡妇、安德鲁 · 佩里尼的妹妹。她默默地忍受着，他想安东尼奥一定不是人们所说的那样，人们是因为嫉妒他才去散布他的谣言的。

弗兰切斯卡在凌晨 3 点多的时候就醒了，她在黑暗中睁着眼睛。脑子里思绪飞扬，一幕幕场景在眼前闪过，母亲伤心的泪水，父亲绝望的眼神。她还想起了大自己六岁的尤利 · 德 · 塔拉索伯爵，他是一个帅气的男人，尤其是他穿上他的官员制服的时候。他过去常常向自己献殷勤，但是自己不喜欢他，屡次拒绝了他。这会不会就是他拒绝帮助父亲的原因？弗兰切斯卡心想。想到这里，弗兰切斯卡感到很愧疚。

她决定要离开她的父母，只身一人去米兰找尤利，然后向他讲明父亲是被冤枉的。

早上将近 6 点钟的时候，弗兰切斯卡就起身去生火了。父亲被她折干柴的声音吵醒了，他起身拥抱了一下身旁蓬头的玛利亚，玛利亚的眼睛因为劳累肿得老高。

火终于生起来了。弗兰切斯卡把一锅水放在炉子上。现在他们用炒过的大麦粒来替代咖啡。她把大麦粒磨成粉，然后熬出了一锅颜色深黑，味道苦涩的饮品。一家人早上要靠这个来暖暖肚子再去工作。

这天早上，亚纳也起得很早。他今天上午就要出发去布雷斯特了，但他并不想去。弗兰切斯卡的到来打乱了他原本平静的生活。直到现在，他温习功课的时候还需要费好大工夫才能集中注意力。他曾经梦想成为一名军官，穿着带有饰带的军官服站在父亲的面前。但这真的就是他的梦想吗？他怀疑了。女孩的出现使他开始顶撞他的父亲，他心底里产生了一种以前绝不敢有的念想。他开始怀疑自己所做的一切。

在起床的时候，他看到行李箱已经放在过道里了。他的母亲，时刻为儿子的舒适着想，前一天就已经一边千叮咛万嘱咐，一边给他准备好了所有的行李，但她的嘱咐亚纳却一句也没听进去。他走到饭厅里，父亲和往常这个时候一样正在吃早餐，父亲习惯吃完早餐后再去接待他的病人。波勒抬起头和亚纳问好，然后咬了一口烤好的涂了黄油的面包片。亚纳突然开始反感身边这个安然坐在桌子旁吃着烤面包片，喝着咖啡，一副悠然自得模样的男人。他走过去坐在自己的位置上。

“你什么都不吃吗？”父亲问道。

他摇了摇头，他丝毫感觉不到饿。他的心里已经乱成了一团麻。

“那，你今天早上就要出发了？”父亲为了打破这份沉寂问道，“朗格莱上校会接待你的，我相信在他的指导下，经过一个礼拜的高强度学习，你可以在考试中取得一个好分数。”

“我知道了。”亚纳回答道，语气中充满了抱怨。

波勒医生再次提起了那个敏感话题。

“是因为那个女孩所以你现在还在犹豫吗？我实话和你说，我对于外边的传言很不高兴。”

亚纳气狠狠地看了父亲一眼，说道：

“我根本就不想去法国陆军部队当一名军官。”

波勒医生一下子被儿子的话气得几乎喘不过气来。血气都上涌到了他的脸上。

亚纳看到父亲在努力地控制自己不发火。

“我们的谈话到此为止。”波勒最后说道，“别和我说你叔叔路易的那些小玩意儿现在还令你神魂颠倒。你要知道，你从大海那里什么好东西都得不到，唯一得到的只有泪水和伤痛。”

随后波勒又咬了一口他的烤面包。两人之间又陷入了沉默。亚纳真切地感受到了父亲的压迫。他现在就想抖动身体以示反抗，就像雨后的狗为了抖掉身上的雨水所做的那样。

亚纳什么都没说，起身便离开了饭厅，然后砰的一声关上了门。外边的空气很清新，甚至有些寒意。星星黯然的天空中，来自北方的大风席卷着乌云。有一些冷，排水沟边的草上都已经结了一层霜。亚纳迈着矫健的步伐，双手插进兜中，一直走到了“吊死者之屋”，他藏在路边的一束灌木丛后边开始等待。他先是看到安东尼奥经过，弓着背，衣领上翻，随后是尼古拉。终于，他看到女孩的身影穿过院子，走在了通往村里的小路上。

“放我走，我已经迟到了。”当看到亚纳出现在眼前的时候，女孩说道。

“我今天上午就要出发去布雷斯特了，我是来和你告别的。你知道吗，和你分开让我感觉无比痛苦。”

弗兰切斯卡心中已经有了一个困难的计划。而现在，她要做的就是对男孩保持强硬，不能让步。这都是为了她的家人，为了她几个月间突然变老的父亲，为了再也不能忍受逃亡生活的母亲。

“你不应该来找我的，我们之间是没有可能的。”

她说完低下了头来止住自己的泪水。亚纳把她拉过来紧紧地抱在怀中。女孩尝试着挣脱他的怀抱，但是亚纳死死地抱着她不松手。

“我不能没有你！只要你说一声，我就和你一起远走高飞，一起去美国或者是其他地方，去一个没有人认识我们的地方。”

弗兰切斯卡挣脱了他的怀抱，近乎嘲讽地说道：

“可怜的男孩，你对这个世界一无所知。”

亚纳想要回击她，却不知该怎么说。

“我求你了，亚纳。放我走吧！”

这是女孩第一次叫他的名字。亚纳显得有些惊慌失措。弗兰切斯卡这样是为了掩饰自己内心的不坚定。她不能抗拒自己内心的真实感觉，这种感觉占据了她的整个头脑，她对亚纳的爱与日俱增。但一想到母亲红肿的眼睛蓬乱的头发，她又鼓起勇气说道：

“你不要再来找我了！”

她跑着离开亚纳，但亚纳的话却让她愣住了，就像是被皮鞭抽打了一下。

亚纳朝她喊道：“我爱你！”

这就像是掉在陷阱里的野兽的呼喊，弗兰切斯卡愣在原地。

她就像是被一个皮球击中似的，摇摇晃晃地快要站不住了。转过身，她眼眶湿润地看着亚纳。亚纳两步跑到她的身边。

“我爱你。”亚纳紧紧地抱着她重复道。

弗兰切斯卡在男孩强壮的臂弯里沉浸了一会，然后猛地重新挣脱男孩，又跑着离开了亚纳。

当她气喘吁吁地到了公证员家里的时候，玛格丽特·马尼耶已经开始抱怨女孩的迟到。她认为是自己施舍给了女孩这个工作。接下来的一天，女孩完全沉浸在令人疲乏而又不快的工作当中：擦地板，擦天花板的梁，擦亮铜器。当她刚歇息下来的时候，她就去洗床单。老用人不解地看着女孩今天反常的举动，她已经做了过量的工作。

女孩一言不发地跪在地上擦地板。她知道她不会在这里工作很久了，这些过于繁重的工作终有一天会压垮自己的。

在她拖着疲乏的身子返回家的时候，夜幕已经降临了。一想到再也见不到亚纳了她就失望不已。他现在应该已经出发去布雷斯特了，从今以后她再也见不到他了。现在是实施她从离开马诺斯克就做好的计划的时候了。她想自己应该把计划告诉她的哥哥。

尼古拉做工回来的时候比平时晚一些。因为他的马车一个轮子折断了，他等了很长时间才让铁匠把它修好。弗兰切斯卡在院子里等他回来。他有些惊奇地看到妹妹站在水井旁边，手里也没有要打水的水桶。他认为妹妹是在等亚纳，他慢慢地朝着妹妹走过去。

“我再也不能看着父亲和母亲吃这样的苦了。”弗兰切斯卡的话打断了他的步伐，“我决定去一趟意大利。”

“你别想了！”尼古拉略带生气地说道，“佩里尼一家很有影响力，你阻止不了他们，而他们却知道怎么让你开口。”

“塔拉索伯爵很喜欢我，他不会拒绝我的。”女孩回应道。

“不，这行不通。”尼古拉稍稍平息了一下语气说道，“我亲爱的妹妹，这太危险了，对于你和对于这个家来说都很危险。再说，你一个人也到不了意大利。”

“你说到关键点上了。”弗兰切斯卡回答道，“我想让你陪我一起去。你很强壮，你能在路上保护我……”

“不，这行不通的。我已经和你说过了。佩里尼一家很有势力。时下我们能做的就是逃亡，然后等着时间证明一切。”

听到这话，弗兰切斯卡有些不满地说道：

“逃亡，总是在逃，但什么时候是个头呢！”

尼古拉拉过妹妹，在耳边轻轻对她说：

“或许有其他的办法……”

弗兰切斯卡站在比自己高一头的哥哥面前。在黑暗中，哥哥的脸庞在月光的照耀下显得更加年轻，就像一个小孩子。

“但是如果这样的话，你就要放弃那个布列塔尼人，你放心我会把他打到明白不能再接近你为止。”

“不，你不能这样。”

弗兰切斯卡说着用拳头连续地击打着哥哥。

“我不想你碰他一根汗毛！”

“听我说，”尼古拉抓着妹妹的手说道，“我想佩里尼一家一定会想方设法阻止我们和塔拉索伯爵取得联系。但是我们可以采用一种迂回的手段，这样我们就没有危险了。我一会儿就去给我的朋友彼得罗·萨那古尼写信，没有人会怀疑他。然后你亲笔写一封信夹在这封信中。”

“一封我的亲笔信？”

“对，你给尤利·德·塔拉索伯爵写信说你愿意嫁给他。我保证他就会同意处理我们的事情。”

弗兰切斯卡仿佛感到心脏停止跳动了。她深深地吸了口气。如果她同意嫁给尤利，意味着她将永远失去亚纳。即使她已经告诉他不想再看到他，但她心里知道这是一句空话，他们总会再见面的。

Chapter 6

经过一周的学习之后，亚纳在第二个星期的星期六回到了家里。他刚到家的第一件事就是跑去“吊死者之屋”等待。他顶着细雨在寒冷的小路上等了足足两个小时，但他的努力是白费的。女孩迟迟没有出现，这几乎要了他的命。

第二天是礼拜日。像大部分住在布勒斯尼克的人家一样，波尔丽一家人要去做弥撒。波利莱克医生发现这家人就在自己平时的老位子附近。在他的右边是约瑟芬，她今天一袭黑衣，带着她上次去巴黎买的漂亮帽子。亚纳则站在父亲的身边。

在整个做弥撒的过程中，前面的年轻男子总是时不时地转头，借故去看一眼那个美丽的意大利女孩。波尔丽一家人坐在最后一排，和村子里的一群穷人混在一起。

在做完弥撒出来的时候，亚纳和弗兰切斯卡互相交换了一个长长的眼神。波勒转过头看着他们，他们的行为使他感觉既尴尬又生气。一回到家，他就叫儿子跟着他去他的诊所，但大多数时候，都是驾着一辆双轮马车在附近游荡。他是一个热心助人的人，时刻为他的病人着想，他常常拒绝收取那些穷人看病的费用。有时候，他会收下一只鸡，一只兔子，或者是献祭之后的猪血香肠。

他解开西服上装的纽扣坐在办公室里，拳头握在身前，一动不动地盯着他的儿子。

亚纳站起来看着父亲，想要离开。因为他知道接下来的谈话肯定还会是那个敏感话题。

“亚纳。”波利莱克医生说道，“我不是聋子，我能听到村子里的人们是怎么说的。”

“父亲，我上周又不在家，我不知道你在说什么。”亚纳有些无礼地回答道。

“我必须要管着你！”波勒声音低沉地说道，“人们说这家人是在他们国家触犯了法律，而且是一桩命案。”

一阵长长的寒战穿过了亚纳的身体。在短暂沉默过后，他一字一句地说道：

“人们说的都是假的。安东尼奥先生是被诬告的。他根本没有犯法。现在既然我们都在这里，我也直接把话说明白。我爱弗兰切斯卡！”

他内心已经慢慢产生了一种对父亲的敌意，因为他总是那么强横，管着儿子不让他去和那些意大利人接触。

波利莱克医生满是轻蔑地笑了笑，然后侧身坐下来。

“你爱那个女孩！我知道，在你这个年纪，感觉来得快消失得也快。”

亚纳咬紧了牙关，父亲说的话让他很受伤。他想到他的父母——波勒和约瑟芬，他们牺牲掉自己的情感达成的婚姻，只是为了他们的面子和社会地位。

“我永远不会放弃弗兰切斯卡。”他强装镇定地说道，但语气中充满了怒火。

“好吧。”波勒说道，“我已经警告过你了。你要知道，如果你这样的话，我会想尽一切办法让那家意大利人离开这里。”

亚纳一言不发地离开了父亲的办公室。心中满是怒火。他穿过村庄，全然不顾旁人看他的眼光。今天是周末，人们都聚在广场上闲聊。村子里的三个咖啡店已经坐满了喝着红酒或者是苹果酒，谈天说地的年轻人。亚纳甚至没有回应路人对他的问候。

他像往常一样又来到了“吊死者之屋”附近。他躲在路边的一个树丛中，监视着小路和那座破房子里人的动向。他先是看到了玛利亚，然后是尼古拉和他的父亲，最后他终于看到了弗兰切斯卡独自一人做完工回来。她刚回家便马上提着水桶又走出来，朝着水井走去。当她接近森林边的小路的时候，亚纳突然把她拦下。她一下子愣住，往后退了好几步。在经过一周的分离后，亚纳再见到女孩心情很激动，他向女孩走过去。

“我需要和你谈谈。”亚纳说道。

弗兰切斯卡朝四周审视了一圈。在这里，人们一下子就能看到他们。她迟疑了，她想起了她和哥哥密谋要给尤利·德·塔拉索伯爵写信的计划。

“你走吧，我不想再看到你。”女孩说道。

为了装作泰然自若，女孩把桶勾在吊桶上，然后将水桶送到井下。吊桶转动发出了刺耳的声音。

“你快走吧！”女孩又重复道，“我们之间结束了。此外，我们之间也没有什么要说的。”

“你别说话，听我说！”男孩用低沉的声音说道，几乎要哽咽了。

女孩把桶提上来放在水井旁边的矮墙旁边。亚纳一大步跨到女孩面前，抓住了她的手腕。

“我已经准备好为了你抛弃一切，甚至和家里决裂。如果你愿意，我们可以乘明天的第一班船去美国。”

她用她乌黑的大眼睛盯着面前的男孩。

“这样做是为了你自己的欢愉，但是你想过你的家人吗？你知道他们会有多伤心吗？至于我，这对于我来说是难以想象的！”

亚纳又想起父亲说过的话。此时此刻，离开他的父母一点都不会使他难过。

“别再坚持了，没用的。”弗兰切斯卡接着说道。

她提起水桶，水桶摇晃着漏了一些水。然后径直朝着他们的那座烂房子走去。她的母亲已经在门口张望她了。

亚纳站在原地，丝毫感觉不到大雨来了。第一滴雨滴在他的肩膀上，接着第二滴……他浑身湿淋淋地就坐在路边湿淋淋的草地上，把他的脸埋在怀中。他的世界变得黑暗无比，他找不到自己的位置。他只身一人，毫无信念，难以前行。他多希望自己此刻是个老人，这样就可以快点死去。

他抬起头，看到尼古拉悄无声息地走过来。亚纳猛地一下站起来，攥紧拳头准备他们之间的第二次交锋。

“原来是你在这里像个小姑娘一样在哭泣啊？是因为我的妹妹吗？我应该和你说清楚。你根本不了解弗兰切斯卡！她平时就喜欢和猫猫狗狗玩乐。她是在和你玩。这样她才能知道马尼耶家的用人是否能够吸引到波利莱克医生家的公子。你还想怎样？这只不过是我们消遣的一种方式。” 尼古拉说着，在大雨中嘲讽地哈哈大笑，笑声淹没在雨中。

紧接着，尼古拉朝着亚纳肚子上打了一拳，打得并不重。但亚纳闭着眼睛却向后退去，他几乎要死过去了。

他踌躇着回到熟悉的家，把自己关在房间里。

妈妈看到儿子经过身旁，却不敢去打断他，他回来了就好。她心里还在担心和父亲吵过架之后，亚纳会离家出走。约瑟芬和丈夫想的一样，她也认为儿子不应该花费时间在一个来历不明的意大利女孩身上。他的考试才是最重要的，他应该把所有精力都投入到学习中去。她梦想着他唯一的儿子找到一个门当户对的好配偶，能够在军队中有好的前途，不过她决不允许谁夺走他的儿子。

亚纳脸色苍白，嘴唇红艳。整个人瘫在床上，眼神呆滞。一想到再也不能拥抱弗兰切斯卡，他甚至有了死的念头。

尽管他已经过了 19 岁的生日，但对于爱情却知之甚少。他曾经和邻近村子的一个女孩有过一段故事。那个美丽的女孩叫艾米丽，他把她称作山楂花（花瓣为白色或红色），因为女孩喜欢白色。他们在海岸边散步的时候接过几次吻，但之后，故事就结束了，没有喧闹，没有一丁点儿泪水，他们对于彼此已经再没有一点儿期待。

然而，身体上的欲望会时常烦扰他。他和皮埃尔·弗安日会经常去布雷斯特的港口，找那些热情的女孩。有时候，如果皮埃尔玩高兴了，就会在那里度过放荡的一晚。但每当这时，亚纳就退缩了，对他来说，爱情和男人与女人之间的玩乐是两码事。他的小心翼翼使得他对这些没有明天的关系望而却步。在他心中，弗兰切斯卡已经是自己的妻子，如果娶不到她，他将孤老终生。

他怎么也不相信女孩再不愿看见他。她一定是为了遵从父亲或是哥哥的命令，但她心里还是爱自己的。那一次他躺在小路上的时候她不是对自己说了吗？想到这些，亚纳一下子又找到了希望。他从木盒子里拿出小提琴开始拉起来。音乐使他整个人平息下来，重新获取了力量。婉转悠扬的提琴声将他送到了梦中才能停靠的那个海岸，他在那里找到了世间的真理。

约瑟芬在楼下和她的丈夫交换了个眼神，亚纳在拉小提琴，这说明他现在状态还不错。马上一切就会重回正轨了，她想到。

接着音乐停了，亚纳将他的乐器狠狠地扔在地毯上。这把褪色的小提琴，音色也很平庸，根本不能和弗兰切斯卡那把能带给他热情的小提琴相比。虽然他的小提琴是在米尔库[①]精心定制的，但怎么能比得上弗兰切斯卡那把音色清晰明亮的小提琴。

他突然想做些体力活动，耗光气力来转移自己的注意力。他想去骑马，直到筋疲力尽。想法飞速变化着，他看了一眼窗外，太阳已经出来了，但海风还是很大，空气中海水的咸味扑鼻而来。他走下楼，走到父亲身边和他面对面。父亲还是老样子，过着周而复始的生活。他常常抱怨自己没有私人时间，但每到周末休息的时候他又不知道该怎么度过。周末是他狩猎的时节，他会走出屋子去把鸭子赶到邻居家的菜地里。

"我想出去走走。"亚纳冷冷地说道。

"如果你要骑富勒尔去，别太用力，它的一条腿有伤。"父亲就像往常那样和儿子说道，就好像儿子身上什么都没有发生。

---

① 米尔库，位于法国东北部的小镇，是法国大名鼎鼎的提琴之乡。两个世纪来，它都是法国的乐器首府。

“富勒尔是个演员。当它不想奔跑了它就装着跛行！”亚纳回应道。

亚纳向门口走去，经过客厅的时候，妈妈笑着对他说：

“你昨晚的小提琴拉得很动听，但之后怎么了？我听到一声巨响……你把小提琴折断了？”

“没有。”亚纳回应道，“我觉得应该是它音准没有调好吧。我要出去和皮埃尔·弗安日去逛逛。我晚上回来。”

医生和妻子彼此担忧地看了一眼，还是让儿子出去了。

亚纳骑到马上狠狠地叩击了一下马肚子让马跑起来，发现马确实有些轻微跛脚。他决定不强迫富勒尔了，慢悠悠地到了他的朋友皮埃尔家中。皮埃尔这天正准备去母亲家族所属的一个罐头厂，这个小罐头厂专门生产沙丁鱼罐头和鳀鱼罐头。别看小，这个罐头厂其实盈利很多。每天装满鱼罐头的卡车都要从这里出发，送去那些大城市：雷恩[1]、勒瓦尔、勒芒[2]和巴黎等地。

亚纳到的时候，皮埃尔正准备出发，但看到亚纳时，他改变了主意。和亚纳一同去散步怎么也好过到一个年迈的姨母家里，然后花整个下午的时间待在那儿喝茶吃干点心。

他们骑着马迎着海风，缓慢地朝着一望无际又令人望而生畏的大海走去。这些大风可以引起恐怖的巨浪，使船只葬身大海。

一路上，亚纳对皮埃尔讲了他的心里话，皮埃尔在一旁听着时不时地给出自己的建议。

“现在一切都扑朔迷离，如果你的女孩不是有什么难言之隐的话，她怎么会像个耗子一样躲躲藏藏呢。话又说回来，那个弗兰切斯卡在我看来可不是什么忠贞不二的人。”

① 法国西北部城市。

② 法国西北部城市，距首都巴黎200公里，为卢瓦尔河大区萨尔特省的省会城市。

“我很确定她是爱我的。”亚纳反驳道。

然后他们肩并肩地开始骑马奔驰起来，时不时和路上遇到的熟人打了招呼。皮埃尔从不掩饰他爱好美色。他好几个情人都是捕鳕渔夫的妻子。这些女人在丈夫不在的时候，就会感到寂寞无比。

“你把一切都看得太认真了。”皮埃尔说道，“生活的乐趣就在于未知和飘摇不定。只有在消遣娱乐的时候，我们才能忘却活在这个世上的无聊。”

“你不懂我！我也羡慕你。你可以毫不迟疑地和一个女孩结束后，接着去找下一个。但我不行，我是那种一辈子就认一个女人的男人。不幸的是，我找到了我生命中的那个女人，她却不愿意和我在一起！”

皮埃尔大笑了一声，笑声马上淹没在风中，就像丝绸一般轻盈。

“你的认真真是让我起了一身鸡皮疙瘩。你这样永远找不到快乐。就算我求你了我的朋友，把握当下，享受生活，及时行乐，你不久就会释然的。”

“我不知道该怎么做。对弗兰切斯卡的思念整天，整晚地缠着我。我只有个念想，见到她，看看她，把她拥入我的怀中。我希望带着她远走高飞离开这里。她的哥哥告诉我说她根本不喜欢我，她只是跟我玩玩而已，但我不相信她是这样的人。”

“听我说，亚纳。和弗兰切斯卡一样的女孩子有很多，如果你想的话，我可以给你介绍几个。为什么要吊死在这个我们一点儿都不了解的意大利女孩身上呢？”

“就是这样。我心里再走不进其他人。再说……”

他迟疑了一下，他的马儿开始明显地跛行了。他放慢了速度。

“我现在都不知道我是谁！我要去当一名军人，但我却不认识那个穿着帅气制服的自己。心底的声音告诉我，我应该有另一个生活。和弗兰切斯卡在一起的时候，我感觉那才是我自己。”

“别再幻想了，不要胡说八道。你应该记住，你应该把事情想得简单些。否则，你就只能每天这样苦恼了。”

“我和你说的都是认真的……”亚纳说着又陷入了沉思。

“这是因为你坠入爱河了，这是一种病！不过还好没有结核病那么严重，至少不致命。你很快会好起来的，一切都会重回正轨的。但是我要给你个建议：好好地准备你的考试，这才是最重要的！”

他们在险峻的海岸峭壁上停了下来，面对着大海，在那里停留了很久。远处迷雾中闪过一丝光亮，天空似乎与大雾融合在了一起。两人缄默不语。皮埃尔看到一艘捕鳕渔船返回到了港口，从地平线看去船就是一个小点，他想船上的货舱里肯定满载漂亮的和金属一样闪闪发光的沙丁鱼。亚纳看到这幅场景，想法却与皮埃尔截然不同。一股热血占满了他的整个身体，这种感受与对弗兰切斯卡的爱交织在一起，使亚纳产生了离开的念头。

他甩了甩头。潮湿的海风就像皮带一样抽打在脸上。皮埃尔说道：

“面对大海的时候，我们就再也不能弄虚作假。最厉害的骗子也会变得真诚，无所畏惧的勇士也会后背发凉，诗人们……倒是还会感叹生活的美好。”

“我可不是诗人，我对大海有一种畏惧。但现在大海却对我有一种莫名的吸引力。”亚纳说道，脑子里开始幻想起来。

此时此刻，他想到了路易叔叔的那些小玩意儿，他最小的帆船也比那些真正的帆船要精细得多。他将自己的憧憬释放在制作那些小玩意儿上，防止它变为现实。这是路易叔叔的解决办法，但是他真的快乐吗？他真的满足于那些小玩意儿吗？

“亚纳，走吧，我们去喝几杯。然后我们去玩骰子或者是扑克牌。生活不是你想的那样。你对生活的要求太高了。”

“没有办法。我就是这样。”亚纳伤感地回答道。

他们返回到了港口，亚纳看到捕鳕渔夫们正在卸装着鱼的箱子，但这不是他感兴趣的。他感兴趣的是那些去年秋天就停泊在那里的大帆船，它们马上就要与北冰洋和纽芬兰附近的暴风雨抗争了。亚纳想起了西蒙抽着烟对自己说过的话：“你一旦尝试了出海的乐趣，你就再也不可能离开它！”亚纳又想起灵魂飘荡在大浅滩某处的祖父，由于“波尔内”号失事的缘故，他的家人再也不和打鱼沾一点儿关系，父亲希望这样可以让记忆模糊，忘却那段苦痛。

当他们返回到布勒斯尼克的时候，天色已黑。亚纳还是阴沉着一副脸。他们遇到了阿尔邦·沙马亚克，他提议一起去他们常去的那家饭馆吃晚饭，那家饭馆的老板是一个身材火辣的寡妇。亚纳回家通知了父母一声，就去和朋友们会合。

然而，他一点儿谈天说地的心思都没有，他倒更愿意一个人去“吊死者之屋”附近闲逛。

Chapter 7

第二天，辗转反侧了一晚的亚纳早早地就起床了。父亲正在院子里套他的双轮马车准备去接待今天的第一批病人。母亲和莉亚在院子里交谈，一旁西蒙在忙着照料马匹。村子里人们都已经打开了大门。男人们抽完一烟枪的烟就准备出门去做工了。孩子们，穿着黑色的罩衫，聚集在学校的门口……

在布勒斯尼克，没有什么会让人想起邻近的海洋或者是纽芬兰渔场的港口。这些住在离海岸有七公里的村民，决然地转身背对着海洋，选择在土地上劳作。在临近的草原上，一群群母牛和绵羊走过，它们吃得膘肥体壮，饲养的牧民对这好年景的收入信心满满。

亚纳走在森林里的小路上，心里只有一个念头，从头到尾只有一个念头：去见弗兰切斯卡。昨夜下了雨，寒冷潮湿的风呼呼地打在他的脸上。

他藏在“吊死者之屋”附近，开始等待。两个小时过去了，还是谁都没有看到。他气恼地回到家中，又把自己关在书房里。他的头躺在书本上，无法集中精力去复习，渐渐地，他灰了心。

下午，父亲比往常回来得早。因为波勒·波利莱克每年都要去他的朋友富尔萨尔医生家里的池塘捕鱼。他无论如何都不会错过这次捕鱼捞网的机会，然后清点挤在篮子里的鲤鱼和梭鱼。他提前一天出发，为的就是能够在第二天太阳刚刚升起的时候，赶到朋友的家里。

他正在检查他的长筒马靴，防水衣和捞网。西蒙走过来对他说：

“有人要和您谈谈！他说有急事。”

“又有什么事？”医生低声咕哝道。他看出来今晚肯定会跟着门外这个人去某个偏僻的村子，给严重的病人治病。

“他什么都不和我说，而且一口浓重的外乡口音说要叫医生！”

“好了，我就来。”

波勒·波利莱克跟在管家的身后，来到一个废弃的街道口。

他看到对面站着一位身材并不魁梧的男人，头上戴着一顶风帽，露出了年轻的脸庞。年轻人的马站在旁边，急躁不安地跺脚。他看起来很紧张，不停地打量着四周，就像怕被别人看见似的。

“怎么了。发生什么事了？”医生问道。

“我们需要你！”外乡人回答道，“有一个人受伤了，很重的伤，快跟我走吧！快！”

波利莱克不再深究伤势，只是简单地问道：“离这儿远吗？”

“有一些远。”男人回答道。

“好的，等我一会儿，我去牵我的马。”

西蒙已经套好了马。波勒走进屋子里，带上他的医药箱，和妻子打了声招呼。约瑟芬已经习惯了丈夫的突然出诊，她在客厅里继续看书，头都没有抬起来。

片刻之后，波利莱克医生跟着这个年轻人开始骑马奔驰起来，两人之间再没有说话。波勒知道，他对这个陌生人知道得越少，对双方来说反而更好。

他们朝着内陆深处走去，穿过了几座村庄，然后穿过了普拉班尼的市镇，朝着朗代诺方向走去。马儿们开始显露出疲乏的迹象。在穿过一条小溪后，年轻人拐到了一条小路上，径直走到了一座小屋前，小屋前的山毛榉上拴着另外一匹马。

“就是这里。”年轻人说道。

波勒跟在这个陌生人身后走进了一座废弃的羊棚。一个三十来岁的男人躺在草席上呻吟。

“我叫罗郎德，这是我的侄子，他从马上摔下来了……”

“你们为什么不去甘冈呢？它离这里更近。”

“因为我们不想露面，不想别人看到我们来到这里。”

医生走近受伤的男子，开始检查他的伤口，断了的骨头已经插进了肌肉里，从另一侧的腿肚上穿出来。

“这种情况我没有办法治疗。你必须把他送到圣布里厄的医院去。”

“医院？”受伤的男子皱着眉头大声叫道，“但这是不可能的，我们还要赶路。”

“不行，”医生反驳道，“像你的这种情况是不能继续再走的。你伤得很严重，特别严重。你应该去医院治疗。”

那个去找波利莱克医生的男子说道：

“我就和您实话实说吧。我们正在找一个男人，一个意大利人。”

波勒正在给受伤的男人固定夹板，准备把他送到圣布里厄的医院去。一个意大利人？波勒本应该并不注意这个信息的，因为这个地区有很多的意大利人。但是他马上想到了波尔丽一家人。

“一个意大利人？你们很容易就能找得到，只需要问问人们就知道了。”

“不，不能这样，我们不想惊动其他的意大利人。他们会通风报信保护那个人的。我叫罗郎德·佩里尼，这是我的侄子，马尔科。我们追捕的那个男人杀了我的哥哥安德鲁。他在意大利已经被判死刑，但他成功逃脱了。我们想找到他把他带回米兰……你能帮我们吗？”

“我不知道该怎么帮你们。”

“不，您一定认识很多人。当您听到有某个人叫安东尼奥·波尔丽的时候，你要知道他就是我们要找的罪犯。我们要找到他，让他接受法律的制裁。”

“罪犯？”波利莱克惊讶地说道。

“对，一个穷凶极恶的罪犯。他杀了一个善良的人。我们一定会抓住他的，不论花费多长时间。上次在马诺斯克我们失去了他的消息，但我们知道他就躲在这个地区。”

波利莱克给马尔科受伤的腿绑紧了夹板。他一边呻吟一边疼得皱紧了眉。随后，波勒问罗郎德·佩里尼打算怎样把伤者送到圣布里厄去。因为他知道靠马是不能把马尔科送到医院的。波利莱克让他去叫一辆出租的马车。他心里明白自己傍晚之前是不可能到达朋友家中了，但他还是等到了罗郎德叫来一辆车后才离开。他从马尔科的口中得知，安东尼奥·波尔丽原来是米兰一个有钱的丝绸商人，拥有很高的社会地位。他和马尔科的父亲一同谋划，在印度开了一家银行。但好景不长，因为英国人的原因，事情很快就黄了。在几天之内，波尔丽失去了他所有的财产，还控告是佩里尼诈骗了他。

“我的爸爸并没有诈骗他，他是错的。”受伤的男子坚称，“他直到最后还在支持安东尼奥。他甚至用自己的财产去帮助他。但是安东尼奥真是个忘恩负义之徒。在一次打斗中，安东尼奥杀了唯一一个想让他境况变好的男人。我们发誓，他必须为此付出代价！”

波勒帮着把受伤的男子抬到车上，给圣布里厄医院一个认识的医生写了一封介绍信。然后他又回归到了自己的假期。

罗郎德·佩里尼不假思索地支付了来回路费，说道：

“如果您发现了那个像耗子一样的安东尼奥躲在哪个洞里，一定要通知我，我会永远记住您的恩情的。”

医生没有回应他然后上了马。

“我的侄子会在医院住一段时间。如果您有什么消息，请务必让我们知道。”

医生骑着马着急地走了。刚刚听到的消息使他豁然开朗，却也让他很矛盾。他想自己注意那些传闻还是有道理的。他尽了自己所有努力去阻止亚纳做蠢事。他不告诉佩里尼家人他们要找的男人在哪里，只是为了给自己时间考虑这件事，另一方面，他必须通知他的儿子。

但是当这个时刻真正到来的时候，他却退却了。他到家的时候天已经黑了，他快速地收拾了一下，然后出发去他的朋友富尔萨尔家，和谁都没有提起这回事。

当他再次回来的时候，已经是两天后了。他在“吊死者之屋”附近转了一圈。他远远地看到屋子里在冒烟，说明那家意大利人还在这里。他想应该和儿子谈谈。

他一回到家，就开始喊儿子。约瑟芬告诉他在书房能找到亚纳，儿子一整个上午都没有离开书房。

男孩抬起头的时候看到了父亲站在自己面前。

“这次捕鱼还顺利吗？你这次捕了很多鱼吗？”亚纳问道。

“嗯，很顺利。谢谢。但我要和你说的不是这个。”

男孩一下变得警惕起来。因为他从父亲的语气推测父亲要说的肯定和弗兰切斯卡有关。

医生看了一眼四周，然后拿过来一把椅子。坐在儿子的面前。他深深地吸了口气，然后开始和儿子讲他前天的遭遇。

“就是这样，”他说道，“这两个意大利人在找已经被宣判死刑的波尔丽。”

亚纳的脸开始慢慢变得阴沉，眉毛皱紧，发红的伤口也开始显现出来。他猛地一下站起来。

“但是波尔丽是无辜的！你没有和他们说他藏在哪里吧？至少？没有什么能让我和弗兰切斯卡分开……”

“没有，我什么都没说。我想先让你了解这群外乡人到底是什么样的人，然后自己分析利弊，不要再和他们来往了。”

“这些纯粹都是诽谤！”男孩喊道。

他跑下楼，撞开了他的妈妈，然后夺门而出。

他穿过昏暗的村庄，完全不顾身后约瑟芬的呼喊。波勒踏着比平时要重的步子走下楼来，他把妻子拥入怀中。

“不要这样，我们的儿子是很冲动，但他不是个坏孩子。他会理解的。”

“我们到底做了什么？上帝要这样考验我们。”约瑟芬呜咽地说道，“你到底对他说了什么？”

“我告诉了他事实。他应该明白继续和这个女孩交往只会给他带来敌人。”

为了显示他的决绝，他又说道：

“如果亚纳逼我的话，我肯定会毫不犹豫地揭发这个罪犯。没什么能比得上我儿子的前途重要。”

他披上披风戴上帽子，也走出家门去找亚纳。在这个时候，看到医生在街上漫步可不常见。他确认亚纳没有骑马出去后，径直朝着森林方向的“吊死者之屋”走去。他没有找到亚纳，他在房子外看着房子里的黑影。一束昏暗的光线在一层的唯一一个窗户中飘来飘去。毫无疑问，安东尼奥在家。他只要说一句话就能将安东尼奥绳之以法。想到这里，波勒又后悔不该告诉儿子这个消息。在波勒眼里，亚纳还只是一个孩子，他还曾经威胁说要离家出走过。在 19 岁的年纪，说的话总是不经考虑而且忘得也快。年轻人的爱情也总是来得快去得也快。

波利莱克返回到了村子里，他在三个咖啡馆中也没有找到亚纳。他想儿子也许去了弗安日家或者是沙马亚克家。因为这两家就在布勒斯尼克往东一公里的地方。想到这里，他决定回家去，但他心里还是很担心。回到家时，约瑟芬正坐在客厅里哭泣。波勒想要过去安慰妻子，但妻子把他一把推开，说道：

“他听不懂你的意思的！你要知道他已经疯狂地爱上了那个女孩！”

“你不要太着急。一切都会好起来的。明天早上，我就去解决意大利人这件事，然后你就再也听不到别人谈论他们了。”

Chapter 8

亚纳跑着穿过村子。月亮已经升起来了。他气喘吁吁地跑到了“吊死者之屋”，然后蹲在水井旁边，希望弗兰切斯卡会来取水。一会儿，他看到尼古拉出来了，内心在犹豫到底要不要现身，经过考虑之后，他放弃了现身的想法。身后的一阵响动使他转过身，他看到小路上一个身影正在移动。那个黑影戴着帽子，披着斗篷，从黑影走路的方式，亚纳认出了那是他的父亲。波利莱克医生在离水井几米远的地方停下来，在夜色下仔细看了看那座破房子，然后离开了。亚纳从藏身的地方出来，穿过了马厩，绕房子转了一圈，他发现在这座房子正对着院子的那堵墙上竟然有一道门。几乎同时，一个纤细的身影从屋子里走出来，朝着木柴堆走过去。亚纳突然出现在眼前，弗兰切斯卡吃惊地小声尖叫了一声：

“你在这里做什么？”她发怒地说道，“我再也不想看见你，再也不想，你听到了吗！”

他向女孩走近几步，女孩立马向后退几步。

“我需要和你说些事情。”男孩坚持道，“你和你的家人现在正处于危险之中。有两个人在找你的父亲，现在他们就在附近！”

“你到底在说什么？”女孩质疑道。

她惊慌地看着男孩，她的眼睛在月光的照耀下反射出蓝色的光芒。亚纳接着说道：

“是两个男人。就我所知，他们是叔叔和侄子。”

“天哪！”弗兰切斯卡低声咕哝道，怀里的柴火都掉到了地上。“但你是怎么知道的？”

“因为我的父亲给那个从马上摔下来摔断腿的侄子看了伤势。”

女孩迟疑了一会儿，眼睛望向远方的黑暗，仿佛是在思考如何应对这些对她家人穷追不舍的人。然后她把地上的柴又捡起来，对亚纳说道：

“在这里等我一会儿！”

说着她跑进了屋子里，门又重新关上。亚纳感到身上凉飕飕的，但他就算是在这里等一晚上也愿意。他坐在树脚下，宽大的树干可以帮他挡住凛冽的寒风。亚纳心想：虽然父亲已经和自己保证不会揭发波尔丽一家，但是他值得信任吗？他想到了正在悲伤的妈妈。约瑟芬活着就是为了自己的儿子，家庭的吵架让她很受伤。亚纳想妈妈现在一定是在书房里哭泣，因为她一遇到伤心事就会这样。

时间一分一秒地过去了。就在亚纳嘀咕着弗兰切斯卡是不是不会再回来的时候，一阵嘈杂声吸引了他的注意力。女孩绕着院子走过来，大概是为了避开尼古拉的视线。她的身影在黑暗中变得越来越清晰。亚纳跑到女孩的身边。

“跟我来。”女孩在耳边和他说道。

女孩拉着他的手把他带到了小路上。她在一个废弃的谷仓前停下来，打量了一下四周，确保没人跟来。

“我们进去吧！”她低声地说道。

房顶上的瓦片残缺不全，月光从破洞中照进来。地板咯吱作响，仿佛随时会有危险发生。在门的两边，可以看到两个磨牧草的磨盘。弗兰切斯卡站在亚纳身前。光线很暗，她将将能看到男孩的脸庞，脑中想象着男孩的体形、嘴角的样子、眼中的光亮。她的一只手放在这张被洒了一层光辉的脸上，轻轻地抚摸着他脸上的伤疤，直到触到了男孩的嘴唇。她把指尖放在男孩嘴唇上。亚纳一下也不敢动，生怕打破了这美丽的梦境；他一个字也不敢说，生怕女孩会再一次离自己远去。弗兰切斯卡一脸严肃地对男孩说道：

“我也爱你。”她用清晰的像水晶一般的声音说道，“我爱你，但今晚不要问我问题。”

他遵从了女孩的请求，脑子里的思绪已经挤作一团。

“那两个找你们的男人中的一个就住在圣布里厄的医院里。”他继续说道，“另一个也住在那附近，我不知道我的父亲和他们说了什么！”

“别说话！”

他还想要继续说些什么的时候，女孩把食指放在他的嘴唇上，让他闭嘴。然后女孩拉起他的手，把他拉到了磨盘上。

“我拒绝你是因为我知道，一旦我退步，我就不能完成我的使命。”她说着沉沉地向男孩倒去。

“你的使命是什么？”男孩问道。

“我再和你说一遍：‘不要问我问题。’今天晚上，能说话的是我。现在，一切都不重要了，我知道一切都结束了。”

“不，并没有。”亚纳回应道，“什么都没有结束！只要和你在一起，我就有力量去对抗你的敌人们。”

她无奈地轻笑了一声。

“可怜的布列塔尼人！你根本不懂意大利人！”

她以一种高高在上的语气说道，好像在表达意大利人曾经是最强的。

“我和我的父亲吵了一架。”亚纳希望女孩重视自己的话，“我不能离开你。”

“你真是一个多嘴的人。”弗兰切斯卡说着把嘴唇压在亚纳嘴唇上。

亚纳想不到，如此矜持，遥不可及的弗兰切斯卡突然变得这么开放。女孩热情地抱着亚纳，嘴唇从亚纳的脸上吻过。在这个时候，亚纳还是很害羞。他多怕自己会打断此刻的美妙时光……

最终，他们把彼此交给了对方。尽管寒风凛冽，但是他们躺在磨盘的爱巢里浑身炙热，心中装满了幸福。时间似乎停止了。亚纳转过了身，疲惫地沉沉睡去。

第二天，他就像被一窝马蜂蜇了似的忽然醒来。他透过屋顶的烂洞，看到天已经亮了。转身寻找身旁的弗兰切斯卡的时候，她已经不在了。这不是梦境，他的身上还残留着女孩的味道，亲吻的感觉还在嘴角；他不是在做梦，他确实度过了浓情蜜意的一晚，他生平的第一次。他回想着昨晚的每个细节，全然没有想到他的父亲和母亲还在家里等着他。

他起身，活动了一下身体。身体很疲乏，但心里却充满了能量。他向外看了一眼，乌云密布，仿佛是要下一场大雨。寒风凛冽，他走出谷仓，慢慢地走在路上，想要在路上的烂泥上找到弗兰切斯卡的痕迹，但是一无所获。女孩或许是走路边的草丛离开的。他返回到“吊死者之屋”，惊奇地看到烟囱里没有冒烟。现在是几点了？在3月，太阳升起得越来越早，但绝对不会早于7点。这个时候安东尼奥和尼古拉·波尔丽应该去工作了，弗兰切斯卡也应该出发了。但为什么这家意大利人没有生火呢？

亚纳在屋子里等了很久，房子里的寂静使他后背发凉。他慢慢地朝着那间开着门的空屋子走过去。他突然想到可能那两个佩里尼家的人已经找到了安东尼奥。想到这里，他心中燃起一股强烈的怒火。他想到父亲然后紧紧地攥着拳头。父亲对自己说谎了！

他走进这间冷清的屋子里。他看到了桌子上放着的是弗兰切斯卡的小提琴盒子。他打开盖子。看到女孩的小提琴静静地躺在用毛毡做得垫板上。小提琴的光泽在房间里幽暗的光线下越发耀眼。在它的旁边放着一张纸，他犹豫了一下拿起了字条，就像他在偷窥一个秘密。

他展开字条，看到上边漂亮的圆体字。

好好保管着这把小提琴，就当作是对我的回忆吧。永别了！弗兰切斯卡。

亚纳看着字条陷入了迷茫。弗兰切斯卡的话就像一个警钟在心中回响，又像断头台前敲响的大鼓。他又把盖子关上，盖子发出清脆的一声。很显然，在他睡觉的时候，弗兰切斯卡和他家人又一次逃跑了。他想象到弗兰切斯卡在匆忙中写下这些字，安东尼奥在套马车，尼古拉快速地把他们简陋的家具搬上车……

亚纳顺着道路一直奔跑，心里想着或许能赶上他们。路上只有牧羊人的声音时不时地打破清晨的宁静。他看到右边有一个农民正在翻地准备春天的播种。亚纳向他询问是否见过一家意大利人经过。那位耕作者的回答让亚纳失望，自从天亮他就在地里劳作，但是他谁也没有看到。

男孩又踏上他的路途，返回到了破房子里，坐在那把缺腿的凳子上，胳膊放在小提琴盒子上。这是他的初恋留给他的全部。在19岁的时候，他的生命就进入到了一种他不愿逃离的孤独境界。没有人可以取代弗兰切斯卡在他心中的位置！永远不会！

悲伤和心中的怒火使得他喘不上气来。他狠狠地砸了桌子一拳。他的心中只有一个想法：报仇！向所有造成他不幸的人报仇。他爆发出一声野兽般的叫声，然后冲出了房门。他的脸几乎要变形了，眼睛里充满了血丝，他拿着女孩的小提琴径直穿过村庄，这是他那难以忘却的爱情唯一可以触摸得到的证据。

他迈着大步向家走去，心中怒火燃烧。人们惊讶地看着医生的儿子穿着皱着的衣服，上边还挂着细树枝，抱着一个小提琴盒子走在街上。亚纳没有回应人们对他的问好。他走进了熟悉的院子里。西蒙看到亚纳，朝他跑过来，但男孩狠狠地一脚踹开了门。他粗鲁地一把推开站在面前的母亲。父亲昨晚找了亚纳整整一夜。亚纳脱口说道：

“你的目的达到了！那家意大利人已经走了！”

“你在说什么？”

波勒·波利莱克也生气地问道。

亚纳一把推倒了摆在门口家具上的中国花瓶，其他的一些小物件也摔在地上，摔了个稀碎。他掀翻了放着餐具的小圆桌，然后又一脚踢倒了大摆钟，大摆钟漂亮的外壳被折断了。医生看着儿子的行为大为吃惊，他待在那里一句话也没说，也无法介入阻止儿子。

“你再也不会见到我了！”男孩大声喊道。

“可是，我亲爱的儿子……”约瑟芬紧紧拉着要出门的儿子低声地说道。

“永远也见不到！”男孩再一次甩开母亲喊道。

“亚纳，你给我马上冷静下来！”父亲用一种约瑟芬从来没听到过的语气说道。

男孩穿过了院子，避开了试图阻止他的西蒙。他手里拿着弗兰切斯卡的小提琴，朝着班波尔跑去。

西蒙跑到了屋子里。大厅里撒满了彩陶的碎片，漂亮的大摆钟也已经躺在地上开膛破肚。波利莱克夫人，眼里满是泪花，坐在楼梯的第一个台阶上。医生一动不动地站在妻子的身边。他脸色苍白地看着门口，手重重地搭在妻子的肩膀上。西蒙不敢多问刚刚发生了什么。吵架在这个家里不常发生。波利莱克医生终于动了一下。西蒙说道：

“抱歉，我没有把他拦下来。”

“让他走！”医生用一种严肃的语气说道。

“你应该去把他找回来！”约瑟芬吼道，“我实在不知道他出去会做出什么……”

“不。”波勒·波利莱克斩钉截铁地说道，“我们不去找他。我们没有做错什么。我要等他回来为自己的行为而道歉。”

妻子的啜泣声更大了。她并不同意丈夫的主意：亚纳还是个孩子，他不应该计较这个陷入恋爱的男孩的粗鲁行为，也不必在意孩子的道歉。约瑟芬生气地说道：

“如果你不去，那我自己去。这是我唯一的儿子，我不允许他受到伤害。”

“他已经19岁了！他是个男人。”医生义正词严地反驳道，“他马上就要变成法国军队的一名军官。他要去指挥战争。但首先，他需要学会控制自己的情绪。”

“我们不是士兵，我们是父母！”约瑟芬哭着说道。

她站起身来，找她的披风。但是丈夫站在她的身前，用一种不容反驳的语气说道：

“待在这里！当他认识到他的错误的时候他会回来的。你不能去低三下四地找他乞求原谅。”

他想把妻子抱在怀里，然后强制让她坐下来。但是约瑟芬却朝着楼上逃去，在楼梯上，她再一次对丈夫喊道：

“你真是个怪物！”

Chapter 9

离开家之后，亚纳一整个上午都走在路上，心中满腔怒火。像往常一样，他径直朝着海边走去，每次感到无所适从的时候，海边就是他的避风港。怎样才能找得到弗兰切斯卡？她在哪里呢？为什么明明能够躲在谷仓里，她还是要离开？心中的种种疑团让他丝毫找不到头绪。

他的心中一直有一个困惑：当人们爱上一个人的时候，难道心中不是只有一种念想——就是和他（她）在一起！但是，弗兰切斯卡是出于什么原因要离开自己呢？他不相信她只是和自己玩玩而已。

将近正午的时分，有几个骑马的人路过他的身边，只是盯着他看却什么也没说。他想这可能是父亲派来找自己的人。他决定停下来，换条路走。他走进路旁的一个树丛中，想着要穿过草地继续往前走，但他并不识路，于是就这样漫无目的地走在陌生的路上。海边的空气轻抚着他的脸庞，大海的味道使他精神大振。

亚纳在下午将近 4 点的时候到达了班波尔。他摸了摸口袋，决定去附近一家全天供应猪肉煎蛋卷的酒馆去补充体力。港口上一片喧闹，水手们正在往即将出发的大帆船上装载箱子、酒桶和一些袋子。还有一些水手爬上桅杆正在检查帆布是否系好。脚夫们挤在一起，互相喷着脏话。港口船只的老板们眼看着船上的储备被这些本地的年轻人弄得乱七八糟。亚纳在人群中漫步了很久，匆忙跑向栈桥的人们把他挤来挤去。眼前这番忙碌的情景使他想到了他的祖父，也想到了他的叔叔路易盯着十多个木质的双桅帆船时的神情。小孩们三三两两地跑来跑去帮自家的哥哥们运送货物。亚纳在一个巨大的椭圆形篮子前止住了脚步，这可是水手们用缆绳编成的。这些曾经航行到大西洋尽头的水手脸上有一种令人惊奇的平静，就像是他们在准备去布列塔尼地区的某一个湖里捕鱼。

亚纳看着他们饱经风霜的面孔被深深地印上了皱纹的痕迹，一双大手精细地把缠绕的绳子梳理得井井有条，拇指动作敏捷且准确地检查着鱼钩上的饵料。

亚纳走进了一家挤满人的酒馆。捕鳕渔夫们喧哗地挤在柜台前点酒或是点一杯烧酒。一些头戴着遮住眼睛的鸭舌帽的人静静地坐在角落里喝酒，很明显他们在想其他的事情，一些人正聚在一起大声地叫着玩骰子或者是扑克牌，还有一些人在讲自己从前的英雄事迹——那个时候鳕鱼是那么多，它们是那么饥饿以至于用空的钓鱼钩都能钓上来。船员们都待在一起，来自不同船只的船员混合在一起度过他们在班波尔的这最后时刻。他们心中盘算着将会到来的困难，但却无所畏惧。他们要离开妻子和孩子长达数个月，生活就是这样，他们对此无能为力。他们的生活被大海分割成了两个世界，而这两个世界都是他们不可或缺的。

亚纳看到酒馆里有一张空桌子，桌上有一个蓝色的火星闪耀在香烟的烟雾中。空气中夹杂着盐水、汗水和厨房里哈喇味的黄油的味道。他把小提琴的盒子放在一旁的椅子上，等着服务员过来招呼自己点餐。他脑子里一片空白，周遭的嘈杂声，吵闹声和酒精驱使下水手们的叫骂声让他感到昏昏沉沉。他点了一份猪肉煎蛋卷和一小壶卢瓦尔地区的红酒。一想到再也见不到弗兰切斯卡，今后的生活中将缺少女孩的时候，他就感到浑身发软无力。他感觉自己突然变老了，再没有什么未来可言。想到那天在谷仓中女孩美丽的脸蛋他就有一种想哭的冲动。烟味呛得他清了清嗓子，他把一只手放在小提琴盒子上，用指尖轻轻地抚摸着盒子圆润而优雅的外表。身旁投来众多异样的目光。这个白面小伙子，长着一双嫩手的有钱人家的公子哥，来这里干什么？他们断定他肯定是走错了地方！一阵嘲笑在酒馆里蔓延开来，但是亚纳却没有察觉。

这时，有两个男人朝着亚纳走过来。其中的一个询问亚纳是否能坐在桌子旁。还没等到亚纳回复，两人已经坐在了桌旁，一个坐在他的右边，另一个坐在了他的对面。亚纳隐约看到一个戴着顶传统的扁平鸭舌帽的水手，头发乱蓬蓬的看上去几乎是卷发。宽大的额头布满了深深的皱纹，在浓密的眉毛下，黑色的眼睛深陷，在男人眼神中可以看出一种强力的威望。坐在他旁边的那个男人，身材瘦小，显得紧张不安。他的皮肤皲裂得就和树皮一样，灰色的胡子杂乱地分布在饱经风霜的脸上。他看起来时刻保持着警惕，不停地朝门口回头，好像害怕别人注意到他。

"这年景可不好。"亚纳对面的那个男人说道，"看起来'勒波尔日'号要停在港口了。那些加拿大人用他们的渔网和拖网[①]把鱼都杀光了！"

"我知道，科皮亚克。但是要论质量，还是我们捕的鱼更胜一筹。他们用拖网捕上来的鱼要么是小鱼，要么是已经被折断的鱼。他们一股脑儿地把什么都网在一起，鱼、蟹，还有碎石块。他们慢慢会明白拖网是根本不能和'神圣职业'相比拟的。"

"你说得很有道理，默尼耶。我可不想看到'玛丽皇后'号待在港口，你懂我的意思吗？再说，现在的大浅滩已经不是我年轻时候那样了。现在那里捕鱼的人太多了。今天已经3月12号了，我们该出发了。船上的装卸工作进行得怎么样了？"

默尼耶从口袋中掏出一个小本子，然后说道：

"我一下子找不到所有的记录，但是我已经将任务分配给我们的30个小伙子了：120瓶苹果酒、10大桶红酒、2000升烧酒、4吨饼干、2吨没有发芽的马

① 拖网，又称拖斗，是利用船舶的运动，拖曳渔具在海底或者是海水中前进，迫使渔具经过海域中的鱼虾蟹等捕捞对象进入网中，达到捕捞的目的。

铃薯，1 吨腌牛肉[①]，还有蔬菜罐头、黄油、猪油……”

“顺便问一句，”科皮亚克又说道，“你找到新的木桶来装水了吗？”

默尼耶做了个无奈的表情，使得他脸上的皱纹看起来更深了。

“没有，我们还是用那些老木桶吧。我已经让人用硫熏过了[②]。”

“嗯，这也行得通。”科皮亚克赞许道，“马尔罗和我说这是他最后一次出海了。他说想去陆地上当个外科医生。他厌倦大海了。”

“呵，”默尼耶笑着回答道，“马尔罗说这话已经说了 20 年了！”

两个男人旁若无人地在桌上交谈。亚纳把头埋在盘子里，假装对他们的对话毫不在意，但事实上一个字也没有听漏。

“我听说‘查理’号这次会带一个神甫出海。”

“他可真是有心啊！‘玛丽皇后’号有一个外科医生已经足够了。圣皮埃尔的神甫们在船上就和在地上一样，时不时地做个弥撒。对于我们来说，我们有勒路易啊，他差点就当了神甫了，他懂做弥撒的拉丁文，还有所有的经文。他和神甫没什么两样。”

科皮亚克随声点头附和，然后点燃了一支烟。眼睛看着对面的男孩说道：

“盐怎么样？”

“我们去年在巴约拿带的那些盐质量更好，比这里的盐保存鱼的功效要好。但愿这些盐没有过度受潮。”默尼耶回答道。

亚纳在科皮亚克时不时盯着自己的目光下感觉有些难受。这位捕鳕渔夫老板点了啤酒，面包和干酪。亚纳强迫自己吃着盘子里的煎蛋卷，胃里却像打了结。

---

① 这里指盒装的腌牛肉。捕鳕鱼的渔夫通常不会装载肉，尤其是不会装载腌货出海，一般来说，鳕鱼和其他的一些打捞上的鱼类是他们的日常食物。此处译者推测这是一种当地腌牛肉的某个品牌，或者是一种通俗的叫法。

② 捕鳕渔夫将淡水带出海之后，淡水会很快变质不能饮用。这些水只能用来做汤。水手们通常喝啤酒、苹果酒、红酒，尤其是大量的烧酒来补充水分。

终于吃完了，他把盘子推开，努力地压抑着打嗝的感觉。

“你有很重的心事啊，小伙子！”科皮亚克突然用嘶哑的声音说道。

“这不关您的事！”亚纳一边冷漠地回应一边摸摸裤兜准备找钱结账。

“这确实不关我的事。但你要知道，说出来会好一些。尤其是和身旁一个素不相识的陌生人。”

默尼耶用他淡色的眼睛盯着亚纳。杂乱胡子间的嘴角露出一丝微笑。亚纳还是很警惕：捕鳕渔夫的名声可不好。在冬天，他们就待在港口密布的酒馆里，利用一切机会去寻衅滋事，尤其是找那些他们看不起的当地捕鳕渔夫。

“我说，”科皮亚克又接着说道，“从你的小提琴和你女孩一样的手，我猜你肯定是一个刚离开温暖惬意的家出走的公子哥。你别太当回事，这种家庭矛盾不久就会和解的。”

“对我来说，永远不会妥协。”亚纳讷讷自语道。

“一个身在福中不知福的富家公子哥。”默尼耶说道，“人们生活得太安逸了，就会自寻烦恼。”

“别打断他，默尼耶。”科皮亚克说道，“这个男孩需要诉说，我们听他说。”

默尼耶低头开始吃东西，好像他根本不关心旁边这个男孩的事情。他龟裂的手看上去就像是蟹螯的夹子。

“所以，小伙子，”科皮亚克继续说道，“是因为家里的事烦心吗？你今年多大了？”

“19岁，马上就20岁了。你们说的‘玛丽皇后’号，是你的船吗？”

科皮亚克把头抬起来，把鸭舌帽转到后边。然后默默地拿出一支烟，眉毛上扬好像在找合适的方式表达他的心思。他笑着点燃了一支有些弯曲的香烟。

“‘玛丽皇后’号，正如你所说，它是……”

“它是港口上最漂亮的捕鳕渔船！”默尼耶加入到他们的对话中自豪地说道，“所有的水手都想跟着它一起出海。尽管看上去不好看，但是它能抵御大浪，所有的零部件都完好无损。我可知道那些华而不实的船，一遇到横风就会翻船，他们出了海就是任海浪摆布的棋子。但‘玛丽皇后’号可不是这样。她可是这港口里最好的船。”

“你完全可以相信默尼耶说的。”科皮亚克确认道，“他虽然看起来外表邋遢，但他是我的大副，他可是航海的老手！这是‘玛丽皇后’号第 22 次出海了，每次都平安无事。作为她的所有人，我真的很走运。”

当他说话的时候，他的词里会带一些颤音。让亚纳感觉他正在挑逗一个爱慕的女人。

“我的祖父也是捕鳕渔夫。”亚纳接着说道，“他有一次出海后再也没有回来。那是 1869 年的事，我的父亲那时候才十岁，我的叔叔才四岁。”

两个男人短暂地交流了一下眼神。服务员已经给他们端上来了布列塔尼蛋糕，一盘子干酪还有啤酒。

“你是说你的祖父也是捕鳕渔夫？”

“对，他叫埃里克・波利莱克。他的船是‘波尔内’号。”亚纳满心自豪地回答道。

“你是说，埃里克·波利莱克？”科皮亚克惊奇地问道，然后把头转向默尼耶，“他可是个著名的水手！”

“你们知道他？”

“当然了。”默尼耶确认道，“我的父亲曾经跟随‘波尔内’号出过两次海。后来，他遇到一些事故，再也不能出海……”

“那么，你应该继承了一些家族的基因吧。”科皮亚克看着亚纳说道。

然后他从衣服的里兜里掏出一张皱着的纸，将它展开放在手心。

他对侧坐着的默尼耶说道：“你看，这次出海我有个新想法。‘费甘普’号和‘圣布里厄’号准备去哈斯角，然后北上去圣约翰……”

“他们要去的那儿有最大的黑鱼群。”默尼耶说道。

“我知道，但是拖网会惊动那些鱼的。我今天早上仔细地计算过。过去的十年，我们用一个月就能装满货舱；而去年，我们用了一个半月。15天，本来不算什么。但越往后情况会越糟。”

“我知道你要说什么。”默尼耶点头说道，“你是想先去纽芬兰然后接着去冰岛？”

“不。”科皮亚克反驳道，他拿食指指着他的纸片，“冰岛，只能去一次。我想的是：我们在大浅滩捕鱼直到夏季结束，然后我们穿过狭窄的贝勒伊斯，然后我们北上去爱斯基摩湾。你知道布都安去年就是在那里捕了很多鱼。他不想和别人说，但是冬天的时候我已经从他的两个水手那里打听到了。那里有长达五六公里的浅滩，还有大量的没人捕捞过的鳕鱼。”

“就按你说的做吧，但我还是保留我的意见。我们很了解大浅滩，我们知道在哪里能捕到鱼；但是去北边，我们需要花大量的时间去找哪里有鱼。再说，北边寒冷说来就来，连招呼都不会打。你也听人们说了，‘玛丽莲’号在北边撞到了冰山。船员们还算走运，一艘经过的加拿大蒸汽船把他们从海里捞上来，救了他们。”

“嗯，我知道。就这么决定了，我们小心一点就好。”

科皮亚克声音低沉地说道，这表示着他已经下定了决心。尽管他知道默尼耶说得也有道理。但是他知道，如果不冒险的话，这次出海将会收益甚微。他把字条折起来转向亚纳，好像他不想在这个问题上再多做讨论。

“和我说说吧，年轻人，你为什么要带着一把小提琴呢？”他问道。

“这是我仅存的东西了。”

“是吗？那么你会演奏吗？”

“人们说我还算是一个不错的音乐家。”

“好吧，小伙子，这个小酒馆可没有你的容身之地。”

“我知道。”亚纳说着从椅子上站起来。

他向两位男人告辞之后走出了酒馆。港口上夜幕已经降临了。最后的准备工作还在如火如荼地进行。有几只船已经准备在夜里出发，以便利用把陆地和海洋分开的布列塔尼海角吹来的海风，然后驶入公海。

亚纳顺着码头在末尾找到了“玛丽皇后”号，一个浮桥把它和其他船只分开。第一眼看上去，它和身旁的船只没什么两样。新刷过的漆，透露着一种节日的气息。船上的装卸工作已经结束了，船员们都散布在邻近的酒馆里。亚纳盯着“玛丽皇后”号与众不同的船首看了许久。它的船首装饰是深色木板上雕刻着的一张美丽的女人的脸，她正朝着每年春天都要会面的大海微笑。顺着船体的椽木就是她的发绺。雕刻者将她塑造得栩栩如生，大海的气息和海盐的冲刷使她变得古色古香，彰显着过往的经历以及对未来的憧憬。

男孩渐渐地走着离开了村庄，走到了一个森林的边缘。他打开了装着小提琴的盒子，凝视着躺在里边的小提琴，它有一种像烤面包一样的色泽。亚纳看出这把小提琴的螺纹与自己那把完全不同。他用左眼瞄着向小提琴内部看，看到了已经泛黄的布满标点的标签：瓜奈里·德·耶稣，克雷莫纳，1742 年①，后边跟着三个大写字母 VHS②。他紧了紧琴弓的弦开始演奏起来。他奏出的声音，有一种罕见的强势、圆润，非常协调，这是生硬的安东尼奥。随后他奏出一段明亮的旋律，就像是清晨歌唱的小鸟，这代表着弗兰切斯卡。

他站在那里演奏了很长一段时间，完全没有注意到身旁经过的人。随着音乐的展开，泪水在眼眶中打转，他之前认为母亲在 12 岁生日的时候送给自己的那把米尔库小提琴就是世上最好的小提琴。而现在手中这把，简直要比自己那把好一万倍。

---

① 朱瑟佩·瓜奈里（1666—1739），意大利北部一位著名的制琴师。

② 世界上著名的瓜氏提琴。

他想起了尼科罗·帕格尼尼[1]演奏过的卡农。他感受到了这位意大利大师的意境，他开始演奏他的第五狂想曲。这个曲子难度极大，他用自己的小提琴只能断断续续地完成，但是用弗兰切斯卡的小提琴声音竟然能奇迹般地迸发，就好像这把小提琴天生就是为演奏这些高手的曲子而诞生的。

当他的音乐停下来的时候，他发现两个男孩站在面前嘴巴大张着看着自己。一个穿着一身黑衣上了年纪的妇人掉头走过来，头发露在了白色头饰的外边。她很消瘦，脸上洋溢着被亚纳音乐所触动的喜悦。她向亚纳走过来伸出了手。亚纳看到泪水浸湿了她的眼眶，然后顺着她的皱纹流下来。

“谢谢你。”她低声地说道。

接着妇人迈着小步子快步离开了。那两个孩子也朝亚纳靠过来，脸蛋红扑扑的，洋溢着幸福，眼睛一动不动地紧紧盯着奏出如此美妙音乐的小提琴。亚纳什么都没有说，把小提琴慢慢地放回了盒子中。妇人回过头来叫两个孩子，亚纳听到他们边走边低声细语地说道：

“这可真是个天使……”

与妇人和小孩的这次会面让亚纳心里轻松了很多。他对自己说道，他刚刚给予别人的这份幸福，应该归功于弗兰切斯卡和上帝。他在此刻感觉到了上帝无尽的仁爱之心。

他返回到班波尔，又一次游荡在人群嘈杂的港口上。夜幕已经降临了。“玛丽皇后”号上还是没什么人，与之相反的是，旁边的船周围可是人声鼎沸。水手们在临上甲板前拥抱着自己的妻子和孩子，背上装着个人物品的袋子压弯了腰。他们一次又一次地回头，挥手和家人告别。孩子们紧紧抓着身旁挥动着手帕的母亲的裙摆。

① 尼科罗·帕格尼尼（1782年—1840年），著名的意大利小提琴演奏家、作曲家，属于欧洲晚期古典乐派。这里的卡农指音乐中的一种曲式。

亚纳正在港口上闲逛的时候,突然有个人挡住了他前进的步伐。他抬头一看,原来是埃文·科皮亚克,“玛丽皇后”号的船长。

“嘿,小伙子,你是来感受这出发前的气息的吗?”

亚纳把小提琴盒子紧紧抱在怀里,好像面前这个捕鳕渔夫要和他争抢一样。

“你在这里做什么呢?兜圈子吗?”科皮亚克又问道。

男孩用绝望的眼神看了科皮亚克一眼。眼下他无路可去,心里的痛苦几乎要压垮了他。

“你可真是一个有心的小伙子。”埃文说道,“来,去喝杯酒吧!这个时候灵魂的一点点愉悦胜过一切。”

亚纳没有说话。科皮亚克身上有一种吸引力:这个属于大海粗犷的男人,这时候用一种关爱的眼神看着亚纳,男人的眼神让他感到很舒服。他们走进了一家人声嘈杂的酒馆,水手们聚在一起,像过节一样地庆祝这临行前的最后一夜。很多人已经喝得醉醺醺的,走起路来踉踉跄跄。大家都转过头来看了科皮亚克一眼。

“嘿,我说,埃文。你这是要改变这个公子哥的命运吗?”一位已经过了出海的年纪,而来酒馆里找寻过往的老人说道。

“别乱说话,马蒂格。”科皮亚克回应道。

他邀请亚纳坐在一个背对着人群的桌子上。男孩还是一如既往地紧紧地抱着自己的小提琴盒。

“你是因为爱情的失意才出来游荡的吧!”科皮亚克问道,他了解男人的习性,知道是什么会让一个男孩变成这样。

亚纳一开始缄口不言,男人的话戳到了他的痛处。在自尊心的驱使下,他承认了男人说的话。他说道:

“我连死的念头都有。没有弗兰切斯卡的生活,对我来说没有一丁点儿意义。”

“当我们真心爱上一个人的时候我们都会这么说。我们甘愿为一个女人而死。但是这种感觉终究会过去的，我们还是要体会生活的酸甜苦辣。”

“我不是这样的人。”

科皮亚克点了白兰地酒。亚纳不喜欢这种劲道十足的饮品，但他也没有敢拒绝。他强忍着一脸怪相地喝下了第一杯，然后第二杯。他感到酒精的火焰似乎在他身体里燃烧，他感受到了前所未有的勇气。他在心里暗暗做了一个决定，一个不会动摇的决定。

“埃里克·波利莱克有两个儿子，你的父亲是年长的那一个，布勒斯尼克的那个医生？”科皮亚克打断他问道。

“是的，我的父亲在童年吃了很多苦，所以他让我远离大海、远离‘神圣职业’。”

“孩子，你父亲说得对。大海可比一个女人残忍多了。当她把你抓牢了……然后……”

科皮亚克眼神迷离，在脑海中寻找着合适的词语来表达自己不同寻常的感受。在他看来，捕鳕渔夫是一个特殊的人种，他们适应不了陆地的生活，适应不了平淡的生活。

“然而，当你踏上了这条路，你就再也离不开他。葬身于大海可比死在陆地上光荣得多。你呢，你就没有想过要走航海这条路吗？”

亚纳也在脑海中搜寻着词语。他要怎样去说他曾经深深迷恋着和大海有关的一切，他迷恋停在港口里的船只。每次散步他都会去海边的峭壁。他经常盯着大海一看就是几个小时。

“想要成为一名优秀的水手。需要有遗传基因。”科皮亚克继续说道，“这是一个让我们又爱又恨的糟糕活计。它对你越是不好，你就爱它爱得越深！你应该和大海生活在一起，感受它的幽默，它的喜怒哀乐。但如果你没有航海的基因，那这一切都是妄想的。但是，你可是埃里克·波利莱克的孙子，你血液中有航海的基因。”

亚纳看着科皮亚克。男人摆弄了一下自己的帽子和宽平的额头上像一团灰色的泡沫似的弯曲头发。他和其他的水手一点儿都不一样!

“你脸上的疤是怎么回事?”捕鳕渔夫老板问道。

“是我在五岁的时候被一只狗咬的。我那次差点死掉。”

“如果上帝还让你留在这个世上，一定是有使命给你。”

亚纳感到了肘下的桌子在摇晃，他的头变得晕乎乎的。弗兰切斯卡的样子清晰地出现在眼前，在他的面前跳舞。他又想起了在谷仓里的那一夜。回忆那么甜蜜，他的嘴角泛起了笑容，接着眼泪浸满了眼眶顺着脸颊流下来。

“孩子，”科皮亚克对他说道，“你父母正在家等你呢。你应该回家去。”

“决不!”

“听着，为人父母的，如果孩子不在身边，会比其他同龄人老得快。我明白这种感觉。所以，为你的父母想想吧!”

科皮亚克从男孩的眼神中看出，现在说这些话还为时尚早。他叹了口气，然后一口喝光了酒杯中的酒。

“好了。我刚刚已经去船上看过了，一切都准备就绪。我现在应该去休息几个小时。我们要趁着涨潮的时候出海，大概早上 4 点。”

他把钱放在桌子上，然后站起了身。亚纳想和他一样，但是他一站发现脚下的地在摇晃。他脚步蹒跚，努力跟上这位捕鳕渔夫的脚步。一走出酒馆，冷风袭来使他感觉一阵剧烈的头疼。科皮亚克已经走远了，然后转过头，说道:

“你今晚去哪里睡觉?”

亚纳没有回答。科皮亚克转过身来。说道:

“来我家吧!我的妻子喜欢音乐。如果你还能清醒地演奏的话，她会给你留张床的。”

亚纳跟在男人的身后，好像理所当然似的。

他们离开了港口，走在一条连接港口和内陆的街上。夜晚的海面波光粼粼。科皮亚克朝着一座房子走去。亚纳心中早已猜出了这座有特点的房子，这位船长的房子周围环绕着大树，夜晚乌云飘过，月光倾洒而下照在树枝上格外美丽。

老水手打开了房门，点着了过道里的一盏油灯，然后叫男孩跟在自己身后。房子的内部很宽敞，和那些普通的捕鳕渔夫住的小房子是断然不同的。一个面貌一看就令人喜欢的女人出现在过道里。

“我刚从港口回来。一切都准备好了。”科皮亚克说道。

女人盯着亚纳和他的小提琴盒子。然后转向刚把鸭舌帽挂在衣帽架上的丈夫。

“这是你邀请来的神秘客人！”女人用轻声细语的语调吃惊地说道。

“维尔日妮，我不能把他一个人丢在港口。他不知道该往哪儿去。再说，他会演奏小提琴。他可是埃里克·波利莱克的孙子，你明白吗？”

“对，我听说过你的祖母，她真是太可怜了，独自一人把两个儿子拉扯大。”维尔日妮笑着说道，“来，快进来吧！汤已经做好了，我们随后再欣赏你的音乐。”

埃文安排亚纳坐在桌子上，维尔日妮已经又加了一份餐具。他先开始吃饭，然后把大汤勺径直转给了亚纳。维尔日妮也坐下来，盯着这个丈夫邀请来的客人。她和蔼的目光让亚纳想起了在家里和父母在一起的快乐时光。科皮亚克一句话也不说地吃着自己的食物。眼睛紧紧地盯着他的盘子。他心思已经不在桌子上了，他思索着自己孤注一掷的决定，离开大浅滩北上北冰洋去捕鱼，这次出海很有可能会失败。

当他把盘子里的汤都喝完的时候。他用一种庄严的语气说道：

“我第一次出海的时候才14岁。真的很艰难，起了水泡的手浸在盐水里[①]。在北边，天气异常寒冷，就算是7月，但是我们都习惯了……”

① 指由于长时间浸泡在冰冷的水中而长的脓疱。

他说话就像是在给自己讲故事。与此同时，他也列举了自己航海生涯中那些难以忘怀的壮举。心里盘算着默尼耶没有说到用来做面包的面粉袋子，没有说到用来做蛋糕的荞麦面，出海前期用来做汤的新鲜蔬菜，四季豆、扁豆……“玛丽皇后”号真的准备好了吗？横桁的桅杆已经换过了，可是新换的木制桅杆能够抵挡得住即将而来的大风浪吗？科皮亚克对负责替换桅杆的木工塔尔并没有信心。还有桅杆上的帆布呢？这次的帆布来自罗什福尔的一家棉纺厂，但是这些帆布需要一段时间才能变得柔软，提供最大的风力。

亚纳惊奇地看到这个在港口偶遇的性格大大咧咧的男人，现在说话的细微变化。眼前的这个男人沉浸在自己的世界里，就像是现在已经航行在离纽芬兰遥远的水域。

在晚饭快要结束的时候，男人终于抬起了头，用生硬的动作放下手中的餐刀，说道：

“好啦。快把你的小提琴拿出来吧？”

亚纳迟疑了一下，然后在维尔日妮炽热的目光下从盒子里取出了小提琴，维尔日妮把餐具都放到洗涤槽的一旁，准备随后再去刷洗餐具以免错过亚纳的表演。

“它真漂亮啊！”维尔日妮惊叹道。

埃文・科皮亚克把胳膊肘支在桌子上，眼睛看着男孩弹拨琴弦来校音，但看上去还在想其他的事。维尔日妮拉过一把椅子背对着丈夫坐下，满心欢喜地享受着丈夫出发前一晚的这场表演，她从来没有和丈夫在一起度过一个完整的夏天，而对此她永远不能释怀。如果有个孩子肯定会减轻她的孤独，但是上帝却并不遂人愿。长久以来，维尔日妮・科皮亚克都一直安慰自己，她将这看作是在多年的出海后上天还不让她变成寡妇的代价。

亚纳把小提琴抵在下巴上开始演奏起来。房间里浸满了干净纯粹的音符。维尔日妮笑了：她的脸上洋溢出一种简单而又极富感染力的幸福。随着旋律的流淌，她惊奇地发现音乐唤醒了自己，脑中浮现出五颜六色绝美的图画。当音乐停下来的时候，女人沉醉了一会儿才从刚刚的梦幻中重归现实。埃文一动不动，用克制的语调说道：

“你演奏得太棒了……”

“你是在布勒斯尼克学到的这美妙的音乐的吗？”维尔日妮心情激动地问道。

“我的妈妈会弹奏钢琴。是她一直坚持让我学习音乐。”

“如果不是亲眼所见，有人和我说埃里克·波利莱克的孙子在这间房子里弹奏小提琴的话，我一定以为他们是在开玩笑。我们难以预料到生命中一切惊奇所在！”科皮亚克说道。

“再演奏一首吧。你让我感觉如梦如幻。”维尔日妮要求道。

亚纳拿起小提琴按照内心的感受开始演奏。他在这里感觉很好。他很开心弗兰切斯卡给自己的小提琴能够带给这两个招待自己的陌生人幸福的感觉。对弗兰切斯卡的回忆让他演奏得愈发动情。他想象到把女孩抱在怀中……想着想着他又有了哭的冲动。

随后，埃文从椅子上站起来，快速地瞟了一眼摆钟。说道：

“我得去睡一会儿了。我可不想错过涨潮。”

男人的心思此刻已经上船了，对水手们发令来利用微风和涨潮的水流把船驶向公海。每一个捕鳕渔夫都会根据周遭的情况来选择自己出发的时间，但更多时候靠的是自己的信念，通常这些信念都是毫无来源的。但就是这种信念年复一年地支撑着他们出海捕鱼。等到了大浅滩的时候，每个人都会去找那个让自己变成优秀捕鳕渔夫的地方。

躺在床上，科皮亚克一个人在黑暗中还在想着明天出海的各个细节。就像往常每年那样，他一晚上都没有闭眼，既兴奋而又焦虑不安，希望时间可以快点流逝。他有两种生活，一种生活宁静，整日做些小事，去港口散散步，做做园艺，晚上就去休息；另一种，才是他真正的生活，他捕鳕鱼的生活，和大风搏斗，寻找良好的捕鱼地点，做船只航行的决定，指挥船上的水手。

维尔日妮把亚纳领到楼上的一间卧室，然后说道：

“你就在这里好好地休息吧。在这里，埃文起床也不会吵到你的。赶紧休息吧，在你这个年纪，觉还是很多的。我这个夏天又要孤身一人了。如果你有时间的话，有机会就来看看我吧。”

亚纳现在只有一种念想：沉沉睡去再也不要苏醒。陷于睡梦中再也不要遭受心中痛苦的侵扰。维尔日妮把一盏油灯放在床头柜上，然后走出了房间，关上了房门。亚纳整晚上努力地克制自己不走向崩溃的边缘。他用鸭绒压脚被把自己裹起来，钻在被子里哭了起来。埃文今天晚上就要出发了。明天，亚纳也将离开这个村子……但是要去哪里呢？去找弗兰切斯卡？女孩并没有和他说清楚事情的真相。她把小提琴留下来是不是代表着她以后再也不想与自己见面了呢？

他在黑暗中睁开了眼睛，透过开着的窗户，他听到了大海涌动的声音。他想到了“玛丽皇后”号从容不迫的样子，它一定也迫不及待地想要驶入宽广的公海了。这无疑是他见过的最美丽的船；船身的线条，它匀称的外形都吸引着他。他终于能够理解埃文说到自己的船时候的那种热情了。

亚纳起身走到窗户旁，月亮挂在天空中，整个村庄都被月光笼罩着。远处的海上泛出光芒，海水的光亮和灰色的浪花混杂在一起，亚纳看着眼前的景色紧紧地握着拳头。窗外有一棵大树，大树的一个枝丫伸到了窗户旁。亚纳想也没想就背起了他的小提琴，跨过了窗户然后顺着枝丫爬到了窗外，树枝被压弯了，不过还能承受他的重量。脚一着地，他就开始反思自己的行为。现在他的所作所为就像是一个小偷要逃离这个款待他的房子。

不，他不是逃离。他只是需要做些什么来对抗内心的痛苦而已。埃文不是那种行尸走肉般的生物，相反地，这个老水手已经用行动获得了男孩的尊重和敬仰。

亚纳这次很容易就找到了来时通往港口的路，经过几个依然营业的咖啡馆，一路上遇到了几群喝得醉醺醺的水手，最后走到了海堤。路旁，一只狗正在翻腾一个被遗弃的纸箱子。“玛丽皇后”号静静矗立，帆布都已经卷好，高大的桅杆直指天空。在帆布都合拢的时候，它看起来就像是一只即将起飞的鸟。亚纳沿着长长的港口海堤静静地凝视着它。弗兰切斯卡的不辞而别对他打击很大。他想妈妈这时候肯定在家里等着自己回去，而他永远也不会原谅父亲揭发波尔丽一家的做法。“他那样做几乎就是要了我的命。”他喃喃自语道。

他坐在一堆缆绳上，面对着“玛丽皇后”号。在这个天然的避风场所，他看着看着，便慢慢地入睡了。

不一会儿，港口的人声嘈杂起来。他站起身来，看到港口上已经挤满了一堆一堆的男人、女人和孩童。一些孩子显然还没有睡醒，正在小声抽泣发泄着不满。

他在人群中看到埃文·科皮亚克也来了，身旁的维尔日妮挽着丈夫的胳膊。埃文一边和人们打着招呼一边穿过人群。他命令两个水手在船和港口之间放置了一架栈桥来供水手们上船。随后转向身后的人们。水手们把沉重的包裹放在脚边，等待着。

默尼耶已经站在科皮亚克的身旁，一只手中攥着一张纸，另一只手里提着一个高度达到肩膀的灯笼。

“所有人都到了吗？”船长扫视了一眼人群问道。默尼耶说着展开了手中的纸，借着灯笼的光线开始点名。点到的水手回答“到”，然后拿起自己的包裹，与妻子和孩子拥抱做最后的告别，然后登上甲板。

点名持续了很长一段时间。“玛丽皇后”号上一共有三十多位水手，这要比旁边“费甘普”号和“波尔多”号的船上的水手要少一些，但这些水手都已经熟练掌握自己的工作。他们更喜欢人少一些，也不要一大群人去分利。

点完名之后，船长转向默尼耶问道：

“塔耶维呢？塔耶维在哪？”

然后看了默尼耶一眼看他是否知道，接着抱怨道：

“我真奇怪为什么我要给他命名水手！他应该继续去当见习水手！”

船上的人们都开始笑起塔耶维来，亚纳利用这个机会悄悄地接近，听到人们嘲笑塔耶维“细长得像根绳子”，或是“一张麻子脸”“吃干草的蠢货”。

“塔耶维？”科皮亚克又喊道。这下他总该听见了吧！

亚纳悄悄地蹿到了第一排，他没有注意到维尔日妮正朝自己走过来。维尔日妮并没有惊讶亚纳出现在港口上，他晚上从窗子爬出去的时候声音可够响。

“他们要走了。”她用一种无奈的语气说道，“每年都是这样。”

这时，一个年轻人上气不接下气地跑过来。亚纳从他的高个头、绳子一般的体形和长着青春痘的脸庞认出他就是罗易克·塔耶维。

“你迟到了！”科皮亚克冲他喊道。“你知不知道，你这样会让我们错过潮汐的！快上来，我稍后再和你算账。”

“我睡过头了。我的老板昨晚让我工作到了深夜。”年轻人蹩脚地解释道。

“快给我上来，要不小心我当着大家面踹你的屁股！”

塔耶维朝着栈桥走过去。当他经过亚纳身旁的时候，盯着眼前这个年轻人看了一眼。亚纳从他的眼睛里读出了一种悲伤，一种绝望的感觉。塔耶维在人们的嘲讽声中登上了甲板。在港口上，没有一只手是向他挥别的。

默尼耶把纸收起来然后汇报道：

“水手们到齐了。就剩两个见习水手了。”

“小水手！”科皮亚克叫道。

两个约莫十五岁的男孩羞涩地走到船长身前。一艘开往纽芬兰的捕鳕渔船上没有见习水手是不可想象的，这些年幼的孩子要顶替水手的岗位做那些船上令人厌恶的工作。但与此同时他们也会学着成为一名真正的水手，如果科皮亚克没有当过见习水手那他现在也不会成为船长。

这两个见习水手——都还是一副孩子的模样，站在船长面前。一个，长得很帅气，有一双椭圆的黑眼睛。另一个，年纪要更小一些，一副圆脸，长得并不讨人喜欢，这是他第二次跟“玛丽皇后”号出海了。

“你是，阿德里安·勒古瓦克，新来的见习水手？”船长看着男孩问道。

阿德里安点了点头表示默认，站在甲板上的男人们面前他显得很不自然。在栈桥旁，他的母亲，一位体态肥胖的蓬头妇女，冲着科皮亚克笑着表现出了她内心的期盼。

“你不要担心，我们会照顾好他的。我们会还给你一个真正的捕鳕渔夫。”

妇女一刹那间感激涕零。她清楚地知道等待着阿德里安的是什么，她也知道这是唯一的办法，否则孩子只会像某种惯例那样走进监狱。孩子看到这情景强忍着自己内心的感受开始呜咽。他知道一旦跨过栈桥，他就只能靠自己，再也不能指望别人了。

“你呢？”船长转向另一个圆脸的孩子，他的短发使他的头显得愈发地大。“你是让·巴尔萨诺？还是那么固执？”

让没有回答，眼也不眨地登上了甲板。科皮亚克摇了摇头，他还没有忘记自己曾经扇过这个孩子的耳光，如果男孩在少年时期没有好好受过磨炼，那他就得负责从第一天开始就把他带上道。

“回答我的问题，你还没有和我说你的母亲。”

“她来不了。”男孩用沉闷的语气干硬地说道。

上船之后，两个见习水手站在队伍的最后，其实心里并不想成为这次危险的远洋航行队伍的一员。阿德里安眼睛没有离开过挥动着手帕和他告别的母亲。而让面无表情，尽管个头小却让人很敬服。

其他的船只也决定要利用这次潮汐出海，码头上人头攒动。夫妻紧紧抱在一起，丈夫一推再推上船的时间。他们不愿意在还没有跨过把他们和陆地家庭分开的栈桥的时候，就去想象未来的几个月，去想象他们要渡过的难关。然而，时间很紧，他们不得不马上出发，每年出海最难过的便是分离。一旦驶入公海，一旦帆船扬起了帆，他们便一心想着捕鱼，他们满脑子都是鳕鱼的浅滩，都是他们用绳子拉上来的大鱼。

他们是捕鳕渔夫，与其他水手如此与众不同的种类！他们不是出发去一个港口，而是去大海，没有一个海岸可以停靠的大海。他们连续几个月都要住在船上。船既是他们的牢狱又是他们的自由地。他们为自己感到自豪。大海，狂风，乌云，既是他们的盟友又是他们的敌人。他们知道等待他们的暴风雨，船身在一个大浪的推动下就会倾覆，或是撞在冰山上，但他们接受这份风险，那是属于他们真正的生活。他们再回来班波尔只有两个理由："重新积攒力量"或是"思念"。在漆黑寒冷的大海中，在炎夏的大雪中，他们的灵魂永远得不到释放。海上每天都有太阳，他们已经习惯了大海的光泽。

那些在码头上哭泣的妇女们心里都明白这一切，她们把丈夫丢给这最恶毒的"女人"，难以控制而又异常粗暴。他们要去面对危险，又或许是死亡，但无论如何他们还是要出发。所有的女人都乞求有一天可以停止这个被丈夫称为"神圣职业"的活计，所有的女人在看着丈夫离开的那一刻都大哭起来，而所有的女人却也让步了。对于捕鳕鱼者来说，最坏的结局远比死亡更严重。女人们熟知那些因为受伤而再也不能出海的捕鳕渔夫：他们看起来就像是丧家之犬，一无是处，像是地狱外迷路的恶魔，整日在咖啡馆中度日。

"所有人都上船了？"科皮亚克问站在船桥边的默尼耶。

"好，那么我们出发吧！"水手们都在船桥上等着船长发号施令。每个人都熟知自己在这艘巨大的三桅帆船上的职责。迟到的水手也已经到位。他们的脚步走在甲板上发出沉闷的声响，在"玛丽皇后"号的船体中扩散开来。

一阵悲伤的启动就像是死刑的宣告。水手们开始了死亡之旅。科皮亚克夹杂在水手中，面无表情地望着维尔日妮。即将到来的是前所未有的考验，但在这二十多年陪伴自己的妻子的目光却始终如一。自己在夏天结束的时候能够返回来去开始一段新的生活吗？想到这里船长心中很不安。今年，燕子很少见，这说明寒冷将它们赶回到了南方，多年的经验告诉他这个夏天将会动荡不安。再说 13 个月亮……他想到了他要去战胜的暴风雨，想到了时不时侵扰船员的发热病。因为亚纳的缘故，他想到了埃里克·波利莱克遇难的那次事故。

“这该死的活计！”他抱怨道。现在，只好听天由命了。

亚纳怔怔地站在那里，一阵好奇在他的身体内攒动。突然间，在默尼耶就要把栈桥推到岸上的时候，他跑起来，跳着越过了船栏，出现在了科皮亚克眼前，船长还没有反应过来要把他推下去。

“我来了！”他喊道。

“谁让你上来的？”默尼耶怒气冲冲地说道。

“把这个男孩给我赶下去！”

但是这时亚纳已经登上甲板了。科皮亚克吼道：

“你！你给我下去。这不是你该来的地方。”

“不，我要留下。”亚纳用低沉的声音坚持道。

他已经站在了罗易克·塔耶维的身旁。科皮亚克很后悔，这完全是他的错。如果不是他把年轻的波利莱克带到家里，就不会有现在这样的荒唐事。站在船桥上，他发现亚纳要比他的绝大多数水手都强壮。然后，他转向默尼耶发出了命令。

“把他给我弄下去！快点，潮汐要降下去了。”

两个水手跳到了亚纳身边，亚纳握紧了拳头。他的小提琴盒子滚到了地上，塔耶维快速冲过去想要把它捡起来。

亚纳有信心能够应付得了这两个水手。科皮亚克任由他们打闹了一会儿，然后喊道：

“住手！”

打斗立马就停下来了。在码头上，人们全然不知道船上发生了什么。船上也立刻重归寂静。

“你想跟我们走？这样的话，你天上的祖父看见肯定会不高兴的。”

接着船长转身面对着他的船员说道：

“这是亚纳·波利莱克。埃里克·波利莱克的孙子。”

船员们爆发出一阵欢迎的喝彩声。对这位著名的捕鳕鱼者的尊敬使亚纳很受欢迎，但是被他刚刚打过的水手一有机会就会回报他的。

科皮亚克亲手推开了“玛丽皇后”号与陆地连接的舢板。航海正式开始了。他大声喊着水手们回到自己的岗位。根据风向和水流升起帆布可不是个容易的活。只有经验老到的船长和默尼耶这个船只的掌舵手才能将船驶出停泊地，然后利用水流的力量使船只能够借助风力驶出港口。

慢慢地帆布都展开了。水手们重复着船长的指令，皮带轮咯吱作响，缆绳也绕开了。为了能够安全地把船只驶出港口，水手们需要控制船只的速度。潮汐的水流慢慢地把船只从码头推开，岸上人们招手的身影也在晨曦中快速地变得模糊。默尼耶操纵着船只的航向。这个个头矮小有些驼背的男人走起来活像一只猴子。船员们有时会怀疑他开船的本事，但是科皮亚克却对他充满了信心。他熟知海上的停泊地和海上的障碍物。他能够在半明半暗的光线条件下毫不迟疑地准确驾驶“玛丽皇后”号。水手们升起了大帆布，前桅帆①和后桅帆②。这样提供的动力已经足够船只出海了。

随着船只的渐渐远去，帆布上闪出一阵奇异的亮光。如果不仔细看，就像是鸟儿的翅膀一样。与此同时，还有几个水手在吊着缆绳。岩石凸起的部分使得船身稍稍向左倾侧了一些。亚纳站在船桥睁大眼睛看着这从未见过的景象。他是真真切切地出海了，他已经没有回头路了。水手们叫喊着爬上桅杆的高处，

① 桅杆下部的帆布，主要功能为让船只在风的中心线上保持平衡。

② 位于中部桅杆的帆布以及位于桅杆上部的帆布，通常帆布会超出船身。

另一些水手在下边准备给他们搭把手。科皮亚克站在船桥上面无表情，一边监督着每个人的工作，一边警惕庄严地向舵手发号施令。

用了好长一段时间，船只才完全驶出先前停泊的地方，但很快，岸上的灯光就在迷雾与晨曦的混杂下消失得无影无踪。一股强力的大风吹得帆布快速地震动。这是船员们等待已久的时刻。科皮亚克下令将船向右行驶，这时水手们拉起了桅杆的转动架，展开了大大小小的桅帆，前顶桅帆和后顶桅帆，船身前部和船首上部的三角帆，体形巨大的三角帆和支架使得“玛丽皇后”号看起来一副飞机的模样，尽管他有着30吨的载重。“玛丽皇后”号威严地在水面滑行，在大浪的汩汩声中平稳前行。一群怪声歌唱的鸟儿在船顶盘旋。风儿轻轻地从帆布间划过，使得笔直前行的船只稍稍倾斜。帆布被风拉展发出嘎吱嘎吱的声音，桅杆也咯吱作响。“玛丽皇后”号终于驶入了大海，每一次的嘎吱声和船身发出的声音都像是低声的吟唱。

“她有些老了。”科皮亚克喃喃道，“每年都是这个样子，不过两三天后情况就会变好了。”

船只在西南风的推动下在海面上平稳地航行，离布满海角的海岸越来越远。太阳缓缓地从地平线升起来。从现在开始，“玛丽皇后”号上的船员们变成大海中的独行者了。

巴赫奈克吹响了雾角[①]，声音听上去有些悲凉。岸上的妇女和孩子们要听到号角声才会离去。其他船只的号角声也在清晨枯燥乏味地吹响了，每个船的号角声都不同，岸上的人们可以清楚地分辨出哪个是自家船只的声音。

科皮亚克一瘸一拐地走到站着一动不动的亚纳的身边。

“好了，小伙子，现在你应该去找自己的位置了。你和塔耶维一样都得从新手干起，没有人会教你怎么适应这份工作。如果你能自己领悟得到，那最好。

① 船只在海上航行时遇到大雾时吹的号角来提醒来往船只，以防撞船。

否则，我会让你在圣皮埃尔（一处海上的停泊点）下船的。”

亚纳一直不知道是什么驱使自己跳上了这条船。他的肚子开始难受，头也变得晕乎乎的。他要怎么做才能和这群粗鲁暴力的男人们待在一起长达几个月？要知道这与他之前交往的人是截然不同的。

当船顺风航行的时候，没事干的水手们就聚在船桥上闲聊。他们在分别几个月后重新相见，心里有很多的事要倾诉。水手们自发地组成了谈话的圈子，新来的水手根据喜好找寻着融入这些圈子。一大群人在抽烟喝烧酒大声地交谈，一些喜欢安静的水手聚在一起彼此时不时地说说话，一些爱玩的人玩起了扑克牌。一群爱打趣的人聚在贝尔松身旁，他是一个身材矮小脸色阴沉的男人，戴着一顶有个缺口的帽子，烟头叼在嘴角，总是一副蔑视的神情，斜眼看着一旁的小水手。

“所以，人们说的就是你？伟大的埃里克的孙子？”贝尔松问道。

罗易克待在亚纳的身旁。贝尔松心里很反感这些见习水手和年轻的新成员。他粗鲁地，谄媚地把最脏最累的活交给这几个连自己都照顾不了的男孩干。科皮亚克对他的行为也睁一只眼闭一只眼，因为他是这群船员中最好的水手。

“你要带着你的小提琴去哪里？这里，可不是歌剧院！”

其他的船员被他的话逗得哈哈大笑。他们眼睛盯着贝尔松对这几个弱者的吆五喝六，手里掏出了他们的香烟，仿佛这是一场表演。

自从同意亚纳上船，科皮亚克耳边就充满了船员们对这件事的不同看法。有的人认为船长的这个决定是想要培养一个新的水手，因为他正在寻找一个继承者。亚纳是波利莱克家族的一员，他的出身可以解释为什么船长会打破以往的规矩。巴赫奈克今年已经满 30 周岁了，一直垂涎大副的位置，他耐心地等待着默尼耶有一天返回到陆地上然后自己代替他的位置。这是一个很勤快的男人，头顶的头发已经变得稀疏了。他不和其他人一样整天说粗话，也不抽烟，他懂得用自己的拳头和航海的天赋来让别人接受他。亚纳的到来使他感到了深深的危机感。

两个见习水手从甲板上下来，站到了船舱里。阿德里安闭着眼睛，让·巴尔萨诺站在他的对面，愁眉不展，双手插在兜里。没有人会注意到他们，因为做苦役活的时间还没到。

科皮亚克从船舱里出来回到船桥上，问巴赫奈克当默尼耶掌舵的时候谁帮他做大副的工作——集合船上的船员。

在海上航行了几个小时之后，亚纳已经能够感觉到自己和原来的生活之间的距离正越来越大，同样地也感觉到他和这些长着大手，由于喝烧酒声音变得沙哑的水手之间的距离。他贵族的举止是他们之间的一道墙。他的小提琴也是一个阻碍。他拿起小提琴想要把它扔进海里，罗易克·塔耶维及时地拦住了他。

“你要干什么？你疯了吗？”

其他的船员看到他们大笑起来，科皮亚克看到了这一幕，朝着人群走过去。

“我永远不会让你去毁掉一把能奏出绝妙音乐的乐器的。”

船长拿过小提琴转身走了几步说道：

“在没有新命令之前暂时充公了！”

罗易克感激地看了他一眼，然后转向了亚纳和那两个见习水手。

“走吧，我带你们去看看你们的舱位。”

他们下到船舱里，罗易克解释道：

“船长，默尼耶，和外科医生马尔罗住在那里。厨师洛兰就睡在他的炉子旁。他是个怪人，容不得别人。所以人们给他空出他的地方。他每天晚上都喝得酩酊大醉。其他的船员住在后边的船舱里。而我和你们的舱位在这里，在船的前舱。”

他们走进了一处相互连在一起的破旧小房间，房间里堆放着船上的储备，面粉袋子、酒桶、用绳子捆在一起的烧酒和装着其他杂物的盒子。船舱里有一股刺鼻的辛辣和咸咸的味道。前舱的房间里放置着两排铺位，每边的开口处放置一个没有门扇的铺位。

"这是原来病人住的地方。马尔罗把这里隔离出来。但是他们说见习水手不怕染上热病。但是，过了一年贝里耶就死了，他还不到15岁！对于船员们来说，死一个见习水手根本不算什么！"

"为什么我们不和其他人住在一起了？我们为什么不去后舱？"阿德里安问道。

"因为那里地方不够。"罗易克回答道。

他一个接一个地打量着眼前的这几个孩子，叫他们放下肩上的背包。

"船长要见到船上所有的人。到举行仪式的时候了。"

船员们聚集在船桥上，除了正在掌舵的默尼耶。船员们脸色阴沉，脸上刻着深深的皱纹。科皮亚克转过身来，面对着他的船员。

勒路易，船上的神甫，站在船长的一旁。水手们脱下了帽子扔掉了手里的烟头。

"愿主和圣·伊芙保佑我们刚刚开始的航行。"勒路易双手合十说道。

他嘴里念着班波尔水手的祷告词。班波尔的祷告词要和圣·布里厄、费甘普和圣马洛的祷告词完全不同。船员们嘶哑的声音与神甫的声音混在一起，这代表着他们的团结一致，隶属一个家族，象征着所有船员化为一体。

当祷告结束之后，科皮亚克遵照传统开始新一次航海的欢迎致辞：

"自从30岁开始，我每年都要驾船去大浅滩。你们中的大部分都跟随'玛丽皇后'号多次出海。我们不仅仅是船上的伙伴，更是兄弟。我必须自豪地这么跟大家说。你们都知道去年我们的出海并不成功。那些拖网捕鳕渔船把鳕鱼都赶到了北边。所以，我们今年必须比往年更加卖力，加大搜捕鳕渔船[①]的搜寻次数。我这样做是为了大家能够有一个好的收益，如果我们今年捕不到足够多的鱼，这或许就是'玛丽皇后'号最后一次出海了。"

---

① 长度八到十米的小船，海上的捕鳕渔夫们用它来搜寻船只抛锚附近的海域。

科皮亚克说着点燃了一支烟然后停下来吸了一口。船员们面面相觑，满脸惊讶。船长遇到经济问题了？上一次出海确实不成功，但是水手们还是得到了他们应得的报酬。

“我请大家一定遵从命令，把大家的聪明用到实处，使我们的航行取得圆满成功。”

船长的发言简洁明了，但是所有的船员都从他的字里行间领会到了他的意思。他们打心底里敬佩船长，心中暗暗想着要捕到大浅滩最肥美的鳕鱼。但这就够了吗？

在航海的初期，差不多三周的时间，船上除了根据风向矫正一下帆布之外就没什么其他的事情可做。天气好的时候船员们就聚在船桥上，下雨的时候就聚在厨房旁边，他们蔑视那些所谓的酒店，称这里才是真正的豪华。他们大量地抽烟，聚在一起玩扑克牌和骰子。一些人可以赢得别人定量发放的那份烧酒或是红酒，然后晚上喝得更加酩酊大醉。远离陆地，酒馆和女人已经开始让他们感觉不适。幸运的是，船上还有见习水手供他们来打发时光。刁难的对象通常是阿德里安这个沉浸在绝望中沉默的男孩。贝尔松玩起来比其他的船员更具有想象力，而小水手就是他的出气筒。这个时候，让·巴尔萨诺就待在自己的角落。

海上的颠簸使得亚纳的肚子翻江倒海。对于一个捕鱼者来说这再糟糕不过了，由此引来了所有人的嘲笑。脑袋像着了火一般，他几乎要把肠子吐出来了。他的身子也变得像水一样软绵绵的。罗易克·塔耶维有些气愤地说道：

“我真不明白你为什么要这样做！你在陆地上就会平安无事，你看起来不像是穷人，那你为什么还要上船呢？”

亚纳自己心里也后悔了。他用嘶哑的声音回答道：

“我自己也搞不清。我真是一个蠢货……”

“你会一直为自己的行为后悔的。”罗易克又说道，“这里是地狱，你明白吗？

你被关在一所监狱里，如果你稍不顺他们的意，他们会毫不犹豫地把你从甲板上扔下去。”

“既然这么苦，那你为什么还要回来？”

一旁的罗易克脸上抽动了一下。他眼神坚毅，充满了力量，从眼神中可以看出他坚毅的品行。

“你问我为什么还要回来？”

他用手心擦了一下额头。颅骨和耳朵旁边金色的头发呈人字形交错。他的嘴唇抿了抿决定说道：

“你知道吗，如果你经常光顾地狱的话。那么你会渐渐对这个守护神产生依赖。”

亚纳一脸怀疑地看着他。他又继续说道：

“我在特雷吉耶出生，你想我在那里能做什么？我不识字法语说得也不好……”

“这很快就可以学会的。”

这时门外传来一阵声音。

“来，大家都在等你们。”

到了做苦役活的时间了。见习水手要去择菜，开船时带上来的这些新鲜蔬菜很快就会枯萎。他们还要摆放餐具，清洗船桥和船舱。其他人让他们做这些最令人厌恶的苦活纯粹是为了找乐子，船员们一点儿不会为把垃圾扔到那些极难清扫的地方的行为而感觉愧疚。

默尼耶脸色苍白给大家分配任务。亚纳站在队伍的最后。突然人群中爆发出一阵大笑。亚纳趴在地上吐出几乎绿色的黏液。贝尔松冲他喊道：

“快给我保证，小子，你会马上去把这给擦掉。”

亚纳大口喘着粗气。船仿佛转起来了，他感到自己要被大海和天空吞没了。他靠着船栏，双腿毫无力气。他试着站起来，却腿一软倒在了船桥上。接踵而至的一脚使他感到一阵剧痛。

“嘿，你听到我说的命令了吗？你在等什么？还不快去把你的脏东西给擦掉？”

亚纳蜷缩在船板上。罗易克找了一只桶去收拾他的呕吐物。

“这不是你的事！是他的事。”贝尔松打断他说道。

罗易克继续擦着地上的污渍就好像没有听到他说的话。贝尔松看到之后用鞋底狠狠地踹了他的右肩一脚。

“你听到我和你说的话了吗？”

罗易克慢慢地伸直腿站起来，面对着贝尔松说道：

“他病得很重。”

贝尔松没有再说什么，一边走开一边念叨着再有下次的话绝对饶不了他。亚纳对帮他收拾干净船板的罗易克说了声谢谢。罗易克听到船长在叫他，什么也没说转身走开了。

船员们经常在船桥上找乐子。他们围着两个见习水手逼着他们抽烟。抽一口烟对于让·巴尔萨诺不是问题。但是阿德里安却被呛得咳嗽不止，眼睛里也充满了血丝。其他人看到他的样子哈哈大笑，在经历刚才不愉快的一幕后他们又找到了乐趣。

如果你想成为一名好的水手，“烟草”是不可或缺的！两个小水手手里拿着烟头不敢把它扔到甲板下去。水手们又给小水手点上了一支烟来替换先前那一支。科皮亚克走过来，看到小水手委屈地哭泣也忍不住笑起来。

天气很晴朗。站在船上望向远处，可以看到其他向西北方向航行的船只的帆布。走在队伍的最前方可以让他们选择大浅滩优良的渔场，走在后面的船就要被迫驶向黑浅滩。科皮亚克已经看准了靠近马德莱娜岛的米萨尼浅滩，那里有大量的蛾螺。这种软体动物很好捕捞，这样一来既可以储备大量的鱼饵，又可以避免在圣皮埃尔停靠下来买鲱鱼作为鱼饵。科皮亚克心里对自己的计划很满意，尽管其他人都建议他捕捞噶普兰[1]。8月的时候，他们会用枪乌贼来做饵料，在渔期末的时候捕鱼的量会很大。但是今年，科皮亚克有别的打算……

由于默尼耶的精确驾驶，“玛丽皇后”号的航线顺风顺水。它赶上了之前出发的船只又超过了它们。默尼耶转了转舵柄以免和其他船只交会的时候离得太近：船上的船长们都相互监督着，迂回航线来避免暴露自己的意图，但是他们也会吹响雾角来相互打招呼，呼喊着遇到的新鲜事也祝彼此好运。

现在这艘三桅帆船已经行驶在通向北大西洋的航线上了，船只顺流而行，海风规律地吹动着帆布。船上的船员们可以喘口气了。厨师敲了敲铃铛告诉大家饭准备好了，这是在进入捕鱼海域前最后的宁静。除了默尼耶和四分之一需要坚守岗位的水手之外，其他的水手们都走进了饭厅。科皮亚克坐在高层的桌子上祝大家能有一个好胃口。他的眼睛落在抽泣着的阿德里安的身上，男孩低着头。他用像父亲一样的语气对他说道：

“现在是很苦，小伙子。但是等你爬到高处，等你能捕鱼的时候，你就不会有工夫去想你的这些伤心事了。你会成为一名优秀的水手的，这世界上最帅气的水手！”

男孩鼻子抽泣着，抬起头看着对着他微笑的船长，科皮亚克笑起来脸上布满了皱纹。让·巴尔萨诺一脸严肃地坐在阿德里安的身旁。“真是一个顽固的家伙。”科皮亚克说道，不过他喜欢这种硬骨头。接着他高声说道：

“小水手们开工吧！”

服侍水手们的苦活就是见习水手的工作。巴尔萨诺连祷告都没有做径直地走向厨房。亚纳病得很严重，身体虚弱得什么都干不了。船员们说各种各样的话嘲讽伟大的埃里克的孙子却受不了海上的颠簸。

今晚，是船员们最后一次享用新鲜的蔬菜。科皮亚克给船员们分发了红酒，

①鲑鱼属的一种体形很小的鱼，北美洲海岸数量巨大。

苹果酒，和用来暖和肚子必不可少的烧酒。

快要吃完饭的时候，船员们闲谈的声音越来越大。科皮亚克一边盯着所有人，一边快速地瞄着船只航行的路线。他站起身来，转过身朝着亚纳说道：

“我说，小波利莱克，你能给我们演奏一曲音乐吗？”

船员们听到船长的话爆发出一阵大笑，但是船长装作一副不理睬他们的样子。

“来一点点音乐会让我们感觉很舒坦。明天开始我们就没时间了，所以享受这一刻吧。塔耶维，去我船舱里把小提琴找来。”

罗易克看着亚纳轻轻地笑了一下。船长是要再次羞辱这个新来的吗？亚纳现在的身体什么都演奏不了的。看到桌上的食物或者是听到餐具的噪声都让他感到肚子里翻江倒海地难受。

罗易克跑到船长住的城堡，然后拿着小提琴跑了回来。他的样子就像是一个孩子眼睁睁地期待着即将到来的惊喜。

“你愿意为我们演奏一曲吗？”船长轻声地说道，“你觉得他会以你为豪吗？你的祖父。”

阿德里安满眼充满好奇地看着亚纳。船员们一口喝光了杯中的酒，罗易克在玩笑声中打开了盒子拿出了小提琴。

只有外科医生马尔罗没有笑，他从高层的桌子上站起身来走到这个虚弱的男孩身旁。他驼着背，看起来似乎他的身子被他的大头给压弯了。

“喝了它吧！”他把一个装满浅黄色液体的杯子递给了亚纳。

亚纳迟疑了一下，看了一眼科皮亚克，船长用眼神示意他可以喝。他把杯子放到嘴边，喝光了里边的液体。液体的味道极其强烈。他被呛出了眼泪，身体摇摇晃晃想要找一个支撑。

“要说帮助病人重新站起来，没什么比这个更合适了。”马尔罗说着转身走回了自己座位。

果然，亚纳的身体里好像着了火，他感到自己有了力气，也能够平稳地站起来了。突然间，他感到一种难以言语的舒适感。他拿起小提琴抵在下巴上，先试着用琴弓随便拉了一下，然后开始演奏出清澈、旋律感极强的音符。这些粗鲁的人们从来没有机会能够听到这样的音乐。人群中的笑声停止了。这一刻，亚纳忘掉了翻江倒海的肚子，晕乎乎的使他颠倒时间的头。随着他的演奏，他的身子也变得刚劲有力，仿佛他能从乐器发出的声音和对弗兰切斯卡的回忆中汲取到力量去变成一个优秀的水手。音符就像一只白色的大鸟伴着月光迎风展翅飞向天空，然后飞到水面上破裂成一连串炫目的浪花。阿德里安的脸上终于浮现出了笑容，两道热泪顺着脸颊流下来。罗易克怔怔地站在这位音乐家的身旁一动不动。一种奇异的感觉冲上他的喉咙。科皮亚克别有意味地看着他的船员们把手中的香烟放在盘子旁边，忘情地倾听着这美妙的音乐，就像是一群全神贯注的孩子正在倾听一个美丽的故事。

亚纳刚一放下他的小提琴，马尔罗给他吃的药效就开始衰退了。他的头又变得昏天暗地。他跑到船桥上，趴在船栏上吐完之后又回到了他的船舱，两眼翻白，看起来比先前病得更严重了。

接下来的几天，一向险恶的大海变得风平浪静。亚纳开始能吃饭了，身体也慢慢地恢复了气力。从小时候开始经年累月造成的对大海的恐惧，已经像一阵光一闪而过了。在失去弗兰切斯卡之后，他才发现自己真正成为波利莱克家族的一员，一个属于广阔大海的男人。

亚纳、罗易克和其他两位见习水手共享一间船舱。他们和其他的水手们分开住，但是干的活可不比他们少。他们要擦洗大小便的壶子，打扫船上的各个角落，帮着厨房打杂，饭后还要清洗餐具。即便他从出生以来从来没有做过这样费体力的粗活，亚纳也没有抱怨。他努力使自己身体疲乏来避免自己思念弗兰切斯卡。

水手们想不到这个长着一双女人手的富家公子哥这么快就会适应船上的生活，亚纳使他们彻底地改变了从前的看法。难以解释的是亚纳用他的小提琴奏出的音乐获得了水手们的尊重。其次，亚纳也不是一个软弱的见习水手了。有好几次，他已经向水手们展示该用拳头的时候他丝毫不会迟疑。

“玛丽皇后”号上的船员们已经跟了他们的船长很久了。从前的争执已经随着时间渐渐淡化了，但是每次出海的时候这些争执又会重新焕发活力。船员们在一起时常谈论自己和留在陆地上的某个女人的风流韵事，但却从来不谈论他们隐藏在内心深处的那些紧张情绪。船员们在海上真正的生活是沉寂的。水手们之间交流一个眼神就能明白彼此的想法；他们最通常的动作就是从容地吐口水，那是因为心里感到很压抑。

罗易克和亚纳也像其他人一样很少说话。罗易克心里很警惕这个拥有一切而又帅气的男孩，他有一个令人尊敬的名字，一把能够演奏美妙音乐的小提琴，一段美丽的罗曼史可以和别人讲述。罗易克不会轻易信任这样一个老奸巨猾的人。两个见习水手总是待在自己的角落里，彼此也不倾诉。他们不厌其烦地忍受着水手们的嘲笑。阿德里安常常躺在床铺上悄悄地哭泣；而让总是咬紧牙关。人们可以看出他的愤怒，他心里有一种意愿想要打破同伴的这种消极状况。

一天晚上，这四个年轻人清洗完餐具之后返回到他们的船舱。他们经过船桥的时候，贝尔松和弗雷萨站在那里拦住了他们。贝尔松今天喝的要比以往还要多，尽管这是被船长严令禁止，一些水手还是悄悄地私自把“卡尔瓦多斯”苹果烧酒和一些劣质的烧酒装在包裹里带上了船。贝尔松还是老样子，把烟叼在嘴角，恶狠狠地看了阿德里安一眼。

“你，跟我们来。我们有事和你说。”他恐吓着对男孩说道。

阿德里安吓得瑟瑟发抖。罗易克站到了贝尔松和男孩中间。

“你是要和他言归于好？”

“干你自己的事，塔耶维。”贝尔松说道。

高个头的弗雷萨有一副结实的身板，向前走了几步站到了贝尔松的身旁。

“你是要教我们怎么做事吗？这可不是什么好主意。”他说道。

罗易克转向亚纳好像是在向他寻求帮助。

“你也看到了，这个男孩再经不起折腾了。”他有些生气地说道，“你们看着吧，终有一天，他会从甲板上跳下去的。”

两个男人听到他的话，和罗易克说等中途停靠的时候再和他算账。小水手得以重新回到他们的船舱。他们住的船舱远离船桥，靠近那些储藏还没有腌制熟的鳕鱼，一股难闻的气味弥漫在船舱中。

罗易克躺在了铺位上，看起来很苦恼。

“我已经忍了贝尔松很久了。我不会再害怕他了。我不会放过他的！”他躺在铺上喃喃自语道。

Part 2

伊丽莎白

Chapter 10

随着“玛丽皇后”号西北航线的延展，寒冷刺骨的感觉也越来越尖锐。缆绳上已经结冰了，船桥的表面也覆盖着一层薄冰。这个时候见习水手的首要任务便是先用海水浇薄冰使之消融，然后再用铲子把冰铲起来。这个让人筋疲力尽而又有失体面的活计同样落到了亚纳的身上，亚纳欣然接受了这项任务，心中没有产生像罗易克那样的愤恨。船员们都迫不及待地等着到达捕鱼的地点。搜捕鳕渔船已经都备好了，绳子盘绕起来的圆形篮子，就像是放在船上一个又一个的盘子。船只顺风而行。科皮亚克望着地平线：根据他的估算，“玛丽皇后”号已经离新苏格兰北部的海岸不远了，这些海岸是进入纽芬兰南部的圣劳伦港的必经之路。

在接近大浅滩的路途中，“玛丽皇后”号已经遇到了其他来自班波尔，圣布里厄的三桅帆船，还有一支从费甘普来的大船队。科皮亚克对现在的局势很满意：按照目前的速度，在4月11日的白天，他的船将到达预想中的捕鱼位置。这离他们出发已经一个月零六天了。

默尼耶也对目前的情况抱以乐观的态度。这位船上的副手熟知科皮亚克对于大海的那种本能。遇到大风的时候，他能够找准水流的方向然后抢风航行，在这一方面没有人能比他做得更好。科皮亚克从11岁开始就驾船了；大海已经成为他生命中的一部分。他走在船桥上的步伐和走在陆地上一样的平稳，即便是船在海浪中的时候，他的步伐也不会有丝毫的迟疑。他已经和默尼耶说了自己的计划：

“我们去把船停在马德莱娜岛的东部。然后我们打捞足够的鱼饵以供第一次捕鱼。我们把船停下就不要动了。只要巴赫奈克的平底捕鳕渔船去搜寻蛾螺就够了，其他的人就带着我们船上的腌鲱鱼去捕鱼。因为我们是第一批到达的捕鳕渔船，所以那些鱼警惕性会很低。”

船上的捕鳕渔夫在船桥上准备着延绳钓，每条绳子都超过了两千米。每隔两米就会装一个放置鱼钩的托架。这些绳子要井井有条地盘在篮子里才能顺利地撒到水中而不缠乱。一旦把它们放到水中，红色的浮标就能帮助捕鳕渔夫确定鱼饵的位置。

整理绳子的工作由那些不愿意操纵帆布的水手负责。风向依然平稳，顺着水流的方向。对于这些已经第 30 次出海的捕鳕鱼者来说，这可不是个好兆头。

弗雷萨说捕鱼的时候无聊透顶，即便你一开始察觉不到，但这种无聊的感觉随后便来。

对于科皮亚克来说，燕子的晚归说明寒冷将会持续到 5 月，或许能到 6 月。然而结了冰的水是不能够捕鱼的。这使他很忧虑，因为他期盼在捕鱼的前期能够有一个不错的收益，然后快速北上，离开大浅滩的海域。

“明天太阳升起的时候，我们就能看到纽芬兰的海岸了！”他一天晚上说道。

就在这天晚上，在做完洗餐具的苦活之后，亚纳、罗易克和两个见习水手一同返回到了他们的船舱。随着时间的流逝，罗易克和亚纳关系变得更加亲密。看着他身旁的同伴的时候，他最羞愧的就是不识字。他悲伤地说，这个障碍使得他一辈子只能做个水手。

随后，他开始给两个小水手讲怎样进行第一天的捕鱼工作。让听着使劲地点头表示赞同。罗易克又总结道：

“这就是我们要做一辈子的事。”

阿德里安没有听罗易克的讲述。他低着头，愁眉不展，已经快要哭出来了。

“如果你离不开你的妈妈，就不要干这个。”让有些生气地说道。

男孩抬起他孩子气的脸看着同伴。

“你为什么要说我的母亲？你是在嘲笑我？是吗？”

“我根本不了解你的母亲。”

然而，阿德里安还是不依不饶。他需要倾诉，倾诉藏在心中的真心话。

“我的妈妈和我两个妹妹住在圣布里厄。她在一个‘捕鳕渔夫’酒馆工作。”阿德里安胸脯因为抽泣而上下起伏，他挽起胳膊来掩盖自己的啜泣。

“她是一个妓女，是吗？”老成的让问道。

阿德里安的啜泣又开始了。

“为什么你这么说？”

“因为这是事实。我比你更了解这些事情。我是在码头长大的。人们把我送到了贝诺夫妇家，男人每天晚上喝得醉醺醺的，女人吝啬得像是铁公鸡。而我，每天就是干苦力活……”

“你是因为这样才上船的？”亚纳问道。

“啊，我，我知道自己想要什么，这就是我比其他人更精明的地方。”

“那你想要什么呢？”

“这和你无关！”

罗易克坐在自己的铺位上听着他们的对话。终于，他再也忍不住自己的怒火，他朝着阿德里安说道：

“在船上，没有人关心你是哪里来的。人们也不会问你的私事。留着你的苦难给自己听吧！”

亚纳对这个“滑头”越来越惊奇，他实际上要比他看起来聪明得多。他的眼神中传递出一种让人敬服的力量。他多抽烟是为了在人们面前保持一个高冷的风度。

“如果你想的话，我可以教你识字。”亚纳提议道，“这并不难，你很快就能够掌握的。”

“我的脑袋和木头一样！”他有些自嘲地回答道。

“不，我保证你可以学得会。”

“我不识字也活到现在了，就算不识字我以后也能活下去。”

“不，并不是你想的那样。识字和写字，是自由的源头。”

罗易克心里明白亚纳说得有道理。私下的时候，他试过好几次去学着识字，但始终找不到这些文字符号的要领。

“是你阻止我把小提琴扔到了海里，你挽救了对我来说很重要的东西。这是我欠你的。”亚纳继续说道。

所谓重要的东西，就是对弗兰切斯卡的怀念。随着船只渐渐远离了欧洲大陆，亚纳也重新找到了生活的方向。

“你知道吗，”他接着对路易克说道，“每天只用十分钟，不用很长时间，也就是抽一支烟的工夫就够了。两个月后你就可以阅读了！”

在 19 岁的年纪，罗易克的心里充满了雄心。识字将是他改变苦难命运的一把利剑。他并没有选择捕鳕渔夫这个职业，他在 17 岁的时候上船仅仅是为了躲避雇主们的压迫。他离开一个地狱又走入了另一个地狱，但这也没有能阻挡他内心期盼一个更加美好的未来。内心复仇的意愿支撑着他忍受劳累，寒冷，可恶的大海以及他人的虐待。

“来吧！”亚纳继续坚持道，“我们现在就开始，每天晚上学习十分钟。”

“从明天开始，我们就没时间了。”

“有时间！如果我们内心想做一件事的时候我们总能找到时间的。”

“你根本不知道你在说什么。”

然而，罗易克还是接受了亚纳的提议。亚纳找来了笔和纸。他开始教罗易克写字母。而一旁的罗易克装着漫不经心地看着，为了让其他两个小水手看起来他不过是在玩一场游戏而已，因为这使他感觉到丢脸。但事实上，他全神贯注地听着亚纳的每一句解释。这是生平第一次有人这样在意他。

阿德里安慢慢地站起身来，穿上他的风衣朝着门口走去。

“你怎么了？你要去哪里？”罗易克问道。

“贝尔松……他叫我去找他，如果我不去的话，他会揍我的！”

罗易克一下子站起身来。就像是被海上的马蜂蜇了似的。

“待在这里！”

“如果我不按他说的做，他会让我付出代价的。你去忙……”

罗易克的下颌紧绷着，又拿起了亚纳写着字母和词语的那张纸。尽管他认真地往脑子里记着这些符号，还在亚纳写的字母旁蹩脚地模仿，他看到这些词的时候还是很疑惑，也会搞错它们。

“我怎么也学不会。”他愤慨地说道。

一个小时之后，阿德里安回来了，眼里噙满了泪花。亚纳从他的脸上看出来手印的痕迹。小水手躺在了他的铺位上。

“发生什么了？”亚纳问道。

阿德里安抽泣着，一头钻在充满灰尘和难闻的腌咸鱼味道的床上。

“我已经和贝尔松说过要和他算账。”罗易克从嘴里奔出这么一句话，“直到这次出海结束我都会一直秉持我说过的话。”

“他对你做过什么？为什么他要这样对见习水手呢？”亚纳继续问道。

“没有什么好说的。”罗易克激动地回答道，“你别忘了，你可是在一艘船上。”

“我不明白你说的是什么意思。”亚纳说道。

“你会明白的。”罗易克沉寂了一会儿眼睛盯着他写字的纸说道，“我要提醒你一句：大家都很看不惯你和船长说话的方式。”

“为什么？我很尊敬他。”

“人们并不在意你和科皮亚克说了什么。在这里，没有人在意这个。但是相反地，你应该把你的舌头装进你的裤兜里。”

“我从来没和他说过……”

“你说的太多了。一个词都太多了。在这里，我们不说话，我们也不提问题，这是船上生存的首要法则。第二点，我们用拳头来解释问题，但仅仅在陆地上。你要注意：你周围都是大海，如果你掉下去了，没有人会把你救上来的。”

亚纳看着眼前这个男孩，“神圣职业”的残酷法则带给这个男孩巨大的改变：出了三次海，做水手的艰辛已经把他变成了一个捕鳕渔夫，但是他的臂膀还是那么柔弱，他的拳头还是会犹豫着为他在船员们中找到自己的位置。

因为这是大家能有空闲时间的最后一晚，“玛丽皇后”号上有一种节日的气氛。

马尔罗走进见习水手的船舱惊讶地看到了罗易克弯腰趴在纸上写字，然后他叫了亚纳跟着自己来。心中充满了好奇，亚纳深深地吸了一口气，想要去问正在等待自己的科皮亚克，这时他想到了罗易克对自己说的话“在这里，我们不提问题”。他跟着医生的步伐，在船桥的楼梯上几个闲逛的水手凶神恶煞地训斥他。他们不能容忍一个公子哥，一个新手能够享受经常光顾城堡的特权。这对他们来说是难以忍受的。科皮亚克是疯了吗？亚纳装着一副没听见的样子。走进船长的船舱的时候，他发现默尼耶坐在一个摆着纸牌的桌子旁。科皮亚克让亚纳坐在自己的对面。他是这个波洛特[①]游戏的第四个玩家。马尔罗也坐到桌子旁开始发牌。

默尼耶一言不发地看着自己的牌。沉默对于他来说就是另一个本性。他只为了向水手们下发命令才说话。他也有能力和科皮亚克一样自己去领导一队船员，但他从来没有考虑过自己一个人单干。他的妻子因为一个死胎的难产而永远地离开了他，自此以后，他再也没有了干一番事业的雄心。他跟随船只出海到大浅滩捕鱼因为这是唯一一个他会干的活计。钱对于他来说并没有太大的吸引力。

亚纳惊讶自己，一个年轻的新手，能够坐在大家都敬仰的船长的对面。它随着这条船离开班波尔已经一个多月了，他做了些什么？对于要变成一个捕鳕渔夫，他什么有意义的事都没有做。但是他心里感觉好多了，尽管有时候，想起弗兰切斯卡的时候，心中还会莫名地难受。

波洛特游戏持续到了半夜。船长打发走了他邀请来的客人。他想要早上早些起床去看朝阳升起时海岸的美妙景色。在宽阔的大海上飘荡了 28 天之后，能够看到土地的出现，即便是心中早已预料到的，对于他们来说还是一个奇迹。

亚纳从窄小的台阶上独自一个人从城堡走下来。就在他刚走到船桥准备返回自己船舱的时候，两个黑影出现在他的眼前。一句话也没有说，他们把他按倒在地上开始打他。亚纳一下子跳起来，面对着这两个黑影，一拳打在了一个人的下颌上，又一拳打在另一个人的下巴上。这两个男人没想到会遇到这么激

① 波洛特是一种 32 张纸牌的游戏，需要有四位玩家。

烈的反抗，也没有再坚持逃走了。其中的一个男人对他说道：

“你等着吧，少不了你的好果子吃。”

亚纳没有去追攻击他的人。他回到了船舱中，罗易克还趴在纸上练习书写字母。

“你遇到什么了？你流血了？”

“没什么。”亚纳舒了一口气回答道，“我摔倒碰的。”

罗易克看了他一眼，用眼神告诉他自己不是个傻子。

“我看你开始明白我和你说的了。”他说道。

亚纳躺在自己的铺位上，躺了很长一段时间也没一点儿睡意。刚刚袭击他的人是谁？一直垂涎大副位置的巴赫奈克不喜欢亚纳，但他是一个正直率真的人。贝尔松和他的老搭档弗雷萨有很大可能做这样的事，但是亚纳从刚刚那两人的身影看出来并不是他们。那么，会是谁呢？

夜间的时候，风停了，船只置身于一阵迷雾中。科皮亚克早上起来爬上前桅帆的塔楼，用一个古老的望远镜搜寻着海上的亮光，一群海鸥在大桅杆下穿梭。

快到 10 点的时候，阳光使得大雾消散。这时，以好视力出名的巴赫奈克第一个张开了臂膀，喊道：

“陆地！”

其他人凑到他的身旁睁大眼睛看着他指的方向。科皮亚克改变了他望远镜的方向。他很苦恼不是自己第一个看到陆地。他怪默尼耶把船向北偏航，这样一来他们就必须要向后转[1]去经过巴斯克的港口到达卡波海峡。这个小小的失误将迫使“玛丽皇后”号必须逆风航行才能到达马德莱娜岛，那里的浅滩有大量的蛾螺。

延误的时间造成了严重的后果，前几天碰到的船现在也走到了“玛丽皇后”号前边……

① 船只向后转时会造成两个锚链交叉。

Chapter 11

船到达目的地的时候已经接近下午 4 点了，正如科皮亚克预料的那样，已经有两条船先于他们抛锚了。形势十分严峻。在船上可以感觉得到水手们的紧张，感受得到他们争抢着想要捕获这次出海的第一批鳕鱼的心情，而这就是他们可以继续待在船上最有利的实力象征。亚纳感觉到了船桥上来来往往人们的焦虑，他们满脸激动地准备着抛锚需要的新帆布。一些水手已经爬上了桅杆去解开那些船只航行途中用的帆布。罗易克向亚纳解释了更换帆布的缘由：

“用小的帆布对于船来说更好操纵，如果需要移动船只的时候，用小的帆布会更快。”

科皮亚克站在船上观察着海面，海的颜色，水浪的形状，和海鸟们的飞向。海鸥盘旋在灰暗低沉的天空，然后朝着海面上某个点俯冲而下掠过海面。海雀[①]时不时地穿梭在浪花中，这看起来可是个好兆头。科皮亚克认为对于捕捞蛾螺来说，最好的地方就是马德莱娜岛的西部。他总是在那里取得每年捕鱼的最鼓舞人心的开门红，这片海域每年还有一些特殊的专门捕捞鱼饵的“骏马”[②]，当科皮亚克把捕到的鱼饵卖给开往欧洲的大型船只的时候，他们总是称赞科皮亚克选择的捕捞地点是最好的。

时间容不得再浪费。平底小捕鳕渔船已经备在船后了，船上装载着木制的圆锥形网，还有绑着轻质可折叠的捕鱼篓的捕鱼线。科皮亚克遵循自己一贯的

① 海雀多生活于大西洋北部，海雀的出现预示着有鱼的浅滩，通常是鳕鱼资源丰富的浅滩。

② 文中骏马指的是圣皮埃尔一种小型的船只，轻质快捷。

安排：他不采用一个平底捕鳕渔船上八位水手的配置[①]，这种配置方式通常用在费甘普的那些在卖鱼前就会分红的船上。他更喜欢用一条船上配置五名船员的配置方式，这常常引起别的竞争者的嘲笑，但先前一次出海的结果证明他的这种配置方法是可行的。另一个与众不同的方面，与其他平底捕鳕渔船会远离主船不同，“玛丽皇后”号的平底捕鳕渔船更倾向于待在主船附近的海域，而主船在必要的时候才会移动。双桅帆船装上小型帆布之后变得非常易于操纵，也因此在巨大的美国船和费甘普笨重的三桅船面前有难以辩驳的优势。

小船的负责人马格兰、帝莫尔、巴赫奈克、弗雷萨、贝尔松和勒路易站在船边，船员们站在他们身后。科皮亚克站在队伍的前列，思考着平底捕鳕渔船最优的人员配置，一旦分配完毕，这个配置将持续到这次出海结束。大部分人员会按照去年的配置安排，但问题是需要给新来的水手找到位置。前一天晚上，罗易克已经去找过船长向船长表明自己不愿意听命于巴赫奈克，但是船长义正词严地回绝了他。罗易克在听到自己名字被安排到捕鱼饵的船后，还是坚决地爬上了捕鳕渔船。亚纳被分配到邻近由贝尔松负责的平底捕鳕渔船上，贝尔松一脸被激怒的样子显示出了他对船长安排的不耐烦。

“你会好好上一课的。”船长对亚纳说道。

巴赫奈克看了亚纳一眼。船长还是坚持要给这个年轻人特殊待遇。把新水手安排到贝尔松船上的举动显示出，科皮亚克对于大副的人选做出了一个新的选择。

海上起雾了，一声远处的雾角声提示右方有一只大船经过。科皮亚克看着大海，向海里吐了一口唾沫。

“可恶的美国人！”他喊道。

马达船放慢了速度前进。一个和船上的桅杆一样长的巨大的杆子，出现在

---

① 对于配置来说没有固定的规则。有一些平底捕鳕渔船有时只是由两个捕鳕渔夫只负责下钩而不管延绳钓的捕获。这通常由船长决定，或是由捕鱼的习惯决定。

右侧，他们经过的时候把缆绳放入水中拉着前进。

“可恶的拖网。”科皮亚克握起了拳头又继续喊道，“他们是想要扼杀这个‘神圣职业！’”

这些拖网捕鳕渔船是纽芬兰浅滩上的后来者。他们从深海开始刮起，一股脑儿将所有能找到的东西都捕捞上来，不论是大的鳕鱼还是那些小鱼。

科皮亚克就是被这些他们诅咒的拖网捕鳕渔船所扼杀的传统捕鳕渔夫。由于拖网捕鳕渔船的缘故，传统捕鳕渔夫的数量持续降低。对于科皮亚克来说，一个真正的纽芬兰捕鳕渔夫就应该用延绳钓去捕鱼，真正的捕鳕渔夫只捕捞那些已经成形的鱼。

“他们毫无原则可言，这些美国佬。”他又生气地说道，“他们会玷污法国海岸[①]，这些混蛋。”

所有的捕鳕渔夫们听到船长的话都狠狠地朝海里吐了口唾沫。

拖网捕鳕渔船还在沿着它的航线行进。捕鳕鱼者们心里估算着这钢铁怪物带来的危害。在这个常常被大雾笼罩的海域，平底小捕鳕渔船视线受阻，他们不能每次都成功地避开这个怪物。

“什么时候人们才会意识到这些收割机似的捕捞会阻断打鱼这条路啊！”默尼耶发牢骚地说道。

“阻挡我们捕鱼的不是禁渔期！也不是收割机毁掉了渔场，是他们那卑鄙的渔网！”

平底小捕鳕渔船上也有渔网，但当鳕鱼处于饥饿状态的时候，鱼钩往往能吊上来体态肥大的鳕鱼，并且用鱼钩捕上来的鱼肉质也是最好的。渔网的缺点就是不加选择性地捕捞，品质不同的鱼参差不齐就堆在一起，把这些鱼一一从

① 法国海岸：法国海岸也称为条约岸，源于1713年乌得勒支条约批准。该条约规定，允许法国人在赛季鱼沿纽芬兰海角波纳威斯塔和里奇点之间的北部海岸。自16世纪初，他们称之为“乐珀蒂北”，布列塔尼渔民经常出入这一领域。

渔网眼上解下来会花费不小的功夫，然后还需要花时间去修补大量的钩烂的破洞。科皮亚克和他的船员们一直都对他们传统的捕鱼方式保持忠诚，因为就是这样的方式支撑他们到现在。

他们是第一批来到这个具有大量蛾螺的海域的船只。科皮亚克命令平底小捕鳕渔船下海。这些小捕鳕渔船接下来要从“玛丽皇后”号上出发，驶向不同的方向。船桥上的船员中爆发出一阵骚动，船员们看起来乱作一团，然而所有的船员还是服从船长刚刚下的指令。两个见习水手和船长，默尼耶，马尔罗站在船上。他们要学着去捕鱼，但现在他们还只能在船上看别的水手去捕鱼，但这种状况并不会持续很久，很快他们也要学着去和其他水手一样去捕鱼。在平底捕鳕渔船出海的不到 24 小时的时间里，这两个男孩还要做他们日常的擦洗工作，当平底捕鳕渔船回来的时候，他们又要加入制作腌货的队伍中。

亚纳，尽管表面看起来身体细长，但他的力量和耐力还是让船员们惊叹。贝尔松不喜欢他，但是，在捕鱼的时候，他不会做什么事去对抗亚纳。因为船员的团结是第一次捕鱼和以后出海捕鱼能够获得成功的保证。

船员们的小捕鳕渔船都下海了。五个船员顺着一条缆绳下到了小捕鳕渔船中，站在足够深的船舱里，这些船舱虽然足够牢固但还是不能抵御大浪的冲击。船板上放满了装着延绳钓的篮子，一桶腌制的鲱鱼，活的鲱鱼堆在桨手的座位旁。巨大的船桨安置在船栏下缘的凹口里。当风向顺航的时候，水手们就支起帆布，但是很少能仅靠帆布到达理想的捕鱼海域。贝尔松命令四个水手坐到划桨的位置。亚纳也找到了自己的位置和其他水手一起划起桨来。开始的时候，他的表现引起了其他桨手的不满和贝尔松的注意，但没过多久他就找到了划桨的正确节奏。小船顺着贝尔松指示的方向航行在异常平静的海面上。桨手们可以感受得到贝尔松内心的焦躁。

“你一整个渔季都不会忘记第一条鳕鱼。”他盯着水面就像是要从中探取秘密似的说道，“如果你仔细倾听仔细观察，她会告诉你一切。因为一条鳕鱼是那么美丽，那么的与众不同，尤其是你捕到的第一条鳕鱼。”

在航行了 45 分钟之后，小捕鳕渔船到达了目的地。主船已经不在视线范围之内了，除却可以根据雾角声找寻船的位置，就是靠像贝尔松这样的老水手的经验去找到主船的位置。每次捕鱼的时候，总会有小捕鳕渔船销声匿迹，运气不会总眷顾所有人。比如在危急时刻遇到一艘救援船，尤其是在遇到恶劣天气的情况下。贝尔松已经准备好了一个鱼饵然后放下缆绳把鱼钩放到水中。桨手们需要保持一个稳定的行进速度，这样延绳钓才能准确按照小捕鳕渔船上船长的指示放到水中。

“左舵！你疯了吗，老天，我说的是左舵。”

在下命令的同时，贝尔松也在根据海上锋利的岩石、水浪的波高、船上的擎索……判断着适宜放置延绳钓的区域。他还记得一个地方，或者更准确地说他能说出上次出海是在哪里使他丢了整整一条延绳钓。

有几条延绳钓已经放入水中了，水面上用红色的浮标来作标记。贝尔松下令继续向前行驶。这个男人对大海有种本能的感应。他在海上就和回到家里一样，就像他喜欢说的那样“这是我家的花园”。与此同时，他也没有放松对于海面上的警惕，警惕地防备着那些纽芬兰的轻质船只偷取他们下的鱼钩，这些海盗的行径损坏了捕鳕渔夫们的利益，他们自身却毫不劳累地得到大笔的财富。

海平面上空旷寂寥：他们是第一批来下钩的人。很快，随着春天的邻近，不同国家的船只都会聚集到大浅滩，船只碰撞的事情就会频繁发生。平底捕鳕渔船间有时的争斗会以淹死几个人作为结束也不少见。

桨手们坐在船舱底部的桨位上，沉寂的气氛弥漫，甚至有种悲伤的感觉。天空中没有乌云，除了气温很低之外，天气还算足够好。水面上闪闪发光，浪花破碎成闪光的小水滴，然后无声地被海水吞没。这让人感觉像是在法国内陆的某个湖里在捕鱼。即便是鸟儿的叫声也停止了，它们也感到很焦虑。

“我们会遇上麻烦的。”盖马尔说道，“现在这样的状况可不是什么好迹象。”

贝尔松迫不及待地想要遇到恶劣的天气，他等这一刻已经等了好几个月了。

亚纳看到他把自己装着好几个鱼钩的绳钓展开，每个鱼钩上都挂着几片鲱鱼①。

他将钩子下到水中，没有等多久。他弯下腰发出一声胜利的叫喊，然后拉出了一条肥大的鳕鱼，鳕鱼用它宽大的鱼尾拍打着船板。其他的人盯着这条惊跳的鱼，鱼身在阳光的照耀下光芒四射，水手们的眼神就像是小孩被一只玩具迷住时一样。

“这是条黑鳕！”盖马尔确认道。

贝尔松弯下腰盯着这条鱼看了许久。他和它说话的时候其他的船员们都忘记了下自己的钩。

“你是如此美丽，我的美人。你是所有鳕鱼中最美的。你还认识我的鱼饵，你又一次认出它来了，我知道去年，前年，前前年……都是你！”他一边说着一边灵巧地把鱼钩从鱼的厚嘴唇上解下来。

亚纳很惊讶这个对鱼这样粗犷的抒情方式。他将鱼抱在怀中，看着它黑白相间反射绿色光芒的裙摆。他把脸凑近鱼像是想把它看得更清楚，紧接着，在鱼头上亲了一口把它放回了水中。

“去吧！我的美人，去给我说说好话！”

亚纳掩饰不住自己内心的惊讶。盖马尔叹了口气说道：

“每年都会这样。”

“现在，我知道这船下面有一条鳕鱼了。”贝尔松又说道。

浅滩就在这里，鱼接二连三地被捕捞上来。亚纳身旁的水手，钓上来了体态肥大的鱼，然后把它们从鱼钩上解下来，再在鱼钩上挂上新的鲱鱼，把钩子放入水中。他们动作流畅，一点时间都不浪费。亚纳模仿着他们的动作。突然间，他感觉有鱼上钩了，他拉起他的钓绳直到末尾的时候才发现挣扎跳动着的鱼。

---

① 根据港口捕鱼的习惯，或者是船长的习惯，捕鱼的方法是各不相同的。这里，平底捕鳕渔船中的人将线牵在手中来提起延绳钓。正如我们已经说过的，一些人会把绳子放到水中然后捕到鱼之后再拉起来。在这种情况下，船员们通常会分为两部分：一部分负责下钩，与此同时，另一部分在船上准备鱼饵。

海上的生活已经与他融为一体了。他花了一些时间才把鱼解下来。旁边的水手向他解释道：

“你抓着钓绳硬的那一端，可以一下子把鱼解下来。当然如果你钩住鱼的内脏就不能这么做了。”

水手的激励使得亚纳情绪高昂，捕上来的鱼都挤在船舱里，它们挣扎着在船板上互相拍打。男人激情地拉着钓绳让人会想起儿时的一个游戏。这就是换了一个地方的游戏！有时候，他们也会拉起空空如也的延绳钓。他们就会咒骂这个“混蛋”偷吃了他们的鱼饵却什么也没有付出。

“照这个速度下去，我们的鲱鱼可就不够用了。”贝尔松喜悦地喊道。

亚纳看着眼前的这个水手，两腿叉开为了增加身体的平衡性，捕鱼的动作是如此熟练，他不会花费一丁点儿时间在没用的动作上。一包钓绳沿着船边进入水中丝毫没有缠绕。亚纳已经改进了动作的时间，但是他达不到其他水手那样的节奏。他的胳膊已经开始吃不消了。他在心里问自己是否能够有力量干完这一个渔季。然而，他从这有条不紊，重复的捕鱼工作中感受到了一种快感，找到了欢乐的感觉。

“你看，”盖马尔对他说道，“如果你真正想做的时候，一个人就能做好而且感觉时间也过得很快。但可不是每次都是这样。也有时候你会一小时都见不到一条鱼，当你感觉到抽动的时候，你马上就明白那不是一只鳕鱼的抽动，更直率地说，这让人很为难，然后你会拉出来一只庸鲽[①]。这时候你就会知道你干的是这世界上最糟糕的活计。”

捕到的鱼使得船的载重变重。这些老捕鳕渔夫们看着桶中鲱鱼量的下降说鱼饵马上就不够用了。这时，盖马尔切开了一条鳕鱼的腹部取出一个乳白色的口袋装在他的鱼钩上。

---

① 庸鲽，一种比目鱼。它们是底栖鱼，生活在水深50~2000米的沙石或泥底。它们分布在由拉布拉多及格陵兰至冰岛的北大西洋、巴伦支海及南至比斯开湾。它们是大西洋最大的比目鱼，雄鱼长达4.7米、重320公斤。其寿命可达50岁。

“这是鱼白。这用来捕鱼很好，但是太软了。你要防止那些不上钩的鱼把它偷吃掉。你看看，用它作鱼饵有个窍门：你要扎在鱼白的上边，最窄的地方，这儿也是最牢固的。然后你再把另一边扎在鱼钩上。这样的话，就很好地固定住了，但这还是比不上用蛾螺牢固。”

“你老是说蛾螺是最好的鱼饵，那为什么我们不去试着捕蛾螺呢？”亚纳问道。

“我们不知道那些蛾螺丰富的浅滩位置，再说我们怎么做鱼饵呢？蛾螺捕上来之后需要把它们折断，这会花费时间的。当鱼腐烂了，就应该利用它们做成鱼饵。最关键的事情是，要尽量多地去捕鱼。我们运气还好，没有碰到红鱼①。因为捕一条红鱼的代价可要比捕一只鳕鱼高得多。”

夜幕降临了，一股浓雾从海面上升起，整个海域变得模糊起来，能见度不超过两米，水手们没有掩饰自己内心的不安。贝尔松紧紧地将雾角攥在手中，但心里也明白如果他的平底捕鳕渔船航行在一只他看不见的美国拖网捕鳕渔船的航线上的话，那么雾角的作用也微乎其微。现在这种情况应该点燃油灯，但即使这样，油灯的光芒在春天这种潮湿浑浊的天气下也传不了多远。船员们已经全身湿透了。他们时不时地喝一口烧酒来保持温暖。盖马尔对亚纳说：

“如果你想保持身体的温度的话你也应该喝烧酒。今天晚上会很寒冷。”

湿气已经透过防水衣渗透到船员们里面的衣物。防水衣只能挡雨但对于湿气却毫无作用。在持续快速航行之后稍稍放慢速度带给身体一阵舒适之后，亚纳感到身上的关节在隐隐地作痛。

“现在我们轮流去吃东西然后轮流休息。”贝尔松说道，“一个疲乏的男人可什么都干不了。”

他打开了装着面包，奶酪，干点心盒子的食物袋。亚纳，从小到大还没有喝

① 北大西洋的一种红色的鱼种，十分贪吃，会追随经过其栖息海域的一切东西。

酒的习惯，喝了两口烧酒使他胃里像着火一样烧起来。但一股温暖也慢慢地浸透了他的全身；这使他忘记了身上的疼痛和结冰的内衣带来的寒冷，使他感到一种愉悦。

贝尔松站起身来，朝着大海撒了泡尿，然后返回来平躺在船员前面，把脚伸到了鳕鱼堆中，他的腿都被鳕鱼盖住了。

他把帽子拉下来挡住眼睛，嘴角叼着一支点燃的烟，开始想法儿进入睡眠。其他的两个水手也照着他的样子去睡觉了。盖马尔负责值班。这一晚，亚纳没有感觉到捕鳕渔夫们对自己的排斥。他也把腿伸进了还在乱动的鱼堆里，肩膀靠着临近他的水手。在宽阔的海面上，水手们从来不一个人睡在一边。亚纳很快就沉沉地睡着了。

亚纳并没有睡很长时间，当他梦到了弗兰切斯卡，身着华装在一个阳光普照的意大利宫殿里。她挽着另一个男人的胳膊，充满了优雅和贵族气质。

他惊跳着醒来。这个梦预示着什么？这是女孩已经把他忘记的暗示吗？他再也睡不着了，耳边充斥着其他船员的呼噜声。寒冷透过了他的防水衣，他开始冻得发抖。他想要重新开始捕鱼来让自己暖和起来，但现在还不是捕鱼的时候。

贝尔松是第一个醒来的人。这个刚毅的男人并不需要很多的睡眠，而其他的船员也被他带到了这种无节制的作息节奏。他可不想为了多睡一小会儿而错过了捕鱼的好时机。他把觉都攒着，等他回到班波尔家中无事可做的时候才睡。

为了叫醒他的同伴，他重重地打了声哈欠。夜晚是让人难以捉摸的，手提灯微弱的光芒在围绕着船的雾墙边摇晃。船员们一个接一个地都开始有动静了，或是咳嗽，或是打嗝。贝尔松站起来又朝着水里尿了一泡，其他的水手也跟随他的动作纷纷起身撒尿。盖马尔没有一丁点儿迟疑，解开了他的裤子站到了船沿。亚纳因为陆地上的那份羞耻心的阻挡，不敢去释放自己身体的意愿。盖马尔发现了他的难堪。他提起裤子，系紧了皮带又用鱼白去弄他的钓绳。

“小伙子，你不和我们一样撒尿。你很快就会明白的。”

捕鱼工作刚刚开始，一个水波很高的大浪的冲击就使得脆弱的船舱开始摇晃。贝尔松朝着一艘经过他们的拖网捕鳕渔船大骂，他吹雾角的声音沙哑了。希望这艘拖网捕鳕渔船不要去破坏他们的绳钓。

一束光从白雾中分散开来。船员们已经开始准备了，清晨的时候更容易捕到大鱼。船员们一个接一个地把他们的钓绳放置到了水中。他们互相监视着，看着彼此一个个微小的举动。第一个捕到鱼的是盖马尔。一向希望自己什么都做到最好的贝尔松向他投去一个嫉妒的眼神。盖马尔做了一个鬼脸，从水中拖出了一只巨大的庸鲽。当贝尔松感觉到自己钓绳的抖动时他脸上浮现出一丝轻蔑的笑意。他叫了一声来引起其他人的注意，但很快他就失望了，他捕上来了第二条庸鲽，庸鲽在水里打转就像是煮衣服的桶盖子。

随后船员们又捕上来几条庸鲽。这种鱼警惕性低，常常把它们宽大的身子挂在鱼钩上。这些老捕鳕渔夫已经明白了：鳕鱼群已经走了，留下来这些价值不高的鱼群。贝尔松命令道：

“我们顺着水流走。鳕鱼不会跑远的。庸鲽集聚的地方通常都是巨大的浅滩。”

他尝试着这样安慰自己，因为鳕鱼已经走了。要再找到它们需要很大运气。捕鳕渔夫们收起了水里的延绳钓，桨手们也回到自己位置开始移动被昨天捕到鱼压得沉甸甸的船身。船舷已经离水面很近了，稍微一点点的偏航都会使得船舱漏进水来。在桨手们划桨的时候，贝尔松听着鸟的叫声来引导他们走出迷雾。亚纳心中升起一种极端压抑不安的感觉。尽管能够看到桨手们在划桨，能够听到船头浪花的声音，他还是感觉他们根本不能移动，他们就像是困在了一个走不出去的防水层中。

“这没用的。”盖马尔睁大了眼睛说道，“如果起风了，我们的处境就糟糕了。”

贝尔松和大家说出了他的想法。这位老捕鳕鱼者对这个地区变幻莫测的天气太了解了，尤其是大浅滩附近那些粗暴的暴风雨，与公海上的暴风雨全然不同，总是难以预料。

他决定停止前行然后把他的绳钓放到了海中。马上，他手腕处传来一阵激烈的抽动告诉他有大鱼上钩了。他拉出了一条巨大的鳕鱼，鱼身在阳光下闪闪发光。

“是一条黄鳕！”他激动地叫喊道。

一股巨大的狂热在捕鳕渔夫们之间传递，因为收益甚少的早上结束了。亚纳看到其他人匆忙地固定着他们的金属鱼钩。

“下渔网吧！”贝尔松欢快地喊道。他更喜欢这种捕鱼的方式。

船员们站在船沿边，脚踏进了鱼堆中靠着鱼的重量来使自己身体保持平衡。他们把绳钓放入水中，马上绳钓就开始剧烈抖动。鳕鱼们争抢着这些发光的陷阱，然后被钓上来。捕鳕渔夫们轻轻地把它们吊起来，避免粗鲁的动作滑破鱼身。抖动幅度最大的就是篙钩[①]，因为它通常是扎到了鱼的嘴边或者是鱼鳍上。吊钩都精确地钩在鱼的腮孔里，从来不会钩到鱼的背部，这是鱼身上尤其不能破坏的地方，新捕上来的鱼也加入了船只底部同伴的行列中。

起风了，吹散了笼罩着船只的雾墙；海里翻滚的阵阵白浪让老水手们感到很不安。亚纳出神地看着太阳照耀下浪花这样的翻滚，在阳光的照射下浪花显得那样平滑。他捕鱼的速度赶不上他身边的同伴，拉上来体型大的鳕鱼也很慢，还要花时间去梳理他脚下缠在一起的绳钓，但他在这奇妙的鱼群中找到了一种难以抑制的快感。

过了不到半小时，雾终于散了。贝尔松停下手中捕鱼的工作，盯着天空看了足有十余分钟，看着天空中鸟群的飞向。他厌恶现在大海的颜色。

“情况不太好。当灰色的天空阴沉沉地压着海面的时候，不应该停止航行。”

其他的水手也很焦虑。然而他们还是快节奏地从海里拉出捕到的鱼。

这时，亚纳感觉底部在摇晃。首先是慢慢地动作幅度很小的晃动，接着是一阵打喷嚏时释放的感觉。然而怎么都改变不了脆弱的船舱周围的一切，白色的浪花继续着它阴暗而又明亮的游戏。接着船舱突然被浪涌起来了，鱼堆都挤到了船的一边，这使得捕鳕渔夫们必须要把鱼再移回另一边。海面上波浪滚滚。

① 篙钩是一种强力的钩，捕鳕渔夫们用它来把体态巨大沉重的鱼拉上船来，否则鱼的重量可能会拉断绳钓。

“情况很糟。情况很糟。”贝尔松在拉上他捕到的最后一条鱼时重复道。

他命令船员们拉起延绳钓。海水已经转变为黑色了，远处天边地平线的帘子也变为了灰色的乌云。灰色的乌云正在天空中蔓延。风力变得越来越强劲，越来越寒冷。

“桨手们，回到你们的位置。”贝尔松继续审视着天空和大海命令道，“要变天了，我们要把延绳钓收起来。”

红色的浮标在海水中随着海面的波动忽上忽下。贝尔松收起了浮标。其他人收起了沉重的绳钓还有数量众多的战利品。

由于重量的增加，船只的操纵变得更加的动荡。船员们感受到了船的动摇，但也只能更加小心地移动。亚纳很快就适应了捕鱼的活，贝尔松向他投来的眼神说明他已经满意男孩的表现。

黑沉沉的乌云逐渐冲击到太阳的位置，使得整个海面上陷入一种半明半暗的状态中。桨手们已经就位，贝尔松也加快了收线的节奏。“玛丽皇后”号从地平面望去只是一个微小的黑点：他们已经严重地偏离了当初预定的航线，现在水流也阻挡着他们前进。

“太糟糕了。这一切。”贝尔松说着吐了一口嘴里嚼烟的烟汁。

在所有关于航海的记忆中，他总是能想起 1898 年那次糟糕的天气。每天暴风雨都会毫无预兆地侵袭。他和他的船员唯一能做的就是把那些体形最大的鳕鱼扔到海里去，然后和它们说再见。

风力还在继续加强，带着阵阵寒气，这股寒冬时节才有的烈风冲击着大海，白浪翻滚，就像是给大海镶了一个白色的边。海面上开始下起雪来，雪花浓密挡住了船上的视野。船员们用力靠在桨上避着迎面而来的雪花。船员们之间没有交谈，心里想着要幸存下去只有靠自己了。从前消失了的同伴的脸庞浮现在脑海中。即便是毫无经验，亚纳也意识到了情况的严重性。他脑子里想起了自己和父母吵架的场景，如果自己站在父亲的角度那么自己的态度会是怎样。

雪花覆盖了鱼堆。贝尔松神情凝重，他的视线没有离开过“玛丽皇后”号，因为他心里开始害怕，如果他失去了主船的视野，他的视野中将再也找不到主船的身影。船员们冻得瑟瑟发抖，身上已经结冰了，装着烧酒的水壶也空了。亚纳感觉到自己的脚尖已经失去了知觉，他握着桨的手指已经和木头一样僵硬了。为了给自己打气，他强迫自己去想弗兰切斯卡，告诉自己不能死在大浅滩，他还要去找到弗兰切斯卡。他们的故事不能在这里就画上句号；弗兰切斯卡给他留在“吊死者之屋”的提琴就是他们的诺言。

雪突然间停了。天空又放晴了，太阳穿过重重的乌云照射下来。

“你能感受得到太阳，它已经燃烧起来了！快看，白色的头发黑色的船头！”贝尔松对自己说道，朝着乌云张开了胳膊。

离“玛丽皇后”号已经不到一古里了[①]。

“这就是海上的天气！”他又说道。

其他的平底捕鳕渔船已经到了。船员们要赶在下一次变天前将船上的鱼卸下来。亚纳的全身已经湿透结冰了，关节传来阵阵疼痛，但现在还不是舒展筋骨的时候。平底捕鳕渔船靠近主船，开始井然有序地把鳕鱼转运到船桥上，彼此互不碰撞以免让海水打上船来。

捕来的鱼都被积聚在船板上，鱼身上的雪花抖落，好像又开始下起雪来。水手们爬上甲板。科皮亚克难以抑制他的喜悦：今年鳕鱼的个头都很大啊。

平底捕鳕渔船也被匆忙地拉上了甲板，因为船长害怕天气会突变。烧酒帮助船员们缓解了疲劳，支撑湿透的衣物和蔓延全身的寒冷还有关节的疼痛。抽一支烟来暖暖喉咙，或是一支嚼烟都能使得一些船员重新振奋。

船上的船员分成了两条工作流水线。亚纳打杂，他负责把鳕鱼递给监工，这是储备鳕鱼的第一步。这次出海打鱼的结果令船长很满意。他和摆弄网兜和

---

① 一古里相当于四公里。

渔网的捕鳕渔夫们打趣道：

“这可会花他们不少的工夫。渔网上不是碎石，就是一些蝴蝶鱼[1]，小驴子[2]，鲽鱼，灰魴鱼。这就是他们捕到的东西！”

每条流水线都分成了几个部分，分别负责准备工作的不同步骤。亚纳走在鳕鱼堆中，膝盖之下全是鳕鱼，他抓着鱼鳃把鱼放到监工的桌子上。监工以敏捷的动作将鱼头的后面挂在与监工同高的铁钩子上，然后动作迅猛地一刀把鱼从鳃盖骨下方颈部的位置切开。之后把鱼的内脏掏出来，顺着一条滑轨传送到甲板泄水孔[3]，有一个年迈的捕鳕渔夫站在泄水孔，负责把鱼肝拣出来放到一个桶中。马尔罗监管着整个流程。他负责最难的工作，从这一堆内脏中提炼出鱼油，他有一套秘不告人的方法。剩下的没用的内脏将会伴随着海鸟们欢快的叫声排入海中。取出内脏后的鱼接下来会被送到剥离机那里，剥离机负责把鱼头切下来。剥离机会首先将鱼的颈部击碎，然后顺着鱼骨把鱼立起来，之后以相同的动作用它锋利的刀片把鱼头切下来。鱼头会被扔到海中，除了一些品相特别好的会留在一旁以供厨师做一道美味的汤。之后，鱼身会顺着一条涂了油的长桌上滑到切片机里。负责切片的船员不仅需要很细心还要有高超的技艺。他们负责把鳕鱼顺着两条骨头连接的鱼线切开，然后取出中心的鱼骨。下一个步骤由两个小水手负责。让已经给阿德里安示范过怎么使用刮鱼勺，然后如何在一个需要不停换水的桶中把鱼洗干净。这是整个流程中最不遭人待见的工作，因为这个工作会使皮肤长时间置于寒冷之中。手要在结冰的水中搅动，很快整个手就会变成青色失去知觉。胳膊上尽管穿着防水服，袖口也用一根弹性很好的绳子扎紧，但还是直到肩膀都湿透了。两个小水手的速度要跟得上其他水手的节奏，否则就会被监管着流水线的科皮亚克教训。

① 这里的蝴蝶鱼指体形较小不适合做腌物的小鳕鱼。

② 也是一种小鳕鱼。

③ 用来把船上的垃圾排到海中的缺口。

“如果你再这样吊儿郎当的，你今天就不要喝汤了，饿着肚子睡觉吧！”船长威胁道。

阿德里安哭哭泣泣。让对他说道：

“咬紧牙关，我以上帝之名和你保证，他们看到你这样软弱一定会很满意的。”

阿德里安拿起刮鱼勺，抽泣着又开始刮鱼。

鱼被洗过之后，被切成两半的鳕鱼将会顺着一条小水道装到一个坛子①里，然后滚到面对着底舱的地方。船员们，通常是那些最强壮的，负责用一个有着长牙、顶端弯曲的长柄叉把这些鱼堆起来。

在宽敞的底舱里，一点点的空间都要被利用起来。新鲜的鱼将会陈列在一个比船板稍高的平台上，鱼身之间用盐隔开。厚实的布把鱼包起来之后就形成了一米见方的豆腐块；接下来的几天，被包起来的鱼会流出一股带着酸腐味道的盐水，护货板②的每个角落都会有这种盐水。

这些盐水最终会流到舱底水井，需要有人定时清理，这又是小水手们的一个苦差事。这种储存方法可以使鱼保存到下一次停靠圣皮埃尔的时候，在那里这些鱼会被当作“青货”③卖掉。

在此期间，马尔罗像是大型葡萄种植园的种植者一样，把他的两桶鱼肝抱到了厨房里。一晚上他都在厨房里的炉子旁忙活。一股根深蒂固的、令人厌恶的、有黏性的味道从厨房里传出来，弥漫在整个船舱。马尔罗是船上唯一一个能够忍受这种味道的人。对于他来说，他的鱼油可是万金油，他强迫两个小水手每天清晨都喝两勺。

---

① 底部打孔的一种桶。

② 护货板是阻止鳕鱼触碰到船上金属部分的船板，盐水通常会腐蚀金属制的船板。

③ 鳕鱼要制作成腌货通常需要两个步骤。首先，鳕鱼会在船上进行腌制，这也就是所说的“青货”，这可以保证鳕鱼在海上的时候不变质。在这一个过程中，鱼身会排出水分，缩小约三分之一的体积。接着，鳕鱼们将会被运到晒场晒干之后进行第二次腌制，使它可以保存数年之久。

鱼的准备工作一直到深夜还在进行。船上的温度变得很低。身上的疼痛和劳累已经使得亚纳全身瘫痪了，但他还在继续强忍着完成手头的任务。在传送完最后一条鱼之后，他踉踉跄跄地回到了他的船舱。罗易克举着左手和他做了个鬼脸；他的手掌被划破了，正哗哗地流血。海水会阻碍伤口结痂，但也很少会感染。两个见习水手刚站起身来，牧师勒路易就把他的烧酒壶递给了他们。让打着寒战喝了满满一杯。阿德里安也想和让一样，但这能使人温暖的液体呛得他直咳嗽。

浑身湿透了的水手们都返回到船舱去换衣服。但是船长看着夜色下的大海却忧心忡忡：捕蛾螺的平底捕鳕渔船到现在还没有回来。

雪又下起来了，仿佛根本不知疲倦。科皮亚克吹着雾角，希望还没有回来的平底捕鳕渔船能够找到“玛丽皇后”号的位置。

最终，出海捕鱼饵的水手还是回来了。船员们聚在船桥上等着开饭。看到同伴回来了，船员们都快速走过去，用力帮同伴把捕鳕渔船拉上了甲板。这次捕捞也收获颇丰，从船底到船沿都装满了用作鱼饵的贝壳。船上的袋子都卸到了甲板上，船员们把袋子里的东西都倒到一片平底捕鳕渔船旁边的一个大箱子里。船上已经覆盖了一层薄薄的雪，雪慢慢结冰，像是在船的桅杆下的船板上形成一道长长的蜡烛。在最后一袋贝壳被倒完的时候，船桥上的雪也被打扫干净了。水手们重步踏在贝壳上把贝壳踩碎，取出胶状的和蜗牛一样的肉。科皮亚克看到之后说：

“这就像是贝尔顿[①]的蛋。”

之后船长下令大家去他们的“酒店”。厨师已经用鳕鱼头做好了鱼汤。这是抵抗疲乏和对船员们有生命危险的发热病的一剂良药。亚纳身体极度疲乏，走起路来就像是一个木偶一样。他已经感觉不到他的肩膀；他的脚沉重得就像

① 捕鳕鱼者给一种无刺的海胆起的名字。

是铁砧一样；他连动动手指的力气都没有。

热乎乎的汤让他又恢复了一些气力。这是一碗灰色的汤，有着一股难闻的鱼腥味，汤里还漂着鱼刺、鱼的头骨。鱼的眼眶是空的，下颌排满了尖尖的牙齿。船员们拿着刚刚喝过一大碗烧酒的碗盛了一大碗浓汤。喝了这个汤之后，他们才算真正地来到了纽芬兰。鱼肉和哈喇味的四季豆将是他们之后航程的主要食物。

马尔罗和科皮亚克，默尼耶，巴赫奈克坐在高层的桌子上吃饭。他的注意力集中在一个水手的身上，听到水手浑浊的咳嗽声，医生脸上做出一脸怪相。他和愁眉不展的科皮亚克交换了一个眼神。

“我相信你在上船前已经把每个人都检查过了。”

“是的，每个人都检查了。但这个水手可让我上了大当了。”

马尔罗慢慢地站起身来。其他的船员看着他向那个老是咳嗽的弯腰曲背的水手走过去。水手的嘴角还有带有血丝的黏液。他捂着胸脯，还是不能停下咳嗽。

“我说，你，你上船前没和我说你咳嗽。”马尔罗用粗涩的声音说道，就像是一口平底锅里用勺子乱刮发出的声音。

水手抬起头用带着血丝的眼睛看着医生，面对着医生他不得不站起身来。

“你有肺病。是这样吗？”

听到这个词，船员们都安静下来了。结核病，在诺曼底和布列塔尼地区的村子里造成了极大的破坏，这可是船上最糟糕的病之一。船上的情况非常易于传播这种难以医治的病。

“我真的不知道！我在陆地上的时候不咳嗽，我向你保证。”水手说道。

又一阵剧烈的咳嗽使得他身体都晃起来。一丝血从他的嘴里流出来。

“你说什么？”马尔罗生气地说道。上船时检查这个外表很强壮的船员时的疏忽，让马尔罗感到自己是有罪的。“你叫什么名字？”他又问道。

“贝尔诺。我的家在圣布里厄。”

“好，现在你马上去医务室。我不想看到你再出现在船桥上。等我们一到圣皮埃尔，我们就去看你的病。”

生病的水手跪在医生的脚边，双手合十向他乞求道：

“我求您了，让我和其他人一起捕鱼吧！我没有生病，这是我第一次咳嗽！”

“马上去医务室。我不想把整条船都传染了。”

贝尔诺热泪盈眶。他这次出海一定要赚到钱。他陆地上还有一个妻子和五个年幼的孩子。如果他不去捕鱼，他的儿子就要被雇去农场里去照看羊群；他体弱多病的妻子还要去露天的洗衣房里帮别人洗衣服。他是隐瞒了他的病情，但是当我们面临这种穷困的局面的时候，我们还能怎么做呢？

科皮亚克和马尔罗陪着生病的水手去了医务室，所谓的医务室也就是靠近储存腌物的一处肮脏的地方。温度一高就会弥漫着一股浓重的腐败的味道。贝尔诺将一个人待在这里，直到船只中途停靠到圣皮埃尔港口。在这个被浓雾包围寒冷的海域，疾病将会比在欧洲大陆变得更加严重并且富有传染性。纽芬兰的热病将会使一个最强壮的男人变得垂死挣扎。虽然在海上受伤的事常有发生，但是热病才是船员们最大的威胁。

生病的水手离开之后，由于还是吃饭时间，其他船员又恢复了说话的音调，并继续玩乐。

他们互相讲述着第一次出海捕鱼的细节，他们捕到的第一条鳕鱼。

“你知道吗？”贝尔松向其他水手解释道，每次谈到他的职业他就会变得热情饱满，“如果没有捕到的那第一条鱼，我永远也捕不到第二条鳕鱼。”

这是整个航程中最困扰捕鳕渔夫的问题：鱼儿们会准时赴约吗？

在吃过饭之后，平底捕鳕渔船上的捕鳕渔夫们都去睡觉了。贝尔松还不困，闲逛到了小水手们的角落。他走近阿德里安，阿德里安一副恐慌的样子，像是想要逃跑。明显能够看出这个男孩很害怕，他躲到了罗易克和亚纳的身边。贝尔松见状也没有再做什么。

船上的寒冷变得不那么刺骨了，结冰的“蜡烛”也融化了。大片大片的雪沉沉地掉到了海里，在灰色的水面上漂荡了一会儿后被浪花吞没。船身左右摇晃，老水手们知道怎样来保持平衡。他们把双腿微微张开，即使是船偏航的情况下也能保持自身的平衡。

当亚纳回到船舱的时候，罗易克已经一脸怪相地坐在他的铺位上了。他用来包扎手的布子已经被染红了，他又换了一条布子盖在他那很深的伤口上。尽管身体已经很疲乏，他还是展开亚纳给他写着字母的纸按着顺序读了起来。

“第一次出海还满意吗？”亚纳问道。

“还可以。你呢？”罗易克说道。

“很累，但我觉得捕鱼简直太爽了！我觉得我喜欢这份职业。”

“这很正常，你有捕鳕渔夫的血脉，但我什么血脉都没有。我吃的苦要比别人多。然而，我会挺过去的，我相信。”

罗易克开始试着读音节。亚纳又给他读了一遍。罗易克懊恼地说道：

“我永远也学不会！这对于一个像我这样的榆木脑袋来说太难了。”

“不，你可以的。你只需要再多一点耐心！”

“我还需要再学习。”罗易克说着朝着亚纳抬起了头，眼神冷峻，“你明白这里发生的一切吗？你认为捕鳕渔夫的生活是可以忍受的？你错了，我和你说，这里是地狱。再过一个礼拜，你就会全身都不舒服，但是你还需要继续每天去捕鱼，用你拿个东西都会让你疼得尖叫的皲裂的手。你的骨头将会像老木头一样吱吱作响。你站在船桥上就能睡着。这里是劳改所！然而，我知道你在这里做的一切都是因为你内心很痛苦。捕鱼这个活计，是给一些像我一样没读过书的人而设的。”

亚纳强忍着疲乏，激烈地回应道：

“我是在做让我感觉舒服的事情。这一点上，我不需要你给我上课！”

“不需要上课？说真的，像你这样的人不应该去冰冷的盐水里损害你的手指。”

这天晚上，弗兰切斯卡的提琴对亚纳毫无吸引力。身体已经疼痛得不能动弹，此刻他脑子里只有一个想法：躺下睡觉。

“那把提琴……”他喃喃自语道。

“那是你对一个女孩想要忘却的回忆，我知道。”罗易克回应道，“好了，听我一句，如果你好好想想，你就不会说这些事情无所谓了。”

他拿过一张纸，又提起他的笔来。

“你因为一个你刚刚认识的女孩儿就和家里决裂了，这可真是件蠢事。”他又接着说道，“你唾弃仁慈的上帝给你的东西。而我呢，上帝却毁掉了我的家。”

“别说了。你有比忧虑更重要的事做。”亚纳半睡着向他建议道。

“嗯，对。我需要学着阅读。这太难了。我累了。‘神圣职业’靠阅读可行不通。我现在需要的是，好好休息两小时来保障我能捕到更多的鳕鱼。”

罗易克收起了他的纸。他的湿衣服开始冒气。一股疲惫感冲上头来。他叹了口气，把头歪到了一边。

“你根本不懂生活。”他说道，“但这不要紧！有钱人总是比别人过得好。我在来到这世上的第一天就被灌铅了。我是在一个矮树林里出生的，就像是一只小狐狸。我母亲是个可怜的女孩，她曾经是一个服务员，一个混蛋搞大了她的肚子。我和你说，她生我的时候就孤身一人在矮树林里。生下我之后，因为我长得太丑，她也不愿意抚养我。之后我就到了公共事业救济局。”

他的肩膀因为劳累和盐水的浸渍而颤抖着。亚纳迷迷糊糊地听着他说的话，头也开始摇晃。

船身突然一下大幅抖动使罗易克感到很担忧。

“我们要遇到强烈的天气了。”他嘟囔道。

然后他沉沉睡去。亚纳也转过身睡了。脑海中充满了这样的画面：卸在船桥上的鳕鱼，监工一只手钩住它们然后把它们开膛破肚，从内脏中拣出来的鱼肝顺着滑轨惬意地滑下去，撒盐。在这混乱的画面中闪过一个年轻女孩转瞬即逝的画面。

Chapter 12

清晨船只的左右晃动和船身骨架的噪声吵醒了亚纳。他起身坐在铺位上。罗易克关上了开着的气孔通风口。船板上和隔板上发出一阵大浪捶击的声音。亚纳想要站起身来，但是身体失去了平衡倒在了两个铺位之间。罗易克响亮地大笑了一声，但也没掩饰住他内心的担忧。

“一阵烟雨[①]。”他说着点燃了一支烟，“不过不用担心。”

翻滚的海浪，呼啸的大风和水手们的喊叫都没有能叫醒两个小水手。默尼耶喊道：

“快站起来。天气变坏了。所有人就位。”

两个见习水手终于从睡梦中醒来，睁开了惊恐的眼睛。罗易克走出了船舱，坚持着站起来的亚纳跟在他的后面。他们脚踩在从船桥上流下来的水上，船身的抖动使他们在楼梯上左摇右晃。罗易克打开了门。大风就像是一个耳光似的迎面吹来，使他站在原地动弹不得。烟雨是一阵短风暴，但是在圣劳伦的海岸发生的次数却很频繁。

科皮亚克，背弓成90度，手紧紧地抓着船栏。船员们已经降下了帆。只留下一个还未合拢的上桅帆。船身前后颠簸得越来越厉害。白色的浪尖像是刀片撞碎在船桥上，形成了一道水流，使得船上哪里都是水。科皮亚克喊着指挥默尼耶和巴赫奈克，两人尽可能地让船身在大浪中保持平衡。“玛丽皇后”号陷

① 这里的一阵烟雨指海上持续时间短但强度大的风暴。

入了一个黑色的窟窿里，两面都是黑压压的水墙。船身好像扎入了一个暗绿色的夜晚，随后船首又朝着与浪同高的乌云升起。

亚纳到了船的前部去帮忙用长柄勺往外舀水，水位已经到了船上紧贴木板的下沿。不论如何要防止水接触到储备盐和鳕鱼方块。第一次捕鱼成果受损将侵蚀船员们的意志。

大风呼啸着撞击在吱吱作响的桅杆上。科皮亚克站在船桥上，面朝着海风。默尼耶负责掌舵，巴赫奈克在船首观察船的航向，叫喊着使船保持正确的航行方向。除了甲板上操纵小风帆来使船身固定的船员，其他人都在甲板下抗击进入船舱的水。涌进的水已经快到船舱内部的楼梯，船员们用木板在放置鳕鱼的船舱出口搭建了几座水坝来防止水的进入。他们一桶一桶地向外舀水，但是他们的努力似乎是徒劳的。

这不是那种普通的暴风雨，他们可能在 8 月末的时候还会遇到几次。将近中午的时候，风力变弱了，冲击着船身侧面的浪花也变得更低而且冲击力小了。科皮亚克没有忘记每当烟雨过后捕鱼的收获就会很好。他想着节约时间去捕鱼。他下令让船员们都赶紧去食堂吃饭。船员们纷纷拿起餐具自行从一口大锅里舀食，大锅里的是用土豆和红色狮子鱼片，鲽鱼，大个头的鲑鱼混在一起炖的菜。这些鱼不能腌制，但是船员们却很喜欢这些鱼。有这些鱼出现的浅滩往往都会有超过 30 公斤的大鳕鱼。科皮亚克开心地回忆起他 52 公斤的捕鱼纪录，就是在 1892 年出海的那次在这片海域附近捕到的；当他说起自己纪录的时候，额头上都变得光滑，眼睛变得发亮。每次说起的时候都会满脸微笑。

“默尼耶，你记得吗？我们都拉不上平底捕鳕渔船来，我们让它待在水中，一直把它拉到了主船。它尾巴的翻动都能让我们翻船！”

说完他笑着喝了一口烧酒。其他的船员，包括所有年轻的船员，都希望自己也能遇到一次这样的运气。贝尔松一直认为上天对他很不公平。作为最优秀最有活力的水手，他从来就没有捕上过一条能让他在港口上吹嘘很久超过 25 公斤的鳕鱼来，他的战利品还需要等待。

阳光驱散了乌云。众多的海鸟在“玛丽皇后”号的周围盘旋。一阵温和的风吹拂过船桥。

科皮亚克叫来默尼耶给船做了定位。在暴风雨期间，他不得不起锚而“玛丽皇后”号现在已经向东偏航了几英里，离马德莱娜岛更远了。船长命令升帆，船身被风吹得倾斜了。船只在翻滚的白浪中开辟着它的航线。科皮亚克知道这里的天气变得很快，但是只要是鸟还在船的周围就不会有什么大碍。水手们身上有一种令人惊叹的对天气的感知。他们把这些迹象看作是神圣的欢迎仪式，这是大海给那些懂得阅读大海的水手设置的线索。

风已经改变了方向，船只在规律的风的吹拂下向前航行。船员们从食堂出来开始准备出海用的平底捕鳕渔船。他们给捕鳕渔船上装上了放着绳钓的篮子，装满去壳蛾螺的柳条箱、钓鱼线、篙钩，最后是划桨。亚纳上了船。他刚一坐到桨手的底座上，贝尔松把他拉到了一边对他小声说：

“你听塔耶维说的太多了，你自己注意点吧！”

“他从来没给我什么坏的建议。我找不到不听他的理由！”亚纳一字一句地说道，他不喜欢这个充满攻击性的男人对别人的偏见。

“我和你说，你注意点。塔耶维不是我的朋友，这一点你应该知道！”

亚纳做出生气的举动。自从他上了“玛丽皇后”号以来，这个男孩已经明白，在船上拳头是唯一能让别人尊敬自己的方式。

主船降下了帆，随后抛了锚。他们处在米克隆岛[①]和圣皮埃尔岛之间的著名浅滩。在船上装载了蛾螺的供应之后，其他的船已经到了。平底小捕鳕渔船都出发去捕鱼。船员们隔着老远相互问好。让人感觉像是到了布列塔尼的一个海角似的。

四个桨手遵从贝尔松的命令向前划桨。贝尔松看着颜色从黑色变成亮灰色

① 法属大西洋小岛。

的海面，他了解这种变化意味着什么。草尾[①]的出现让他感到高兴，但这还不是他等待的鸟。突然间，他看到了一个讯号，告诉船员们马上停下来。

“是海雀！这次我们找对地方了！”

他命令船员们放下第一批绳钓。放置绳钓的过程用了半个下午的时间。贝尔松这个暴躁狂，坚持要把平底捕鳕渔船移动到他满意的地方。他怎么知道这个地方就比别的地方好呢？是他水手的本能引导着他，而他从来没有想过别人会反对他的想法。

当把绳钓放下水之后，贝尔松让桨手顶着风划船，把船朝着一个水面颜色更深、浪花更低的地方划去。一群叫作达旦[②]的白色海鸟掠过海面。亚纳自己观察着海水，看到了一个有群小鱼的浅滩，小鱼是一种侧面银色会发出光芒的玉筋鱼。贝尔松第一个把自己挂着肥美黄色蛾螺的漂亮钩子放到水中。其他的船员也效仿他纷纷下钩。不一会儿亚纳感到手腕有一种牵引力，这是在提示他的饵料已经被鱼吞掉了。他用力拉出了一条肥美的鳕鱼放到船舱里，这是一条大约有十公斤的灰色雌鱼。贝尔松不为所动，向年轻水手投去一道嫉妒的目光；他可一点都不想被别人超过。接下来过了很长一段时间，其他的船员也钓上了肥美的鳕鱼。贝尔松拉起他的鱼钩，怒骂着那些吃掉他饵料的小鱼。终于，他钓上了一条鳕鱼，明显比别的水手的都要大，大约有15公斤。这对于他的自尊心来说已经足够了。他满意地点上了一支烟。

捕鱼工作一直持续到夜晚。天气渐渐平息。水手们也一个接一个地睡着了。贝尔松还睁着眼。因为长得又瘦又小而被人们称作胡瓜鱼的乐福尔还在钓鱼，但是只能钓出一些噶那红[③]。他这是为了找点儿事做，因为今晚是他值班。他断断续续地吮吸着烧酒瓶，希望亚纳能将自己的烧酒分他一些。

---

① 一种白色的海鸟。

② 达旦为音译。

③ 此处为音译。这是人们根据火鱼的大小给鱼取的名字。当把这种鱼拖出水的时候会发出一声类似呜咽的声音。

他们只能睡不长时间。月光照耀下的海面闪闪发光，又造出来一个人工的白天。浮冰从船的周围漂过，这些浮冰根据大小的不同可以产生不同危险。但捕鳕渔夫们知道这也是捕捉大鱼的好时机。他们强忍着疲惫又开始把钩子下到水中。随后的捕鱼进展良好，鱼都聚集在平底捕鳕渔船的底部，船底可以看到一群群紫色和镀金色游动的鱼。

突然，亚纳发出一声尖叫。他刚刚上钩的鱼太重了，他的气力都不能把鱼从深水里拉上来。

“是一条大鱼！”乐福尔用他长期被烟草和酒精灼烧的嗓子嘶哑地喊道。

“你不要着急，不要拉鱼的嘴，就像是想要让它脱钩那样拽着它。如果它转身的话，你就让它转身。”

乐福尔和盖马尔都迅速地把他们的钩子拉上来以免和亚纳的缠在一起。贝尔松坐在船尾嚼着他的烟头满脸黑线地看着年轻的捕鳕渔夫。他希望鱼会脱钩，但要知道亚纳已经紧紧地拉住了它。他心里对自己说鳕鱼只是碰巧咬上了这个新手的鱼钩也没用，这只会让他的心情变得更糟。

终于，鳕鱼露出了疲惫的迹象，任由鱼钩拉到了水面上。发光的鱼身从深色的海水中露出来，还有一个大大的鱼头，鱼身侧面是涂金的，白色的鱼鳍还在抖动着。乐福尔拿起篙钩，准备钩住鱼鳃把鱼拉上来。他动作快速准确地钩住了鱼鳃。盖马尔帮着他把鱼拉到了船舱里。贝尔松在他的位置上一动不动，好像这并不关他的事。等把鱼打昏之后，水手们喜悦地盯着它。

“离 50 公斤不远了！”乐福尔热情地抓着亚纳的手喊道，“加油，对于新手来说，这可是个成功！”

“不过一时走运。”贝尔松嘟囔着又把他的钩下到水中，“我看不超过 40 公斤！”

他根据经验知道超大的鳕鱼通常都是几个一组，组成一个小鱼群在普通的浅滩游动。他尤其不想错过捕上一条和亚纳那条一样大的鳕鱼的机会，这可以拯救他作为最好的捕鳕渔夫的荣耀。但他拉上来的不是庸鲽就是一些小鳕鱼。

尽管这次出海收获非常可观，但是返程的时候贝尔松的心情极其糟糕。最让他生气的就是亚纳。他不会原谅这个新手抢走了自己的风光。多少年出海以来，风光已经是他的特权。尽管亚纳和他重复强调那是一时走运也是徒劳的。其他的船员会把这个成功看在眼中，而这往往是伟大的水手的佐证。

“你不愧是你祖父的孙子！”乐福尔说道。

平底捕鳕渔船被拉上“玛丽皇后”号的时候，科皮亚克祝贺了亚纳的成功。他接受亚纳上船，愿意让男孩暂住在自己家中，那是因为男孩的姓氏，这是永远不会变的东西。从今以后，波利莱克医生的儿子，这个本来注定要加入陆军的男孩成了捕鳕渔夫这个大家庭的一员。

船上后续的工作变得更加的困难。经过一天一夜在平底捕鳕渔船上捕鱼，船员们需要不断地拉起挣扎的鱼吊钩，加上后续船上持续到凌晨1点处理鱼的工作，水手们疲惫不堪。在这之后，水手们会去食堂吃东西来恢复精神，然后返回船舱睡到第二天清晨。

这种持续高强度的节奏促使水手们只能用一口烧酒来驱赶身体的疲惫。他们用酒精麻醉自己然后使工作取得进展，就像是一个个机器人。很多情况下，捕鱼返程的时候水手们已经劳累不堪，很多人也不吃饭，穿着湿衣服就睡着了。

随着日子的进展，亚纳的脸已经失去了它的光滑。大海在他的脸上刻下了皱纹，在海风的吹拂下他的皮肤变得干燥，颜色也变成了棕褐色。他已经变成了一名捕鳕渔夫，大海已经催老了他的实际年龄。但即使这样也不能阻止他的苦痛：双手的皲裂覆盖着裂开的伤口，他的关节也咔咔作响，腿就像是烧着了一样。

唯一放松的时刻就是待在他船舱里的时候。亚纳找到了一份用来包装东西的旧报纸，就用这份报纸来教罗易克阅读。罗易克取得了令人惊奇的进步。在坚持不懈的努力之下，他已经能够正确地辨认词汇。这个胜利给了他信心，也让他开始希冀更好的生活：

“你教我写字为我打开了我曾经以为对我关着的门。我会一直感谢你对我的帮助。”

转眼就到 5 月了。船只停在这个海域已经两周时间了。除了天气特别坏的时候，平底小捕鳕渔船无论如何都会出海捕鱼。科皮亚克感到很满意。捕鱼的成果很好，船舱里就要装满青色的腌制鳕鱼，他会在停靠到圣皮埃尔的时候把这些鱼卖掉。然而，他还是感到很不安。在这次出海前就有一些预感告诉他这次出海会是最糟糕的一次，这种念头一直萦绕着他。悲惨的命运总是会追着一只船不放。这次该到“玛丽皇后”号了，他已经感觉到了。默尼耶打趣道：“一切进展良好，为什么要忧虑呢？”

尽管科皮亚克说话很大声，在吃饭的时候也会说玩笑话，但他是个严谨的男人。他不会放任自己，而他最年长的同伴默尼耶也和其他的船员一样，并没有特权去倾听他的真心话。船长总是第一个去在艰苦情况下心疼他的船员的人，很自然地更换掉一个累得筋疲力尽倒在鱼的准备工作流水线上的船员，但他不会同情谁，即使对见习水手也一样。随着时间的加长，见习水手走路都变得步履艰难，满身的疲惫让他们连吃饭的力气都没有。船员们都能看到阿德里安掉的眼泪，他逃避其他人隐藏自己并没有给自己带来一丁点儿同情和怜悯。船长知道个中原因，但什么都没有做。他遵从船上不可违反的安静法则，没有人会注意他的邻居，没有人会去评判他人。他很满意自己叫罗易克去监管着这几个小水手，以防止他们因为劳累或是苦恼而跳下海去。

“见习水手们摇摇晃晃地在海上做着有意思的事情，其他船上的小水手也是这样。他们知道一旦掉到了水中没有人能把他们再捞上来！”他说道。

马尔罗并不缺活计。随着时间的推移，劳累使得人们的动作不再精细，有时候切鱼的刀没有切到鱼，却割破了船员的一只手或者一只前臂。船只要尽快着陆的需求越来越紧迫。船员们之间的口角会很快就转化为动手。亚纳也不讨厌去用拳头说话。他想要迎战贝尔松，但是贝尔松却总是避着他。罗易克已经警告过他：

“他不会原谅是你捕到最大的鳕鱼的。你要小心他，他可是一只躲在人背后不会叫，但会咬人的狗！”

患了肺病的那位船员一直没有离开医疗室。科皮亚克禁止他去和其他人一起工作。马尔罗已经给了病人一种药物，这种药物更像是用某种巫术而不是运用医学技术制成的。病人的状况得到了一些缓解，咳嗽的次数少了，也不再咯血了，但科皮亚克知道，船上有一个患肺病的人就好像是船体破了一个洞一样危险。他最害怕的就是经过一个渔季，传染的蔓延会使他喜爱的船员们减员。所以他已经决定让生病的船员在圣皮埃尔下船，他会在那里待整整一年。人们说寒冷是治疗肺病的最好良药。

一天早上，一艘轻质的蒸汽船——纽芬兰的渔民们用来捕捉鲱鱼的一种快船接近了“玛丽皇后”号。它到的时候平底小捕鳕渔船还没有出发。

“邮船到了！”科皮亚克一边喊着，一边帮助小船上的人登上了甲板。

上船的人们带着一个巨大的帆布包，把包交给了船长。随后，他们询问船上是否一切进展良好。

“你们没有要下船的严重病人吧？”

“没有。一切都很好。”科皮亚克回答道。他不想去声张他的船上有病人。

“你想要神甫巡视一圈吗？”

科皮亚克看着他的船员们都集合到了船桥上。即使是那些极度疲乏的船员听到邮船的到来都来了。没有一个人想看到这个教堂的代表，有勒路易做日常的祷告就够了。然而，船员们都不想因为拒绝神甫的降福仪式来招致上天的雷劈。

“神甫可以两天之后来做一次弥撒，但是演讲就不要了。捕鱼的收成不错，我们没有时间。”

邮船上的神甫来做祷告之后，要听这些并不想让他感知到的船员们做忏悔。神甫来的时候穿着干净的长袍，光滑的脸蛋、陆地上人的白皙皮肤，还有一双有钱人漂亮的手。整天在用解读自然的方式与大海抗争的船员们不懂神甫和上帝说话的方式，然而没有人敢于推辞，通常都是害怕神明的报复。

科皮亚克把邮包倒在一个装着蛾螺的小桶旁。船员们走上前睁大眼睛来辨认有自己熟悉字迹的那封信。科皮亚克和默尼耶开始给大家发信。他们叫到收信人的名字。信的主人收到信之后会狂喜地盯着信看一会儿，然后再去打开信封，小心翼翼地把信取出来，以免扯破或是弄脏。罗易克站在队伍的最后。他没有可等的信，这个仪式对他来说就是浪费时间。在他的旁边，是站在烧过的煤块上的亚纳。他没有指望家里会有什么来信，但是心里却对自己说，弗兰切斯卡被迫离开之后一定后悔没有给自己留下什么消息。他还是希望能够出现奇迹，这时他听到了船长和默尼耶叫到了自己的名字。

科皮亚克抬起头，手里拿着一封白色的信封看着他。在宣布名字之前，他的脸上闪过一阵怪相：

“波利莱克，这是你的！”

亚纳感到很惊奇，但是也没有掩饰住自己内心的高兴和不安。他抓起信又回到队伍最后原先的位置上去看信，他马上就认出了信上的字迹——是母亲的来信。他把信滑到了自己的裤兜里。

“怎么，你不打开吗？”罗易克问道。

亚纳没有回答。信分发完之后船员们又要去捕鱼了。这个小插曲不过持续了一刻钟。

船员们把装着绳钓的篮子放到小船上。天气很晴朗，天空没有云彩，刮着微风。这可是捕鱼的好时机。亚纳上了船，裤兜里僵直的信让他感觉不舒服。他感到很不自在，这让他划桨的时候没有了平时的气力。

出海之后他开始捕鱼，随后的捕捞工作都进展良好。他想象着很多的鳕鱼正在他的鱼饵周围游荡。他从前曾经看过的一句话闪过脑海："上帝不会削减人们生命中用来捕鱼的时间。"

晚上的时候，海上起雾了。这使得小捕鳕渔船脆弱船舱里的船员们很担忧。这片海域经常会出没美国人沉重的拖网捕鳕渔船。他们需要警惕起来，警戒不寻常的噪声，规律性地吹响雾角。船首和船尾已经点上了两盏风灯来给捕鳕渔夫们照明，但在几米外就看不到他们的存在了。

当他们回到主船的时候已经是第二天的下午了，天气突然间转变。几小时之内，几乎还是夏天的炎热就变成了西伯利亚的寒冷。这种天气的变化常常发生在春天，会摧毁体质弱的船员们的身体。马尔罗医生看到这种天气愁上了眉头。

不管怎样，鱼的准备工作还要做。亚纳还是在流水线的前端。他对抗疲乏的耐力和天生的力气表明，他就是做这个不需要技术含量工作的理想人选。在快速吃过晚饭之后，他返回到了船舱去睡觉。裤兜里的信已经不再硌得慌。他把信掏出来发现纸已经被水浸湿了，甚至连地址都看不清了。信封都变成了这样，里边的信也成了碎片。他想要看看母亲写了些什么，但是墨水已经变稀了。他把信扔到了甲板上。

罗易克看到了他的举动说道：

"我呀，是没有人给我写信。如果我知道某个人还想着，我会很开心的。那……"

"从今以后，我和你一样了。我也没有家人。"亚纳决绝地说道，并没有说出自己真正的想法。

Chapter 13

到5月末的时候，“玛丽皇后”号已经在大浅滩的海域漂荡了一个多月了。打鱼的收获很可观，科皮亚克想着去圣皮埃尔停靠，把鳕鱼卖掉以清空船舱。

一天早上，船员们在睡梦中被一阵恶臭唤醒。一些老船员走出船舱，到了船桥上，一边起誓这绝非自己所为，一边咒骂着肇事者。科皮亚克满腔怒火，站在船板上突起的部分，没有任何遮挡的蛾螺暴晒在日光下。臭味就是从这里传出来的，一阵阵浓浓的恶臭扑面而来。那些在海上经历过大风大雨的老手也捂住了鼻子，嘴里咒骂着造成这次灾难的肇事者。

“去把见习水手给我找来。”科皮亚克命令道。

两个水手粗鲁地闯进了小水手的船舱，不由分说地拎起阿德里安就走。男孩开始挣扎，一记响亮的耳光打断了他的反抗。他一到船桥就明白了自己错在哪里，科皮亚克站在发出恶臭的蛾螺旁神情严肃地打量着他。

“你闻到了吗？”科皮亚克用低沉的声音问道。

阿德里安忘记了给蛾螺浇水，加上天气又很热，蛾螺已经死了，整个船舱里都弥漫着蛾螺发出的恶臭。阿德里安低下了头；船员们向他投来愤恨的眼神，他脸上红辣辣的。他心里想此时此刻是不是自己从甲板上跳下去再好不过了。

“我们现在该怎么办？”

“我们应该把他扔到火里。”一个水手说道，他不能原谅这个男孩毁掉了自己今天的捕鱼任务。

“我们应该把他倒吊起来吊上一整夜。”另一个水手提议道。

“他要赔偿我们的损失。”第三个水手说道。

阿德里安全身颤抖着。为什么他会忘了科皮亚克每天都会重复的命令呢？或许是因为太劳累了！他每天像个机器一样干事，整日心情抑郁。昨天晚上，他甚至连哭的力气都没有。

“让他跪在切割机的刀片上。”一个明亮的声音说道。

“让他在腌鳕渔船舱的脏水里待一周。”另一个水手又建议道。

“你去把这些坏了的蛾螺都倒到海里，再把这里打扫干净。中午的时候我不想再闻到一丁点儿臭味。”科皮亚克冷冷地说道。

“至于你们，去食堂集合，我有话要对你们说。”科皮亚克又转过身对着剩下的船员说道。

“那惩罚呢？”巴赫奈克问道，“在我当见习水手的时候，我们赏罚分明！只有这样我们才能变成真正的捕鳕鱼者。”

“你是要把他关起来吗？”马格兰有些生气地说道，“这个可怜的孩子已经够惨的了，你还要怎样？”

他的批评没有得到其他人的回应。罗易克对亚纳说道：

“我想我明白是怎么回事了。”

“你明白什么了？”

亚纳没有再追问下去。船长有话要向大家传达。船员们坐在自己的座位上，科皮亚克也走到自己的位子上，一边等着所有船员到齐，一边点上了一支烟。是时候把货舱里的鳕鱼卖掉进行第二次出海了，这也通常是时间最长、危险性最大的出海。但是在7月和8月的时候情况到底会怎样呢？一边有美国人的拖网捕鳕渔船，一边还有频繁出没的偷捕鳕渔船。

有一种魔力推动着船长去开发新的海域。他从一年前就开始盘算了，从他在费甘普看到一艘船上卸下个头又大质量又好的鳕鱼的时候就开始了，良好的品质使得这些鳕鱼能够以高于市场价的价格出售。他已经向他认识的水手和船长打听过消息，得知还有其他渔场的存在，这是被拖网捕鳕渔船忽略的地方，因为这些拖网捕鳕渔船往往只去更好捕鱼的海域。他已经查阅了好几个标着水深的地图。他心中已经圈定了邻近格陵兰岛附近的一片适宜捕鱼的区域，但是去那里冒险捕鱼是不是风险太大了？拉布拉多附近的那些海岸对于航海来说难度很大，湍急的水流，众多的浅滩，尤其是漂在水面上的冰块都对航海极具威胁。但这也是适宜鳕鱼生存海域显著的特点。

科皮亚克知道，一个捕鱼海域的秘密不会保持很久。然而，如果先前已经发现这些海域的人先他们之前到达，开拓新的海域就需要靠运气了，鱼经常会爽约，如果这样的话，那么损失将是巨大的。“玛丽皇后”号的船长不想用一次失败来结束自己的捕鱼生涯。他还能出几次海？一次？两次？风湿病对他的影响越来越大，他胸腔的疼痛也让他很担心。他开始讲话：

“我们出海捕鱼已经一个多月了，这对于第一次出海来说时间并不长，但是我们的收获颇丰。我们还能继续这样捕鱼 15 天左右。但是你们应该和我一样也发现了，随着时间的推移，美国人的船只变得越来越多了。拖网惊扰了鱼群。那么，我们该怎么办呢？”

“情况是这样的。现在看来，北上捕鱼会更好一些。”默尼耶接着说道。

“所以我认为，如果我们待在这里的话，第二阶段的捕鱼将会变得非常困难。”科皮亚克扫视了一眼安静的船员们说道，船员们嘴角叼着烟，脑子里现在只想着赶快去睡几小时然后再出发去捕鱼。

听了船长的话，船员们陷入了激烈的讨论中，在船长面前，没人知道该说些什么。他们很信任科皮亚克，他总是能带领大家装满“玛丽皇后”号的货舱，支付船员们应得的钱。但这可以成为接受这次出海冒险的理由吗？

“相信我，我的建议是，我如果没有仔细研究这个问题我是不会说的。在圣皮埃尔停靠之后向北航行。费甘普的那些捕鳕渔船是在冰岛获得成功的。我知道在格陵兰岛附近有个好地方，但我们附近也有很多渔场，比如纽芬兰北部靠近拉布拉多的地方。”

贝尔松并不同意这种观点，他开始说自己的想法。

“我们这可是去一个一无所知的海域捕鱼！”他叫喊道，“我们暂且不说那里有鱼，也不说那里的鱼有多大。待在这里，我们至少肯定能和去年一样。即使我们捕的鱼没去年多，也不会相差太多的。如果我们尝试这次冒险的话，我们的高收益将伴随着高风险！”

船员们各抒己见。很多人同意贝尔松说的。然而科皮亚克的提议也有几处使人兴奋的地方。船员们都梦想着去新的海域，去别人一个钩都没有下过的陌生区域，他们梦想着捕到超过 50 公斤的鳕鱼，大的鳕鱼可以卖个好价钱，制作起腌货来也会省事得多。

“听着，我保证每个人都会得到和去年相同数目的钱。不论这次捕鱼的收获怎样。如果收获比去年好，你们将会得到更多的钱；如果不如去年，你们也不会损失什么。”科皮亚克又满怀信心地说道。

船员们又开始讨论船长说的话。考虑到即便捕鱼的结果不好，他们也会得到一份合适的薪资，大部分的船员同意船长的提议。有几个船员很兴奋，他们希望能够赚到更多的钱。贝尔松和他的几个朋友交换了一个肯定的眼神。

“贝尔松，我不强迫你跟我去。你可以待在圣皮埃尔，你很容易就能再找到一条船，大家都知道你是一个好捕鳕渔夫。但之后，你也就不要来找我要求我再带上你了。”科皮亚克接着说道。

第二天，科皮亚克下令改变航向，随后“玛丽皇后”号起锚朝着西边航行。风是横向的，所以船并没有如科皮亚克希望的航行得那么快。除了值班的水手，无所事事的船员们把时间都花在了睡觉，打扑克牌，玩多米诺骨牌或是讲奇闻轶事上。有些水手每天喝完自己定量的烧酒还会预支他们的储备，而这会让他们的脾气变得暴躁。斗殴事件规律地在船桥上演。但是水手们不会忘记在船上必须要保持融洽的规则。他们通常习惯去圣皮埃尔的赌场里解决他们的事情。

由于风向并不利于航行，航行持续了十天。终于，港口出现在视线中。狭窄的停泊地要求精湛的驾驶技术，但科皮亚克和默尼耶熟知这个地方的危险：深水处无关紧要，最危险的就是在西部堤坝的地方船只搁浅，因为公海的水流会冲击着船只改变它们的航向。

一切都顺利进展，“玛丽皇后”号毫无困难地抵达了港口，岸上的人们和船员们招手问好。这是他们一年一度的约定，他们已经和岸上的居民产生了友情。在这个北美洲的港口上，只有“玛丽皇后”号上的船员说法语。由于“玛丽皇后”号是第一批靠岸的船只，留给船员们闲聊的时间可不多，他们随后就要去把货舱里的鳕鱼卸到岸上。

当栈桥搭到岸上的时候，船员们都顺着栈桥上了岸。为数众多的鳕鱼晒场散布在城市的外围，空气中都是盐和鱼的味道。使人的喉咙里产生了一种黏黏的感觉。

亚纳在罗易克身后下了船，对这里，他有种似曾相识的感觉，就好像是回到家中一样。他有一种好奇的感觉，就好像他不知道该怎样在陆地上走路了。他向前重重地踏了几步，重新找到了身体的平衡，一旁的罗易克讥讽地看着他。

船员们都分散到了港口上数目众多的酒馆里，或是通往市中心的路上。科皮亚克已经预支给了船员们一部分薪资，船员们会把这些钱都花在买酒和年轻的女孩身上。但他们还不能完全自由，他们还得在科皮亚克联系好买家之后把船上的鳕鱼卸下来。

罗易克把亚纳带到了邻近的一家酒馆里。两个小水手，阿德里安和让，不知道该往哪里去，也跟着来了。罗易克走过几个年轻的女孩身旁，但丝毫没有引起注意。他们要了啤酒，彼此没有交谈地喝起来。在他们的周围，一些水手已经被女服务员灌醉了，这些女服务员的角色不仅仅是在桌子上或者是收银台服务。空气中弥漫着一股浓浓的烟味。码头外边则弥漫着腌渍鳕鱼的味道。船员们谈话的声音很大，他们很高兴能够再次见面。

两个多小时之后，一个消息传来：船长已经找到了买主，交易的价钱很可观。一些已经醉醺醺的船员出了酒馆踉踉跄跄地走向“玛丽皇后”号，已经有马车在那里等着了。所有的船员都到了。他们匆忙地把船上的货物卸下来，然后好安安心心地去找乐子、去庆祝，因为中途停靠的时间并不会很长。

卸鳕鱼的工作开始了。一个穿着亮色西装，戴着一顶黑帽子的男人站在岸上，监管着商品的重量和质量。装满鳕鱼的马车驶向了城市外围的晒场。在经过晒干和二次上盐之后，这些鱼将会出口到欧洲和美洲。运输船只也会穿过地中海往返于葡萄牙和法国之间，经过地中海还可以将鱼出口到中东地区。科皮亚克很久之前就有想法管理这样的一只船，运送的利润比打鱼本身还要高，而且需要的船员也更少。多少年过去了，他现在觉得自己已经老了，不适合再重新开始一个新事业了。

卸鱼工作持续了一天一夜。在凌晨的时候，船员们筋疲力尽地登上岸，科皮亚克站在岸上给船员们分发了第一次捕鱼的报酬。手里刚一拿到钱，船员们又重新分散到了港口上的酒馆里。船长已经定好了后天出发的计划，很多的船员在这之前都不会醒。到时候，他们就会带着一副惨黄的脸色，空空如也的口袋和一片空白的记忆上船，他们根本记不清自己到底干了什么。

让紧跟着罗易克的步伐。阿德里安很快就追上了他们。罗易克惊讶地问道：

“你在这里做什么呢？你？我相信你是马格兰的同伴才对？”

“他和我说他想喝醉，然后去打架。所以……”

罗易克叫亚纳跟他去了一家港口后面的酒馆里。船员们挤在这个异乡的狭小空间里。他们无休止地喝酒，玩多米诺骨牌或是玩扑克牌。常常是输多赢少，因为常常会有骗子利用这个机会来牟利。这些游戏通常会以拳头或者是刀子来结束。酒馆的老板，一个从前的苦役犯，也不想去花精力调和客人们之间的矛盾。他只想着赚钱，只想着命令他的女服务员们清理桌子。一大群的妓女们坐在收银台旁的凳子上等着他们的客人，喝着白兰地酒，嘴角的香烟上沾着鲜艳的唇膏。

罗易克用胳膊肘挤开拥挤的人群，找到了一处空着的桌子，招呼他的同伴坐下。

人们一下子就会注意到见习水手的到来。对于这些酒后兴致大发的人们来说，这些通常很羞涩的男孩可是一个可以用来玩乐的机会。他们会强迫他们抽烟喝酒，直到他们滚到桌子下边为止。很多的这样的孩子，为了不被大众排斥在外，也接受了这种游戏。有着一双漂亮眼睛的阿德里安引起了几个微醉的水手的注意。他们递给了他一杯白兰地酒，他推辞了。其他的几个水手坚持让他喝下去。罗易克对几个水手说让男孩安静会儿吧，这使得一群水手哈哈大笑，从罗易克的话中并没有感觉到有挑衅的意味。亚纳喝了几杯白兰地之后，感觉整个人都充满了攻击性，他握紧拳头站起来。罗易克拉住了他。

“来，我们走……”

水手们中传出反对的声音。在这个节骨眼上怎么能松懈呢？几个水手已经决定好了要和他们来一架，他们挡在门前不让他们出去。这次，打架是不可避免了。亚纳向前走去。

“让我们走。”他要求道。

“门都没有，如果你想过去，你可得把我们推开。”

想都没想，亚纳对着站在他面前的男人就是一拳。罗易克已经决定要打他们一个措手不及，他也朝着他面前的水手就是一拳。在几秒钟之后，出路已经打通了。他们跑到了街上，两个小水手崇敬地跟在他们后边。

没有人追出来。在港口上，打架的机会可不缺。港口上的酒馆星罗棋布，罗易克带着他的同伴来到另一家酒馆，离港口不到 500 米。

这家酒馆要更加安静。客人们都坐在桌子旁，有几个人在吧台上喝酒，几个妙龄女子坐在一旁等着客人。老板是一个女人，这在港口很罕见，她认出了罗易克，笑着把他迎进来。

“这就是我的金发大男孩吧，你还在长个吧。”她操着一口有特殊口音的法语说道。

“晚上好，玛丽……”

女老板打量了一眼亚纳和他宽厚的肩膀。

“我看你不需要躲在这里！你的同伴完全能够保护自己！”

“这是他第一次出海。一个拉提琴的有钱公子哥。但是他也很擅长捕鱼。他捕到的鳕鱼比其他人的都大。”

“这，我可不太相信。”

他没有问这几个年轻人要什么就给他们倒了白兰地酒。把酒杯放到桌子上的时候，她看了一眼阿德里安，随后看了一眼拧紧嘴巴的让。

“你长得就像一个女孩。这对于一个见习水手来说，可不是什么好事。”她对阿德里安说道。

他们几个喝起酒来。阿德里安做了个鬼脸，他强忍着自己也去喝，避免别人把他当作小女孩。罗易克点上了一支烟，递给了亚纳一支，亚纳接了过来。他沉浸在这种用酒精来庆祝的方式中。

他们点了一份猪肉煎蛋卷。亚纳开心地咀嚼着新鲜的面包，感觉这面包如此地美味柔软！

在船上的时候只能吃到鳕鱼和盐的味道，厨师做的东西总是发酸而又软乎乎的。

他们吃着并没有注意酒馆进进出出的人。这家酒馆的噪声还让人可以忍受。老板娘泰然自若地将挑事者们安排到他们的座位上。罗易克吃着吃着突然停了下来，叉子像是冻结在嘴角的位置。贝尔松走进了酒馆，身后跟着一批人。亚纳看到邻座的罗易克苍白的脸，眼神阴沉。贝尔松看起来已经喝醉了，但步子还是很稳健。在酒精的作用下，他的眼睛里闪闪发光，更加深了他蔑视的表情。他先是看到了罗易克，然后看了一眼其他人。

“好了，现在我们离开船，各处一方了。”

玛丽看出了罗易克很紧张。她起身向他走过去，手搭在胯骨上。走到了酒馆中央，她看起来要比在收银台之后更加高大更加强壮。

“我说，你，你还是和去年一样，一点儿都没变。如果你想把我这儿搞得乱七八糟的话，我请你出去。”

“好啊，玛丽，这就是你对待每年都要来光顾的顾客的方式吗？我和我的朋友饿了。你不想我们在你这里吃饭吗？”

“请给我注意点儿。”

虽然玛丽嘴上这样说，但她的脸上还是遮不住忧虑。贝尔松可会毫不犹豫地就动刀子。他的朋友也是这样，这些朋友都对他很忠心。

他们坐在罗易克他们的邻座，罗易克低着头，脸色因为愤怒几乎要变成青灰色了。年轻的阿德里安也盯着自己的盘子。亚纳，高抬着头，抽着烟微笑着回忆往事，在这污浊的环境中享受着那一份纯真。

贝尔松一口喝掉了他的第一杯烧酒，然后转向罗易克。

“你是阿德里安的救命草。你真是个好人。是你曾经上过的好学校教你这样的吧。”

罗易克收紧下颌，脸盘上出现两个凸起的地方。他慢慢地把叉子放下，喝光了酒杯中的酒，站起身来对着亚纳说道：

“和这两个男孩待在这里。这是我的事。”

接着，他径直走到贝尔松的桌子旁。玛丽监视着他们的动静，可以看出她的极端不安，但她没有阻止他们。

“我等这一刻已经等了很久了，来吧，我们去解决吧！”罗易克用低沉的声音对贝尔松说道。

贝尔松没有犹豫，他喝光了杯子里的酒站起身来。他向他的朋友们投去了一束复杂的眼神。

“你们吃吧，我不会离开很久的。”

罗易克已经走到了外边等着贝尔松。打架斗殴在圣皮埃尔港口的水手们中就像是一个通用货币，尤其是在港口上的一些街区。没有人会干预。相比于去拉开这些在船上产生矛盾到陆地上喝得醉醺醺的解决矛盾水手们来说，当地的警察还有别的事情要做。在凌晨街上发现的死尸会被马车运走，如果没有人来认领的话，他们就会和他们的前辈们一样被埋到那些公共的墓地。

罗易克和贝尔松并排走到了码头上，彼此之间没有说话。罗易克个头要比贝尔松高过一头，但是贝尔松有着海上人的步伐，走起来就像是被灌了铅一样稳健。罗易克消瘦的身体给人一种摇摇欲坠的感觉。

他们在码头上离海有几米的地方停下了脚步，举起了拳头。一句话也没有说，他们向对方跳过去，两人已经决定要算清以前所有的恩怨。对于罗易克来说是仇恨，而对于贝尔松来说，这就像是他以前解决过的好多事情中的一件而已。

这是一场不公平的打斗。罗易克蹩脚地挥舞着他的长胳膊，他的拳头并没有准星。而他的对手，贝尔松，却信心满满。他的每一次出拳都击中目标。他曾经战胜过比这衣衫褴褛的男孩更加粗暴的对手，他并不想在这样一个拙劣的对手身上耗费太长的时间。

罗易克肚子上重重地挨了一拳，另一拳打在太阳穴上使他倒在了湿石板上。他想要翻身起来，但是贝尔松一下子跳到了他的身上。在半明半暗中他看到了刀片发出的光芒。贝尔松直直地举起了胳臂，准备刺下去。罗易克一刻都没有想过被饶恕，他不是一个胆小鬼。他曾幻想能出现奇迹，幻想着他能有机会报复贝尔松曾经使他遭受的苦难，但是捕鳕鱼者的法则就是如此。最强壮的人，通常也是最坏的那些人能够占据上风。罗易克闭上了眼睛，准备用胸膛接受命运的安排。他已经死过了，直到生命的最后一刻他也没有悲伤。生活对于他来说只是无休止的考验和苦难。

刀刃又往高抬了抬，好像是要展示它的锐气，然后在空中停住了。刀刃下是贝尔松的一副惊讶的脸。一只手抓着他的手腕，尽管他奋力想要抽出手来，他的手还是被紧紧地固定住了。他一下子跳起来，看到了对面是亚纳，亚纳一直跟在罗易克身后。他已经加入了这场打斗，他在黑暗中等待着机会介入。贝尔松看着他的新对手，嘴巴半开着，可以看到他黑色的残齿，嘴角还是叼着一根烟。

“你一定要掺和进来，那算你倒霉！”他叫喊道。

他又一次举起了武器朝着亚纳跳过去。亚纳避开了他，然后向他猛冲过去，贝尔松没有想到他的对手如此难缠。一下子滚到了石板上，他的刀也脱手了。罗易克捡起地上的刀。

“这下该我了。”他说道。

贝尔松看了看周围，希望他的朋友们能来帮他一把。但是他的朋友们都静静地待在玛丽的酒馆，遵从他临走时的要求。罗易克走向贝尔松，亚纳站在两人中间。

“你不能因为他变成一个杀人犯！”

“别拦我，他必须付出代价！”

“他会付出代价的，走吧。”

亚纳抓起了刀把它扔到了海里。他的怒火已经平息了，他没有杀掉贝尔松的勇气。贝尔松已经丢尽了颜面，以后不能再出现在他们面前。他们回到了酒馆，因为两个小水手还在那里等着他们。贝尔松从侧面一条没有照明的小路悄悄地离开了。

罗易克站在亚纳面前，抓住了他的手。

“你从那个下流胚手中救了我的命。以后我的这条命就是你的了，永远都是。”他说道。

激动的感情使他的声音都颤抖了。亚纳也紧紧地抓着他的手。两个年轻人相伴着走进了酒馆，他们之间的友情产生了。

两个见习水手已经离开了。玛丽解释说他们俩已经吃完了饭，然后付过款之后离开了。

“他们应该是回船上去睡觉了。”罗易克说道，他并不担心这两个男孩子。

罗易克和亚纳坐在桌旁。煎蛋卷已经凉了，他们又重新要了一份，还有啤酒，非常多的啤酒，因为他们的身体里像着了火一样火热。一些客人离开了，一些人又来了，随着夜逐渐深了，酒馆也渐渐地空了。与其他港口上的酒馆不打烊不同的是，玛丽的酒馆有精确的营业时间，这也使得她的酒馆总是很寂静。

罗易克，一个平时守口如瓶的男人，今夜，他需要倾诉，向这个挽救了他的性命的人倾诉。在这之前，尽管亚纳给他上课，他对这个不应该上船的富家公子哥还是有一种轻视。

“你知道吗，我可不是为了像大家一样为了妻子和孩子活着。”他喝了两大杯啤酒之后说道。

“你怎么知道呢？”亚纳反驳道，“你是一个勤劳诚实的男孩，你会找到一个妻子，然后快乐地生活在一起。这是肯定的。”

“不会的，你看到我的脸了吗？我这么丑，没有人想要跟我的。就连我的妈妈都不想要我！别的女人怎么会乐意看我这张脸呢？”

亚纳一口喝光杯子里的酒。他也快要渴死了。他想起了弗兰切斯卡，然后对罗易克说道：

“我，我和一个意大利女孩有过刻骨铭心的爱情，我都把它藏在心里，我永远不能和另一个女人生活。”他喃喃地说道。

“这也是，你是在吹牛吧。”

“不，这是事实。她已经把我忘了，肯定是的。是我不想承认。再说，你看看我现在变成什么样子了？我的手指都被水泡得发肿了，我现在根本拉不了提琴了。从今以后，我就是一个捕鳕渔夫，不是什么有钱人。贝尔松会怎么样？”

“他确实该受到惩罚，再跟我说说意大利女孩的事吧。”

亚纳把他和弗兰切斯卡的故事从开始到结束讲了一遍。然后说道：

“我现在也想起那封我母亲写给我却没有看的信。”

“我发现我们永远不应该推迟时下应该做的事，如果你等着，一切都会为时已晚，你只能后悔。”罗易克回应道。

“我不能说我很后悔没有看那封信，但我也并不以自己为傲。”

“你应该给她写信，报个平安。让她安心。辜负一个母亲的爱可不好。”罗易克说道。这个没有父母的男孩。

亚纳摇了摇头。

“我的父亲使我失去了生命中的挚爱。而我的母亲却总是站在他那一边，不是我这一边。”他舌头发颤地说道。

“我知道我的母亲在哪里。”罗易克又说道。

“我去看过她，我躲在一旁想要看看她是什么样子。她住在圣布里厄，她在一个晒鱼场工作。”

“为什么你要躲起来呢？我相信你的母亲看到你会很高兴的！”

“不，我知道她过得怎样，她和谁一起生活。我知道她的一切；她的生活中没有我的位置，其他人的生活中也没有。”

亚纳把手搭在罗易克的身上，罗易克的眼眶已经湿润了。

“你不应该这样说。船上的所有人都很喜欢你，就算是科皮亚克对你也很有信心。”

“不，科皮亚克已经决定让你做他的接班人。这就是为什么巴赫奈克看你不顺眼。你知道吗，你现在所处的位置要归功于你名字里的东西，要归功于你的祖父。你还一点儿都没有展现你的才能。那条大鳕鱼，就是靠运气，没有什么其他的因素。”

“对于那条鳕鱼，你说得有道理。但是对于其他的，可不是这样。科皮亚克对我的信心，并不比任何人多！”

他们在将近凌晨1点的时候回到了船上。两个见习水手的床铺空着。他们是去另一个酒馆了？亚纳很担心他们。

“我们去找他们吧。”

“千万不要。在船上，我们不干涉别人的事情。他们做他们想做的事。而我们，应该去睡觉了。”

Chapter 14

第二天一早，“玛丽皇后”号的周边又开始人声嘈杂。把鳕鱼卸掉之后，船上要准备之后两个月海上航行必不可少的储备。几辆车装载着食物，面粉，土豆，罐装的肉停在船边。科皮亚克站在栈桥边，手里拿着笔和纸记录着上了船的船员。默尼耶站在码头上检查着车上储备的数量和质量好坏。罗易克和亚纳也加入了搬运的行列。贝尔松的缺席让船员们很是惊讶。科皮亚克认为他一定是决定不准备跟随这次出海，也没有多想。

下午将近两点的时候装卸工作才结束。这个时间对于出海来说已经有些晚了。科皮亚克观察过海上的风向之后认为，即便没有潮汐的推动船也能驶入公海。他再一次站到栈桥旁。船员们都站在他的对面等候他的命令。默尼耶开始点名。最后的结果是，有五个船员缺席：那个已经被科皮亚克解雇的患了结核病的船员已经用他的退职金住进了医院，贝尔松和他的朋友弗雷萨，再有就是两个见习水手。

科皮亚克站着等了一会儿，希望这几个迟到的船员可以出现。他终于看到了两个小水手的身影，阿德里安浑身脏兮兮的衣服也撕破了，而让的眼神迷离让人难以琢磨。船长一言不发让他们上了船。弗雷萨也来了，他要求和船长独自说几句话，然后把船长拉到甲板上的一个角落，低声和船长说了几句话。

“好，弗雷萨刚才来和我说，倔得和骡子一样的贝尔松不想和我们一起出海了。他已经在另一艘船上找到了工作。”科皮亚克说道。

船员们对船长说的话半信半疑，但对这个解释也算认可。这已经不是第一次有船员在点名的时候缺席了。或许是贝尔松在和别人的决斗中输了，心中无法跨过失败的那道坎。科皮亚克命令船员解开缆绳，然后站到了船桥上，默尼耶掌舵，船员们都各司其职。海上起风了，风力足够强劲，这也使得船员们需要极其机警。慢慢地，在几声雾角声之后，船只慢慢地驶出了港口。岸上的人挥着手和手帕向船员们告别，大多是耐心地等待他们的法国船员明年到来的女人。

在海上所有驾航的操作都需要提前做出。船被一股横向风吹得向左倾侧，巴赫奈克凭借经验提前指挥着船员们操作小风帆来使船身摆正。船员们需要全神贯注，因为一丁点儿的失误就会使船在狭窄的入海口搁浅，或者是被遍布航道的岩石顶破船身。

“玛丽皇后”号跨过了海角，海风鼓起了风帆，就像是一个个巨大的翅膀，由一股规律的力量推动着，推动着船只驶入公海、驶向北方的海域。科皮亚克仔细观察着海平面上的状况。他已经又查阅了一遍地图，最终决定走那条最长的航线来避开海上的逆流。这条航线要经过圣罗兰海湾，然后跨过纽芬兰岛东部的贝勒伊斯海峡，虽然这样做可以避开逆流，但是那里的风飘忽不定，时有时无，对于航海也是一个挑战。船长心里盘算着要绕过大浅滩海域。

科皮亚克站在甲板上，耳边满是船首破浪的声音，抬起头观察着鸟群飞行的方向。他正率领船员们驶向一个陌生的海域，驶向一个他只从别人的口中听说过的地方。他像一个焦急的探索者迫不及待地想要去开发这片海域，在那里可以容易地找到暗滩，有大量肥美的鳕鱼可以在一个月之内就装满船舱。但现在海岸笼罩着厚雾，他有些害怕了。寒冷的海风拍打在他的脸上。他想到了“玛丽皇后”号的未来，希望自己可以不辜负这些信任他的船员们的厚望。

天气变幻莫测。在船只穿过越来越浓的浓雾时候下起了小雨，加上温度骤降，甲板上结了一层薄冰。恐怕接下来的航程中遇到巨大的浮冰是不可避免的了。巴赫奈克命令船员们收帆来控制船只航行的速度。科皮亚克下令在主桅杆的顶端点上了风灯，让船员们有规律地吹响雾角来提示这片区域为数不多的拖网捕鳕渔船。尽管他迫不及待地想要到达捕鱼的海域，但是警惕性还是必不可少的。

漫长的航行过程使得船员们很焦虑，贝尔松的缺席也让大家感到很不安。船上最好的水手的缺席，是不是因为他认为这将是一次糟糕的航行？船长本来预计一周半的航程，但照目前的情况来看，不是需要两周或者三周才能到达捕鱼的海域吗？

没有工作的船员们都把时间花在了抽烟上。脑子里想着在圣皮埃尔的女人，想着那些共度短暂情爱时光的妓女，想着在航海中的见闻，想着明年再次出发，想着每年夏初开始的这种远离家庭远离故乡简单的生活。

尽管心中有着一丝担忧，他们心中对于发掘新的海域也充满了激动。科皮亚克在船上准备了几桶啤酒，来感谢这些对他投以信任的船员们。当工作不太辛苦的时候，饭桌上会供应啤酒。一旦到达捕鱼的区域，只有烧酒才能使船员们精神焕发，供他们身体取暖。

亚纳和罗易克待在船舱里。罗易克忙着学习阅读和写字。亚纳给他买了一些书，报纸还有白纸。罗易克消瘦的脸趴在本子上，全神贯注地想要正确地写对每一个字母。他日益的进步激发了他的兴趣，也使学习变得更加简单起来。亚纳向他承诺等到这次航海结束他就能流畅地书写了。

他们对于贝尔松的失踪避而不谈。阿德里安和让对于他们在圣皮埃尔的神秘消失缄口不言。阿德里安不再哭了，他的眼睛中有了一丝新的光芒。让一根烟接着一根烟地抽。在别的孩子还在留恋糖果味道的年龄，他已经迷恋上了烟草的味道。

这两个男孩似乎以一种同谋关系联合在一起，又或许是他们将会永远保留的某些秘密的原因。他们俩有点像亚纳和罗易克，这次中途的靠岸使他们连接成一体，形成了一种水手间的友谊，令人好奇的是，这种水手间的友谊只会在内陆的港口上产生。

日子一天天过去，“玛丽皇后”号已经驶过了开普雷斯[1]，继续朝着更北部的拉布拉多海岸和爱斯基摩港湾航行。在胜达威岛的对面海域，有和大浅滩海域类似的浅滩可供捕鱼。航行顺风顺水，但还是需要加倍小心，因为海面上大块的浮冰越来越多。

6月14日，离开圣皮埃尔已经十天了，船长和默尼耶做了船定位[2]。他们对于目前的形势有些悲观。早上，太阳升起来的时候，天空中的星星看起来非常靠近桅杆，这是要下雨的预兆，或者是坏天气来临的先兆。接着，天空被厚厚的乌云所覆盖。一个多星期以来，他们在航行中没有碰到一艘捕鱼的船，这可不是一个好的征兆。这意味着他们正孤零零地航行在一个陌生的海域，还要面对海面上难以分辨的巨大浮冰。

船航行到汉密尔顿[3]附近的公海时，科皮亚克下令降帆在海中抛锚。之后，一群海鸟从海面上飞过，这让人感觉在水面下一定有肥美的鳕鱼存在。船员准备延绳钓的时候，内心有些激动，尽管他们知道对于捕鱼来说，想要有所收获常常靠的是运气。这时他们想到了贝尔松，这个对于捕鱼有着本能感觉的老水手。

科皮亚克已经明确和船员们表示短期内不会起帆。在默尼耶掌舵的时候，船长下船到海面去查探水面。水的深度很理想，水深一百米多一些，这里必定有肥美的鳕鱼。查探刚一结束，他就指挥大家开始准备平底小捕鳕渔船。船员们像往常一样分散开去准备自己的工作。在接下来的第一次出海中，他们要在船上装备捕捉蛾螺铅丝笼和已经钩着腌制鲱鱼的绳钓。每只小船上的头儿又重新开始了出海的准备工作。捕鱼的结果会记在一个本子上，最后会形成一份捕鱼的地图。“玛丽皇后”号暂时就停靠在这个海域，但是如果没有鱼的话，船

① 开普雷斯，加拿大地名。

② 船开出港口以后，要利用各种条件和仪器来测船位，以检查船是否偏离了原定航线，其中岸基定位是比较可靠的方法之一。

③ 这里的汉密尔顿应指加拿大安大略省沿海城市汉密尔顿。

还得继续向北航行。前期在海上漂荡了这么多天，为的就是能找到片好的捕鱼海域。有一些船员因为在海上浪费这么多天而又一无所获，开始有些后悔参加这次冒险。尽管科皮亚克有预感，目前的形势和他所希望的截然不同，但还是对这次出海保持乐观的态度。

贝尔松的缺席使得船长不得不更换平底捕鳕渔船的人员分配。亚纳和罗易克被分到了由老拉格温负责的小船。他长着浓密的胡子，说起话来很粗鲁，嘴里总是嚼着烟草，右边的脸颊总是一鼓一鼓的。他是出了名的坏脾气，也是出了名的勇敢。尽管随着年龄的增加，他捕鱼的收获越来越少了，但船员们都很喜欢他。这也是为什么科皮亚克把这两个前一次航海中互相不对眼、而现在又亲如兄弟的年轻人安排到了他的船上。

平底小捕鳕渔船下水了，适宜航行的风力使得桨手们可以升起帆来帮助小船前进。再次坐到狭窄的小船里的，船身的剧烈晃动再没有使亚纳感到不适。他坐在小船里，与海面和下到海里的鱼钩处于同一高度。拉格温不断地眨着眼睛观察着海面，深蓝色的海面在阳光的照耀下时而变成淡蓝色。眼前的景象并不能使他有一丝的兴奋。他本来就不想去探索新的海域。他在原先的海域捕鱼就觉得心满意足，但是他永远不会像贝尔松那样有离开的想法。他看着海面上的海鸟发表自己的看法，对这片海域是否有鱼抱着怀疑的态度。他毫无信心地把捕捉蛾螺的铅丝笼放到海里，指挥着大家下钩来试探这片海域是否有鱼。

“这不像是有鱼的地方。”他自己嘟囔道。

亚纳等的就是这一刻。自从上次捕到那条巨大的鳕鱼，他已经在这个就像是往一个看不见的跳棋棋盘里放置棋子的游戏中发现了无限的乐趣。他喜欢等着绳钓颤动的过程，仿佛时间都停止了。当他手腕间感受到一阵突然地晃动，他猛地一下将绳钓向上一提使得钩子把鱼钩住。短暂的捕鱼经历已经让他学会了找到合适的支点，利用牵引力而不是用蛮力来把绳钓拉上来。头部中钩使得鱼强烈地反抗想要逃脱、想要继续回到深海中。第一钩捕上来的不是鳕鱼，而是一条体形巨大的庸鲽。很显然这片浅滩有鱼，但不是船员们要找的鳕鱼。拉格温做了一个鬼脸，吐了一口赭石色的唾沫。

“我已经和你说了，这里没有鳕鱼的。”

相继捕上来几条体形巨大的庸鲽之后，小船上的头儿决定换一个地方。桨手们又开始就位划桨。“玛丽皇后”号始终在小船的视线范围内，小船不能离开主船太远以防止在海上失去方向。天空离海面很近，风力很强劲。拉格温一直凝视着乌云的走向。天气很冷，小船在海面上寻找着有鱼的海域。

终于，罗易克捕上来了第一条鳕鱼，这预示着这次出海是有意义的。拉格温看着这条体形中等，黑色鱼身肚子偏大的鳕鱼。这种身材短小粗壮的鳕鱼生活在有淤泥的浅滩中。他不相信这里会有鳕鱼，随后意味深长地重新转过身去，想要拆穿这一个假象，捕鳕渔夫们常常会被大自然的假象所愚弄。接着船员们捕上来了一条接一条的鳕鱼。这让船员们感到很欣喜。拉格温首先开始用钩镰枪捕鱼，这是先前当鱼很多的时候才能使用的捕鱼方式。其他的几个船员也开始效仿他。亚纳喜欢这种比传统捕鱼方式更加简洁的捕鱼方法。他在用胳膊晃动绳钓来骗鱼上钩的过程中又感受到一种极大的乐趣。这次的颤动很激烈、毫不含糊，有很多的绳钓都脱钩了，但回报是大量的鱼上钩了。

小船返航的时候使得船员们很高兴。捕捉蛾螺的铅丝笼已经满了，船舱底部堆满了体态肥美的鳕鱼。新的捕鱼海域使他们收获颇丰。

科皮亚克看着船员们卸下平底捕鳕渔船上的鳕鱼，满意的神情透过嘴角流露出来。他深色的眼睛闪闪发光，满意的神情使得他脸上的皱纹更深了。他显然已经在这次赌博性的出海中获胜了。这也使得他变得话多起来。然而，他迷信的直觉又让他感觉好景不长。自打从圣皮埃尔出海以来，大海显得过于平静了。

鱼的处理工作进行得很快。晚餐的时候，科皮亚克再一次感谢了船员们给予他的信任。或许底舱很快就会被装满，他们会赶在所有人之前回到班波尔。拉格温笑着提议道，快速地把“玛丽皇后”号的船舱装满，然后返回到圣皮埃尔把鱼卖掉，在8月末之前再次返回来把船舱装满。他笑着提议因为他自己都不相信自己说的话。船员们为他的提议而鼓掌，但也没有过多地幻想。在这个纬度的海域，寒冷说来就来，常常伴随着可怕的暴风雨。

晚饭过后，船员们去休息了一会儿。6月的白天很长。越来越短的夜使得船员们几乎可以不停歇地去捕鱼。他们都睡得很少，刚刚睡了两小时，就提着他们的烧酒壶又开始工作了。

接下来的几天船员们都情绪高昂，这往往会招致危险。有几个船员在切鱼的时候受伤，马尔罗需要从他们的手中或者是大腿上把巨大的鱼钩取出来。第一次真正的事故发生在“玛丽皇后”号停靠在这个鳕鱼资源丰富的海域的一周之后。海面波涛汹涌，就像一个滚筒使得超载着鳕鱼的平底捕鳕渔船危险地晃来晃去，在这种情况下需要万分的谨慎，船舷边的一点点晃动都会使得船舱倾覆到海里。马格兰的平底捕鳕渔船到了主船侧面的时候才能进行卸鱼。船员们小心翼翼地把体型巨大的鳕鱼卸到甲板上，但他们的每一次动作都会伴随着一股海水冲进船舱里，水的重量使得船只的摇晃更加危险。在平底捕鳕渔船上移动的时候，马格兰脚底一滑，一个踉跄掉进了水里。小船也翻转到了水里，瞬间就变成了海面上的一个水泡。落水的船员们在结冰的海水里挣扎着呼救，周围漂浮着死去的鳕鱼。船上的人们把船桥末端放到水里，把几乎已经空着的小船翻过来，成功地救了这几个死里逃生的船员，但他们已经冻僵了。

只有马格兰失踪了。像大多数水手那样，他并不会游泳，因为游泳帮不了他们什么。海水的温度足够低，在几分钟时间之内就能使一个最强壮的水手失去知觉——他沉入海底了。

马尔罗给落水的船员们喝了他准备几次出海的存药，照他说，他的药已经挽救了很多水手的生命。落水的几个身体强壮、已经习惯了寒冷和潮湿的水手几小时之后就能够下地了，其他的几个身体比较瘦弱的水手恢复得要慢得多。马尔罗决定把他们安置到医疗室，那儿有一个烧炭的火炉可以给他们提供一个温暖的环境。

晚上，结束了鱼的处理工作之后，船员们全部集中在甲板上对失踪的同伴致以哀悼。科皮亚克发表了讲话。他说了很多年轻的马格兰的故事，他曾是一个出色的捕鳕渔夫，出生在班波尔一个有着六个孩子的人家。他的母亲在近郊的富人家里做熨烫衣服的工作，他的父亲也是一名捕鳕渔夫，在1904年也消失在大海里了。

船员们站成队列，伴着大海的咆哮和风吹帆布的声音，陷入了沉寂。他们听着勒路易的祈祷和对马格兰丧事的祷告。船员们熟练地在胸前画十字。心里想着或许下一次他们也不会幸免于同伴的遭遇。马格兰想要向大海索取的太多，而大海让他付出了代价，他失去了生命。教训是血淋淋的，从今以后，其他的平底捕鳕渔船到时间了就会停止捕鱼。这次事故人为的原因是显而易见的，然而，这不是第一次平底捕鳕渔船因为超载出事了。但是真正当鱼上钩的时候，没人会想那么多。

船员们静静地吃过晚饭之后，回到了后舱中的铺位上。他们需要休息，就当作什么都没有发生过那样。马格兰已经死了，但是生活还要继续。

海上的寂静是让人最难以忍受，让人最压抑的事情之一。当夜晚的星辰闪耀在海面绵延的波浪起伏的时候，会使人神经紧张。因为这预示着坏天气正在酝酿。科皮亚克站在他的船舱里，他知道真正的敌人要来了。马格兰的失踪不正是一个信号，一个警告吗？难道这不是大海在告诉他该节制胃口的时候了吗？

亚纳很欣赏马格兰，他的失踪对亚纳的触动很大。他是一个每天活得很开心的男孩，时常会说笑话，从来都不会抱怨什么。对于罗易克来说这已经不是他第一次经历这种事了，他对亚纳说道：

“你看到大海凶恶的一面，你之后还会遇到这样的事，直到她把你带走的那一天。就是这样，其他人会为你哀悼。不要再想了，否则我们马上就要终止这个职业了。但你很快就会明白的，或许也正是因为这样的风险，你才会每年都重新离开大陆。”

亚纳和罗易克躺在各自的铺位上。今天晚上，亚纳没有安排阅读课。一旁的让已经睡着了，身体蜷缩着就像是一只小猫。阿德里安在默默地哭泣。罗易克用粗糙的手抚摸着他的脸颊说道：

“他是你的朋友，是吧？”

男孩没有作答。罗易克又说道：

“说真的，真很不幸。但你知道的，所有的捕鳕渔夫死后都会到天堂的。”

他们之间的谈话结束了。罗易克和亚纳沉沉地睡去。突然，耳边听到一声尖叫，声音尖锐，撕心裂肺。罗易克和亚纳用胳膊肘撑着站起来。两个见习水手的铺位是空的。罗易克马上跑出船舱，亚纳紧随其后。太阳已经升起来了，船舱外温度很低，浓雾重重。

“是让的声音。”罗易克说着跑到了船桥上。

他的身前，一个值夜班的人按着在小捕鳕渔船旁边的阿德里安，他挣扎着叫喊着就像是一个疯子。让在一旁安慰着让他冷静下来，但于事无补。罗易克把男孩抱住，威胁说如果他再不停下来就甩他一个耳光。男孩已经失去了控制，他继续怒吼着。值夜班的船员们需要回到自己的岗位上去。其中的一个船员对亚纳说道：

“我知道他想做什么，他想跳到海里去和那个可怜的马格兰做伴。”

“你不用管了，我们会让他冷静下来的。”罗易克说道。

“有时候小水手们会因为工作太繁重而想跳海自杀，但他们只是想想，从来都不会做。但我看他是下定决心了！”另一个水手说道。

罗易克把小水手抱回了船舱里，把一壶水浇在他的身上。与冰水的接触立刻使得他的叫喊停止下来，他坐在铺位上，一下子柔弱得就像是一条口香糖。他又开始哭诉。

“马格兰……马格兰。”

“我已经和你说他去天堂了。”罗易克说道。

“我知道，但我活不下去……没有他……就像是被拔掉了一只胳膊。”

罗易克和亚纳惊讶地看了彼此一眼。让解释道：

“他们曾是很要好的朋友，然而……”

“这不关你的事！”罗易克生气地说道。

让坐在阿德里安的身旁，他的年龄比阿德里安要小，但是他的头很大，加上他深深的皱纹使得他看起来更老。他点着了一支烟，用力地吸了一口，之后说道：

“是因为贝尔松的缘故。”

“发生了什么？”

让生怕会招来罗易克的斥责，但还是决定把这个难以承受的秘密说出来。

“在圣皮埃尔，”他开始说道，“当我们和你们在一起，之后罗易克去和贝尔松决斗的时候。我们也离开了那家酒馆，因为阿德里安想要去找马格兰，没有他感觉很无聊……”

“所以你们就去其他的酒馆找他？”罗易克问道。

“是的。”

阿德里安按捺不住自己说道：

“我不想你说那天的事！”

“不，应该说出来。”让坚定地说道，然后又点燃了一支烟，“接着，我们找到了马格兰，他和一个女人待在一起！阿德里安受不了他那样。”

“我警告你别再说了。”阿德里安大声说着用拳头捶打着让。

罗易克用力地把他按在他的铺位上。

“阿德里安就像是疯了一样。”让又接着说道，“对，就是疯了。我们又返回到了那家酒馆。阿德里安情绪很糟糕，他胡乱地说话。我们找到了一群年轻人，我们花钱请他们喝酒。最后他们都喝醉了。他们都曾经和贝尔松有过交集。

阿德里安问他们去哪里能找到贝尔松。然后他们就离开酒馆里，我们跟在他们的后面，因为一场精彩的决斗总是很有趣味的。然后他们惊喜地发现了贝尔松，没有给他反抗的余地。”

“我明白了。这说出来没什么大不了的。接下来，你还是去做你之前的工作。如果你还想跳海的话，想想你的母亲。你运气很好，还有人等着你回去。马格兰不管到了哪里都会看着你的，你也要记住这一点！”

亚纳坐在他的床铺上，也想起了他的母亲，她一定因为儿子的离家出走而终日以泪洗面。为什么自己不给她写信呢？而他的父亲，除去他专制武断的一面，他到底是怎样一个人呢？他叹了口气，充满了悔意，心中突然感受到了阿德里安此刻的感受。

“应该睡觉了。”罗易克说道。

亚纳对自己说，贝尔松就是嫉妒间接的受害者，最后捅进肚子里的一刀给一切恩怨画上了句号。同样的，阿德里安，这个有着天使一般想法的男孩，也像所有的见习水手那样，通过特别的友情和难以消除的仇恨来体验生活。那亚纳呢，自从和弗兰切斯卡那浓情蜜意的一夜之后他学到了什么？

“之后，”让又说道，“阿德里安对马格兰很生气……”

“你闭嘴吧，”罗易克命令道，“我们都知道了。我们知道你见谁就和谁说这件事。”

Chapter 15

科皮亚克完全能够为他的大胆所自豪。驾船到未知的海域捕鱼，平底捕鳕渔船满载肥美的鳕鱼而归。马格兰的事故没有给船员们留下阴影，在“玛丽皇后”号周围海域的平底捕鳕渔船收获可观。船舱已经装满了，这次出海是成功的，船员们可以利用这次的薪金安稳地生活到下次出海。

他们还是一艘船都没有遇到，即便是美国人的拖网捕鳕渔船都没有。科皮亚克感到很奇怪。费甘普的船队到冰岛，甚至格陵兰岛，他们为什么不在拉布拉多附近的公海停留呢？这些问题困扰着他，他害怕自己忽略了一些隐藏起来的陷阱，一些难以预测的威胁。在大浅滩，船只不是单独应对艰苦的环境，人们会相互传达消息，还能够收到信件；但在这里，什么都没有，只有海浪翻滚的声音，大海的咆哮声和时下不同寻常的寂静，就像是置身于一个无边无际的空间里。

日子一天天过去，天气已经变成秋天的天气了，即使现在才刚刚 8 月初。天空中弥漫着大雾，清晨变得越来越清凉。水流冲走了大量的浮冰，在海上直到最后一刻才能看到海面上浮冰的存在。科皮亚克没有忘记随着时间临近秋分，大风暴的危险也就越来越大。还有一个月的时间可以打鱼，但这一个月是最危险的。

每天，他都会重新做一次测量工作。他通过观察风来判断天气的形势，估量着当大风暴来临时找到避风港的时间。他计算着返程的航线，他认为最简单的航线就是从东部的海角返程，不去圣皮埃尔停靠。默尼耶认为可以去卖掉一些船舱里的鱼，然后在第三次航行到大浅滩的时候再把船舱装满。科皮亚克更倾向于直接返程：大海已经比他想象中的要仁慈得多，不应该再去向她索取什么了。

在 8 月 15 日的晚上，晚饭过后他站在船员们的面前。船上的气氛很欢快，这些天的打鱼使得船员们认为可以赚到比去年多一倍的薪酬。科皮亚克向大家说出了他的决定：

"这里的夏天已经结束了。大海对我们很厚爱，我们的船舱里还能装得下鱼，但你们也知道，沉重的船身会使得掌舵变得更加困难，我们现在已经进入了暴风雨的季节。明年，我们直接来这里打鱼。我会去联络一个圣皮埃尔的人让他们来这里拉货，这样我们就不必移动'玛丽皇后'号。我想那些美国人就是这么干的，而且他们干得还不错。我们三天之后起锚，再出最后一次海捕鱼。"

船员们开始讨论船长的决定。一些人同意船长的决定，另一些人认为应该好好地利用这次机会再捕一些鱼。拉格温，船员们认为他是一个很聪明的人，他从椅子上站起来，一脸说教的神情，因为他并不习惯在公众面前讲话，他对大家说道：

"我知道目前的水流对我们来说并不有利，返程我们需要一周多的航程。然而，如果要向东走的话，我们屁股后边就会跟着暴风雨。所以我们可以继续捕鱼，直到 9 月初这样返程更加安全。"

"不应该过多地向大海索取，它会让我们失去一切的。"科皮亚克反驳道，"我航海的经验告诉我，这片海域太过于宁静了，这是为了隐藏某些怪物。其次，我已经感觉天气要变了。"

船长说的话，无论是拉格温还是其他熟悉大海的船员们都没有一丝异议。好几天以来，天空中就被浓雾笼罩着，晚上时候浓雾就会降到船的高度，在日出的时候寒冷还冻得手指咯吱作响。在能见度极低的情况下航行是一件可怕的事情，尽管这里除了大海什么都没有。他们脑中还记着纽芬兰的夏天，一层层的浓雾笼罩着海面，需要不间断地吹响雾角，因为桅杆上风灯的能见度只有十米。

有多少的平底捕鳕渔船就是这样迷失在了大海中？当太阳升起的时候，这些雾气就会集结为形成暴风雨的乌云。这才是船长所担心的。

“最明智的做法就是在我们能出发的时候赶紧出发。”科皮亚克坚持说道，“在这次出海捕鱼之后，我们就起锚。”

他夹紧了手指，为什么还要最后出一次海呢？为什么不马上出发呢，趁现在还来得及？他很犹豫，随后他闭上了嘴。船员们不会理解他的心情的。

捕鳕渔夫们这天晚上都休息了很短的时间。最后一次出海捕鱼，这是这个渔季的收尾，就要和他们在班波尔一整个无聊的冬季所等待的仁慈的海水说再见了。生来就是出色的捕鳕渔夫，他们做不了其他的事情。

亚纳醒来的时候，感到了船身正在前后颠簸。船身摆动得很慢，但幅度很大。他们深陷在一个水涡里随后又慢慢升起来。罗易克透过舷窗看着外边。还是深夜，但却能明显地看到一道浪峰。风力也加强了。

两个见习水手还在睡觉。亚纳和罗易克没有叫醒他们。船员们站在甲板上，已经准备好了把平底捕鳕渔船放下水。但他们没有像往常一样猛地冲下去，面对目前的状况，船员们都很迟疑。缆绳持续尖锐地震动。科皮亚克在甲板上转了一圈，决定不让平底捕鳕渔船下到闪耀着微光的海面上。浪潮的拍打越来越紧密，天空还很明亮，点缀着一颗颗非常明亮的星辰，就是一颗颗纽扣。这一切的迹象都使得船长很焦虑。对于大海的直觉让他预感到一种急促的危险。他一下子站起来，深深地吸了一口气，然后转过身对船员们说道：

“我们不下海捕鱼了！我们要退一步，升起帆我们马上离开！”

亚纳很奇怪没有一个人提出异议。捕鳕渔夫们都已经从大海的迹象中感受到了和船长一样的预感。默尼耶在前甲板上领导着大家的工作，他显得焦躁不安，斥责着起锚的船员。船身实在太重了，使得操纵方向变得很难，只能够大致通过移动一个帆船面来控制方向。默尼耶知道在晴朗的天气状况下，风正在酝酿水手们最害怕的东西：巨大的海浪，极其高的海浪将使船只很难驶入海角来避开风浪。他观察着海浪的跳动，在海平面上形成一道白色的墙，就像是一个难以招架的巨大浪盒子，正通过重重阻碍朝着“玛丽皇后”号冲来，仿佛在一望无际的海面上这个孤零零的闯入者变成了海洋上唯一的目标。

“注意驾驶！”他喊道，“黑风[①]可不是开玩笑的。”

一些水手爬到了桅杆上。太阳慢慢地升起来了，异常的晴朗，没有这个纬度通常情况下的雾气。天空中投射下红色的光芒，光芒也燃烧了天上的星星。看不到一片云。科皮亚克手指已经抓不住一支点燃的香烟，往嘴里塞了一口嚼烟。船只正面临着横向风，沉重的船身被风吹着漂流着而不是走他们原定的航线。默尼耶整个身体靠在舵柄上，绝望地想要找到海面上鸟儿的身影，海鸥和海燕，但它们已经离开了，这不是一个好兆头。隔一段时间，他就会扔一块木头到浪里来估量船体的移动方向。

风吹得越来越动荡不安，帆布时而被风吹得鼓起来，随后又突然放空变皱。船在大海中不断地受到阻碍前行的障碍，在海水中时不时被浪花掀得整个船身都倾斜，大量的海浪打上了船。船身已经超重了，不能够准确跟随掌舵的方向。在海平面上，慢慢地升起一道白线。

科皮亚克和默尼耶呼喊着发出指令，终于成功地把船驶入了一个海角内。随后“玛丽皇后”号径直驶向了宽广的公海，在那里他们可以自己掌控命运。海平面上是黑漆漆的，就像是夜晚折叠在海面上，等待着吞没这个世界的合适时机。

整整一个多小时，船员们操纵着缆绳，时而升起了这块帆布，时而降下那块帆布，就像是和风儿玩耍然后借助它的力量让船只前行。科皮亚克又重新找到了希望，船只在海面上前行，他的皱纹看起来似乎更深了，此刻的风也吹得渐渐规律起来。

---

① 风雨前刮的西北风。

将近上午10点的时候，“玛丽皇后”号被一团乌云所包围，乌云就像是一面厚厚的墙将船置于一片令人不安的混沌中，大白天却如同夜晚，没有一丝光亮。随后是一阵沉寂，风力也减弱了，帆布被吹得格格作响，声音变得细小而虚无缥缈；时光停止了。科皮亚克一直站在船身前面，审视着眼前的混沌，呼吸急促，焦虑地嚼着嘴里的嚼烟。

突然间，一阵巨大的隆隆声从天而降。一阵深沉的狂怒的轰轰声。在岗位上的船员们都怔住了，等待着船长的命令。轰隆声越来越大，船身和海面都震动起来。科皮亚克没有判断失误的权利，他短暂思索了一下。风在怒号，吹动着一波又一波的海浪打上船来。一个又一个的大浪冲击着“玛丽皇后”号的船首。默尼耶尽可能地通过掌舵来使得船只避过海浪，亚纳和另外几个对于操纵船只帮不上忙的船员，也想方设法地不让海水进入船舱，不让海水接触到鳕鱼。阿德里安已经被吓瘫了，缩成一团蜷缩在角落里，头也埋在手臂里一动不动。没人有工夫来照料他。

狂风猛烈地吹击着船身，像是要把它掀翻。船员们顽强地与风抗争，毫不犹豫地遵从船长发出的每一个指令。船上的帆布已经都降下来了，但是狂风还是能够吹击着庞大的船身，使得船身危险地上下摇晃。船员们用木桶不断地向外舀水。天气寒冷刺骨，但是船员们都感觉不到。所有人都在尽全力与狂风和海浪抗争，默尼耶想到了班波尔的圣母像，她曾经挽救过无数水手的生命。他不是为了自己而祈祷，而是为了那些有老婆和孩子还等着他们的同伴。科皮亚克想到了维尔日妮，黑色的寡妇装肯定不适合她。他开始乞求仁慈的圣·伊芙的保佑。

“我愿意献出一切，我发誓我愿意献出一切来祈求保佑我们。”他用机械般的声音自己嘟囔道。

之后，考虑到他的祈求还不够，他又用机械般的声音说道，“我不是为我祈求，我是为我的船员们祈求您的保佑。”似乎他的思绪已经飞到了别处。

时间一点点地流逝，风暴还是没有减弱。这已经不是这艘班波尔最好的捕鳕渔船——“玛丽皇后”号，第一次抗争暴风雨了。它的船身是按照严格的设计制造的，可以使它在大海里保持最平稳的平衡。它已经从众多的恶劣天气中闯过来了，科皮亚克可以列举出他们曾遭遇的数十次暴风雨都不会搞错顺序，因为每一次的暴风雨都是与众不同的。他已经学会了去辨识暴风雨，把它们分成不同的等级。他们曾经遇到过持续几天规律的暴风雨，这种暴风雨往往是难以忍受的，因为它会使得船员们筋疲力尽。也有持续时间很短的暴风雨，通常是在春季发生，气势宏大但很快就过去了。然后就是夏季末的暴风雨，来势汹汹而持续时间又长，也是最致命的。

在稍稍有些停息的迹象之后，风力又重新变得强劲了。科皮亚克望着地平面，望着乌云，望着水流，寻找着风力减弱的迹象，或是风力减弱的细节。他站着直面大风像是要从中找出什么秘密，从一个地方走到另一个地方，大声呼喊着他的命令，但在船上的一片嘈杂中命令的含义也被吞灭了。默尼耶控制着舵柄来控制航向，但他知道他偏航了。在目前这种情况之下，首先考虑的应该是让船只顺着水流航行，避免巨大的海浪将船掀翻或者是将船卷入一股巨大的海浪之中。

身处船上，已经分辨不清是白天还是黑夜。船员们，已经感觉不到劳累和饥饿，都坚守在自己的岗位上，或是用力把身体支撑在缆绳上。海浪冲刷着甲板。科皮亚克紧紧地抓住船栏，默尼耶整个身体都支撑在舵柄上。连续掌舵了 12 小时之后，他把掌舵的工作交给了巴赫奈克，然后走到厨房去找些吃的。船只的突然晃动使得船只的前行危机重重。风在桅杆的顶端怒号，把帆布都卷在一起像是要把它们生生从桅杆上扯下来。科皮亚克到现在为止还没有休息过片刻，还在焦虑地嚼着嚼烟。

真正的夜晚降临了，青色和灰色的海面变成了墨汁般的黑色。天空中淡蓝色的光芒给天空画上了一道一道的花纹。船员们都筋疲力尽，已经喝光了烧酒壶里的烧酒。安排给见习水手的任务是按照船员们的要求给他们装满酒壶。温度越降越低迫使船长不得不这样安排。

科皮亚克最担心的事情发生了。风力渐渐小了，但是海面还是波涛汹涌。一阵大雪几分钟之内就覆盖了整个甲板。甲板上的雪花和海浪混合起来一眨眼的工夫就在每条过道里形成了一条明显的冰条。雪花落在帆布上使得帆布的重量加大让船只变得晃荡起来。科皮亚克马上下令让大家不管拿手头的什么工具迅速地把这些冰砸碎。亚纳和罗易克拿着用来整理鳕鱼堆成的方块的金属杆砸着甲板上的冰。亮闪闪的冰块在甲板上滑动。船员们已经把风暴灯点燃挂在了甲板上方，与此同时一阵强劲的风又怒号着扑没了这些扎眼的光芒。

太阳马上就要升起来了，一束微弱的光芒透过混沌照射下来。船员们还在不停地消除着甲板上的冰，因为每一次海浪打上船来就会形成新的冰层。他们用尽全身的力量恼怒地砸着冰面，用尽全身的力量用一根短粗的木棍进行着绝望的抗争。他们在甲板上匍匐前行来避免被大风吹走。他们爬上了结了冰的桅杆。巨大的冰块撕裂了帆布然后掉在白色的海浪中。

这种情况已经持续了 24 小时了。

第二天的时候，大风暴平息了一些。船员们轮流去吃饭和休息，但是气温越来越刺骨，甲板上不断地结成大块大块的冰。亚纳和罗易克在甲板上用身上仅存的力气砸着冰面。科皮亚克微微驼起了背，头埋在肩膀里，身体挂在舷墙上，大声喊叫着，看护着掌舵的默尼耶。他们彼此都知道风暴的平息只是短暂的。

科皮亚克指挥两个见习水手去给他找些吃的。两个小水手互相搀扶着来避免掉到海里去，下到了厨房里。现在已经是正午了，或许更晚一些。船上的人们已经失去了时间的概念。雪终于停了，天空也放晴了，但是风力还在持续地加强，也越加寒冷。

当罗易克站起身来，拿着一把铁制的杆子想要去敲碎一个大冰块的时候，船身忽然抖动起来让他失去了平衡。他发出一声尖叫掉到了海里。亚纳没有考虑自己的举动的后果，爬上了舷墙就跳到了海里。科皮亚克大叫了一身，对着天空张开了双臂，呼叫着别的船员来救急。再把这两个年轻人拉上来的机会微乎其微；然而，船员们还是把缆绳扔到了海里。除了对船员们发出指令，科皮亚克和默尼耶冒着把自己也掉到海里的危险解开了一条平底捕鳕渔船，把小捕鳕渔船放到了海里。这是一个绝望之举，海水的温度使得一个人根本不可能在水里待五分钟。亚纳没有考虑后果，只是凭着一时的勇气跳到了海里，他的举动赢得了船员们的敬佩，盖马尔下到了小船上。其他的几个船员也跟在他的身后，用钓竿在船的周围寻找着两个年轻人的踪迹。最终听到了一声叫喊，有些什么东西或者是有人抓住了其中的一根钓竿。两个船员用力地把亚纳拉了上来，亚纳紧紧地抓着罗易克。不一会儿，他们把两人拉上了船舱里然后把小捕鳕渔船拉回了船上。罗易克已经失去了意识，亚纳牙齿在不断地打战。

“真是一个奇迹！”勒路易大声喊道，“一个千真万确的奇迹。水神圣·玛利亚降福了！”

船员们看到这样的奇迹都纷纷在胸口画十字。

“我们不能在今天就死。我跳下海去立刻就抓住了他。真是走运。”亚纳终于这样说道。

两个年轻人被送到了医疗室，医疗室的温度很高让人呼吸都困难。马尔罗叫别人来帮忙，亚纳还能够自己脱衣服，但是罗易克却没有一丝意识。这些习惯了切割鳕鱼的手帮他脱掉了衣服。船员们按摩着他被浸白的皮肤，来刺激他年轻柔弱的躯体，皮肤渐渐有血色了，血液重新开始流动了。在经过船员们一小时的费力的照料之后，罗易克醒了，迷茫地嘟囔道。

“我竟然还活着！”

马尔罗看了一眼帮助他的船员们。这已经不是第一个他看过的死里逃生的人活过来之后感叹死亡是多么有魅力了。通常，那些垂死的病人都会对那些把他们挽救回来的人发怒。

“你可是去了一趟鬼门关。你要感谢你的同伴，如果没有他，你现在就和那些寄居蟹待在海底了！”他对罗易克说道。

他慢慢地恢复了意识，想起了船身的忽然颤动让他失去平衡掉到了海里，想起了在大海中用力地抓着他的那双手。

亚纳身上没有热起来。喉咙里灌上烧酒加上马尔罗的秘方都没能缓解他的颤抖，这让医生很焦虑。

几小时之后，他开始说谵语，被一种严重的发热所折磨。

甲板上的抗争工作已经又重新开始了。所有人都各司其职。科皮亚克呼喊着发号施令。船员们弯着腰，匍匐着，不假思索地完成船长的指令。海浪还在翻滚。温度极低，以至于海浪一打上船来就结成了冰。随后，不可思议的事情发生了。水手们最害怕的事情发生了。科皮亚克，默尼耶，拉格温，盖马尔以及所有的老水手们也只是听说过，但却从来不相信。风开始旋转，疏解了海浪，风在一个可怕的圆形滚筒里翻转。水被卷到了舱口的高度，冲上了甲板冲击着桅杆。“玛丽皇后”号处在了一个中空的旋风的中心。科皮亚克在想起北部的村子——班波尔的时候，想起了一位醉醺醺的捕鳕渔夫的话。

“旋风会把一切你所能看到的东西吹到空中，那是我想起来都会颤抖的东西。它会将你从大海卷到空中，然后再把你狠狠地砸在海浪中。”

科皮亚克浮出一丝笑意。

“向右回舵，右满舵！”他大声喊道。

之后他想：“如果‘玛丽皇后’号碰不到一块冰块的话，那算我们走运。”

帆布的操纵变得越来越困难。冲上甲板的水和无休止结的冰使得船身越来越重。铁杆的敲打于事无补，尤其是在船上的喇叭状的出水口附近结冰现象尤为严重。水手们匍匐着就像是蝾螈一样想要找到缆绳。

刹那间，一阵巨响，黑暗中劈风斩浪的“玛丽皇后”号传来一阵折断的声音。一些东西重重地落在甲板上，就像是用铲子杀死花园里的两个小昆虫似的砸伤了两个船员。科皮亚克麻木地看着大桅杆分成了两截，大风吹在帆布上，帆布就像是装满了缆绳的袋子。这次，一切都完了。除了向上帝祈求别无他法了。宏伟的航海，他的骄傲，就要随着他的生命终止在这个世界的角落里。在这里，不会有人找到点点残骸。他们今天都要死，这是一定的。他想到了他再也见不到的妻子，漂亮的房子，还有那里的生活。这一切都要在这里得到惩罚。他想着自己的错误，他不可弥补的错误：拉着这条船跟他陪葬。想要赚更多的钱，大胆轻率的决定，使得他要失去一切。亚纳的出现让他想起，埃里克·波利莱克也曾经被认为不可战胜。

默尼耶还是抓着舵柄，继续引导这船不被卷到旋风的中心去。他做到了，科皮亚克在一阵短暂的恐慌之后，重新回到了指挥的位置。他重新喊着，向盯着他的、由于寒冷和劳累已经动不了的船员们发号施令。既然一切都要结束了，为什么还要继续抗争呢？但科皮亚克希望以男人的方式死去。毫无疑问，大海赢了，但是他，一个班波尔小小的捕鳕渔夫，还是要在这于事无补的时刻继续抗争。他激动地向船员呼喊，船员们经历了短暂的迟钝之后，理解了船长的意愿。接着，他们又开始穿梭于缆绳间和甲板上被撕裂的帆布来操纵帆布上还留着的东西。在这种绝望的情形之下，船员们找到了一种意想不到的力量，身体里有了一种全新的能量来支撑着他们在危急的时刻做出最正确的举动。

旋风突然间停止了。就像是它开始时那样突然。取而代之的是一阵强力却很规律的大风。科皮亚克从风暴开始的时候就没有再测量位置，他已经完全不管船在哪了，但这已经不重要了。刺骨的寒冷让他知道他们正在向东北方向航行，狂风应该是从西南方向吹来的，但他也不敢确定。风暴会使得水流集中在海面上，这些水流会把船推动到一个难以预料的方向。尽管眼下还是危机重重，但他又重新找到了希望。一部分的帆布已经支起来了，船员们又开始消除船上的冰块。又开始下雪了，厚厚的雪花又把船上的一切都盖住了，除了因为海浪的冲刷而结着冰的船桥。

夜晚的时候，一阵猛烈的风吹击着船身。科皮亚克一直没有离开自己的岗位。他的头时不时地埋进肩膀，随后他又突然站起来。两个小水手时不时地给他送去烧酒。

清晨的时候，天空放晴了。只剩下一个个规律的旋风，毫无威胁力。太阳升起来了，在明亮的天空中显得巨大而冷漠。科皮亚克长长地舒了一口气，但还是有些忧虑：他并不了解这片区域的气候，他吸了一口烟感觉海平面上形成了一股少有的灰色涌潮。海面上并没有涌潮。突然间，他感觉脚下的地板在下陷，然后摔倒在了船舷旁。船员们赶忙把他拉起来送回了他的船舱。默尼耶也应该稍微休息一会儿了，他把掌舵的工作交给了巴赫奈克，然后坐在了前边的位置上。但时下并没有什么重要的事可做。大海已经平息下来了。干燥的风也使得海水不再结冰了。在此刻所有人都感受到了刺骨的寒冷、身体上的疼痛，他们已经筋疲力尽了。

两小时之后，科皮亚克又走到了船桥上，把船员们集合在一起发表了讲话。有两个船员失踪了：卢旺奈克和皮耶黑。卢旺奈克是科皮亚克的老船员了，这已经是他第十次跟随“玛丽皇后”号出海了。皮耶黑还不到 40 岁。他原本是费甘普一条船上的见习水手，科皮亚克邀请他加入了自己的船队。没有人看到他们掉到了海里。罗易克想到了自己的好运气，在心里问到自己：他是应该感谢把他救上来的同伴还是感谢上天还不想接收自己？

勒路易又一次在神情严肃、陷入冥想的船员行列前为失踪者做了祷告。对于一搜捕鳕渔船来说，这样的事故是很平常的。一次不经意的举动，一次船身的突然晃动，然后一切就结束了。结冰的大海很少会放过掉到海里的人。

科皮亚克叫来了默尼耶。船现在的状况迫切需要就近停靠到陆地上修复已经损坏的部分。科皮亚克希望在这世界的尽头能够找得到靠得住的木匠。默尼耶对此很怀疑。所有人都急着返回到家中。科皮亚克担忧的是他的宠儿。自从亚纳跳到海里之后，他就病了。船长已经多次重复亚纳的发热不仅仅是因为跳到冰冷的海水里造成的普通感冒，他恐怕情况更加糟糕。

风暴过后的第三天早餐，海面上出现了海鸟的踪迹，提示海角已经不远了。科皮亚克又测量了位置，然后去查阅他的地图。他惊奇地看着默尼耶，要求他拿来六分仪和罗盘，他认为自己的测量一定是出错了。但默尼耶向他确认到：

“我们处于北纬 56° 西经 59°，我们几乎偏航了超过 200 多海里。”

科皮亚克沉下了他的肩膀。他们已经航行到结冰海域了，需要立刻把船修复，否则他们就得在这里待到下个春天，而这里的春天是在 6 月之后。

“你知道这荒无人烟的地方有城市，村庄或者是港口吗？我们在这里除了因纽特人还能找到些什么？”

“我不知道。我们应该停靠到附近的海岸去，离这里至少还有十海里。船现在已经很难掌舵航行了。”

“这也正是我所担心的。”

之后船长把船员们集合到了甲板上。折断成一人高的桅杆或许可以暂时修复一下来快速地航行到最近的海角。默尼耶负责指挥，科皮亚克则去研究地图，以便在这片海域找到一个合适的港口。

船员们马上就开始了工作。船桥上和次桅杆上点亮的灯光使得船员们可以做一整夜的木工活。在持续与暴风雨抗争了几天之后他们已经筋疲力尽了，但他们绝不会对自己的任务迟疑片刻，因为这关系到他们的生命。

罗易克把亚纳安置到铺位上之后，也加入了船员们的行列。几小时之后，桅杆终于又竖起来了，折断处用木板和缆绳固定着。这样的修复是抵不住大风的，大风一支烟的工夫就会把它吹断，但它能帮助船沿着正确的航线航行。

科皮亚克站在船桥上观察着天空和星辰。风虽然刺骨，但是很规律，构不成威胁。

船可能正朝正西方航行。科皮亚克希望能在明晚之前到达霍普代尔的一个村庄，或许在那里可以找到一个船只木匠。“玛丽皇后”号的船舵和船首多处受损，船需要进行紧急修复。

医疗室里的亚纳还在说谵语。医生的药水没有产生预期的效果。发热已经持续了好几天，医生已经做了多次尝试来给他降温，但只是稍微地缓解了病痛。罗易克待在他的枕旁尽可能地伺候他的同伴。他一一次擦干同伴额头滚动的汗珠。

马尔罗没有了一贯的乐观态度。他所有的治病方法都不管用。恐怕在这种强行泡在冰水里引起的奇怪的发热不比那些欧洲港口上感染别处的风寒的捕鳕渔夫好多少。他的症状看起来像是一种流感，但是高烧几天都没有退下来，相反地，温度越来越高使得亚纳开始说谵语。医生看着罗易克，抬了抬肩，无奈地说道：

“我，我已经尽力了，接下来就看上帝的了！”

他把肩头的责任都推到了一个没有人会质疑的权威头上。这让船员们都认为马尔罗只能治好那些身体好的船员。

在暴风雨过后，医疗室里人络绎不绝。很多的船员都冻伤了手和脚。一般情况下，冻伤不会太严重，但如果在肉里的结痂太深的话，为了防止皮肤腐化感染，除了把冻伤的部位切掉就别无他法了。

医生检查着船员们被寒冷冻成青色的，肿胀的皮肤。大多数船员还算走运，冻疮都在皮肤的表层，手指和脚趾只会短暂地失去知觉，这都是小毛病。马尔罗会等到万不得已的时候才会决定给病人们切除患处。一只手、一只脚还算是小的，有时是两只，这些可怜的家伙之后就要靠别人才能过活了。很多这样的病人更倾向于直接跳到海里去。

他让船员们把一种浅灰色的香膏涂抹在有冻疮的地方，在他看来这对于减轻疼痛是最好的药物。尤其是它还能够使血液流通起来。这种药的制作秘方是他从圣皮埃尔的一位爱斯基摩医生那里得到的。

“因纽特人当真熟悉寒冷。”他眼神坚定地说道。

马尔罗确定亚纳患上的就是纽芬兰的流感，因为极具传染性，所以他不想把实情说出来。在1902年那次糟糕的渔季，有好几个船员因为这种病而死去，那次湿热的气候更是加速了疾病的传播。所有人都记得令人赞叹的捕鳕渔船“赛尔马勒”号是怎样变成一艘幽灵船的，甲板上满是死尸顺着水流在海中漂荡。疾病传播的恐惧使得圣皮埃尔的管理者让这艘满载鳕鱼的捕鳕渔船沉入了海底。

医生试着让他的病人喝些水，但他做不到。亚纳不停地说谵语，像是在和一个看不见的对手发火，时而责骂着时而哼哼唧唧的就像个小孩子。这是病情很重的表现。

就在船只要停靠到一个海角的时候，科皮亚克走进了医疗室，静静地盯着亚纳看了很久。随后他没有说话，而是用一个眼神问马尔罗亚纳的情况。

“我恐怕他病得太重了，我们不能让他留在船上。”马尔罗这样回答道。

船长没有权力拿全体船员的生命做赌注。从大风大雨中闯过来之后，船员们不愿意再染上亚纳的病，也不愿就这样把他扔在海里，不管怎么说他还姓波利莱克。科皮亚克舒了一口气，走到被病痛折磨得快要死去的亚纳的身旁。罗易克也来了，一句话也没有说，只是擦去了同伴额头的汗珠。

“是他救了我。”他嘟囔道，接着做出了一副水手们不会做的姿势来请求同伴的原谅。

就在这时，亚纳突然间从床上坐了起来，伸开双臂像是要抓住谁似的。然后叫喊道：

“弗兰切斯卡的小提琴呢？为什么你要把他扔到海里？”

他的眼球几乎要突出眼眶，一种发疯的眼神。罗易克抓住他的手想要使他镇静下来。

“没人把你的提琴扔到海里。它还在那里，在你放的那个地方！”

“这不是真的！你在说谎！”

他停下了叫喊，嘴巴大张着，呼吸急促。他的嘴唇嚅动像是要发出声音，但什么都没说出来。罗易克跑着离开了几分钟后又返回来，把装着提琴的盒子放到了同伴的身旁。亚纳抓住盒子，把盒子拉在身旁，双手颤抖着想要打开盒子。但他打不开。罗易克打开了盒子把提琴递给了同伴。亚纳盯着它，转过它去调试它的琴弦。他找到了琴弓，手颤颤巍巍地想要去拉琴。但他麻木的手指滑向了小提琴把上，他只能拉出尖锐的声音。罗易克把提琴收起来又放回了盒子里。

亚纳又一头倒在了床上。马尔罗给他在额头上放了一条湿的冷毛巾来帮助他暂时降温。他的身体时不时地惊跳抽搐，时不时地痉挛。马尔罗把科皮亚克拉到了一边。

“我们不能再冒险留着他了。”他又一次地重复道，“我对他一点法子都没有了。我们马上就要靠岸了，他应该马上下船。”

“这个我知道。”科皮亚克说着走出了医疗室。

Chapter 16

“玛丽皇后”号终于在9月4日的时候看到了陆地的影子，这比预想的要早一些。海角的地形要比地图上所标注的更加起伏不平。从海面上可以看到在灰色的海岸峭壁上有几座房子。一条小海峡将船导向一个天然的港口。只挂着一面白色帆布的小捕鳕渔船在港湾里慢速地漂移。大船的到来往往会引起人们的注意。这个地方并不在航线的沿岸，只有在海上受到重创的船只才会停靠在霍普代尔。

“玛丽皇后”号在下午将近5点的时候靠了岸。港口本来是用来停放捕鱼的小船的，没有多余的地方，所以需要把小船都移开。当地人热情地帮“玛丽皇后”号腾开了地方，因为这次船只的到访对于他们来说也是一次消遣娱乐的机会，大船的突然到访可是一个意外之喜，船上的捕鳕渔夫们会在他们的酒馆和商店里消费。

船员们刚一踏上岸。一大群好奇的人们就聚在一起看着他们。这里有欧洲人，还有因纽特人，从他们亚洲人的外形就可以分辨出来。因纽特人皮肤黝黑，头很大，眼睛有蒙古褶。孩子们走近这些来自另一个世界的陌生人。这里的酒馆没有圣皮埃尔那么多种酒，啤酒的储备也不足。科皮亚克已经给船员们下过命令：尤其是不能打架。换上了西装的船员们也帮着木匠去修复船只。如果不是必要的话，船在这里一天都不能多待。船长希望在24小时之内就能完成修复，时间很紧迫：北边已经又起风了，他害怕会有新的暴风雨把他们困在这里长达几个月无尽的冬季。他船舱里的鳕鱼对于在海里可以得到一切的当地人来说没有一点儿价值，这里有大量的鱼，海豹，鲸鱼……

马尔罗一下岸马上去找医院。一些因纽特人说的英语，他还能懂一些。而其他的几个人叽里呱啦地说着他都听不懂的法语。

当他告诉人们他是医生正在找医院的时候，一开始热情招待他的人都从他的身边走开没有答复。他最终找到了加拿大拉布拉多省官方的市长。这是一个地道的魁北克人，说着一口带有很重口音的法语。他热情地迎接了船员们，好像表示他未曾忘记这些远方法国来的兄弟。马尔罗和科皮亚克认为他们可以向他询问一切。然而，当他们说到船上有一个病人而他们应该让他下船的时候，市长用干硬的语调回答道：

“我们这里没有地方可给一个有传染病的人。你们这些欧洲人，给我们带来疾病来消灭我们。你们快走吧！”

他们随后到了教堂，希望能和神甫谈谈。神甫是一个个子很高却很瘦的男人。他的眼神一闪一闪的就像是野外的动物。马尔罗也没有掩饰事实。

“我们的一个船员染上了很严重的感冒，可能是带有传染性的。我不能担责让他留在船上把所有船员都传染。应该让他上岸。这里肯定有医院的！”

“我恐怕这行不通。这里的人们都很害怕外来的船只，很少会有船只经过这里。他们害怕外来的船会给他们带来未知的疾病，这些疾病通常杀伤力极强，就像是上个世纪的那次流感。”

“我们要找到一个解决办法。我们可以付钱。”

“我去试试我所能做的吧。我理解你们想要拯救你们的船员，但是我，我也想拯救我教区的人们。贝汀医生随后会去检查你们的船员。之后，我们再看情况。”

主管船只修复的默尼耶，对于能在这样的一个群体中找到足以胜任修复工作的木匠感到很惊讶。他开始看到周围光秃秃地覆盖着草和一些小树的山丘时感到很担忧，这里的植物主要是冷杉和枝干短小的长仙人掌。气候的严寒，短暂的夏季使得这里植被的种类很少，只有橡树或者是山毛榉之类的树木才可以在这里生长。然而，当地的木匠总是能找到优质的木材来尽快修复船只。当地人这样加速修复工作首先是为了早点让这群已经没有钱再消费的外来人滚蛋，他们的到来造成了喧闹，使当地人感到很不习惯。船员们的做事方式在当地人看来就是智力发展迟缓，还会惹得女人不开心。

第二天将近中午的时候，马尔罗和科皮亚克造访了贝汀医生的木屋子，医生的房子在港口靠后一些的位置。他是一个红脸的肥胖男子，有两片厚嘴唇，穿着一件男士礼服，戴着一顶高礼帽。他一副和善的样子，人看上去很热情。他自然知道这艘三桅帆船的到来，礼貌性地接待了眼前的这两位男子。他把两位客人领到了一间英式装饰的狭小客厅里。他的因纽特仆人给客人端上来了蟹黄炸糕和槭糖汁。他开始谈论这里漫长的冬天和人们嗜酒的习惯，很显然，他也没有能够逃脱这样的习惯。

“你们希望我们做什么？9月就要下雪了一直到明年6月才停。所以，自然地……”

“这里就没有什么活动吗？”

“有，可以打猎和捕鱼。人们会设陷阱来捕捉那些有皮毛的动物，捕鲸鱼和海豹，捕捞鲑鱼。内陆的土地上覆盖着冷杉林，人们会去砍树，但他们还是缺少些什么，我认为太阳和温暖对于人来说是必不可少的。除了因纽特人可以离开它们。”

他们就是在冬季出生的。寒冷对于他们来说已经习惯了，但就是他们也很嗜酒。

马尔罗说起了他的病人。贝汀用食指和拇指架着下巴。他了解当地所有的疾病，他能够分辨出各种病症，虽然他不是每一种都能够治愈。他最后决定：

“我去看看他吧！”

当他们走出木屋的时候，两个女人也到了，神情温和，与当地人相比已经可以算是热情了。看上去，她们像是母亲和女儿，因为她们长得很像，一样瘦长的脸蛋，同样令人赞叹的浅棕色眼睛，年龄大的那一个脸上有些皱纹，同样的金发散落在肩膀上。年轻的女孩看起来很调皮，嘴角嘲弄地微微上翘。她看到这两个到访者的时候做出了一个鬼脸。

“这是我的妻子，芭芭拉[①]。我的女儿肖娜。”贝汀说道。

马尔罗和科皮亚克和两位女士问好。母亲笑了笑，医生的女儿做出一脸厌恶的表情：这两个来访者闻起来太臭了。

他们寒暄了几句之后，三个男人向着港口走去。一路上，人们尊敬地和医生问好，医生和这两个陌生人走在一起使他们很惊讶。更令他们惊讶的是，医生竟然登上了那艘三桅帆船。

贝汀检查了还是烧得很高的亚纳，让他把舌头伸出来，看到了大片白色的舌苔。接着又把了脉，然后转向了站在身后的两人。

“他的病会传染。”医生说道，“但我知道这种感冒。大自然的事情就是这么奇怪，我们无法抵御你们的疾病，但我们的疾病却对你们没有威胁。这肯定是上帝希望每个人都待在自己的地界。但是你们船员的病对这里的居民没有威胁。”

这是一则好消息，是长久以来听到的第一个好消息。

“那你能够把他治好喽？”科皮亚克问道。

贝汀消极地摇了摇头。

“我可以治好一个这里的人，因为他能抵抗这种类型的感冒。但你们的船员状况很不好，我恐怕他撑不过去。但我们可以收留他，如果你们付一些钱的话。詹妮修女会把他收留在圣·皮埃尔·德·格拉斯收容院的。”

“船今天晚上就会结束修复。”科皮亚克说道，“我们希望尽快启程。冬天马上就要来了，我们的航程还很长。”

“你说得对，但是拉布拉多的寒流会把你们送到东南方向，然后你们就可

---

① 有野蛮人的含义。

以重新找到捕鳕渔船的航线了。”

贝汀所说的寒流，科皮亚克已经在地图上看到过了。当他在纽芬兰北部捕鱼的时候也曾体会到这种寒流的威力。

“它与墨西哥湾流是截然相反的，是从北极来的，给我们带来了寒冷！”贝汀又接着总结道。

这天晚上，一切都已经安顿好了。罗易克帮着亚纳站起身来，给他披上一层很厚的被子。病情显得有些好转了，但是短暂的平息之后往往是发烧的加重。他艰难地走到了码头上，上了一辆科皮亚克租来的马车。

圣·皮埃尔·德·格拉斯收容院负责收留流浪汉和没有经济来源的老年人。靠着好心人的捐助已经建起了几栋砖砌建筑物。建筑物的主体被用作医院和条件简陋的养老院，此外还有一所学校和一些给残疾人的住处。收容院由精明严厉的修女詹妮掌管。收容院阴森森的还很不卫生。但时下也只好满足这样的条件了。

亚纳被安排到了一间付费才能住的房间里。科皮亚克认为开出的账单有些黑，但也没有还价，并且还加了一笔钱，是为了让修女们可以尽心尽力地帮助他的船员痊愈。虽然没有人相信他会好起来，科皮亚克没有掩饰自己的悲伤。

在即将要分离的时刻，他走到亚纳的耳边说道：

“原谅我。”

亚纳站起来，眼神空洞地看着船长。用手含糊地做了一个动作，随后又倒在床上。

罗易克到了，带着提琴盒子和他的背包。科皮亚克和马尔罗惊讶地看着他。

“你认为他会用得着吗？你这是要干什么？”

“我要留在这里陪他。”

科皮亚克转向了马尔罗装着没有理解的样子。罗易克又说道：

“我对这个说起话来就像是苦役犯看守的仁慈修女不放心。再说，也没有人等我回去。所以我要留在这里照顾他，我相信他会挺过去的。”

科皮亚克笑了。罗易克的决定让他安心。在走出房间的时候，他说了一句：

“谢谢。”

科皮亚克很快就后悔了刚刚承认自己软弱的举动，这对于一艘捕鳕渔船的船长来说是不正常的情感。他跟着贝汀医生快步地离开了这个伤心的地方。穿着破烂，脏乱的老人们在过道里踱步。那些大多都是失去了双脚，靠着拐杖支撑的残疾人笑着看着他们。

“因为寒冷的原因。通常情况下，冻坏了就必须给他们截肢。”贝汀医生说道。

罗易克已经在同伴的旁边又安置了一个床铺。这里级别最高的修女——修女詹妮——待科皮亚克一离开就来看望他们。她是一位高个子身体消瘦的女人，深褐色的皮肤，总是冷冷地看着周围的一切，丝毫不想着取悦别人。她浓重的西班牙口音也显示了她是出生在遥远的别处的。没有人知道她是怎样搁浅在这个世界的角落的。至于她的言辞，尤其是当她生气的时候，便会变得粗鲁不加修饰，一点儿都不像一个信教的人。她就像个伐木工人那样大步地走在过道里。她的命令总是很简洁，十多个贫穷的女孩变成了圣·皮埃尔·德·格拉斯教区的虔诚的修女，毫无厌恶地遵从她的命令。村子里传言她自己疯狂喝酒之后会变得非常粗野。显然，她生活的主线是在修道院的安静冥想中度过的。

“嗯，”她用男性化的声音说道，“我看我们的寄宿者情况可不好。”

她注意到了放在病人身旁的提琴盒子。

“这是什么东西？在这里我们都很严肃，我们可不会在长廊里跳舞。”

“亚纳是一个伟大的音乐家，”罗易克说道，“他永远不会和他的提琴分开的。”

“好吧，但我看他要离开很久了！”修女用一种带着怪异口音的英语说道，让人难以理解。

她迈着坚决响亮的步子走出了房间。罗易克俯身到同伴的面前。亚纳的脸色苍白，灰色的嘴唇的颜色又加深了，眼皮紧闭着，瞳孔在转动好像要在黑暗中找到一条出路，汗水在鬓角滚动。罗易克学着曾经看马尔罗做过的一个动作，把拇指放在了亚纳的脉搏上。心脏的跳动比早上更轻了，而且心脏跳动得极其不规律，这让他感到很恐慌：亚纳要死了！罗易克心里很清楚，他吓得全身开始颤抖。亚纳动了一下，用一种微弱的声音说道：

“我好难受……”

罗易克抓着他的手和他轻声地说话来使他舒服一些。亚纳一丁点儿回应都没有，之后长长地出了一口气，让人感觉就是他的最后一口气了。罗易克惊慌地跑出了屋子叫别人帮忙。他穿过长长的走廊，一路上撞翻了几个踱子，跑出去找修女詹妮，但是一个人也没有找到。随后他沿着一条土路跑到了村子里。村子里的街道都通向港口，港口是这个地方唯一一个有人活动的地方。房子顶上都盖着一种切割不齐的灰色板石。浑身脏兮兮的孩子们在街道上玩耍，一个接着一个地跳进有泥的水坑里。一些小欧洲和小爱斯基摩沉浸在暴力的比武游戏中。空气中弥漫着一股特别的味道，混合了羊毛，燃烧脂肪和鱼腐烂的味道。

罗易克一路跑着到了贝汀医生家里，一个女孩接待了他，问他想要干什么。罗易克的背后闪过一丝寒战。他一言不发，眼睛无法从眼前他第一次见到的这张严厉的脸上移开。

“您快回答我？您在找什么？”

罗易克急促不清地说了几句话。他已经表达不出他此刻的想法。他低下了头，一边道歉一边终于成功地说了一句话。

“我的朋友就要死了。快，现在需要医生去看看他。”

“我去找我的爸爸。”女孩说着跑远了。

女孩长得并不是太漂亮，但是女孩刚刚在罗易克慌张得不能思考的时候使他深深地受到了触动。这是他第一次感受到这种美妙的感觉。

贝汀医生迈着重重的步子赶到了。他刚刚应该是在一个饭局上，因为他的嘴还在咀嚼着。他用餐巾把嘴擦干净之后，把餐巾放在一旁，说道：

“您说的是那个可怜的年轻人……”

罗易克，此刻还是局促不安，清晰地说道：

“我求您了，去看看他吧，他的状况更糟了。”

“我对他起不了什么大作用的。”医生说着就要返回去继续他的饭局。

罗易克又恢复了身体的机动性，他站在这个肥胖的男人面前。

“我求您了……”

“好吧，既然你这么说。”他说着穿上了外套，“肖娜，去把海豹肉的荤杂烩热上。”

肖娜就站在门口。当罗易克走出门的时候，她笑着说道：

“您是从法国来的？”

“是的。”罗易克羞涩地回答道，然后走远了。

他路上催着医生。街道上的孩子们看到这个经常训斥他们的肥胖男人经过都停止了玩耍。

贝汀气喘吁吁地穿过收容院的走廊，没有理会走廊里那些向他伸出手的可怜虫。

他一走到病人的枕边就立刻把脉，之后把手放在病人冒着冷汗的额头上。随后转过身看着亚纳，眼神里满是听天由命的感觉。

“就像我所想的那样：我并起不了什么大作用。”

他翻着他的箱子拿出来一个瓶子，瓶子里灌着浑浊的金黄色液体。他摇了摇瓶子然后打开了瓶盖。

“帮我让他把这个喝下去。有时候这个药会产生神奇的效果。”

罗易克让亚纳坐起来然后打开了他的嘴。液体从牙齿间流进了嘴里，亚纳无意识地把药吞下去。之后他开始咳嗽，在医生看来这是个坏兆头。

“不要指望再用什么药物了。”他重复道，“现在您只能祈祷了。”

他合上了他的箱子走出了屋子。屋子外边，那些可怜虫又急切地冲到了医生的身旁，医生摆动着胳膊像是正在逃离一个蜂巢。一声简短的喊声让他们停息下来。修女詹妮迈着威严的步子走到了医生的身边，向医生问好。医生对她说道：

“您的寄宿者状况很糟糕。我觉得他撑不过今晚了。”

修女听到医生的话有些气恼。她不喜欢那些就快要死的人，总是安排那些垂死的人到别的地方再咽下最后一口气。

罗易克守在呼吸困难的亚纳的身旁。与此同时，他也懊恼在肖娜的面前理不清头绪。突然间，亚纳睁开了眼睛，用胳膊肘撑着站起来，用不知是哪里来的气力走动着。

“我要死了。”他说道，“我已经感觉到了。”

他扫视着四周，像是在找什么东西。视线最后落在了装着提琴的盒子上。

“你会把它带给弗兰切斯卡的，对吗？”他问道，“我不想这把提琴落在别人的手里。”

他沉重的头垂到了另一边。他又倒在他的床铺上断断续续地说道：

“你发誓……你会把它带给弗兰切斯卡！她在米兰……你会找到她……弗兰切斯卡·波尔丽，你发誓！”

“我什么誓都不会发。”罗易克嘟囔着将他的额头贴在了亚纳的额头上，“你自己去把提琴还回去，因为你会好起来的！”

亚纳的身体就和泄了气一样。罗易克紧紧地抱着他，抓着他，来让他继续呼吸，就像是要把自己的力气传递给他，把自己的生命传递给他。

“你不能把我一个人丢下！”他大声地喊道，“来，加把劲！”

罗易克一边说着一边使劲地摇着毫无生气的亚纳。他透过他的衣服感觉到濒临死亡的亚纳心脏不规律地跳动着。他咬紧牙关在亚纳的耳边嘶吼着：

“你快给我振作一点啊，你要抗争到底。以上帝的名义。”

此刻是罗易克在替亚纳与死神抗争，他不愿意同伴就这样死去。他把垂死的亚纳抱在胸前，给他往嘴里吹气，想要把他的气力，他对于生的欲望吹给怀中的同伴。他又开始摇晃亚纳没有反应的躯体，一边用他滚烫的脸蛋轻轻地在亚纳已经冰冷的脸蛋上摩挲，手一边揉着他的后背。

门被打开了，修女詹妮静静地走进来。她多骨的脸庞此刻流露出一种同情，使她看上去没有那么严肃。她双手合十，嘟囔着祷告了一段之后离开了房间，她走出去的时候房门发出一声轻微的咯吱声。

罗易克根本没有注意到有人进来。他不断地摇着亚纳，夹杂着辱骂鼓励着他。

“如果你不给我醒过来，我就揍死你。”

两个年轻人的身体整晚都紧紧贴在一起。罗易克已经失去了理智，他打着亚纳的脸来让他有所反应。然后，在他的耳边说着他想说的话，他人生的计划：

“听着，是你教会了我认字，是你把我从淹死的边缘救回来，不要就这样死在我的怀里来折磨我！你知道吗，我已经对之后的日子有想法了。你和我，我们要一起做很多的事……如果我们走些运的话，我们会变成富人的！想想都美！”

随后，他心里升起了自从见到肖娜之后的奇妙感觉。他又说道：

“我想我明白你对弗兰切斯卡的那种感觉了。或许，和我对贝汀医生的女儿的感觉是一样的，除了我并没有长一张让女人欢心的脸蛋！但是如果我像变魔术一样地富有了，或许一切都会变的！”

清晨，经过一晚上绝望抗争，罗易克筋疲力尽了。他倒在床铺上，身体还是紧紧地贴着亚纳，亚纳没有一点儿回应。

当他醒来的时候，第一反应就是俯身贴上同伴的脸。亚纳还有呼吸，脸色也不再是石灰一般的苍白。期望中的奇迹发生了：他睁开了眼睛。罗易克高兴地大叫了一声。

“我们这是在哪里？”亚纳问道，“‘玛丽皇后’号已经走了吗？”

“你感觉好些了吗？你感觉病好了吗？”

亚纳想用胳膊撑着坐起来，但身体还很乏力。罗易克跑到了走廊里去找修女詹妮，最后他在礼拜堂附近找到了詹妮。詹妮惊讶地看着异常激动的年轻人。

“怎么了？死亡也让你这么开心？”

“他好了，我和您说。现在得给他找点吃的。他的身体太虚弱了。”

修女詹妮直直地盯着礼拜堂看了一眼。这真是个奇迹，友谊的奇迹，忠心的奇迹。一整个晚上，她都在为生病的年轻人祈祷，因为她感觉一个如此年轻的人就这样死在一个远离家乡、被世界所抛弃的地方太不公正了。上帝听到了她的心声。

“我马上就来。”她说道。

罗易克跑着返回到了亚纳的房间，亚纳眼神疲惫地看着他。随后，修女端着一碗没有颜色的液体进来了。她坚持要亚纳喝掉这碗用枫糖汁为原料调制给康复期病人喝的制剂。

亚纳太虚弱了，他不能自己坐起来把糖汁喝掉。罗易克扶着他坐起来。亚纳喝了几口之后，咳嗽了几声，说自己要睡觉了。不一会儿，他就睡着了，气息平稳，嘴角露出一阵淡淡的微笑。修女詹妮示意罗易克和自己去到房间外面。年轻人的忠心深深地触动了她。她把年轻人带到了厨房，吩咐厨师把给她准备的那份东西给他吃。

罗易克坐在桌子旁，面朝着看着他不再是那么凶恶的修女。修女严肃的脸庞下，显现出一种仁慈。她眼神中的博爱掩盖了她粗鲁的一面和她不加拘束的语调。她的眼珠颜色很深，而又很深邃；让人不禁想到经过怎样的过去才能形成这样的眼神。

“很显然他活下来了。您救了他。上帝会保佑你们的。”

罗易克想到了肖娜，上帝没有赐予他一副好看的脸庞，这也是确定的。

“您怎么知道？”

“他的皮肤上已经没有了垂死的人的迹象。”修女詹妮继续说道，“如果你和我一样见过那么多的垂死的人的话，你就知道了。”

罗易克询问道：

“贝汀医生可真是个与众不同的人。”

“是的，我也经常对他在这里所做的事感到很奇怪。他的妻子是一个很慷慨的人。”

“那他的女儿呢？”罗易克大胆地问道。

“他的女儿很乖戾。她被宠坏了，一身的公主气。她眼里只有市长的儿子，约翰·帕尔顿森——这个地方最有钱的男人。”

罗易克的脸上一闪而过的怪相没有逃过詹妮的眼睛。罗易克突然间感到很难受。

“等你的朋友能下地了，我建议你们不要一直待在收容院。这儿可全都是病菌。”

亚纳睡了整整一天一夜。当他醒来的时候，高烧已经退了，他又要求吃东西。修女詹妮把她的大拳头放在胯骨上看着他说道：

“我想，上帝一定是还有别的任务交给你去做！”

她不是一个用宿命论解释生活中的每个细节的信徒。恰恰相反，她认为上帝把自由权交给人们，上帝介入每个人的命运只是为了让每个人走自己的路。

“否则的话。”她抬起了胳膊说道，“如果一切都提前设计好了，那我们就什么都改变不了。说讲布道还有什么用呢？”

她吩咐修女们给亚纳带一些食物。这座住着老人和残疾人的建筑物中出现两个年轻人，让她感到很开心。现在“玛丽皇后”号已经离开去往遥远的法国了，两个年轻人在她的身边，就像是让她感受到了已经许久未感觉到的欧洲的感觉。

“我觉得你们是受过教育的。”她对亚纳说道，“再说，如果你会拉小提琴的话，你可不是一般人！”

亚纳笑了笑，他拿起乐器，调过音之后观察到，在船上长期的暂放期间乐器并没有受到一点儿损害。他把提琴抵在下巴上，手指又恢复了之前的敏感和灵活。他拿起提琴又一次感受到了愉悦，他重新与之前的生活挂上了钩。他曾经想斩断与过去的一切联系，而现在又发觉过去是那样地难以根除，过去使自己安心。

修女詹妮的脸上流落出一阵狂喜。音乐使得她整个脸都放松下来，使她感受到了一种不同寻常的人性的仁慈。她斥责着那些都挤在门口的可怜鬼们，然后说道：

“太棒了。只有那些出身于富裕家庭的孩子才能奏出这样的音乐！”

“我本来是要进入一所陆军军官学校的，”亚纳说道，“但是……”

“这不关我的事，在这里没有人在意你的过去。听着，我需要一个小学教员去教村子里的孩子们认字。你将会和伊丽莎白·布里昂一起工作。这里的人都是开拓这片地方的先驱，几乎哪里来的人都有。这里地方不太漂亮，但是人们在这里找到了乐趣建成了一个家园。我说的不是那些因纽特人，因为他们并不想和我们混在一起，而是其他人，尤其是英国人、爱尔兰人、西班牙人和一些法国人。他们并没有你想象的那么穷。这里的土地长不出麦子，但这里的自然和海洋还算仁慈。这里最缺的，就是教育。”

修女詹妮说着抬起了头看着壁橱，就像是祈求神的仁慈来帮助她完成人道主义的任务。罗易克已经学会了去怀疑别人好意背后的东西，他问修女到底想让他们做些什么。

“你的英语说得很好，这里的人都能听懂。”她看着亚纳说道，“你搬去海岸附近的房子里吧。至于你，”她说着转过身看着罗易克，“我已经注意到你是多么的机灵了。你去和格罗尔一起负责收养院的日常事务吧。他已经老了，每天靠酒度日。他整天算错账经常被别人骗。你要做的会很多。我相信你可以做得很好。”

随后她迈着像军士一样的步伐走进了房间里。她认为这两个年轻人中的任何一个都不能拒绝她的要求的。

“还有，”她又对着亚纳说道，“去给你的学生们演奏真正的音乐吧。如果他们能够一遍又一遍地吟唱就更好了。”

然后走出了房间，脚后跟发出格格的声音。亚纳和罗易克高兴地看着彼此。他们再不能要求什么了。有一份工作能等到下个春天“玛丽皇后”号再返回来，对他们来说再合适不过了，因为他俩没有想过要在这个地方待很久。这时罗易克说道：

“对我来说，要在霍普代尔找到快乐并不需要太多东西帮助，我会干这份工作到我离开这里的那一天。”

他想到了肖娜·贝汀又笑了起来。他早上的时候又见到了她，她一个人散步。他大胆地靠近女孩，去和女孩交谈。女孩对他笑了，还陪着他走了几步。她似乎对于人们对他们投来不以为然的目光很开心，人们惊讶地看到令人尊敬的贝汀医生的女儿和这个外乡人走在一起。与她不同，罗易克体会到了自己需要去诉说，去解释，去为自己的出现而辩护。

“我和亚纳留下来，是因为他是我的朋友。他的病已经好了，多亏了你的父亲。我们住在收养院……”

“在修女詹妮那个阴森森的地方？”她像个水手似的说道，“这里流传着很多关于她的传言……”

“是吗？”

“嗯，她是从西班牙来的。她神职的工作是后来才有的。人们都很讨厌她，因为她说事情太过于直接了。”

然后罗易克问肖娜在这个没有娱乐活动，寒冷的村子里有没有感觉无聊。女孩对他笑了笑，这种轻蔑的笑让罗易克感觉是那么舒服。

“我没有感到不开心。我很喜欢我的村子和这里的居民。我的爸爸对我有他的规划。他的规划也让我很开心。”

“一场婚姻？”罗易克问道，声音低沉压抑。

“对于一个出身优越的姑娘来说，除了和最帅气的约翰·帕尔顿森结婚，还有别的想要的吗？他的父亲，皮特·帕尔顿森是这里最重要的船商也是霍普代尔的市长。我们结婚以后，会去圣皮埃尔生活。但是就我而言，我还是想要去欧洲！”

“那您可真有福气……”罗易克嘟囔道，声音中难以掩盖他深深的失落。

她笑了笑，然后说道：

“但一切都还不确定。这是我父亲想的，他的主意是很多变的。我，我也不确定想不想嫁给约翰。我不爱他。或者说爱得并不那么深！”

罗易克的心又跳起来。他跳到了女孩的面前。他坦率的性格使他说道：

“我爱您。如果您愿意的话，我会带您到欧洲。”

“去伦敦？巴黎？”

“伦敦，巴黎，你想去哪个？”

“两个都不想。说真的，我更喜欢去罗马。”

女孩走开了，没有再说些什么，把犹豫不决的罗易克留在了原地。他应该高兴吗？还是相反地把肖娜刚刚的态度看作是拒绝？

亚纳收拾好之后，细心地刮掉了胡子，把头发都梳好。虽然身体还很虚弱，他感到自己是一个有活力的男人。他的病扫清了他的过去，他满怀信心地期盼着未来。和罗易克在一起，他感觉能够跨过所有的险阻。他脑中构想出了一份计划。他想到了科皮亚克和“玛丽皇后”号。

刚一收拾妥当，他就去和在门外等他的同伴会合。天空中灰蒙蒙地，下着雨，气温足够寒冷。海风中飘荡着一股鱼腐烂的怪味。两个年轻人走到了港口。人们正在装卸鲱鱼和鳕鱼。

“我们可以在这里建一个点，可以全年捕鱼然后就地腌制鳕鱼。”罗易克设想着，“‘玛丽皇后’号是一艘好船，可以来回穿梭于欧洲和北部的海域。

我相信会有一笔不菲的收入的。”

“你忘了这里的冬天会持续八个月，一年中的大部分时间海面上都是结冰的。”

“我知道。”罗易克思考良久后回答道。

生活又回到了正轨，罗易克激发了他对于生活的热爱，从前的那个他变了。

“我们该上路了，是时候去和修女詹妮会合了。他会带我去学校的。”亚纳说道。

这场病使他的身体消瘦了不少，脸色还是苍白，但是食欲已经恢复了，精力也一点点地补充起来。两人在旁边行人好奇的目光下走上了主街道。一般外来人只是路过这里。但人们知道这两个年轻人至少会待好几个月。因为冬天已经到了，这里与外界的一切联系都已经断了；人们也开始议论他们。

他们来到了一座木制的建筑物，这里和收养院隔着一块地方。孩子们吵闹着排着队。修女詹妮已经在等他们了，身旁站着一个年轻的女孩。棕色的皮肤，黑亮的眼睛。亚纳感觉好像在哪里看到过她。当詹妮向她介绍新同事的时候，女孩笑着对他伸出了手。

“伊丽莎白·布里昂，”年轻的女孩微微点了点头说道，“詹妮修女已经和我说了很多您的事了。她说您是一个出色的小提琴手。”

“我可以应付一下，但我离高手还很远。”亚纳回答道。

“好。”詹妮打断了他们，她可没有时间耗在闲谈上，“我带您到你们的教室吧，随后你们开始工作吧。”

孩子们听着指令回到了宽大教室里，坐在黑板前白木板的桌子上。

亚纳朝着他的办公室走过去。看着已经被伊丽莎白安顿好安静地走进教室的孩子们他有些慌乱。

“交给你们了。”修女詹妮说完后邀请罗易克跟着自己走。

只留下亚纳和伊丽莎白待在教室。她看起来很激动，不断地和孩子们说话，像是想要掩盖她的慌乱。她向孩子们介绍了他们的新老师，然后留下亚纳一个人面对着三十来个好奇的脸庞。当门关上之后，他把他的名字写在了黑板上，和孩子们介绍了他来自欧洲和他之前在纽芬兰的工作。

第一天下午进行得很顺利，亚纳给好奇的孩子们介绍了远方的那个世界，他们想象中伟大的仙境一般的世界。亚纳的口音和笨拙的举动逗得孩子们很开心。

在下课之后，伊丽莎白来找他了。他们彼此都感到一种想要更好认识彼此的意愿。当亚纳提议去港口转一圈的时候，女孩赶紧接受了他的建议。

“我相信和孩子们在一起我会很开心的。”亚纳为了打破沉默说道。

“和我说说法国吧，说说您在那边的生活。”伊丽莎白问道。

他说了他的童年，他的母亲，他的父亲，还有他想要航海的意愿。心中有些东西挡着，他没有说弗兰切斯卡，与美丽的意大利女孩的回忆在霍普代尔找不到它的位置。

“我的祖父是捕鳕鱼者，我的父亲是医生。我因为头脑一发热选择了我祖父的工作。”

“您说是因为头脑发热？是和家里吵架了？和家里决裂了？”伊丽莎白敏锐地问道。

“是因为和我过于专断的父亲吵了一架。”

“您放弃了仕途而变成了一名捕鳕鱼的渔夫？”

“我父亲决意要把我送到军队。我不同意。为了吓唬他们我就上了船。我不后悔我的决定，既然我都在这里了！”

女孩垂下了视线，亚纳说的话给她一种愉悦的感觉。她感觉到该自己和他说说真心话了。

“至于我，我就出生在这里。其实，这都是人们和我说的，即便这样我也不太相信。我的父母在我出生之后不久就死了，是因为一种时不时爆发的流感。是詹妮修女把我养大的。她很有个性，她说起话来很粗鲁，但事实上她是一个非常慈爱的人。那些流传的关于她的恶毒传言都是因为人们讨厌她。她不会像人们期待的清教徒那样传教，所以人们讨厌她，尤其是贝汀医生。但我知道的都是她教给我的。她对我的恩情太大了！”

“说起贝汀医生，我的朋友罗易克和我说过肖娜。他觉得她很讨人喜欢。”

伊丽莎白紧了紧嘴角。神色变得严肃起来。

“我不喜欢她。那是个卖弄风情的女孩。她自以为地位很高。但实际上她可不太睿智。告诉你的朋友和她在一起是不会快乐的。”

亚纳笑了笑。在伊丽莎白的身边，他感觉很愉快。夜幕慢慢地降临了。鸟儿停在船只桅杆上发出尖锐的叫声，好像是在提示黑暗蔓延在海平面上。

“我们回去吧？”她停在一艘被激浪打得摇晃的船前说道。

亚纳打着寒战。黑夜的降临使他的脑子变得清醒。他想起了弗兰切斯卡，但不再是带着遗憾。在伊丽莎白的身旁，他觉得自己的人生不能建立在一份回忆上。

“在上船之前，我都不知道这座城市，这个海角，这片海域的存在。现在，我却有感觉已经在这里生活过了，就像是在家里一样。”

她又笑了笑，抓住了亚纳的手。用一种丝毫不唐突的动作抓住了他的手，一种在他们间自然而然产生的动作。

“我对于外面的世界一无所知。”她叹了口气，转身用她黑色的眼睛看着他，眼神里充满令亚纳着迷的光芒。

他靠近她的手，她也以相同的动作回应他。他们互相看着彼此，知道此刻彼此的脑海里有同样的想法。

“有时候，事情发生得太快了。”亚纳小声地说道。

“嗯。”她回答道，“当我们站在事实面前的时候，我们知道没有什么可等待的了。”

他们走进了一间空着的教室。伊丽莎白住在楼上一个自己收拾出来的小公寓里。第二个公寓是给亚纳的，但是还有些工作尚未完成。在等待期间，亚纳还是住在收容院和罗易克分享两个房间。

该是分别的时候了。然而亚纳还没有下定决心。伊丽莎白站在他的对面，女孩在自己的住处感觉六神无主。终于，亚纳走出了房门，“消失在黑暗中”一句话也没有说。

亚纳回来的时候发现罗易克在等他。两人决定去港口上的一家酒馆吃夜宵。他们走进了一间烟雾缭绕吵闹的屋子里。老板是一个红脸的爱尔兰人，他用啤酒杯子来给客人倒烧酒。这家酒馆的特色是海豹荤杂烩和加了鲸鱼油的萝卜。两人满意酒馆的菜单，一边听着一些喝得醉醺醺的水手说着他们的故事。两人都有自己的心思。

亚纳止不住自己对于伊丽莎白的想念，小声地说道：

“她真是一个很棒的女孩。”

“你爱上她了，我一点都不惊讶。”罗易克笑着回应道。

“可能吧，我相信她也觉得我很合胃口！”

罗易克说到了肖娜。亚纳对于伊丽莎白对医生女儿的看法只字未提。

“我不是一个文化人，我真是个可怜鬼。你也很明白，她永远不会对我有感觉！”罗易克说道，一副失败主义者的样子。

“如果你一直不迈出第一步的话，这是肯定的。可是你在等什么？为什么不和她说呢？”

“我试过了，可她根本不听我的。她笑一笑，然后就快速地转换话题。她认为所有霍普代尔的男孩都喜欢她！”

他们又在酒馆待了一会儿。海豹的荤杂烩下肚之后，他们返回到了住处，但是两个人都不想睡觉。刚刚喝了一些酒的亚纳果敢地说道：

“我要去敲伊丽莎白的门，如果她让我吃闭门羹就算了。”

“你的运气真的很好。如果换作我去敲贝汀医生家的门，迎接我的一定不是肖娜。”

亚纳消失在夜色中。他沿着那面花园的墙来到了那座房子前，心扑通扑通地跳，穿过长着草的用作娱乐的院子。学校的门没有上锁。他走进了学校，在迈上每一步都会发出咯吱声的木质楼梯前他迟疑了。他不用去告知自己的到来。楼道的门开着，伊丽莎白站在那里迎接他，手里端着一根蜡烛。

“我想问问你怎么安排我的课，明天的课。”

他走近女孩，把他的手放在她的肩膀上。她倒在他的怀里，把他带到了她的公寓。她邀请他坐在一个覆盖着一条熊皮的沙发上。把头埋在他的肩膀里，小声地说道：

“课程的事，我们随后再说。”

亚纳感到很尴尬。她明白他的感受，然后向他问道：

“是什么东西困扰着你吗？一个在你国家的女人？”

他摇了摇头，深深地吸了一口气。他承认道：

“我应该告诉你真相。我离家出走是因为一个女人。因为她，我和全家都决裂了。然后，有一天早上她给我留下一句永别和她的提琴之后就走了。”

“她的提琴？”

“嗯，对，但现在，一切都过去很久了。当我第一眼看到你的时候，我就知道我暂居在这里是有意义的。”亚纳说道，“我的命运引导我去该去的地方。”

坦白之后他感觉很轻松。弗兰切斯卡已经变成了一个回忆。他又找到了自由，大胆地将伊丽莎白拥入怀中。

“大海与病痛已经把我塑造成了另一个人。”

他们拥吻在一起，随后伊丽莎白看着亚纳。她大大的眼睛在月光中泛出点点亮光。

“我也应该和你说出真相。我也同样，我也深信自己爱上了一个男人，他叫特迪，是一个加拿大人。他整个夏天都待在这里。我已经准备要离开詹妮修女跟着他到温哥华。后来，我发现了事情的真相：他在那边已经有妻子和一个孩子。我觉得自己要伤心死了，但是后来我把他忘了。或许我并没有那么爱他……”

Chapter 17

第二天早晨，当亚纳和伊丽莎白从公寓中走下来的时候，发现詹妮修女就站在楼梯底部，双臂交叉审视着，一副准备大发雷霆的样子。学生们成群结伴吵吵闹闹地到了学校，排成了两列。年龄小的那一列站在伊丽莎白的教室前，年龄大的那一列站在亚纳的教室前。詹妮修女出神地注视着伊丽莎白，随后看着亚纳。她多骨的脸神情很严肃。她把女孩叫到了院子里的一个角落里和她说了很久话。

伊丽莎白返回来走到亚纳的身边，踌躇了一会儿之后转过身对他说：

“孩子们都喜欢音乐，如果今天下午下课之后你能够给他们拉一会儿小提琴那就太好了。”

当詹妮离开之后，亚纳走到伊丽莎白的身边在她的耳边说道：

“我感觉修女詹妮一定对我很生气。”

“不，没有。”伊丽莎白回应道，“她认为我们进展得太快了，幸福需要靠努力去获得。所以，有些事不能够太着急。她问我你是不是和特迪一样，只是一阵潮汐，一有机会就会回归大海。她仅仅是想要我快乐而已。”

“你可以让她放心，我绝不会丢下你离开这里。还有，我也不想再去拉弗兰切斯卡的那把提琴了。这里没有它（她）的位置。”

“不，这把提琴是你过去时光的幸存者，你不应该否认它。否则的话你怎么能接受现在呢？”

伊丽莎白说得有道理。亚纳想到自己刚刚的态度伤到了她，想要弥补回来。

“在海上的几个月比我在布列塔尼生活 19 年经历的都要多。现在我变成一个男子汉了！”

“倒不如说变成了一个水手，”伊丽莎白的声音中可以听出她极度的不安，“但我接受这样的你。”

“我的心里除了你再不会有别人了。”亚纳决绝地说着，紧紧地把女孩抱在怀里。

这天下午，当亚纳回到收容院的房子里去取提琴的时候，在院子里看到了失落的罗易克。

“我没有机会了。”他悲叹道，“肖娜已经答复我了！她对我说我还不够优秀能够配得上她。我长得丑，一张麻子脸。我受的教育也不够，她都不屑于看我。”

“你一点都不了解女人。”亚纳回应道，一副说教者的语气。“她只是在摆架子。继续追求她，她肯定会让步的。一个漂亮的女人值得你这样！”

“我真的搞不明白，为什么人们总是心口不一呢！”罗易克有些气恼地说道。

亚纳找到了提琴返回到了学校里。伊丽莎白把两个教室的学生都集中到了一间屋子里。当老师从盒子里拿出提琴的时候孩子们都瞪大了眼睛。伊丽莎白站在他的对面，盯着他的每一个动作。亚纳突然感觉很不舒服，一拿到提琴就使他想起了弗兰切斯卡。他心中有种感觉，感觉自己背叛了自己先前发过的誓言。如果意大利女孩突然来到这里他的态度会是怎样呢？他是否有勇气去拒绝她？

他开始演奏，先是一些他喜欢的布列塔尼地区的小调。然后是一些简单的古典主义的曲子。孩子们坐在同一片地上，第一排个子小的孩子可以听到每一个音符。一种淡淡的微笑从嘴角溢出，这些平日里习惯了野蛮游戏的野小子发着光的脸上，显示出一种出乎意料的敏感。

修女詹妮坐在最后一排，旁边坐着伊丽莎白。从第一个音符开始，女孩就掩饰不住自己内心的激动。詹妮，面无表情，在座位上一动不动。然而，亚纳看到她悄悄地擦拭自己的眼角。

演奏结束之后，当音乐家整理他的乐器的时候，她走到他的身旁。

“真是太棒了。”她说道，“我们一周重复一次这样的活动。音乐是生活的一部分。这些孩子肯定会从音乐中得到些什么的。”

伊丽莎白陷入了狂喜,急切地亲了亚纳的两侧脸蛋,这让修女詹妮很不开心。再说孩子们，都聚在办公室里，对亚纳提出了一长串关于他的提琴、关于他学习音乐的国家的问题。修道院的院长对伊丽莎白说道：

“我感觉这个男孩很好，但你要小心了。他的音乐里诉说的是你要打败的那个对手。”

“他已经和他的过去画上句号了。”伊丽莎白向她保证道，“大海已经把他从法国的那个青年变成了另一个人。”

“我明白你的选择。我希望你的选择是有道理的。”

亚纳很惊奇一切都发生得如此简单。他和弗兰切斯卡的冒险经历让他明白了现实与人们的期望之间的差距。然而现在，在伊丽莎白的身边，他不会期望太多，这样现实与期望便能吻合。

再说罗易克，他在修女詹妮交给他的工作中简直如鱼得水。修女詹妮已经认可了他的诚信和可靠，对他完全信任。他做起工作来效率很高。老格罗尔自然把自己的位置让给了罗易克，满足于做他的副手。罗易克利用这个机会打听到了很多比枯燥的宗教式生活更有趣的事：内陆有很多的动物资源，捕皮毛兽猎人会用海豹皮、银狐皮毛，貂还有一些其他有皮毛的动物去做交易。

但是肖娜对他还是很粗暴，他能熟识市场运行的规则，但面对这个年轻的女孩却显得非常蹩脚。

“有一天，她秘密地约我去她的一个朋友家，这让我感觉我有些机会了。但当我露面的时候却吃了个闭门羹。第二天，她写信向我道歉，邀请我去散步，那次散步是很不愉快的。我坚持不了了！”这是一天晚上，亚纳在港口的一家酒馆找到他的时候，他这样说道。亚纳经常要到酒馆才能找到他的身影。

“你应该顺其自然再去找找别的女孩。这儿的漂亮女孩又不缺。在伊丽莎白看来，肖娜是一个爱卖弄风情的人，她根本不知道她想要什么。你应该从她的身边逃离，向她展示你并不需要她。这样的话，她就会对你感兴趣了。”

“我知道她是在取笑我。”罗易克眼睛盯着酒杯回答道，“但是我不想去找其他人，当她一叫我的时候，我就只想尽快地跑到她的身边！”

9月末的时候，羊群和驯鹿群的南迁预示着冬天的到来。因为南方的寒冷没有那么强烈。第一场雪覆盖了丘陵，接着在10月初的时候，巨大的海洋雨侵袭了霍普代尔。终于，风向转向了北方，气候变得寒冷刺骨。船上的桅杆上已经全部结冰了。雪也下起来，越下越厚，而这些雪直到下个春天来的时候才会融化。伊丽莎白笑着说：

“这还不算什么。等到了11月，还会有其他东西的。”

亚纳有一种气闷要窒息的感觉。天空中的乌云阴沉沉地压下来，加上大雾和一直下个不停的大雪就像是在他的周围建起了一道道的围墙。在美洲广阔的土地上，他有了很狭窄的感觉。寒冷越来越强烈，尽管他已经听伊丽莎白的建议像当地人一样穿着，但还是感觉很难适应。

随着冬天的到来，村子里也变得静下来。港口已经结冰了，船只上盖着超过一米厚的雪。剧烈的寒冷使村子里的房子不堪重负。只有一些酒馆还开着，每天会有一大群游手好闲的人光顾。到了12月的时候，白天就变成了一阵短暂的光亮，很快就会被凝结在丘陵中厚厚的夜色所吸附。

圣诞节到了。修女詹妮建议亚纳和伊丽莎白在开春的第一天举行婚礼。

“在这里，只有那些傻瓜才会说你们生活在一起是罪孽。”修女说道，“上帝不会惩罚爱他的子民的。”

一天晚上返回到伊丽莎白公寓的时候，亚纳发现一张对折四次的纸放在他的座位上。他看到伊丽莎白正在笑着准备饭菜。在一个生铁铸的锅里文火炖着驯鹿肉的荤杂烩。

“这是什么？”亚纳看着那张纸问道，“这是你写给我的？难道你现在还没有亲口和我说出你在想什么的勇气？”

“你先看，看完我们再说。”

亚纳展开了纸。纸上写着几个大大的圆体法语单词：“你要当爸爸啦。”

他又看着读了几遍这个句子。想要明白到底怎么回事，想要理解透这几个如此简单的字眼，从中感觉到这句话的含义。伊丽莎白不停地搅着荤杂烩等着他的反应。她不想在他还没有反应时候看他。

“你是说你怀孕了？”亚纳好像还没有明白过来似的问道。

女孩对他笑了笑。

“这将是第一个出生在这里的小法国人，你不开心吗？”

“我当然开心！”亚纳用兴奋的语调回答道，“但这太出乎人意料了！”

伊丽莎白又转过身去搅动荤杂烩。她原本希望亚纳会是爆发性的高兴。眼泪顺着她的脸颊流下来。亚纳紧紧地抱住她。

“我很开心，但这也是一份责任……你觉得我会是一个好爸爸吗？”

“他代表着希望。我希望他会有一个快乐的人生和一个不要像我一样的童年。而是要有一个和他爸爸一样的童年。”

一瞬间，亚纳想到了在布勒斯尼克的房子里，父亲从楼梯上走下来要去他的诊所，母亲在客厅里调试钢琴的音阶。他又看到了路易叔叔和他的帆船模型，在他身旁吵吵闹闹的堂妹。随后，想到了“吊死者之屋”那个高大的稍微有些驼背的意大利身影朝着村子里走去，想起在谷仓的那一夜，他浓情蜜意的那一夜，他永远不会忘记的生命中的第一次。这个孩子毫无疑问会出生在拉布拉多。他一边收回自己的思绪，一边对伊丽莎白说她是世上最好的妻子，说会带她去参观法国，与此同时，他又感到自己缺乏真诚。难道这个未来的妈妈还是不能够取代弗兰切斯卡在他心中的位置？他要娶的这位未来的妈妈是因为心中的那个人逃离了他吗？

“我真的太高兴了。如果生的是个男孩的话，你希望他叫什么名字呢？”

“皮特，如果是女孩的话，就叫詹妮。就和我们的院长一样，他们两个都是让我要付出一切的人。”

亚纳常在心里提出疑问：伊丽莎白和修女詹妮之间真正的联系是什么？他对于这个女人的过去一无所知，而她也从来不会提起。关于她有那么多的流言。那既然这些流言都是荒谬的，怎么还会有人相信呢？

“这个孩子是抗击悲惨命运的胜利。”伊丽莎白看着亚纳空洞的眼神说道。

“不管是皮特还是詹妮，我们都会让他（她）变成一个与这个名字相称的人。”亚纳抱着伊丽莎白回应道，“你给了我最好的礼物，我想都没有想过。我只想能够配得上这份礼物。走，我们一起去把这个消息告诉詹妮修女。”

伊丽莎白心里很担忧信奉宗教的詹妮会有怎样的反应。虽然身旁的亚纳给了他勇气，但是面对詹妮并不容易。

他们在厨房里找到了詹妮，她正在一个人吃着饭，而其他的修女则是在一个四处漏风的食堂里吃饭。

“我们来告诉您一个重大的消息！”亚纳说道，满脸笑意。

伊丽莎白把手放在了她的肚子上。

“你们想让我知道什么？”詹妮用一种忧郁易怒的语气说道，“我已经知道好几天了。”

然后，她转向伊丽莎白，又说道：

“有一天早上当孩子们在校门口的时候，我看到你偷偷地在呕吐。”

“你知道我有多开心吗？”伊丽莎白说道，脸上容光焕发。

修女用她西班牙人黑色的小眼睛盯着伊丽莎白。

“我也和你一样，我也很开心。上帝不想这个地方消亡，因此他才把孩子赐予女人。”

詹妮想到了来年春天，想到了那些捕鳕渔船。她感觉科皮亚克对于亚纳有一种父亲的感觉。当“玛丽皇后”号的船长回来的时候，在这个年轻人的心中，难道祖国的呼唤不比一个降生在这个每年有八个月就像监狱的地方的孩子强吗？

“这是一份很大的责任。”她抬起头看着亚纳强调道。

伊丽莎白脸红了。她想找些话来反对修女的提议，但最后也闭上了嘴没有说什么。她对于亚纳的爱是那么的强烈，如此突然没有一点点先兆。是她自己轻浮或者是心中想好的？心中不再提出疑问了，她没有考虑过后果就去做了，这样才是真正的她。

“我们应该具体地讨论一下，但是我们随后再说这件事。我现在要去祷告了。”

她从椅子站起来走出了厨房。伊丽莎白对于自己的身世有种种的疑惑。詹妮和她说她的父母在一次流感传播的时候染病去世了。她已经问过住在村子里的那些老人，但没有人记得有过传染病，也不记得她的父母。所有人都只知道修女是1886年夏天来的，带着一个大约一岁的小孩儿。

1909年1月，亚纳和伊丽莎白所有的空闲时间都在忙着筹备他们的婚礼。宴会在收容院一个非常破烂的仓库中举行，他们邀请了市里所有的名人。亚纳学着去用水把石膏拌起来去堵住仓库的裂缝，粉刷墙上掉落的护壁板。伊丽莎白给仓库插上了多彩的狭长小旗，让这个冰天雪地的地方增添了许多生气和活力。罗易克给他们找到了一个炉子，还有桌椅。他负责打理宴会。给人们吃海豹肉、棕熊肉、烤鱼，还有驯鹿后腿肉，给宾客们供应啤酒和红酒。

结婚仪式是在2月27日举行的。罗易克是亚纳的见证者，詹妮把新娘领到了教堂，一座木质的低矮建筑物。罗易克在肖娜的身旁，跟着新人之后走进了教堂。这一次肖娜对他出奇地客气。罗易克很自豪能够拥抱这个上流社会的姑娘。当两位新人交换允诺的时候，肖娜抓住罗易克的手。罗易克在耳边轻轻地对她说道：

“如果你愿意，下一个夏天，我们也会站在他们的位置。”

肖娜没有回答，婚礼的仪式使她非常感动。罗易克又找到了希望。他现在已经不是一个流浪者了，而是一个知名人物，因为他商业的成功已经有人和他献殷勤了。他在收容院的地位也使得他可以在贝汀医生的面前抬起头来。

宴会上的活是由修女们来负责的。她们很开心能够和人们混在一起。海豹的荤杂烩有一种难以叙述的味道，闻起来很刺鼻，但是贝汀医生却很喜欢它。亚纳被恳求演奏提琴，音乐声中充满了恩泽的感觉。肖娜小声地和罗易克说道：

“我不知道是为什么，但是我感觉他并不开心！”

“他不是一个喜欢流露感情的男孩，他很少会流露出内心的情感。”罗易克回答道。

“我相信我知道为什么。”女孩回答道，“伊丽莎白并不是他的全部。”

“是吗？”罗易克惊讶地问道。

“他已经明白她身上没有那种个性，他会厌烦的！”

进入3月，白天的逐渐加长预示着春天的到来。尽管冬天的气候还是依然干燥严寒，北极光的曙光使得积雪发散出一种耀眼的光芒。亚纳和罗易克经常去酒馆。两人喜欢这些供着暖气热乎乎的地方的气氛，像是被寒冬坚硬矿物包围下被孤立的生活。两人坐在桌前，要了烧酒，他们两个都不喜欢烧酒，但这是唯一一种价钱合理的饮品。他们会在杯子前坐几个小时，常常会忘了喝酒，沉浸在一种平静的欢乐中。罗易克已经游刃有余地适应了他的工作，他有很多的计划。这里的生活就流转在被人们称作医院的收容院，住着三十多个修女的修道院和中心的市场间。詹妮已经本能地从罗易克花工夫做的大量市场调查察觉到，这个年轻人有着对于商业的天赋和善于通过谈判获得利益的本领。尽管他还很年轻，但是他身上体现出的成熟让人们很信任他。他跟着修女很快就学会了英语，也表明他开放的心态以及高于常人的智力。虽然表达的时候会带有很重的口音，但是他懂得在人们不经意间抓住最大的利益。尽管这样，他整天闷闷不乐。

“肖娜又对我失信了。”罗易克抱怨道，“她是在玩我，取笑我的痛苦。你结婚的那天，她靠在我的怀里，甚至还吻了我一下……我想要抓住她的手，但她着急地避开作为回应。我那时候感觉我是最幸福的男人，但随后，她告诉我，我对她没有一点儿希望。”

“耐心点。”亚纳回答道，“把心态放宽，你已经变成一个重要的人了，你可比我这个小学教员影响大多了。她的父亲会感觉到你的存在的。缓一段时间吧。肖娜是一个喜欢和你玩的妖艳女孩，但说到底，她知道她的利益所在。”

“她的父亲是个好人，但他在我的面前没有掩饰，他并不想把女儿嫁给一个法国人。他有其他的目的。而肖娜一有机会时而给我希望，时而又让我希望破灭。就像是时而用一只脚跳舞，时而又换成另一只。我多希望现在能够在你的位置上！你肯定会了解的！你也要当爸爸了！”

“你说得对，但这使我感到害怕！”

从小被遗弃的罗易克无法理解同伴此刻的缄默。他很想去当爸爸，去把他未曾拥有过的东西都给他的孩子。

3月末的时候，伊丽莎白生病了，在床上修养了半个来月。难以忍受的肚子痉挛让她很痛苦，贝汀医生担心是因为孩子的原因。但最终，她的病好了，又开始去给孩子们上课。

已经到了打猎的季节。猎人们坐在狗拉着的雪橇上进入到了多山地形的内陆地区。他们会在离城市很远的地方宿营，睡在木质的猎屋里，根据山势的走向和地面上厚度不同的积雪去设置陷阱。

亚纳和罗易克从一个皮草商人那里借来了一个雪橇，游荡在临近的丘陵和山地间。他们不会跑得太远，阳光照在几米厚的积雪上闪闪发光，但他们能够领略到壮美的乡村景色。在积雪的覆盖下，只有看到凸起的山地间突然出现一大块平坦地，才能猜想那是河流或者是湖泊。没有生物可以避开这严寒的冬天，两人很疑惑那些动物会躲在哪里？猎人们是怎么捕捉到那么多的动物的？

解冻期慢慢地到了。人们停下了捕捉皮毛兽的活计，转向了另一种同样回报颇丰的猎物——小海豹。这个时节，母海豹会上岸来产崽。刚出生的海豹身上覆盖着一层白色的精美皮毛，这种皮毛在欧洲和美洲很受欢迎。人们会先用短木棒把海豹敲晕，然后剥皮。大量的海豹躯体就扔给了狐狸和美洲獾。罗易克盘算着这种交易中的利益，对亚纳说道：

“我们筹一些钱弄只船，把这些皮毛运到欧洲！这可是一座实实在在的金库。我有我的打算。”

随着伊丽莎白的肚子一天天地圆起来，亚纳变得愈发地焦虑。

他看着眼前自己一手造就的生活，却感到自己没有力气去担当。他遇到了一个难题：贝汀医生要求准妈妈尽可能长时间地躺卧休息。当伊丽莎白太痛苦不能上课的时候，亚纳就要负责两个班级的孩子。想着自己肩上的责任，他也非常痛苦。随着时间的临近，他越发担忧自己能否撑得起父亲的角色。他很愧疚自己心里还想着弗兰切斯卡。

随着春天一步步地走近，对于故乡的思念便在脑中挥之不去。他想象着西蒙在修剪果园，父亲在准备去朋友富尔萨尔那里捕鱼，母亲弹奏着肖邦的曲子来抒发内心的悲伤。“玛丽皇后”号这时候就快要离开班波尔的港口了。一想到自己不会永远待在一个教室里……这种想法让他感到恐惧。

伊丽莎白知道丈夫已经厌烦了。他长久的沉默和望向大海的眼神逃不过她的眼睛。然而，她自己也很痛苦，只能悄悄地哭泣。对于孩子的爱能够留得住他吗？

4月末，港口的冰已经消融了。一艘从圣皮埃尔来的船靠岸了，这在这个时节显得很不寻常。脚夫们，护航工，还有没事可做的人们匆忙地赶到码头上，希望能够找一些装卸货物的活计。但是什么都没有。船上的人们从栈桥上走下，来到了最近的酒馆。其中的一个人，五十来岁的年纪，一张捕鳕渔夫棕色的脸，厚厚的卷发，灰暗深邃的眼神，走起来轻微地跛着脚。他在酒馆里要了一些东西喝，然后一个人走到了市里。他朝着贝汀医生坐落在一大块空地、一眼看上去就很显眼的蓝色房子走去。男人笑了笑，心里想着这里的人怎么会有这样低级的品位，把房子粉刷成这样刺眼的颜色。或许是为了在被浓雾笼罩的漫长冬日里增加一些生气吧。“或许和白雪配在一起，房子会更漂亮一些！”水手心中想道。

贝汀医生私密地接待了他。他只把自己一小部分的时间奉献给病人，他认为人们总是在自己已经改变不了什么的时候才想起来叫他。冬天，他花大量的时间坐在办公室里创作一份加拿大的历史资料。

打开门看到来访者的时候，他的眼神放光了。他还记着这个去年来过的法国人的名字，他是在上个秋天来的，还带着一个垂死的年轻人。

“科皮亚克先生。”他用法语说道，“我真高兴能再一次见到您！”

他邀请科皮亚克喝了一杯当地的酒，和他讨论了很多亚纳的事情。他把用因纽特人的药水挽救年轻人生命的功劳都归到自己的头上。

“这些人用一种我们不了解的方式认识自然。在我们的科学知之甚少的领域，他们的治疗手法却很有效。”

但科皮亚克可不是来听这些吹嘘因纽特人的功劳的。他想见亚纳和罗易克。医生对他保证道：

“您在收容院能找到他们俩。一个成了小学教员，另一个替代老格罗尔在修院的位置，老格罗尔因为长期的酗酒身体已经吃不消了。”

科皮亚克向医生告辞之后快速地向收容院走去。他想要在晚上起潮汐的时候离开：“玛丽皇后”号离不开他，而船需要去捕鱼。

修女詹妮粗鲁地接待了他。科皮亚克的到来使她感到了他对于那对年轻夫妇的威胁，尤其是对伊丽莎白。修女让科皮亚克明白这里并不欢迎他，相比于捕鱼亚纳还有别的事情要做，她告诉船长亚纳和他怀孕的妻子住在收容院对面的学校里。

“亚纳和他怀孕的妻子？”

“是的，他们是在冬末的时候结婚的。伊丽莎白孕期的状况不太好。”

修女迈着军士一样的步伐，后面跟着科皮亚克，他的腿比去年跛得更厉害了。他们走到了学校。修女敲过门之后。亚纳来开了门，当他看到门外的科皮亚克的时候，在原地怔住了。

“我要走了，你们聊吧。”修女詹妮说着转过了脚后跟。

亚纳叫孩子们先出去玩，然后邀请科皮亚克跟着他来到楼上。

“旅途还顺利吗？”他问到，脸上装出一种矫揉造作的轻快。

“嗯。”科皮亚克低声说道，“但是西北风让我们多花了一周多时间。”

他们走进公寓。伊丽莎白躺在沙发上。她对亚纳笑了笑，对自己不能起身迎接客人表示抱歉。亚纳从壁橱里取出两个杯子还有一瓶颜色浑浊的液体。

“这是生长在这里丘陵的浆果酿成的酒。非常好喝。”他说着满上了杯子。

“那好。”科皮亚克终于说道，打断了片刻的客套，“我遵守承诺又来这里了，我有一些关于你的消息。”

亚纳脑中闪过一个想法，眼神落在放在搁物架上的提琴盒。伊丽莎白长长地舒气，想着这次来访或许要使她的梦境结束了。

“就像我和你承诺过的那样，我又回来了。”科皮亚克在脑子里组织语言的时候又重复道，“但我相信我的方式……”

“从今以后，我的生活就在这里了。”亚纳果断地说道。眼神和伊丽莎白不安的眼神交织在一起。

“好吧，好吧，我明白了。”科皮亚克用干涩的语调重复道。

对于亚纳来说，心中对于捕鱼的渴望还很强烈。是什么阻挡他在渔期不去跟随船长出海、然后夏天末的时候再返回到这里？科皮亚克心中明白，但他还是说道：

“渔期不会超过四个月。如果你想在这期间返回这里，没有人会拦着你坐一艘过路的船。我们就在海角附近捕鱼。”

“伊丽莎白需要我。我不想孩子出生的时候我不在她的身边。”

“你多会儿想回来你就回来。听着，我已经老了，几乎全身都有关节炎。而且我心脏的问题也更严重了。这是我最后几次出海……”

这时楼梯传来有人上楼的声音。门开着罗易克没有敲门就走了进去。科皮亚克发现“玛丽皇后”号上的“竹竿”变了个样。他身体还是那么消瘦，但是脸的颜色更深了，遮住了脸上的一部分伤疤。他看起来很惊喜，他坐在亚纳妻子旁边看起来比亚纳还要自然。

“我再次看到您真高兴啊！”他说道，“您又给我们带来了祖国的感觉。”

“人们和我说你在这里干得不错。你也变成一个老板了。”

“没有这么夸张。我是在打理收容院的事。但是修女詹妮例行检查，一旦我做得不对她的胃口，她就会毫不犹豫地训诫我。”

“别忘了，我这儿也给你留着一个位置。”科皮亚克说道，“现在你需要做出决定了。我想趁着潮汐的时候就再出发。对了，亚纳，我见过你的妈妈了。”

“我妈妈。”亚纳说着向伊丽莎白投去一个疑惑的眼神。

“嗯，她很不快乐。而且你父亲的身体状况也不好。他没有说什么，但是他真的瘦了很多。你母亲让我把这封信交给你。”

亚纳用指尖把信接过来，就像是这封信很烫手似的，然后打开了信封。

“我明白了。”他说着打开了门。

“你知道船停在哪里。如果你改变了注意的话……”

科皮亚克还没有说完话就走了出去。罗易克跟在他的身后。

“不要对亚纳生气。”罗易克一边走着一边对从前的老板说道，“他只是很看重即将出生的孩子，他不想去打乱现在的生活。”

科皮亚克停下了脚步，用他另一只没毛病的腿站稳。面对着罗易克说道：

“对我来说，他已经死了。”

“不。”罗易克激动地反驳道，“您应该给他一些时间。他会想念大海，想念捕鱼的。他会回到您的身边的。我敢肯定。”

“那你呢，你在这里就不无聊吗？”

“我？您也知道的，不管我在这里还是其他地方，我都是一个人。”

他想到了肖娜又一次地和他开玩笑说要嫁给一个新的追求者，一个叫乔治·布朗耶的蒙特利尔人。

“我没有忘记这片海域是多么的富饶，”科皮亚克说道，“但我今年不会太晚离开,我不会犯这样的错误了。我在冬天的时候考虑了很久。如果我再年轻一些，我就直接去格陵兰岛了，但现在，我的身体状况马上就要把我变成一个整天在酒馆里打牌回忆过去消磨时光的可怜鬼了。你呢？你能回来吗？我身边缺有经验的人。”

罗易克摇了摇头。

“我不能丢下亚纳。没有他，我就像是少了一只胳膊，少了一条腿。我不能去帮您了。他教会了我写字，您知道我欠他多少吗？再说，再说……就算是我不欠他什么，我也是他的朋友，他在乎我，我也在乎他……”

“我知道。”科皮亚克生气地回答道。

和罗易克握手之后他转身走向港口。一个多小时之后，一声雾角声告诉人们，从圣皮埃尔来的船挥动着信号旗又离开驶向公海了。

在科皮亚克和罗易克走出房门之后，亚纳敏捷地关上了房门，就像是终于摆脱了一个令人不舒服的客人。母亲的信还抓在他的拇指和食指间。伊丽莎白望着他。他有很强的意愿去跟随科皮亚克，她知道，如果没有自己圆圆的肚子，丈夫一定会毫不犹豫地离开的。

“别哭了。”亚纳说着蹲到她的身旁，“我会永远和你在一起。如果我有一天要返回欧洲，那一定是与你和我们的孩子一起。”

她悲痛地笑了。除了欧洲之外，是大海在呼唤亚纳，而那里是她永远也不能跟随的。

亚纳站起来，把信封放在桌子上。他想去读母亲写给他的信，但是他想独自一个人去读，避开伊丽莎白那灼人的眼神。在这个时刻，他对自己说道，这或许是因为自己对妻子的不信任。他打开了信封。

“不论信上说什么，”他看着伊丽莎白道，“它都改变不了什么。我不想怨恨我的母亲，她也是自己人生的受害者。但是我的父亲，那就另当别论了。”

伊丽莎白注意到丈夫在说到波利莱克医生的时候的语气，比他上个秋天刚来这里的时候要少了很多敌意。

“这意味着你对于弗兰切斯卡的事还是很遗憾？”她用颤抖的声音问道。

“不，我对她没有遗憾，她现在正快乐地生活在意大利的故乡。那只是我生命中的一个片段，今天它已经过去了，这也让我能够摆脱我父亲的束缚。感谢有你，感谢我们就要出生的孩子，我可以用缓和的心态看着我的过去。我的心中再没有仇恨。”

亚纳低下头看着在面前展开的信。他快速地浏览了一遍，然后把信打开放在桌子上，像是要邀请伊丽莎白一起来看。

“怎么样？”

“我的妈妈对我说即使我的父亲从来没有提起我，但是他和她一样痛苦。她张开怀抱等着我回去。他又确认了一遍科皮亚克刚刚说过的，我的父亲消瘦了很多。”

“等着孩子的归来对于父亲和母亲来说都一样，那是最痛苦的事。”伊丽莎白把手放在自己的大肚子上总结道。

亚纳把肩膀抬高了一下作为回应。他知道妻子说得有道理。但他不想再继续讨论下去。从今以后，不论他的感觉怎样，他的生活就在这里了。他不想去想这些事情，但是这些事情却不停地困扰着他。

伊丽莎白手搭在肚子上，脸上显现出痛苦的表情。已经持续好几天了，肚子难以忍受的疼痛让她整夜不能入眠。她知道这很反常，担心孩子会早产。

晚上下课之后，亚纳就去找罗易克。他的同伴思维很敏锐，他的建议也常常是合理的。酒馆里的人们还在谈论那艘路过的船和圣皮埃尔来的人。

“‘玛丽皇后’号会在这里捕鱼。”罗易克说道，“科皮亚克已经和我们说明了他的情况，我相信这是他最后一次出海了。”

“十年前科皮亚克就说他要停下来了。”亚纳尖酸地说道，“他不会停下来的。他离开了捕鱼活不下去。”

“你说得很对。”罗易克把啤酒杯放在嘴边说道，“我承认我也想念捕鱼了。”

亚纳什么都没有说。他打心底也想念在平底捕鳕渔船上捕鱼的日子了。他舒了一口气。罗易克对他说道：

“生活总是事与愿违，亚纳。只有你自己才是你命运的主人。”

“我很担心伊丽莎白。她的身体很虚弱。我不想看到她登上一艘去欧洲的船。”

“我理解你的感受。”罗易克说道，“至于我，我承认我在这个国家过得不快乐，我知道在这里能够赚得到钱。但我还是想和你一样去航海，去回归大海，去感受公海的海风。相信我，你不会孤独的，我已经想了很久了。我不想在这个收容院里待到我生命的最后一天。我在准备一些东西，你相信我。当时机成熟了，我会对你说的，等你的孩子出生的时候。我不会留下你，然后一个人去做些什么的。”

罗易克的眼神投向亚纳。他们的友谊毫无质疑。他们突然间意识到，感觉到此时此刻，两人一起坐在这世界尽头蹩脚的酒馆的桌前多么的幸运。庆幸彼此能够带着永不背叛的保证坐在一起。亚纳脑中想到相对于自己和罗易克一生的友情，对于弗兰切斯卡的爱情不过是生命中的一个小篇章。他立刻喝了一口啤酒，冲掉脑海中的这种想法。

“这是一个新的国家，有很多事可以做。”罗易克回应道，“我每天都在盘算。这里的水域还没有被开发过，皮草的生意也微不足道，这种生意可以做到很大的规模。还有，这里有马达船。人们都没有物尽其用……”

两个好友继续幻想着他们的未来，这时外面的天空已经星罗棋布了。

Chapter 18

亚纳回到家的时候夜已经深了。他发现伊丽莎白非常痛苦。他跑着去找来了贝汀医生，医生检查过之后神色严肃地转过头。他一向不喜欢向病人宣布坏消息，他总相信上帝会创造奇迹的，但这次他选择了如实相告。他把亚纳叫到了房子的一个角落里。

“婴儿的胎位很不正。”他说道，“他随时可能出生，如果出生得太早的话，存活的希望就很小。他至少应该再发育一个月的时间。”

医生坐下来，沉浸在思索中，亚纳恐慌地看着他。在想了一段时间之后，他说道：

“我们起不了什么大作用。”

然后他走向伊丽莎白说道：

“你应该强制自己平躺下来。禁止走的距离超过床边到厕所的距离。如果走运的话，再加上大量的休息。你的孩子会再等一段时间才降生。”

接下来一连几天，伊丽莎白也感到平躺着减轻了自己的痛苦。亚纳包办了所有的家务活，罗易克会经常来看他们夫妇俩，也帮着亚纳做些家务。尽管遵从了亚纳的建议，他还是没能够解开肖娜这个心结。他还是不断地追求着肖娜。几天以来，肖娜停止了对他忽冷忽热，以要和一个新的追求者结婚的借口拒绝和他见面。

“乔治是最好的男人！”她带着明显的口音和激怒罗易克的语气宣称道，“他强壮，帅气，有钱，没有一丁点儿缺点。此外，他的家庭也很好！”

罗易克在女孩面前装好汉故作坚强，但到了朋友这里却不掩饰自己的悲伤。他不能眼睁睁地看着肖娜的幸福是和别人结婚。

“那是个爱表现自己的人。”他有天晚上对亚纳说道，“人是长得很高很帅气，但是当他说起自己在蒙特利尔的生意的时候，明眼人都知道他在添油加醋！肖娜什么都听不进去，这对她来说真是太倒霉了。”

“她父亲又不是傻子。他会看清的。”亚纳试着去安慰同伴。

“那是你说！贝汀医生什么都看不清。他已经被这个帅小伙子蒙蔽了，轻信了他所有的谎言。我真是要急死了！”

“你别傻了，”亚纳想到了弗兰切斯卡的事反驳道，“你看着吧，一切都会忘记的。你会找到另一个让你动心的女孩子的。”

“说到底，我就不适合两个人的生活，肖娜说得对。我没有家人，我也不会说那些让人安心的话。”

“我不允许你承认自己被打败了。”亚纳生气地说道，“你什么时候才能明白你已经变成了一个重要的人？有不止一个人在窥视着你的位子，就等你离开了。”

罗易克听到这话笑了，发自内心地笑了。他不再是那个因为丑陋而被妈妈抛弃的孩子了。

直到5月末的时候，伊丽莎白肚子里的孩子的状况都保持良好。一天晚上，伊丽莎白感到一阵剧烈的疼痛，亚纳很担忧，他跑着去找来了贝汀医生。医生检查过孕妇之后宣布：马上就要临盆了。命令一个仆人去找一个叫格罗吉亚的因纽特接生婆，她专门解决难产的问题。

“我对她很有信心。”医生解释道，“她的学问和技术可比我们的高级多了。那是个令人惊叹的女人，上帝的选民。”

医生丝毫没有掩饰自己对于这个女人的敬佩之情，她不会读书写字，但是她的治疗手法却常常比自己的奏效。要等一小时接生婆才能来，这对于亚纳来说却显得无限漫长。伊丽莎白已经出现了宫缩，疼痛也越来越厉害。

格罗吉亚终于来了，身上散发着一股腐肉的味道。她住在一个用驯鹿皮搭建的帐篷里，每天的食物是海豹下水、鲸鱼肉和腌制的咸鱼。她个子很小，体态肥圆，像是一个水桶。她脸上棕色的皮肤已经很松弛，眼球在布满皱纹的高额头下形成两条发光的裂缝。灰色的头发扎成一条不同寻常的粗辫子。

她去检查伊丽莎白的情况的时候，医生站在身后。最后，她转过身用一种亚纳听不懂的语言对医生说了几句话。

“她一种欧洲的语言都不会说。”医生解释道，“她只说自己的语言。她说伊丽莎白会难产。”

伊丽莎白的尖叫打断了医生的话。亚纳无奈地坐在经受折磨的妻子身边。医生把亚纳拉到了一旁。

“我和你保证，你在这里起不了什么作用。去港口上转一圈吧。如果这里结束了，我会叫你的。”

亚纳认为在这个时刻离开妻子的床前是一种卑鄙的行为。然而，在医生把他推出去的时候他也没有再坚持。

他去收容院找到了罗易克。修女詹妮听说了这个消息之后，高兴地说道：

“时候是有些早，但上帝知道该怎么做的。”

亚纳着急得站不住脚，提议和朋友去散步。他们的脚步自然而然地把他们引导到了港口，在这个季节，港口上波涛汹涌。捕鲸船们都出发北上去了聚集着鲸鱼的海域，那是个满是浮冰的危险海域。这是一种风险很大的打猎。他们要驾驶着和捕鳕鱼的平底捕鳕渔船类似的小船接近猎物，用鱼叉扎住猎物然后向下使力，把猎物弄到脆弱的船舱里。每年都会发生很多的事故。一旦掉到水里，接近零度的水温就会使得生还的可能性很小。

“捕鲸鱼，就是未来。”罗易克说道，“我们可以装备一种既能提高捕鱼效率又可以降低风险的捕鳕渔船。其次，鲸鱼身上都是宝。可以赚到很多的钱。”

当他这样说的时候，亚纳在同伴的身上看到了另一个科皮亚克的样子，当然对于未来更加有想法。一个有商业头脑的人喜欢探索，他能够抓住身边所有的机会。这个“玛丽皇后”号上曾经的见习水手已经在收容院的管理过程中磨尖了牙齿。从今以后，他能够正确地读写，他还会说英语，时刻都准备着开启新的旅程。

他们在中意的那家酒馆喝了杯啤酒，走过学校的窗前。亚纳焦急地回到家中。

伊丽莎白躺在床上，脸已经变了个样，怀里抱着一个包在襁褓里的孩子，孩子的哭泣使脸上显得皱巴巴的。贝汀医生已经走了，只剩下那个因纽特的接生婆笑着看着他们。她说了几句可能是祝福的话。亚纳看着盆里的血和沾满血的布条，感觉到了那种肉体撕裂的痛苦。他站了一会儿，克制住自己呕吐的欲望。终于，他脸色惨白地走到了伊丽莎白的身旁去亲吻妻子，然后非常蹩脚地，小心翼翼地把孩子抱在怀里。仿佛怕伤到孩子的骨头。

过了一会儿，贝汀医生又返回来了，满脸笑容地恭喜年轻人当爸爸了。

“你要感谢格罗吉亚。你们的孩子在还不应该出生的日子就早产了。他很强壮，气色也很好。现在，需要让伊丽莎白好好休息了。”

接生婆不断地穿梭在家里，好像就在自己家似的。她把那些用脏的布条都堆放在一个桶里，然后提着去外边洗了。亚纳问医生他应该怎样付钱。

“给她拉小提琴吧。格罗吉亚喜欢我们的音乐。当肖娜弹钢琴的时候，她就悄悄地躲在一边偷听。她和其他的女人不一样。她有三个孩子，但都在捕鲸鱼的时候死了，她从那之后就变成一个人了，但是不幸并没有击垮她。”

晚上的时候，修女詹妮来看孩子了。孩子静静地睡在一个柳条的篮子里。她盯着孩子注视了很久。孩子吃着妈妈的奶，微笑着睡着了。亚纳已经发现孩子和自己的父亲长得很像，但他什么都没有说。詹妮终于站起来了，她转过身看着伊丽莎白。

“现在是该和你说些事的时候了。”修女说着拿过床边的一个凳子重重地坐在上面。

她示意亚纳也拿一张椅子坐过来。亚纳坐在了床的另一边，握住伊丽莎白的手，抬头看着正在组织语言的詹妮。

“好，你们知道的，我是从西班牙来的，准确地说是从我出生的地方——塞维利亚[①]。我的父亲曾是一个鞋匠，我的母亲是一家餐馆的服务员。我有一个姐姐和两个哥哥。我的脾气很不好，我怨恨有这样贫穷的父母。你们知道在塞维利亚有很多富人，那些漂亮贵妇人身上的首饰使我着迷。我上过学，辍学之后就在一家花店工作。我那时长得非常漂亮，身边有很多的追求者。但是我没有失去心中的那个信念——变成富人！”

婴儿这时小声地嘀咕了几声，然后又睡着了。詹妮给小孩子整理了一下被子，盖在他的小躯体上，接着说道：

“我找到了一个富人，皮德罗·瓦兰特。他是一个做美洲贸易的船长。他对我很痴迷，我也利用了这一点。我结束了在花店的日子，整天生活在奢华中，享尽了荣华富贵。我的父亲很失望，我的母亲再也不愿意见我。之后，你就出生了……”

伊丽莎白的脑中一颤，皱紧了眉头好像没有明白修女说的话。她松开了亚纳的手。

“你是说……”

“你是我的亲生女儿。所以，你就那样出生了。你原本叫莉萨·瓦兰特，这才是你的真名。生活本来可以继续这样，你会是西班牙上流社会的名媛。我的丈夫，皮德罗，他年纪比我大……有，有些事我不知道该怎么和你说，但是我们的之间的夫妻生活并不好。他经常不在，去忙他的生意。我就找了一个又

① 塞维利亚或译作塞维尔，是西班牙南部的艺术、文化与金融中心，也是西班牙安达鲁西亚自治区和塞维利亚省的首府。

一个情人。我穿梭于各个宴会和社交活动中，直到皮德罗和他装载着进口木材的船沉没在了南大西洋。这对我来说没那么重要。我从来没有爱过他，而且他给我留下一笔巨额的遗产，足够我生活下去。他的死并没有使我的生活习惯有多大的改变。”

“莉萨·瓦兰特，”伊丽莎白嘟囔着转向亚纳，“我是一个西班牙人，不是加拿大人。我在那片古老的大陆上出生的，而且……”

“你心里早就知道。”詹妮用她习惯性的唐突打断了伊丽莎白，“但是你自己努力说服不去承认。”

“我知道人们是怎么说你的，也知道你原来不是修女。我知道我们长得有些像，但是我以为那是因为我们长时间生活在一起，是因为你把我养大的缘故。但对于其他的……”

“所以，”修女詹妮接着说道，“日子本可以继续这样进行的，但是我遇到了一些奇怪的事，很少有人会遇到这种事，这些事使我愤怒地去对抗那些过于虔诚的人和那些缺乏分析能力的修道士。那是在一次做弥撒的时候，我是为了保持我的地位被迫去的。就是那次，我感受到上帝进入了我的身体。这很难解释。我不能说那是人们和我们所说的是种完美的东西，我也不认为那是那些传统的传教士蒙蔽我们的那些愚蠢的图像。不，那是一种让人确信的东西，但又无法去定义它。就像是一种灵感，一种存在，一种共相。我明白了我把时间都花费在满足自己的虚荣心上，而我为此做了多少的错事。我和你们说，有一种怜悯的感觉进入了我的身体。就在那天，我决定要改变自己的生活，我要为其他人去奉献自己。因为我并不想丢下你，所以我就离开了塞维利亚，带着一点儿钱想要去这个世上最贫困的地方帮助其他人。对我来说，这世上最贫困的地方应该在一片夏天很短，冬天无尽漫长的大陆上。我来到了这里，我建造了收容院来帮助那些会死在街头的可怜人……”

这时候皮特哭了。詹妮站起身来把婴儿抱过来，轻轻地放在母亲的怀中。

“他是感到孤独了，这个可怜的小家伙。这个柳条篮对于他来说太大了，他在里边要迷路了。他就是要找着吃奶呢。”

伊丽莎白拉开胸前的衣物。皮特拿小脸蹭在母亲柔嫩的肌肤上，找着要吃奶。亚纳坐在那里，心中感动的同时也对这个小东西感到很惊奇。皮特还是一个陌生人，一个吸引着所有人眼球的闯入者，所有人的注意力都放在他的身上，包括詹妮对小家伙的感动。他心中很愧疚自己没有感觉到一种强烈的父爱，随后他在心中说道，如果要是没有和弗兰切斯卡的中断的话，这个孩子就永远不会来到这个世界上。

修女詹妮告辞离开之后，格罗吉亚又来了，来看看新妈妈的情况。她先是微笑地看着新生儿，孩子的情况让她安心。随后，她又走向了伊丽莎白，看着伊丽莎白的眼神变得凝重起来。她把手放在产妇滚烫的额头上，然后看也没有看亚纳一眼就着急地离开了。她不是返回自己像营地似的住处，而是走到街上一路走到了贝汀医生的家中。

片刻之后，贝汀医生也来到了亚纳的家中，发觉伊丽莎白发烧的度数很高。他从包里拿出一瓶黄色的液体，产妇一脸痛苦地喝了两勺药液。医生把亚纳叫到了公寓外。

“这不是普通的发热。”他说道，“我恐怕这是并发症。”

“什么并发症？”

“我今天晚上也和你说不清。我明天早上再来看她。”

晚上的时候，伊丽莎白脸上滚着汗珠，眼神变得迷离，开始发谵语。亚纳对妻子的情况很担忧，去找了修女詹妮。修女詹妮恐慌地来到公寓。这是亚纳第一次看到修女表现出她的担忧。修女借着蜡烛的光芒，俯身看着自己躺在床上的女儿已经变了样的脸，女儿的眼泪在眼眶中不住地打转。伊丽莎白时不时地呻吟，哭泣而又忽然大笑。詹妮双手合十，开始不出声地为女儿祷告。蜡烛的火光照在她粗糙的脸上，使得她脸上的棱角更加凸显，她的眼神中有一种令人难以忍受的光芒，一种近似于绝望的光芒。

“上帝会来帮帮她的！”

亚纳不知道该做些什么，突然孩子哭了。亚纳把他抱在怀中，但感觉自己根本不能使孩子安静下来。

这一夜过得极其痛苦。伊丽莎白一晚上暴躁不安。当她看似睡着的时候，马上就会做噩梦然后发出恐怖的尖叫。亚纳把妻子紧紧抱在怀里，但还是不能使她平息下来。孩子躺在柳条篮子里，被惊醒之后也哭个不停。

第二天一大早修女詹妮就来了，发觉女儿的情况并没有好转。她身旁陪同着一个胸脯很大的肥胖女人，她的大脸盘让人感觉到一种天然的慈爱，一种忠诚的感觉。

“她叫佩尔妮·隆戈尔。”詹妮介绍道。“一个跟随丈夫来到这里的加拿大女人，她刚刚生完孩子。”

尽管女人刚生完孩子，但佩尔妮潮红的脸色说明她已经恢复得很好。

“这个妈妈的奶够两个孩子吃，她会把皮特带走，直到他妈妈的身体康复。”修女詹妮又说道，“她会像带自己的孩子一样对待皮特的，这个你可以放心，我们很熟！”

篮子里的皮特又哭了起来，自从昨晚到现在还没有给他喂奶。佩尔妮解开她灰色罩衫的扣子，掏出一只巨大的乳房去给孩子喂奶。皮特贪婪地吮吸着。

“生活简直不能再糟了。”修女詹妮嘟囔道。

她抚摸着伊丽莎白的额头，她看上去睡着了，比昨天晚上平息了许多。这让她又有了一丝希望，对亚纳说道：

“应该让她静养。佩尔妮会把皮特带到她家，这样可以给孩子喂奶。她住在城市的边上，今天下午我们一起去看看。”

佩尔妮给孩子换过已经脏了的襁褓，又重新把他包在襁褓里，然后给孩子裹上了一条被子。

“你可以把他带走了，佩尔妮。”詹妮低声地说道。

女人抱着又平和地睡着的孩子离开了。

不久之后，贝汀医生来了，发觉伊丽莎白的烧已经退了一些。

“一切都在掌握中。”他笑着说道，“她可是要吓死我们了。”

他又喂产妇喝了一种调配的药物。詹妮茫然地说道：

“我和他一样了解这些事情。但愿他的治疗是对的。”

一整天的时间，伊丽莎白的状况看起来得到了缓解。烧已经几乎都退了，她又开始呼喊皮特。亚纳向她解释说孩子在一个奶妈家中。

“如果你愿意的话，我们明天早上去找他。”

但是第二天早晨，伊丽莎白又开始发烧了，而且度数更高。格罗吉亚来看产妇的情况，她的态度表明情况并不乐观。她正要离开的时候贝汀医生到了。她和医生说了情况之后，医生的脸色也变得严峻起来。

产妇抱怨肚子非常疼痛，就像是有人在肉里扎进了一把刀子似的。亚纳在身旁照顾她，但她一把推开了丈夫。他感到妻子的痛苦都是自己的责任，希望自己能分担妻子的疼痛。贝汀医生承认自己没有解决这种发烧的方法。格罗吉亚知道医治那些寻常的病痛，但是面对吞噬着伊丽莎白的内脏的这种身体中的火焰她也无能为力。这已经不是她见过的第一个出现这种状况的产妇了，她知道这种情况的结局是什么。

接下来的一晚，亚纳和詹妮整晚守护着伊丽莎白。詹妮跪在床前为女儿祈祷。在凌晨的时候，伊丽莎白陷入了昏迷。她的呼吸变得困难。惨白的嘴唇轻微地抽动着。下午的时候，罗易克来看望伊丽莎白，然后踮着脚尖走出房门离开了。

晚上将近 8 点的时候，亚纳俯身查看妻子情况的时候，发现她已经没有呼吸了。就这样，皮特的小生命战胜了母亲健康的身体。亚纳把头埋在死去的妻子的怀中，悄悄地哭泣着。詹妮也哭了。她的眼泪流过脸上的凹陷，似乎在灼烧着她。她低声地说道：

“我们就把她葬在收容院的礼拜堂吧，这样我就可以每天为她祈祷了。她是个无辜的孩子。”

她等着亚纳抬起哭红的眼睛看着她，亚纳舒了一口气后说道：

“死亡对于一个好人来说很不公平，但不是说我们就要放弃就要停止反抗。死亡并不是终点，它往往是另一个起点。”

罗易克来了，一声不响地走进房间，把同伴抱入怀中。伊丽莎白的死让他很生气。是什么在推动着我们的命运去选择一条命中注定的道路？他对詹妮说道：

“你们的上帝把你们变成了一个个宿命论者！我可不想听你们说天注定之类的话。”

詹妮反驳道：

“上帝是希望。我相信祷告的力量。”

亚纳又俯身看着伊丽莎白。他的态度也表明自己对詹妮的提议感到很恼火，但却不知道怎么表达出来。

当夜幕降临的时候，亚纳不想去点燃蜡烛。黑暗使他更舒服一些。脑海里翻滚起许多的事情;天人分隔的痛苦，是自己导致了妻子的死亡的感觉折磨着他。詹妮也一直没有离开，极其安静和仁慈。亚纳转身走向他的小提琴。

这是他唯一一个能用来表达那些不能对詹妮也不能对其他人说的话的方式。她看着亚纳从盒子里拿出了乐器，这个乐器是为节日，为跳舞，为欢乐而造的。亚纳闭上了眼睛，把琴弓放在弦上，音乐开始哭诉。这不是一首他学过的旋律，而是串在一起的音符，由它们身上带着的悲伤连接起来。

随后亚纳把乐器放在伊丽莎白的床旁。他又一次想毁掉它，再也不想看见它，再也不去演奏它。他对自己说这个弗兰切斯卡给自己的乐器，在此刻已经结束了它真正的意义，从今以后，他对于自己已经没用了，不过是几片用胶粘起来的木块。

第二天，一部分人聚在公寓前来悼念死去的女老师。罗易克打理了所有的事务，让亚纳去缓解内心的痛苦。下午的时候，亚纳想去看看自己的儿子。他把孩子抱在怀中抱了很长时间；孩子吃饱了安稳地睡着，脸色红润。他想到他不知道怎样去抚养的这个闯入生活的小家伙——皮特，也终有一天会变成一个男人，把脸蹭在微笑着的小脸蛋上，这使他想到了自己的父亲。

葬礼在两天后——1909 年 6 月 3 日举行。这天天气晴朗；现在还没到夏天，但天气已经足够热了。当把亡者的身体放入棺材的那一刻，罗易克把颤抖的同伴抱在怀中。朋友间的这种联系给了这个年轻的鳏夫力量，让他可以保持站立，保持肃穆。

葬礼的仪式聚集了很多人。神甫先是用英语祷告，之后是法语。

回到家中的时候，亚纳没有忘记自己已经打定主意的事情。他拿出盒子里的提琴走向烧着木柴和煤炭的炉子。罗易克跳到他的面前：

“你又要干什么？”

“这是把给我带来厄运的提琴。先是弗兰切斯卡现在又是伊丽莎白。不知道什么时候又会是下一个受害者呢？”

他打开壁炉的门。罗易克赶忙走到他的身边，把他推倒，从他的手里夺下了提琴。

“我已经和你说过，我永远不会让你这样做的！”

“这是把恶魔的提琴！”亚纳喊道，“它只有在演奏他人的绝望的时候才能发出完美的音色。”

“我不管你说什么！”

亚纳平息下来。罗易克把他带到了他们常去的那家酒馆吃饭。伊丽莎白的死把一切变成了未知，但是两人都没有说。亚纳心不在焉，喝了几杯啤酒之后思绪变得更加混乱了。随后他到了佩尔妮·隆戈尔家中。皮特并没有使他的奶妈有一丝忧虑，佩尔妮很自信自己能喂养两个孩子。

“这真是一个好孩子。”她说道，“他从不吵闹，整晚上都睡得很安稳，像个大人似的。”

亚纳盯着摇篮里的孩子看了很久。

“可怜的孤儿，”佩尔妮说道，“他像世上的其他孩子一样，需要一个妈妈，一个爸爸！”

她说的话触动到了心中一片混乱六神无主的亚纳。他在这个从今以后都感觉陌生的国家会变成什么样？他要为了一个孩子留下来？

“您不要为皮特担心。我就像待我的儿子一样对他。他可以和我的孩子一起长大。我知道抚养……”

“我知道，佩尔妮，我太感谢您了。如果没有您的话，他的脸蛋肯定不会这么漂亮。”

夜幕慢慢地降临了，春分之后的天色并不会很黑。大海的一边天气变坏了。亚纳知道应该要下雨或者是下雪了。这里的冬天说来就来。

他的猜想没错。第二天，村子里蒙上了一层薄薄的雪，雪融化之后变成了一道道水流。寒风呼啸。亚纳决定像往常一样继续上课。詹妮称赞他有这样的勇气。她没有了往日的风范。整天拉着脸，额头上的皱纹更深了，眼睛里失去了光芒，这一切都显示出她内心的悲伤。她还有上帝，还有那些穷苦人，那些要尽心照顾的病人，那些要接受教育的孩子，但什么都永远不能取代她的女儿，她的小莉萨·瓦兰特。

“上帝不会惩罚无辜的人的。这是那些传教士嘴边常挂着的话。上帝是不会介入别人的命运的。他是不会犯错的。伊丽莎白的死是因为病实在太重了，而我的祷告又不够……”

她不止一次地这样说道，好像她并不相信自己错了。

在她而言，这个自己无限付出却从来不要求回报的地方，也让她产生了一种陌生感。

“你接下来要做什么？”她突然问亚纳道。

他没有回答。他不知道该用什么去指引自己前行。

接下来的日子里，他糊弄着继续给孩子们上课。在这个伊丽莎白一手收拾的建筑物里，一切都使他回忆起伊丽莎白。晚上当天气好的时候，他就会去佩尔妮家。他和奶妈会带着皮特和他共同吃奶的兄弟去散步。佩尔妮把两个孩子放在同一个带篷的童车里。因为两个小家伙长得还有点像，人们有时会把他们当成是双胞胎。

罗易克把他的精力越来越多地投入在他的生意上。除了詹妮已经全权交给他的收容院的事务之外，他还开始和皮草猎人和运输的人洽谈生意。6月的时候，人们已经不去关注时间，无处不在的白昼驱散了人们的睡意。有天晚上，他向亚纳解释道，他所有的努力只有一个目的。

“都是为了肖娜。我要向她证明她和我在一起会比和她的魁北克人在一起更幸福。向她证明我可以赚到很多钱，我有能力给她一个非常舒适的生活。他的父亲已经感觉到了我所做的，但目前这还不足以让他改变自己的想法。”

他尝试着去战胜情敌，却也没有幻想太多。他知道，自己生意上的成就除非是出现奇迹，否则肖娜永远不会属于他。但是他还是咬紧牙关，咒骂着躺在心上人怀中、轻视自己的乔治·布朗耶。

Chapter 19

6月末的时候，全天的白昼昭示着夏天开始了。霍普代尔有一种流传至今的斯堪的纳维亚持续几天的节庆习俗。这里已经完全没有夜晚了。太阳降在地平面之上，黄昏刚刚开始马上就转变成了黎明。生活已经完全被打乱了。人们都失去了时间的概念。街上聚集着一群群寻欢作乐的人们。喝醉了的男人们和女人们就躺在城市的小道上。音乐声和吵闹声一刻不息。想要找到一块安静的地方来休息变成了一件难事。

伴随着白昼，北极地区的夏天开始了。这一年的夏天很热。夏天在这里最多只会持续一个半月，8月中旬的时候就会迎来第一次结冰期。

亚纳的课也停了。整日的白昼使得这里除了酒馆和卖食品的地方，其他的一切活动都停止了。亚纳没有去和别人一样欢庆。他待在自己和伊丽莎白的公寓里，心中满是回忆，但更多的是不断地纠缠着他的愧疚。他想起了自己的父母，想要给他们写信。但是每次一坐下看着眼前的白纸，他又不知该写些什么。他不知道该怎样去讲述他这新生活的破灭。他想去向父母宣告皮特的出生，但是以死亡为代价，伊丽莎白的生命为此画上了句号。其他的女人都围着他打转，就连肖娜都让贝汀邀请亚纳一起去郊游。

他经常在港口上散步，眼盯着码头上的船只。然后他会顺着一条俯视着海域的小路走出城市。他又变成了那个牵着马走在布列塔尼海岸峭壁的少年，脑子里满是去往远方的梦想。

罗易克每天陪着他吃饭。他尝试着想让亚纳对自己的生意感兴趣，但是最后都失败了。

1909年的夏天就这样过去了。8月末的时候，人们丢掉了他们的无忧无虑。季节被反过来了，黑夜的到来宣告着漫长冬天的来临。

罗易克想要亚纳振作起来。充满精力和计划的罗易克不能忍受，这个曾经挽救自己的生命、教会自己写字的人沉浸在无尽的悲伤之中，任凭时光的流逝而毫无改观，就像是水里的一块鹅卵石。一天晚上吃过晚饭之后，晚霞照红了整个海面，罗易克把亚纳带到了港口上。面前的大海呈现淡红色，时不时泛起微笑的波澜。两个男人静静地走着。亚纳心里想象着他本可以和伊丽莎白和皮特一起进行的散步，罗易克看着他。现在到了该切实讨论未来的时候了。

"'玛丽皇后'号离这里不远。"罗易克开始说道，"捕鱼的收获肯定不错。船舱马上就装满肥美的鳕鱼起锚了。我能想到科皮亚克，用他那只好的腿支撑着，从海平面上望着我们的方向。因为他认为你在这里，而且再也不会离开。所以，他是那么悲伤，因为他曾经那样地信赖你。"

"然后呢？"亚纳低声地埋怨道，"我的生活才刚刚开始就结束了。我不能丢下我的小皮特。"

罗易克接着说道：

"我已经看过马达船是怎么运作的了，是用一个浸在水中的螺旋桨。那真是太棒了！唯一的不便就是还需要在船上装载煤炭来使蒸汽机运作，这会占掉一部分用来放货物的空间。如果有一艘和'玛丽皇后'号一样的船……"

"科皮亚克是风帆的男人。"亚纳打断他说道，"他永远不会改造他的船的。"

"我想说的不是这个。"罗易克说道，"现在在欧洲，人们都在讨论一艘随时可以横渡大西洋的大客轮。一艘不会翻船的船。它叫"泰坦尼克"号。我从一份报纸上看到过这艘船。你可以想象得到我们捕鳕渔夫可以利用的优势吗？一艘不会沉的船再加上强力的马达能够抗击所有的暴风雨？你能想象得到？我很奇怪为什么最先接触到马达的捕鳕渔民却对这种设备这样冷漠。我和你说，马达的拖网捕鳕渔船已经奏响了帆船的丧钟。”

“我知道我们可以更加有保障地航行,但对于捕鳕渔夫来说这缺了些什么。”亚纳解释道，“装上马达，装上拖网，我们来这里捕捞到大量的鳕鱼就和我们只是去马赛的公海一样。这会使这个‘神圣职业’走向灭亡的！”

亚纳已经一年没有上过船了。在他的脑海里，公海对自己强烈的呼唤与操纵风帆去找寻风向是分不开的。

“或许吧，但是你也知道‘神圣职业’就要消失了。事情就是这样，因为盈利性的原因。傻瓜才不去利用更盈利的方式！”

两人都沉默了，两人对于未来捕鱼的观点截然不同。但在捕鳕鱼的艰苦学校中锻炼出来的罗易克，在霍普代尔要比亚纳感觉更加无聊。

“听着。”罗易克又说道，“我并不是在这个迷失的国家生活得不好。这里的那些重要人士现在都会和我打招呼，因为我知道我已经置身于他们之中。但我感觉我是在浪费我的时间。”

“伊丽莎白让我留在这片封闭的土地上。”亚纳含糊不清地说道，“但我永远离不开大海。自从我离开班波尔之后，我想清楚了很多的事。我已经在心里多次地想过我离家出走的真正原因,那是要避开在陆地上做一个军官的未来。我感受到了这个被我父亲称为恶习的东西的呼唤：对大海的渴望。”

罗易克抬起头，眼中发出亮光。

“我们有共同的想法。”

他们返回到收容院去看望了修女詹妮。自从伊丽莎白死后她状态就很不好。她也常常去看望小皮特，利用一切机会让小家伙和她待在一起。

罗易克和她说了自己关于商业的计划。当他说完的时候，她说道：

“你很有热情，但是你沉浸在了毫无意义的商业中。商业是什么？你把时间都奉献给它，连喘口气的工夫都没有。和我说说你到底不敢面对的是什么？”

在整整一年中，罗易克都在完善他的计划，他并不缺用来反驳的论点。

“我在抗争孤独。”他一个字一个字地回答道，“商业是一种把人聚集起来的最好方式。如果商业可以公道进行的话，对于赋予人类工作的价值它还是最好的方式。艺术家可以进行创造，捕鳕渔夫可以去公海里捕鱼。这是一个把其他东西组织起来的活动，也是一种具有深刻人文意义的活动！”

詹妮抬起头，用黑色的小眼睛看着他。她打心里对于自己推动罗易克产生这种理性的思维很自豪。这个年轻人每天都会给她一些惊喜。但是她话锋一转，说道：

“别再演戏了，说重点吧！你想的是大海，而不是人们！”

两人告别了詹妮之后又返回到了港口。他们在海边听了很长时间夜晚波涛涌动的声音。两人都想念“玛丽皇后”号了，想念幻想中站在船桥上面朝着公海的科皮亚克。突然间，亚纳突然呼了口气说道：

“如果这是件蠢事，我也认了！”他大声地喊道。

“你怎么了？”罗易克担忧地问道。

亚纳跑回了家中，片刻之后又带着一个包返回来了。罗易克站在他的面前。

“我们真是疯了……”

“我再也忍不了了！”

他跑到了佩尔妮家中，佩尔妮还没有睡。皮特安详地睡着；他在油灯的光芒下盯着儿子看了很久，然后把孩子抱在怀中紧紧地抱着他。

“我的小天使。”他低声地嘟囔道。

站在一旁的佩尔妮，心里很疑惑亚纳是不是喝酒了。他在孩子的额头上深深地吻了一下，孩子被惊醒了，小声地抱怨着脸上做出怪相。他把孩子又放回了篮子中，温情地给他盖上了被子。

“我要走了。佩尔妮，您好好照顾他吧！”

“您要走了？但是……”

“我很快就会回来找他的。如果遇到什么困难的话，就去找他的外祖母，修女詹妮。”

他之后到了收容院，看到罗易克已经先到了。修女詹妮听到他们宣布要离开的意愿的时候并没有感到惊讶。

“我知道这一天会来的。”她说道，“你不用担心皮特，我会照看他的，他是伊丽莎白留给我唯一的东西。”

“我们很快就会回来的。”亚纳承诺道。

修女轻轻地笑了笑。这两个法国人走了，这很正常。他们或许还会回来，但是世界太大了，布满了圈套，陷阱，还有诱惑。

“我会和皮特说你的。我也会和他讲法国。”

“我会来带走他的。”亚纳说道，“只要他长大了，能够坐船了……”

“我们还没有走到那一步呢！”修女詹妮低声地埋怨道。

她没有在他们的面前表现出什么，但是罗易克的离开让她很担忧。没有了罗易克，收容院的生意就会停止兴隆。她偶然间接收的这两个法国人，是如此与众不同的两个人，而又如此互补的两个人，她想象不到其中一个少了另一个人会是什么样。他们好像已经变成了自己的儿子。

亚纳和罗易克晚上是在港口的酒馆里度过的。凌晨将近3点的时候，他们请求一个即将离开的捕鳕渔船的船长把他们带到“玛丽皇后”号所在的地方，他们大致知道船只在哪个海域。

“天哪，我们把它忘了！”罗易克喊着拔起腿就跑。

片刻之后他返回来了，胳膊下夹着弗兰切斯卡的提琴。

“我把它藏在我的办公室了，以防你又一次想折断它。”

他们上了这艘趁着潮汐驶出港口的小船。两人的心中万分激动：生活又重新开始了。

三个小时之后，他们在海面上看到了“玛丽皇后”号的踪影。

科皮亚克脸上挂着一种让人难以理解的喜悦迎接了他们。

“你们是来加入我们了？还是……”他问道。

“我们来了。”亚纳看着身边的一切回答道。此刻他明白自己有多么想念“玛丽皇后”号了。

渔期结束了。科皮亚克不想再和去年一样冒险去抗击一场风暴，决定离开。

“好，我们起锚！”他对掌舵的默尼耶喊道。

巴赫奈克恶意地看了亚纳一眼。这个船上的三把手本以为已经摆脱掉了自己的对手，但现在，在他认为亚纳已经再也不会回来的时候，亚纳又出现了。

Part 3

塔拉索女伯爵

Chapter 20

1909年10月12日，“玛丽皇后”号在波尔多抛锚。这里鳕鱼的价钱要比班波尔或者是圣布里厄更高。尽管水手们都回家心切，他们还是接受了绕远来到这里的决定，因为这可以保障船员们得到一个更好的薪酬。科皮亚克也利用这个机会把船舱里装满了下个渔季出海必要的盐。

船只是返航的第一梯队中先期靠岸的。风向很利于航行，而这已经是科皮亚克第26次出海了，他懂得怎样去利用微弱的顺流。他找到了内陆那些出价更高的晒场，比如贝加斯①和一些其他商品奇缺的村子。这一次，“玛丽皇后”号的快捷和易操纵性又使得它的船员们增加了收益。

亚纳心中感觉自己抛弃了皮特。他知道孩子和待他如亲生孩子一样的佩尔妮在一起会过得很好。再加上还有他的外祖母詹妮照看着他。但要过多少个渔季，多少年之后他才能再次见到他呢？他感到心脏被什么东西掐住了，然而这也没有能阻止他在嗅到广阔公海的味道时就感到愉悦。

罗易克站在船桥上思念着肖娜。他很痛苦，他知道自己该翻开崭新的一页了，迁就这既成事实。他想象着新的生意能把他再带到霍普代尔，能让他再看到他任性的心上人。肖娜对于和乔治·布朗耶的婚姻摇摆不定，这也给了他希望。

科皮亚克非常惊讶罗易克身上的改变。那个一副窄肩膀的蹩脚水手已经变成了一个坚强的男人，再也不会低下自己的眼睛。他对于商业的天赋让这个“玛

① 贝加斯，西班牙泰罗尼亚巴塞罗那省的一个市镇。

丽皇后”号的船长都刮目相看，给船长开辟了意想不到的视角。

船员们在波尔多开始卸货。科皮亚克一边吹嘘着自己的鱼质量上乘，一边把方块的鳕鱼展示给买家。然后瘸着脚走到离船最近的港口，和卖家商议好价格之后签订了购买腌物的合同。

“我习惯了做这些。”他对亚纳说道，“下个春天我不打算再出海了。”

亚纳笑了笑。当船长提及他的病痛，他的关节炎和他不规律跳动着的心脏的时候，就会说得很夸张。他这一生中只有一个挚爱，那就是“玛丽皇后”号。他绝不会让它就停在码头上或者是让别的人去指挥它。

亚纳给修女詹妮写了一份长长的信，他知道詹妮在明年春天之前是收不到信的：他需要向詹妮表达出自己的自责。晚上还和以前一样，他会和罗易克去港口的酒馆里。

“我准备了一些东西。我已经策划了一些合同。有很大的希望会成功。”他对亚纳宣布道。

“科皮亚克坚持让我回到布列塔尼。他提议让我和他一起干。这太奇怪了，但我并不想回去。”

“他和我也说过了，神情很严肃。”罗易克确认道，“他提议我加入去给他打理生意。他提议用自己的钱再去买一艘船，让巴赫奈克去指挥。他真的很慷慨，但我也没有意愿去……”

“你对他没有信心？”亚纳惊讶地问道。

“不，有信心。但是科皮亚克过时了。他不了解正在变化的世界。我很爱戴他，是因为不想让他破产所以我才拒绝他。他会常常给我想做的事情设绊子。不是为了阻挠我，而是因为他不相信我做的事。所以我选择顺其自然。即便这可能对于那些在我还是个见习水手时候让我受折磨的肮脏传统捕鳕渔船来说，会是一个漂亮的复仇。”

“你想要做什么？”

“我有我的主意，等时机到了我就告诉你。相信我。”

“我想皮特了……”

“有一天你会再找到他的。这是板上钉钉的事。”

一周之后，“玛丽皇后”号船舱里已经装载了沉甸甸的盐准备再次驶向大海了。科皮亚克把亚纳和罗易克约到了港口上他们常去的那家酒馆。科皮亚克走进来，故意加重瘸脚的步伐，一脸怪相。两人看到之后互相会心一笑。这是船长在演戏想要求取同情！

科皮亚克要了啤酒，大声地向继续嘲弄地笑着的两人问好，然后坐在他们的对面，发出一声响亮的叹气声。

“我干不了什么大事情啦。我这个老人就要结束最后一次出海了。我会整天坐在班波尔的酒馆里度日，重复地絮叨着我的回忆……”

“别说了。”罗易克反驳地说，“您还很健壮。自从我认识您以来，我就听您说每次都是最后一次出海啦。您回家好好休息，明年春天就可以精力充沛地再次出发了。‘玛丽皇后’号离不开您，而您离开大海也活不了。”

“你说得对，但是身上的疼痛让我不能再清静了。对于预测天气和指挥船我也不再那么警觉了……这次，我是说真的。”

罗易克眼神闪耀，强忍住了自己想要笑的欲望。他熟知捕鳕渔夫的行为，他们屁股一坐在酒馆的椅子上就像个懦弱的人一样持续地痛苦，不停地抱怨。

亚纳什么都没有说。船长说话的时候，眼睛就没有离开过亚纳。罗易克迟疑着要不要说起敏感话题，思索着能缓解科皮亚克内心失望的方法。

“所以，我需要你们。亚纳，你有大海的感觉。埃里克·波利莱克的血液流淌在你的血管里。我见到你的时候就明白了。一个水手的眼中有特殊的东西存在，地平线的颜色和夕阳下的大海。”

“默尼耶和巴赫奈克可以指挥‘玛丽皇后’号的。”罗易克提议道。

科皮亚克摇了摇头。

“他们两个合不来。看得也没有你们两个远。我再和你们重复一遍：我需要你们来接管‘玛丽皇后’号。罗易克，我让你从一个一无所有，没有家庭，没有亲人的人变成了一名见习水手。纽芬兰已经变成你的国家，它让你变成了一个男人。作为你的老板，我从今以后就和你平起平坐。你来负责我的生意。你已经赢得了我的信任。”

科皮亚克知道怎样去说奉承话。罗易克对于船长的话很感动，但没有被说服。

“你来了，我们可以组建一个有好几艘船的船队，大家都会有自己的位置。然后，你去结婚，你会成为一个有地位的人！人们都会和你问好……”

“我生来就没有家庭，所以我想我不会为了这个去做一些事。”罗易克打断他说道，“至于女人，我有需要的时候就去找一个。这对我来说就够了。”

“你现在是这样说，但有一天等你遇到一个有共同语言的女人，你离了她就什么都做不了。所以，我向你们提议把‘玛丽皇后’号和我的生意都出让给你们……”

亚纳低下了头看着酒杯。他还没有准备好返回班波尔，没有准备好回家。和父亲交换意见对他来说还是一个难以跨越的困难，尽管他很想这样做。他的骄傲使得他放弃去面对这个出于对自己的爱而尽力为他的男人。

在自己方面，罗易克已经给出了他的回复。

“我也没有说不想。”他说道。

本来等着这个没有亲人的孩子感激自己的科皮亚克，把这个回复理解为是一种拒绝。亚纳知道他的同伴不敢直接说出来。

“怎么说？”科皮亚克问道，眼神严峻。

“我们不能再面对这样简单的东西了。”罗易克接着说道，“纽芬兰的浅滩已经几乎被破坏殆尽了。以后去越来越远的地方捕鱼，应该用更加现代的方式。用越造越大的拖网捕鳕渔船，那些马达船……”

“你是说‘玛丽皇后’号已经被判了死刑了？是这样吗？”科皮亚克打

断他说道。

“不，一艘好船永远不会被判死刑，但它需要适应环境。商业正在变化。”

他不知道该怎样和科皮亚克表露自己的决定。如果没有他，自己永远不会把脚迈到船上，也不会发现现在这样有利的机会。亚纳突然决定坦诚地回答，抛出一句话：

“我不想再回去布列塔尼。”

“你知道你自己在说什么吗？”科皮亚克发怒地说道，“你可怜的妈妈因为他独生子的离家而终日以泪洗面，你的父亲被愧疚所折磨。你想要把这两个只有你这一个孩子的人，陷入不幸和悲痛中？就因为你的骄傲？”

亚纳不知道怎样去反驳，很羞愧自己辜负了船长的信任。

“你呢？你就让他这样说？”科皮亚克转过头看着罗易克说道，从声音中就可以感受到他的怒火。

罗易克镇静地说道：

“我也是，我也不想回到布列塔尼。童年的回忆就像条疯狗一样侵蚀着我。”

“既然这样……”

科皮亚克的大拳头砸在桌子上，啤酒杯被震得晃起来。他站起身，扔了一张钱在桌子上什么也没说离开了。就这样和一个在自己需要的时候把自己放在翅膀之下的人分别，亚纳感到很悲伤。一向尊崇实用主义的罗易克，则考虑刚刚发生的这件事的正面价值。

“你不要太在意。我们会再找他的。现在，是时候我该和你说些事情了。有一艘叫‘罗萨’[①]的马达船。它属于一个叫阿勒贝尔多·罗西的人。它以热内亚[②]作为基地，那是地中海的一个中心点。它主要运送橄榄油，丝绸和布。简单

① 谐音 rose，意为玫瑰，蔷薇。

② 热内亚，意大利北部的港口城市，属于利古里亚大区，为该大区首府。

地说，就是把意大利的商品运送到西班牙和法国。它要先去中东寻找香料，精美的丝绸，木头还有其他商品。阿勒贝尔多·罗西就是意大利的科皮亚克，我已经和他谈过了。他会等我们。”

“意大利？”亚纳惊奇地喊道，“为什么是意大利？”

他想到了弗兰切斯卡。

“因为那是我找到利润最大的地方。”罗易克回答道，“那里有地中海，有马赛，我们可以通过运河，公路和铁路到达波尔多。我们会筹备鳕鱼的运输，大量的出口销售市场，你明白吗？”

“你去哪里找这么多的钱？”

罗易克做出一副自信的表情。

“我在收容院经营的没那么差。一切都在我的预料之内，而且比我预料的要更好一些。我们到处都可以赚钱，你知道吗？”

他们谈了很久。罗易克提议去港口上绕个圈。“罗萨”号停在码头。它是一艘华丽的船，没有帆船的身影。烟囱取代了桅杆，船的样子更加厚实，沉重。

“我们把它改造成一艘了不起的捕鳕渔船，能够拉起最重的拖网！只要把船整理一下就好了。‘神圣职业’可不是因为我们而终结的。至于我们的鳕鱼，就卖到地中海沿岸的国家。那里有大把的钱赚！”

“你是想让‘罗萨’号走运河，从马赛到波尔多？”亚纳嘲笑地问道。

罗易克打了一下亚纳的肩膀也笑了起来。

“‘罗萨’号会从直布罗陀海峡驶出地中海。我已经看过水流的地图了。用马达推动的话，它的耗时会比费甘普和班波尔的那些帆船更少。再说，用平底小捕鳕渔船带着延绳钓捕鱼已经过时了！”

他说话的声音里充满了自豪。这个家伙懂得在他精确估量过的生意中如何巧妙地运用谦逊和羞怯。他是一只潜伏的猫，准备着当机会出现时一跃而上，但他往往在最后时刻才会露面。亚纳很敬佩他。

亚纳知道同伴说得有道理。

“属于大海的男人穷其一生都在追寻他们永远找不到的那个岛屿。”罗易克看着海浪说道。

等到了码头的时候，他们发现“玛丽皇后”号停靠的地方已经空了。地平线上还依稀可见科皮亚克的船帆，船离开了港口，趁着暖流向北边的布列塔尼驶去。亚纳叹了口气。

“走吧！”罗易克带着他去了另一家酒馆，“人们在等我们呢。”

在这个时段，烟雾缭绕的大厅里挤满了着急地在上船之前再喝一杯的水手。罗易克和一个独自坐在桌子上的人打过招呼，邀请亚纳坐在了他的对面。阿勒贝尔多·罗西，棕色的皮肤，厚厚的头发落在窄额头的上端；多毛的胸膛上方敞开的衣领上压着一颗巨大的头，灰色的胡子和大头的黑斑相比之下显得很突出。亚纳逼着自己和他笑了笑，注意到这个男人两只眼睛的颜色不同。这给他一种海盗的感觉。他很惊奇为什么罗易克会和这个一眼看上去并不能使人信任的人做生意。

“罗西先生，我和你介绍我的朋友以及合伙人亚纳·波利莱克。”

波利莱克！亚纳几乎要忘记了这个耳朵听起来陌生的姓氏是自己的。他坚决有力地握住了男人伸出的手。男人的脸上做出了一副微笑表示欢迎的怪表情。

“罗西先生希望在他美丽的热内亚城里休息一下。他把‘罗萨’号的经营权转让给了我们。租约是一年，如果我们不想中断的话会自动续期。”

男人带着刺耳的口音说着一嘴走样的法语。罗易克点了东西吃，他认为这样规模的生意值得好好吃一顿。当罗易克说道要改造“罗萨”号用来去远洋捕鱼的时候，罗西表现出了极大的热情。

“这会把我的‘罗萨’号变得很奇怪。它原来只是驶出地中海来到波尔多！”

“船上的指挥会归亚纳管。”罗易克继续着他的思绪解释道，“有了强力的马达，‘罗萨’号能比别的船走得更快，承载更多的鳕鱼。还有皮毛的生意，我们的活计不会缺的！”

罗西还是很严肃。这个生性多疑的意大利人，现在还奇怪自己为什么这么轻易地就信任了这两个他一无所知的法国人。热内亚人想或许是因为一瞬间的疯狂吧，但直觉又告诉他，他是有道理的。

“你们要知道，我可是对你们做出了能把我推到破产边缘的经济上的牺牲。”

亚纳和罗易克笑了笑。亚纳开始欣赏这个喜欢诉苦的呆头呆脑的人。罗易克或许知道怎样从鸟巢中掏出最珍稀的那只鸟儿。这或许就是这个爱待在酒馆的情报员的天赋。他听着酒馆里所有的谈话，而又能从中找到可以利用的信息。

“罗萨”号解开了缆绳驶向了南部的海角。罗易克从来不会失去商业意识，他已经买了一艘船的鳕鱼准备在中途经过里斯本的时候倒卖掉。

亚纳看着渐渐远离的法国海岸感到一阵苦涩。他想到了他的母亲和父亲，他的懦弱折磨着自己。他又一次逃离了现实避免去与它对抗。在到达热内亚的整个航程中，两人沿着海岸线熟悉了他们两人都一无所知的意大利。亚纳掌控着指挥权，还是用罗西以前的大副。他很快就和意大利的水手搞好了关系，不到几天的时间就可以不用再在词语上迟疑去指挥船员们。用这种船航行起来要比“玛丽皇后”号简单得多。开始的时候，船员们都很轻视这个法国人。他们傲视这个虚弱的年轻人，再加上他还是个外国人。尽管船长徒劳地多次强调亚纳有广阔海域航行的经验，他曾在拉布拉多冰冷的海水中航行，但这还不足以说服水手们。然而，几天下来，他们不得不承认这个新的船长有大海的意识，而他下达的命令也总是准确的。

一周之后，他们到达了热内亚的港口。码头上挤满了脚夫，运送人和商品的车辆。码头上的吵闹令人难以忍受。亚纳和罗易克看到了一个混乱的城市，他们已经习惯不了这样的热量，难以忍受的太阳光敲击在他们的肩膀上要把人压垮。这里的秋天既没有霍普代尔那样的悲凉，也没有宣告生物命运衰亡的枯燥了；相反，这里的秋天是鲜艳的。夏天超过了日历上的日子还在继续着。装饰着闪色叶子的树木使得街道两边明亮悦目，人们都唱着歌工作，这种新的气氛没有让亚纳感到不悦。从某种意义上说，热内亚使他想起了弗兰切斯卡，那时候他很快乐。

罗易克在城市中心租了一座房子，房子坐落在一个广场上。他们两人一人占了这个老式建筑物的一层，他们在房子里就能够看到大海。亚纳感受到了在意大利这个无忧无虑的地方生活是多么的简单。天空总是晴朗，明媚的阳光、温和的空气给人一种无拘无束、想要享受时光顺其自然的感觉。

在1909年11月中旬的时候，亚纳出海去把船上的橄榄油送到罗马。罗易克则留在地面上打理生意。亚纳已经感觉到了“罗萨”号的能力，罗易克打算冬天的时候把货船用来捕鳕鱼，亚纳也被这种惊人的航行工具所吸引。罗易克还想在船上装上意大利人发明的用来在地中海捕鱼的拖网。这种拖网使用船拖引，而不是把几个角卷起来用一根桅杆拉着，因为这样会大大限制拖网的大小。他在冬天的时候会具体解决细节性问题。亚纳从热内亚出发之后，要在波尔多做停靠给船上装载食物和盐，还要征集那些愿意在挂着意大利信号旗船上工作的有经验的水手。生意上的繁忙让罗易克没有时间去考虑自己。他希望下次也能上船出海，因为对于肖娜的回忆困扰着他。

亚纳从罗马回来的时候，船上就装载着东方的布匹和原产于非洲的精美木材。船上装载的货物不多，亚纳航行在海洋上发现了马达船更多的优点。公海就是他的祖国，他感觉这里是世界上最好的地方，而在宽阔的北大西洋一角的地中海真是太小了。他等着春天去航行到拉布拉多的海角，离他的小皮特近一些。

冬天的时候，亚纳致力于完善船只上的装备，第一次试着装备上新式拖网出了海。这种工业化的捕鱼方式没有用延绳钓捕鱼那么有趣。拖网从水底开始刮擦，把所有的鱼都捕上来，大的可以卖的鱼就留下来，小的鱼就扔回到海中。这种浪费使得亚纳很反感，但罗易克说只能这么做，别无他法。

“如果我们太细致的话，别的人就会占了我们的位置，那我们就是蠢人！

用延绳钓来捕捉肥鱼的方式已经消亡了。”

在“罗萨”号进行改造期间，罗易克又租了另一艘已经装备着马达的船——“蓬蒂尼”号，来保障地中海地区的运输贸易。亚纳很少待在陆地上，他对于这种状态极其满意。

圣诞前夕，他收到了母亲写来的信，多亏了科皮亚克母亲才能找到他。她请求亚纳回到布勒斯尼克。他的父亲病得很重。母亲在信中说道：他已经失去了强健的体魄，你都认不出他来。你的消失使他的身体逐渐衰弱。他在圣母面前向我发誓，他绝没有揭发那家意大利人。给我们回信，一份小小的信也能给我们希望。请你为我们着想写封信吧。爱你的妈妈。

约瑟芬知道怎样去运用词汇。亚纳对母亲的来信很感动。然而他现在应该再一次出发去罗马，随后才能做决定。

“你应该给他们回信，”罗易克建议道，“沉默解决不了问题，以后你除了后悔什么都没有。”

“我随后会写……”

“你在等什么？有什么不能修复的东西呢？”

事实上，亚纳不知道该怎样去和父母讲述他的新生活，他在霍普代尔的婚姻和小皮特的出生。他已经变成了一个捕鱼的水手，而这并不会让人很自豪。

“你的骄傲会恶毒地捉弄你的！”罗易克声称。

罗易克饱受没有家庭的痛苦。在他的言论的推动下，亚纳决定给父母回信。但是每次当他坐在纸前的时候，他的脑子里就拒绝产生词汇。他就像个懦夫似的再次宣告放弃写信的念头。

圣诞节过去了，他也没有去邮寄一封信。意大利的冬季很温和，感觉像是春秋季节，没有结冰，没有雪花。亚纳想起了广袤的拉布拉多静止的土地，想起了雪橇的比赛，想起了在结了冰的湖里围捕猎物。

“我开始喜欢宽广的空间，白雪皑皑的大山，没有人烟的土地，没有尽头的海洋……我真是一个过分的人。”他对罗易克吐露道。

罗易克对于同伴的这种情感很厌烦，但他们两人从来都不谈论这个。

亚纳经常会拉小提琴，有时候是给自己听，有时候是给那些经常来光顾他们两人租的大房子的人听。罗易克拼命地工作，发现在意大利见过那么多女人之后，更加剧了他对肖娜的思念。他长得是不帅气，但是他的智慧，他所赚的钱，还有他身上领导者的风范给他招来了很多的追求者。在亚纳的眼皮子底下，他没有对那些漂亮的女人献殷勤。他感到很孤独很悲伤。亚纳反复考虑着那些他没有力量去做出答复的问题，时常想念在遥远的地方长大的皮特，皮特就像是一个带着他姓氏的陌生人。

在1910年的1月初，罗易克在热内亚的一家酒店里举办了宴会。他认为有必要去引起人们的注意，来展示他的富裕。他希望能通过编织私人之间的联系使之前的顾客变成老主顾，也可以吸引新的顾客。

在宴会上，他宣布“罗萨”号要去进行一次在这里不为人所知的冒险，去大洋中捕鱼。他也同时确认，为了他的合伙人，“蓬蒂尼”号会保障地中海各个港口的商品运输。

亚纳被介绍为要从狭窄的直布罗陀海峡穿过离开地中海，穿过大洋航行到拉布拉多海域的船长。对于意大利人来说，他们对于海洋的概念知之甚少，只知道那是北美洲一片宽广的结冰区域。这对于他们来说是一次前所未闻的大胆冒险。罗易克说到了冰岛，格陵兰岛和渔业资源丰富的北冰洋。当他说起他上一次出海的事情，说起他在“玛丽皇后”号上遇到的那次糟糕的暴风雨的时候，在场的人都感到很兴奋。有很多的画面足以令参加宴会的人发抖。

在讲完话之后，冷餐台上开始给客人们供应意大利的红酒，但是也有香槟。香槟是罗易克为了今天的境况从法国运来的。正如他从来不做没有商业利益的事情，他是让参加宴会的人发现这种来自欧洲北部的产品，因为地中海地区沙文主义[①]的影响他们现在还对香槟保持距离。

亚纳在与罗易克和“罗萨”号大副聊天的时候，目光落在一个年轻的女子身上。他怔住了，呼吸变得急促，心也怦怦地直跳。这绝不可能！他最终还是控制住了自己内心的纷乱。罗易克带着一丝奇怪的笑看着他。然后，他问道：

“你终于在看到一个别的女人的时候表现得像个家具了！跟我来，我给你介绍。”

“但……那是弗兰切斯卡！”

罗易克爆发出一阵哈哈大笑。

“不，那不是弗兰切斯卡，那是特蕾莎·玛格丽，造船厂主的女儿。‘罗萨’号就是由他们布置的。或许她长得像你的心上人，但我和你保证这个弗兰切斯卡可从来没去过布列塔尼。”

罗易克拉着他的胳膊朝着特蕾莎走过去。亚纳喜忧参半，他喜悦的是记忆中对于弗兰切斯卡的回忆已经那样久远，久到可以让自己把她和另一个漂亮的女人混在一起；担忧的是她的存在还是会让自己对她敬服。他曾经以为自己从今以后再不会有一丁点儿爱情的感觉，但现在他内心这好奇的慌乱预示着一段故事的开始。特蕾莎微笑着用法语向他问道：

“您就是‘罗萨’号的船长，您要去北部寒冷的水域航行，去有浮冰的海域航行！人们都说您是个出色的小提琴手。”

他不知道该怎样回答，很惊奇这个年轻的女人会知道这么多关于自己的事情。他会心地笑了笑，递给了她一杯香槟酒。之后罗易克则穿梭在一群群宾客中。在不同的主题之间跳来跳去，和所有人问好，和这个称兄和那个道弟。

“对于我们意大利来说，音乐是最基本的东西。没有什么东西可以取代音乐。提琴是在意大利产生的，现在还是乐器之皇。”特蕾莎继续说道，“我自己也

① 沙文主义原指极端的不合理的爱国主义。

会拉一点，但是我更擅长弹钢琴。我的父亲，虽然干的是造船的工作，却热衷于歌剧。”

“我的提琴就是意大利的。”亚纳说道，“它来自克雷莫纳。”

“斯特拉迪瓦里[1]的城市。那里有阿玛蒂家族，瓜奈里家族，鲁杰里家族等众多在我们国家享有盛誉的制琴家族。”

“我的那把是瓜奈里·德·耶稣的。”罗易克又说道。

年轻女人刚抿了一口香槟酒。

“瓜奈里·德·耶稣？”她嘴里含着香槟酒说道，“一个神奇的人物。他是安德烈·瓜奈里的侄子。一个天才，不是吗？他只制作了六十来把提琴，但都是他的代表作。”

“我得承认我并不了解制作我提琴的制琴师。”

“‘德·耶稣’的生活也令人大开眼界。”特蕾莎接着说道，“他是一个令人惊叹的天才。斯特拉迪瓦里曾收他做学生，但很快就发现学生比自己还要出色，所以很嫉妒他。但是瓜奈里喜爱女色和美酒。他把大量的时间都花在了赌场里，而不是去工作。他也会和别人争斗，他差点儿因为在一次打斗中杀死了对手而被绞死。你知道这些关于他的故事吗？”

亚纳着迷于她讲的故事，摇摇头表示否定。年轻女人喝光了杯中的酒，接着说道：

“瓜奈里·德·耶稣也叫杰赛普·瓜奈里，被捕入狱，面临着绞刑。一天，斯特拉迪瓦里接见的一个女孩给他带来了一把小提琴。这把提琴的制作很粗糙，木料的材质也很次。然而，当制琴师试音的时候，一种轻盈的，绝妙的，令人惊叹的声音从这个拙劣的器物里发出来。这骗不了斯特拉迪瓦里，他问小女孩

① 全名安东尼奥·斯特拉迪瓦里，是意大利克雷莫纳的弦乐器制造师，被认为是历史上最伟大的弦乐器制造师之一。

这把提琴是不是一个囚犯制作的。小孩回答是的，杰赛普已经忍受不了了，他正在等待着绞刑来解脱自己。‘我们不能绞死一个能做出这样提琴的人！’老斯特拉迪瓦里喊了一声，然后奔走着去找克雷莫纳的权威人士替杰赛普辩护。我和你说，这个男人的人生就像是一部小说。我很渴望能够拥有一把他的提琴。人们宣称他的乐器是恶魔的乐器，但我可不相信。”

他们谈论着音乐，谈论着两人都很崇拜的勃拉姆斯[①]的成就，帕格尼尼奔放的作曲和舒伯特精致的悲伤。特蕾莎喝的香槟酒有些多了。她的脸颊潮红，嘴唇上挂着微笑，眼睛盯着横跨在亚纳脸上的伤疤。

“这是我小时候被一只狗咬的……一个惨痛的回忆。”

“我们一起去演奏音乐吧？”特蕾莎提议道，好像并没有听到亚纳说了什么，“这里的人们太无聊了，他们只知道谈论生意。来……”

她把亚纳拉到了外边，向她展示了富豪独有的财产——一辆豪华的汽车，在整个城里只有几辆。司机等候着她下发飞驰的指令。特蕾莎命令司机把他们带到亚纳家去。

“我们去拿上你的提琴，随后去我的那所小房子里，那儿是我用来找清闲的地方。”

她邀请亚纳和自己坐在后排的座位上，让亚纳坐在自己的旁边。司机转动了手柄，汽车在行人羡慕的注视下疾驰在热内亚的街道上。

夜色降临了，几乎像春天般温和。亚纳也喝得有点多了，完全没有考虑到自己行为的影响。取到小提琴之后，汽车把他们拉到了城外，在一个山丘上有几座被绿油油的公园包围的别墅。汽车通过一道大门，驶入了一个院子里。特蕾莎邀请亚纳跟着她，然后打发走了司机。

“好，现在世界上就剩下我们两个了。”年轻女人说道，“这就是你们法

①勃拉姆斯，浪漫主义中期作家。

国人所称的单身公寓。”

他们走进了配备齐全的房子里，房子极其奢华。安置在旁边一股激流上的小涡轮机给房子提供了照明电力。房屋的布置彰显出玛格丽家的强盛，以及对新事物的开放心态。在宏伟的客厅的中心端坐着一台华美的钢琴。

“是一台普莱耶尔[1]。”年轻女人说道，“您看吧，我们可不是沙文主义。”

为了展示自己的风度，亚纳拿出了他的提琴。特蕾莎发出一声爱慕的尖叫。她拿着提琴，转过来转过去地看着它。

“它真的是太雄伟了。这是瓜奈里最后一个时期的乐器，叫作‘女仆时期’。我可以给你讲讲其中的故事，但现在我们有其他的事情要做。”

她把提琴还给了亚纳，去翻找乱七八糟堆放在钢琴上的乐谱。

“塔尔蒂尼[2]，您知道吧？《魔鬼的颤音》？”

“是的，知道一些。但是我已经很久没有演奏这个奏鸣曲了。”

“您知道这个曲子是怎么谱成的吗？塔尔蒂尼勾引了一个主教的女人。是的，在那个时代，主教是有孩子的。所以他要逃避民兵的追捕。一天晚上，当他睡在一个沟里的时候，魔鬼出现在他的眼前，给他弹奏了这首绝美的旋律。当他醒来的时候，他已经忘掉了大部分旋律……但就是这样，他也给了我们一首这么美妙的乐曲。我们开始吧？”她坐在钢琴边，带着女孩般的热情问道。

音乐开始了，一开始有些蹩脚，会有弹错的音符，停顿。随后，音乐声开始变得稳固，悦耳的音乐消逝在沉寂的房子里。

他们演奏了第一个乐章，两个人都很专注。当再一次沉寂的时候，特蕾莎的心中有种自发的冲动，她从对面的座位上站起来投入了亚纳的怀中。

“您真是一个伟大的音乐家！我感觉我们能相处得很好，我们两人。”

---

① 普莱耶尔，法国著名钢琴品牌，始于1807年。由法国作曲家，音乐家普莱耶尔创办。

② 塔尔蒂尼（1692—1770）意大利作曲家，小提琴演奏家。《魔鬼的颤音》为其代表作之一。

亚纳惊讶自己没有体会到一点点的克制的感觉，在这个刚刚认识的女人面前没有一点点拘束。他们随后又一起持续演奏了两小时，随后特蕾莎提议道：

“我们去找一家好饭馆吃饭吧？”

亚纳已经不能拒绝。相比于语言，音乐已经拉近了他们的距离。他们对彼此一无所知，然而却又感觉这样亲密，就像两人已经认识很久。他们步行着去吃晚饭，手牵着手。在吃饭的时候，特蕾莎讲述了她的富家小姐生活，她的家族想让她嫁给城里的一个名门望族的意愿，还有一些家长里短。亚纳愉快地倾听着。他讲了霍普代尔没有尽头的冬季，海域难以捉摸的愤怒，深海捕鱼。但他没有提起皮特和弗兰切斯卡。

在晚饭结束后，特蕾莎又想演奏音乐，尤其是想听亚纳提琴的声音。

他为女人小提琴独奏了一首巴赫的奏鸣曲，随后又转到了压在自己心中的帕格尼尼的第三《随想曲》。女人把他拉到了一个大沙发上。

“你停下来做一个捕鱼的水手去变成一个音乐家吧？你骨子里就是个音乐家。”

特蕾莎理解不了大海对他来说是多么不可或缺。当他在公海，鼻尖感受着吹来海盐味道和吹来远处造成暴风雨的乌云的海风的时候，才能感到完完全全的快乐。音乐不过是一个室内的游戏，是一个他想要忘记的另一种生活的回忆罢了。

“在大海上，一切都有。海风的声音，时而温柔，时而粗暴。星辰闪亮的不同方式，海平面的颜色，浪花的形状。这是一本需要懂得解读的书籍，只有懂得解读才能避开她的愤怒。”

特蕾莎把嘴唇吻在他的嘴上。亚纳没有拒绝。他已经不在热内亚了，不在其他的一切地方。他又一次有了一种重生的感觉。

第二天，两个情人分开的时候约定晚上再见。

“我会说服我的父亲的。你是法国人没错，他也不喜欢你。但要看到，这个法国人是和罗易克·塔耶维一起做事的。在商业中，最关键的是商品的利益。而钱是唯一一个没有国籍的东西。”

罗易克又看到了他的朋友精神焕发，心里感到很高兴。亚纳终于从他的孤独中，从他的麻木中走出来了。他翻过了一页。这太好了。他终于忘记了他的阻碍和胆怯。有了和特蕾莎的爱情，他会和他的父母和解，也和自己和解。

亚纳和特蕾莎每天都会待在女孩的“单身公寓”里。他们做爱，演奏音乐。尽管亚纳知道过去还在压着自己，自己应该去抗击。亚纳接受了这个意外收获。这一次，弗兰切斯卡的提琴给他带来了幸福的讯息。与特蕾莎在一起的时候，对于伊丽莎白的回忆也渐渐模糊了。

在2月，当含羞草开花的时候。亚纳认为自己必须向特蕾莎承认自己有个儿子。女人听后，开心地笑着说：

“你认为我对你的事一点都不知道。你有你的生活，我也有我的生活。你知道吗，在意大利，这里的女孩比其他地方的都要自由。我想结两次婚或者更多。这样，我就一直是自由的了。”

之后，亚纳给她讲了很长时间伊丽莎白——修道院嬷嬷的女儿，还有去年夏天出生的皮特的故事。讲到皮特在很遥远的地方等着自己。但他还是避开了弗兰切斯卡。

“你去把你的孩子带到这里来。让他在意大利生活。或者换句话说，在天堂生活！”

特蕾莎认为这世上没有再比地中海沿岸更好的地方，更舒适的气候。她也不想离开热内亚。尽管她愿意去法国游览，去巴黎。但只愿意在盛夏的时候去几天。不论亚纳怎样和她重复，人们在一个冬季持续八个月的地方也可以生活得很快乐，那里的生活方式与意大利截然不同，但一样的舒适。她根本不想去了解。他讲到架着雪橇在没有人打扰的地方比赛，猎物很多的森林，会冒上鲑鱼来的湖泊。亚纳说的都是徒劳的。她只是笑一笑，但一点都没有被说动。

两周之后，亚纳去见了特蕾莎的家人。奥古斯都·玛格丽接待了他，一个身体宽度和高度一样的大老板，家财万贯，为人反复无常。还有热衷于音乐的安娜·玛格丽，她见亚纳完全是因为亚纳的音乐才能。最后见了年轻的保罗，特蕾莎的弟弟，和他的父亲一起经商。奥古斯都更倾向于把自己的女儿给他更了解的罗易克，他和罗易克谈得来。但亚纳是个航海者，这会给予特蕾莎极大的自由。她可以像其他艳丽的意大利女郎一样找几个情人，生活会在全世界最明媚的阳光照耀下继续。

罗易克脑子里有其他的事情要考虑。他堆积了很多烦恼："罗萨"号的改造工作已经迟了，他担忧在出海捕鱼的时候工作还不能完成；前期装备着拖网出海的实验已经结束了，但他还有很多的事情要做；亚纳和他要去波尔多征集捕鳕渔夫，而且要保证给予他们比传统捕鳕渔船上更高的工资。他们没有费什么力就招到了熟知深海捕鱼的水手。他们之中的很多人都处于失业状态，因为费甘普的渔民以极低的价格把鱼卖给了鱼晒场。

罗易克催着改造的工作，为了使"罗萨"号在 4 月末的时候能完成改造。这个时间已经很晚了，但如果直接驶向拉布拉多的浅滩的话还能挽救半个渔季。

两人非常高兴能够再一次一起出海，尤其是用新的交通工具去冒险。这种船可以使得他们不再依赖风力，让他们有战胜大海的感觉。

在 3 月刚刚开始的时候，亚纳收到了一封从班波尔来的信。维尔日妮·科皮亚克向他求救：

埃文病了，非常严重。他心脏的病情恶化了。医生已经警告他不能出海了。但是他忍受不了让"玛丽皇后"号停靠在码头的想法。他说要驾船去公海和船一起消亡。我求求你们了。回来……

亚纳把信给了罗易克，罗易克快速地读了一下，偏转了眼神。他曾经也很爱慕科皮亚克，也爱着"玛丽皇后"号，是在那里他才学会了水手的本事。这封信打乱了他们所有的计划。

终于，他抬起了眼睛看着亚纳问道：

“我们怎么做？”

“科皮亚克不是开玩笑，他真的做得出来。但是……”

“但是‘罗萨’号也几乎就要准备好了，”罗易克回答道，“我们也有一队船员。”

亚纳转过头看着他的同伴。随着时间的流转，他已经发现罗易克变得多么的无情，在生意上绝不妥协。这个男人的心中现在似乎跳动着一颗石头一样的心。

他们不再谈论信的事。然而，一向务实的罗易克还在不停地做着幻想。

“我们给‘罗萨’号雇一队船员，我们要先给他们预付一些工资。我们不能计较这点钱！”

亚纳的心中很动荡，不停地思索着：如果回到布列塔尼，一切他永远不想回答的问题就会随之即来。

又一周过去了。在一天早上，在一晚上的辗转反侧之后，亚纳对罗易克说：“我要离开。我要去陪伴着‘玛丽皇后’号。这是我欠科皮亚克的。”

罗易克暴跳起来。

“你想都别想！这不可能，你不能抛弃我！”

“你已经足够成熟，没有我也能独当一面。当我需要的时候，科皮亚克曾向我伸出手。我不能……”

他感觉帮了科皮亚克，他才能缓和自己面对父母时的罪恶感。

“你忘了我们在这里就是因为你不想回家！现在你走了把我留在这个鬼地方！”

“你要理解我，罗易克。我不能抛弃科皮亚克！”

“那我呢，你或许就能抛弃我了？我做的这一切都是为了你，为了我们两个，因为我觉得你是我的朋友，是我的兄弟！我警告你，要么选科皮亚克，要么选我！”

亚纳把包提在手里，另一只手拿起他的提琴，什么也没说走了出去。太阳已经升起来了，照得热内亚的海湾光辉灿烂；海边的捕鳕渔船升起了白色的帆布。罗易克脸色苍白，没有去挽留亚纳。他感觉自己失去了唯一的家人，从今以后一切都不会和从前一样了。愤怒使他失去了理智。如果亚纳要开战，那么来吧，他会应战，而最后胜利的也会是他。

亚纳给特蕾莎写信解释了自己的不辞而别，然后登上了一艘直达马赛的蒸汽船。到了那里，他乘火车去班波尔，这会花费三天的时间。他急着想要找到科皮亚克让他安心。

没有借助风力的推动，蒸汽船停在了马赛的海角。航海已经进入了一个新的时代；罗易克说得有道理，科皮亚克永远不会接受指挥一艘这样的船，变成一个简单的驾驶者，一个机车头的司机。

到了马赛之后，他想过要联系罗易克，最后还是放弃了。他又给特蕾莎写了一封信让她安心，和她说自己不会忘记她。他要求她等自己到秋天：我不能忍受让科皮亚克继续处于不安定中。这个男人曾经有恩于我，我应该阻止他绝望地沉沦在大海里。我 8 月末的时候就回来，我们会在圣诞前结婚。我会把皮特也带来，他会变成一个让人喜欢的小热内亚人的。

首班的火车用一天的时间把他拉到了里昂，随后他搭乘直达火车到了巴黎。他在巴黎要等两天才能转乘去布列塔尼的车。他在圣布里厄租了一匹马来继续他的行程。在到班波尔前，他下马停在了去往布勒斯尼克的路口，内心想要前进的感觉极其强烈。他几乎要窒息了，无法迈步向前。

他又看到了童年时熟悉的景色；他渐渐地又变成了那个少年，明白了自己有多么的想念这些山丘。他感觉自己似乎被这些他忘不了的乡村景色拉住了。他转了一圈去看大海，回到了他少年时候的地方。到了海边，他从马背上沿着绳索滑下来，站在原地一动不动地伫立了很久。公海吹来的海风有和地中海不一样的味道。巨大的波浪在海平面上形成，撞击在海岸边的峭壁上。他的脚下是无边无尽，不可估量的世界。他想起那些认为自己是世界上最好的意大利水手时笑了。如果让他们面对着这无边无际看不到陆地的大海，他们会是怎样的慌乱！他想到了那些伟大的西班牙航海家，瓦斯科·达·伽马，麦哲伦，克里斯托弗·哥伦布。他们是大胆地驶向极西部海角的前辈，他们敢于挑战未知的海域、暴风雨，还有难以预知的事物。自己和这些前辈是同类。这样的人怎么能在马达船上呢？

他在进入班波尔的时候犹豫了很久。他担忧这会不会是科皮亚克的陷阱。他有没有通知自己的母亲？他已经决定了要去看望母亲，但不是现在，得等到他娶了特蕾莎之后。他们两人会带着皮特一起回到布勒斯尼克。等变成了一个家庭的爸爸，人们就不会再把他和那个曾经爱着弗兰切斯卡的少年混淆了。

最后，劳累的马儿迈着缓慢的步伐带着他走进了城市里。他把马匹归还之后徒步上了路。混迹在人群中，他就像个隐形人，没有人能注意到他。他在港口漫步了很长时间。看到“玛丽皇后”号还停在熟悉的地方，安下心来。他等着晚上的时候再去敲科皮亚克家的门。

他走向处于一片房屋末尾，被已经发了绿芽的大树环绕着的漂亮房子。他在门槛上沉寂了片刻，抬起了手，敲响了房门，心中感到很紧张呼吸也不顺畅。

维尔日妮·科皮亚克给他开了门，惊讶地怔在原地，身体颤抖着一个字都说不出来。她的嘴唇微微抖动，难以置信地看着面前的来访者。终于，她兴奋地嘟囔道：

“上帝啊，太感谢您了。”

她再没有说什么，用胳膊紧紧地抱着面前的年轻人，感情很激动。

“我的上帝。”她重复道。

她胖了。红色的脸庞失去了往日的光彩。她跑到了厨房然后折回来邀请亚纳进了客厅。她跑来跑去，极其紧张不安，无法镇定自己的思绪。然后用颤抖的手打开了壁橱，拿出一个杯子和一瓶酒。随后，想到自己还有事要做，她把手里的东西都放到了碗橱上，又一次跑回厨房。返回来的时候端着一个托盘，里边放着餐具，一个红色花朵的盘子里放着凉鸡肉。

“您肯定还没有吃饭！”她说道，像是在为自己的殷勤辩解。

亚纳一直站在客厅里，一只手拿着他的包，另一只手拿着提琴。女主人把他推到了一个椅子上。

“您快坐！埃文肯定会很高兴的！你回来是要让‘玛丽皇后’号出发的，不是吗？不要告诉我我想错了！”

亚纳笑着点了点头表示确认。

“啊，他肯定会很开心的！他出去了什么都没和我说，他应该在萝拉，你知道的，‘玛丽皇后’号对面的那家。”

亚纳一点都没有忘记这个自己曾经背负着绝望走进的小酒馆，就是在那里两个男人坐在了他的桌子上。而今天角色互换了。

“我去找他。”他放下包和提琴说道。

一直难以置信的维尔日妮看着他走远了。

亚纳很快就下到了港口。科皮亚克不在酒馆。他询问老板娘的时候，老板娘认出他了，和他说了句“你好，年轻人”。老板娘说科皮亚克已经好几天没有来了。

夜渐渐深了。海鸟发出让人受不了的吵闹声，俯冲向捕鳕渔夫们丢在海里的鱼。亚纳找遍了港口上所有的酒馆，但科皮亚克都不在。他又走上了码头，看着正在做出海准备工作的水手们。没有一个人是“玛丽皇后”号的船员。他在一艘漂亮的双桅帆船前止住了脚步，这艘船像是被其他的捕鳕渔船抛弃了。两个他不认识的男人在离他几步远的地方谈论着些什么。

“这个科皮亚克真是我见过最固执的人！不管怎么说，‘玛丽皇后’号又不是一个女人！”其中的一个人望着船说道。

“把这一艘这么好，造来就是捕鱼的船停在码头上真是罪过。这就是我的看法。”另一个人说道。

“我尽力了。”第一个人又说道，“默尼耶和巴赫奈克已经同意一起出海了，人们登上这样一艘船都很自豪。我已经尽全力了。我和你讲。但这个倔驴脑袋还是不愿意把‘玛丽皇后’号租给我一个渔期。”

“他会后悔的。就让‘玛丽皇后’号烂在码头吧！这就是他的下场。我知道已经有人想要超高的价格把它买下来。”

他们的谈话亚纳都听到了。科皮亚克对他的船感情是这么深，宁愿让它停在码头也不愿意把它交付给其他人。那为什么维尔日妮还写信让自己回来呢？难道她相信科皮亚克会把拒绝交给别人的东西交给他吗？

说话的两个男人走远了。栈桥上搭着一条木板可以上船。亚纳登到了甲板上，偷偷地走到了船桥上。他想起了自己在大海中的晕船，看到了放在船桥一边的平底捕鳕渔船，想起了在平底小渔船上捕鱼的日子。在船上度过的那几个月已经在他身上刻下了擦不去的印记。他摆脱了小资产者的身份变成了一个真正的水手。

他朝着在艏楼和人们称作医疗室旁边，给见习水手住的船舱走去。这时他听到了一些声响从船长的船舱里发出来。船舱的门是半开着的，亚纳看到科皮亚克坐在一个铺着地图的桌子边。罗经放在地图上。科皮亚克没有听到亚纳的到来，还是俯身看着他的地图。船长模糊不清地说着些什么。突然间，他转过身站起来喊道：

“既然这样，那就我们两个出发！”

他看到亚纳微笑地看着他。科皮亚克擦了擦眼睛，想要驱散眼前这因为他的疯狂和酒精而出现的幻觉。接着他向前走了一步，用他那只稳固的腿支撑住身体。

“你不是要和我说……”

“是的，我是要和您说。‘玛丽皇后’号要重新出发了！”亚纳一瞬间感觉自己在回答一个小孩子。

“真的是你吗？”船长问道。

他确定和自己说话的确实是亚纳。

科皮亚克兴奋得就像是一个刚从盒子里跑出来的魔鬼。他收起地图，然后把身旁的烧酒瓶子都透过舷窗扔到了海里。

“来。”他说道，“我们已经浪费了足够长的时间。你是一个人？你的同伴罗易克呢？”

“他留在意大利。我们吵架了。”

“这是注定的。塔耶维是很有性格，但不是你能够适应的那种！”

科皮亚克曾怨恨罗易克夺走了亚纳。随后船长就开始重新拟订计划，盘算着出海需要的人数。他向亚纳解释说默尼耶这次会出海——船上少不了他的帮助。他需要找到一队好的船员，而留给他的时间只有两三天。他的船员们已经被其他地方雇去很长时间了。剩下的留在酒馆里等着上船的水手，不是有污点就是很平庸，没有人想要。科皮亚克知道这一点，但他还是很有信心。

他要先去通知那些听说了“玛丽皇后”号要停在码头，已经决定退休的船员。很多水手都拒绝跟着一个毫无经验的船长去拉布拉多的海角。经验告诉他们，对大海索取太多的水手注定会有最后一次出海。相反地，默尼耶同意了上船。他对“玛丽皇后”号的感情几乎和科皮亚克一样，他不愿意面对每天拾掇菜园的晚年。贝歇尔也同意了。已经被别处雇佣的勒路易退还了已经到手的预付工资，来到他之前习惯的船只；还有帝莫尔，弗雷萨，乐福尔，盖马尔，罗耶斯，厨师，也做了这样的事。但是巴赫奈克还有很多年轻水手拒绝了，船员的数目还不够。需要去雇佣新人，那些以前做其他活计失业的人，而他们根本不了解深海捕鱼。马尔罗接受了最后一次上船，这让亚纳很安心，因为他信任这个聪明的男人。

在他们东奔西跑着凑齐船员的期间，港口上的船只也一个接一个地离开了。科皮亚克去订购食物储备的时候仓库已经空了。每天在港口上的时间流逝一分钟，捕鱼的时间就少一分钟。最后一次的出海的开头很糟，但时下最重要的是这个头还是开了。船长损失一些钱也无所谓了。归根到底，“玛丽皇后”号要出海航行了，这才是最重要的。他曾经已经准备好了要和他的船一起消亡。亚纳已经试着去和他解释用帆布航海已经过时了，安装了马达的船航行得更快而且收益也更高。但科皮亚克根本不想听。

“他们安了马达是回来得很快。但是你怎么能相信这些需要供应燃料的船会比一艘什么都不需要的船收益高呢？”

亚纳一直希望罗易克能来找他，他们一起出海。但是日子一天天过去，了无音讯。他们之间的不和睦变得严重了。亚纳最后承认两人都有错，他们都表现得很自私。

有很多事要做，亚纳没有留给自己的时间。他不停地想自己的父母，最后终于找到了一个好借口来让自己更晚一些再去看望他们。

出发前的一天，他收到了一封特蕾莎的信。年轻的意大利女郎原谅了他的突然离开，并表示能够理解他：你想要去拯救一个曾经有恩于你的人，这是令人敬佩的。我不理解我们怎么能拒绝这样一个善良的举动。既然你的使命是在我们的中海之外的大海航行，那么我会等你的。

亚纳笑了。特蕾莎不像是一个水手的妻子，但她还是很宽宏大量。他回了一封长长的信，向她保证自己对她的爱和忠诚。

1910 年 3 月 23 日，“玛丽皇后”号出发了，但是一切问题都堆到了一起：粮食不够，他们需要停靠在圣皮埃尔以比法国高两倍的价格补充储备。亚纳内心很想去霍普代尔停靠去看自己的儿子，但船员们一定不会理解他这个想法。

科皮亚克站在码头上，看着没有自己的船走远了，绝望的泪水在他的眼眶里打转。他一个字也没有对挽着自己胳膊的妻子说，走进了萝拉酒馆要了很多烧酒，完全听不进妻子的哀求。

船航行到了西部的海角去借助顺流的水力。亚纳感受到了自己有多么想念“玛丽皇后”号。科皮亚克说得对，什么都不能取代帆布航行；他与他的船一起生活，和大海一同呼吸，用身体去感受天气的变化，用躯体去感受海浪撞击在船首细微的颤动。他感觉埃里克·波利莱克就在自己的身边。

然而，航海的世界已经变了，罗易克说得对。海上的帆船还很多，然而很快体积更大，速度更快，数目也更多的蒸汽船就超过了它们。在两年间，改变已经如此明显，帆船已经进入了它的垂暮之年。

航行了一周之后，他们遇到了困难——风爽约了。船只停滞不前，船员们变得不耐烦。长时间的不作为侵蚀着他们的身体和心理。他们要找到一个人来为此负责，船员们对这个毫无经验的年轻船长的敌意也由此产生。很多船员利用所有的机会去发动争斗。亚纳尽力地去安抚他们，但根本做不到。他的年轻似乎并不属于这个时代。

船只一到达大浅滩，船员们就开始怀疑继续航行到拉布拉多的必要性。在法兰西海岸依然有很多的鳕鱼可以捕捞，为什么要浪费时间去更远的地方呢？一个以盖马尔为头的代表团找到年轻的船长来表达他们的想法：船员们都急着捕鱼，北部海域的资源不值得浪费一周或者更长的时间。亚纳以大量的拖网捕鳕渔船赶跑了肥美的鱼群来作为反对意见。默尼耶同意他的说法，但他知道船员们不会认真对待一个只有21岁的船长。在“神圣职业”，大家看重的是资历！再说怎么用捕鱼之外的理由来回答，责备亚纳继续向北航行的盖马尔呢？

如预料的一样，船只在还没有捕到一点鱼之前就停靠在圣皮埃尔去获得补给。但是船员们对这个举措并不反感。他们在这个法国人统治的港口有自己的习惯，这里有他们的朋友们，有惊喜于他们意外来访的女人们。

这次停靠花费了两天的时间来往船上装啤酒和烧酒的储备，一箱箱的罐头，一袋袋的芸豆，米还有面粉。

在预定的时间，所有人都上船了，大帆船可以重新出发驶向北部的海角了。两天的饮酒作乐可以暂时地使抗议的声音低下来。终于起风了，借着风力船在航行了六天之后就看到了拉布拉多的海角。是时候该捕鱼来挽救这个渔期的损失了。

亚纳想要去把儿子抱在怀中，但是默尼耶和他建议：

“先让船员们投入工作吧。之后，你再找个时间经过霍普代尔。”

第一次出海收获丰厚。天气很平静也没有雾，使得鱼儿们都变得贪吃。平底小捕鳕渔船满载着满到船沿的肥胖的黑色大鳕鱼归来。捕鳕渔夫们都自吹自擂，但这片海域的富饶已经不是个秘密了。几天之后，装备了马达的船就到了，锚带着巨大的拖网在水底走动，这浇灭了“玛丽皇后”号上船员们的热情。

之后，天气变得很不稳定，变得寒冷。海风使得船只偏航，对平地小捕鳕渔船造成很大影响。每天早上的时候都要去敲碎船桥上结着的冰。愤怒的船员们想起了去年夏天，阳光明媚气候温和。天气变坏不是亚纳的错，但是是他把船只引导到这里来的。

天气的变化对于装备了马达的加拿大拖网捕鳕渔船来说影响并不大。他们继续他们的捕鱼节奏，每一次拉上拖网来都会有数量可观的鱼，其中一大部分没有利用价值的便扔回海里。他们从水底刮擦，搅浑了海水，导致那些肥大的鳕鱼再也不上钩。愤怒驱使着传统的捕鳕渔夫们威胁那些大船，但于事无补，起不到什么作用。默尼耶和亚纳向船员们提议更换捕鱼的位置，进入北极圈去冰山之间。盖马尔生气地怒喊着，这段航线会把他们引导到一个未知区域的。但最后，无论如何他还是妥协了。

在更北边的海域，“玛丽皇后”号找到了水况稳定而鱼又多的水域。水手们可以填补部分迟到造成的损失，但是日子一天天过去，好的渔期在这个纬度时间相当短。船舱远远没有装满的时候，刺骨的寒冷就提醒他们该是驶往南方的时候了。

海上也不起雾了。他们就处在一个结冰的阴暗环境下，没有白天没有黑夜，这对他们的身心都是挑战。平底小捕鳕渔船要携带上雾角来为它们指引返回主船的路。船员们出现咳嗽的状况，通常还会发烧。他们靠喝被马尔罗加入他著名的鳕鱼肝油的劣质烧酒来治病。

在要起锚之前，亚纳决定去霍普代尔停靠。那些爱唠叨脾气执拗的人说他为了个人的享乐把整条船上的人都置于危险之中。暴风雨的季节来了，似乎感觉比往年提前了。但是船上的储备已经几乎见底了，烧酒桶也空了。最终亚纳还是说服了他们。

在一天晚上夜幕降临的时候，“玛丽皇后”号停靠到了霍普代尔。船员们拉着脸走下船：他们收到了一些微薄的预付工资，这限制了他们的欲望。就像第一次来这里时一样，三桅帆船的到来吸引了一大群孩子和街上闲逛的人。对于马达船来说，靠岸仅仅是一个简单的流程，但对于这些大帆船来说却很困难：船只需要预先移动位置然后等可以借力的风。

亚纳看到霍普代尔一点儿都没变，在冬季还是那样的灰暗。村子里下雪了。意大利阳光明媚的图像尽管能使他的精神焕发荣光，然而，他在这里却感觉很美妙。闻着工厂加工鲸鱼脂肪发出的难以消散的味道，再加上一股延续的腐肉的味道，他想象着内陆和那些野生地区的景象。他带着某种喜悦看着街道笔直地通向山丘，山丘上五颜六色的房子在迷雾中特别刺眼。

他先是去了收容院，站在门槛上犹豫着要不要跨进去。一种巨大的恐惧把他隔离在自己亲手在这里创造的生活之外。尤其是他想到伊丽莎白，一个与特蕾莎完全不同的女人，现在她的脸已经与意大利女郎的脸混淆在一起了。

修女詹妮粗鲁的声音把他拉回了现实。他走进去面对面看着詹妮，对于他的到来詹妮没有一丝惊奇。

“现在还不是太晚。”她双手放在胯部说道。

她又顺着楼道走到了修道院，走进了她工作、睡觉、祷告的简朴的房间。家具是斯巴达式的：一个小五斗橱上面放着从沙滩上捡来的化石，一张铁床，一个桌子和两把椅子。心中的苦恼使得亚纳一个字都没有说。修女递给他一把椅子。亚纳向修女投去一个忧虑的眼神。修女笑着说道：

“你放心吧，皮特过得很好。过得不好的是收容院。自从罗易克离开之后，我们就过得紧巴巴的。罗易克懂得怎样安排花费，而我们之前也习惯了靠某些施舍来度日。那个没用的格罗尔不知道在干什么，买东西不考虑价格使，我们都破产了。啊。对了，你要知道，我很想念你的朋友！”

亚纳也笑了。他暗想一定要写信告诉罗易克这件事。

“当罗易克在的时候，格罗尔想要重新夺回自己的位子，工作得很努力。但是他根本不懂得计算，真奇怪他是怎么做管家的。”

她站起身来，好像会面已经进行了很长时间了，把门给屋里的人打开。说道:

“你可以去看皮特，但你要注意，别做蠢事！我等你回来吃晚饭。”

他走出房门，迫不及待地想要找到儿子。在走出收容院的时候，他碰到了格罗尔，格罗尔非常热情地和他打过招呼。

到了佩尔妮家里的时候，亚纳惊讶地听到小孩子的声音，紧接着一阵快乐的笑声。他敲门之后，佩尔妮给他开了门。她也同样地没有对亚纳的到来表现出惊喜之色，“玛丽皇后”号到来的消息已经传遍了整个村子。

一个小孩子笨拙地跑出来。当他看到来访者的时候，他愣在原地，嘴巴张着，一条口水流到了下巴上。他长得很漂亮，白皙的皮肤更凸显出他深色的眼睛，这也揭示出他的西班牙血统。

“皮特，你爸爸！”

小孩还是没有动。亚纳把他抱在怀里举到了头上。小家伙惊恐地看着佩尔妮。他的小嘴唇抖动着，就快要哭了。随后向他的奶奶张开了胳膊。

“这是你爸爸。”佩尔妮对蜷缩在自己肩膀上的孩子说道。

接着她又对亚纳说道：

“你要理解他。我经常和他说你，但是他没有预料到会见到你。”

把皮特放到了地上，她命令眼眶里泪珠打转的小家伙：

“你去亲你的爸爸。他有很多东西给你！”

亚纳什么都没有给儿子带，感到很羞愧。小家伙害羞地向前挪步，把他的小手滑到了这个陌生人的手中。接着他变得大胆起来，拉着亚纳到了旁边的屋子里，屋子里还有一个小孩在地上玩一箱子的人偶。皮特含糊不清地说着话，拿起了一个用破布缝的大玩具娃娃。另一个小孩从他的手里把玩具娃娃抢了过去，这时佩尔妮说道：

“乔治，把它给皮特。”

她转身看着亚纳笑了笑。

“我就像双胞胎似的照顾他们。他们经常打架，但还是相处得很好。当我把他们分开的时候，他们又互相寻找。因为他们离不了另一个人。”

亚纳突然感觉自己是儿子生活的闯入者。即使他沉没在大海里，也丝毫影响不到皮特。他会在这里长大，佩尔妮会像妈妈一样，詹妮会负责他的教育。霍普代尔没有他的位置，其他地方也没有。他不属于任何地方，和哪里也没有关联。他是一个属于大海的男人。

他回到收容院去和詹妮吃晚餐。像往常一样，地位更高的嬷嬷还是在厨房里吃饭。这天晚上，她把桌子搬到了旁边的一个房间里，空间足够大，还有炉灶来取暖。

她静静地喝着浓汤，眼睛却没有离开亚纳，好像在找亚纳这一年有什么变化。终于，她打定主意。

“你应该留在这里。这个国家很适合你。这样一来你对你的儿子就不再是一个陌生人了。佩尔妮人是很好，但她并不富裕。”

“我也一样。”亚纳明白了修女字里行间的意思后回应道，“我们经历了一个糟糕的渔期。”

“你知道的，捕鱼这个行业已经结束了。罗易克是对的。那些加拿大的大船提前就搜刮了水底，把所有的鱼都捕走了。你应该找个别的工作。”

“我想把皮特带走。”

詹妮站起身来，脸色变得凝重，用恐吓的眼光看着他。

“你说什么？”

“我想让我的儿子去认识世界，去生活在另一种气候条件下。那儿没有这么寒冷，阳光使得大地各处五彩缤纷！”

詹妮一拳砸在桌子上。撞击使得桌子上的餐具都跳起来，杯子发出叮当的声音。

“只要我活着，你永远不能把皮特带到你的国家。我和你一样熟悉你的国家。你忘了这里才是他的家，忘了霍普代尔的气候和法国或者是西班牙一样好！”

她说着走出了房间，留下亚纳一个人面对着他的餐具。晚上的时候，他回到了船上，等着第二天邻近中午的时候起锚出发。

他睡不着，起身去给罗易克写信，他感觉这是一个必不可少的真诚举动：我请求你的原谅。我每天都很愧疚，因为自从我们争吵之后我再也不能理性地思考。自从离开热内亚之后我做了很多蠢事。和你在一起，即便是灾难也能转化为成功。我感受到了你是多么卓越。我很愧疚没有宽广的心境来补足我安排筹备的不足。我请求你，停止我们愚蠢的不和吧。我们曾经是那么要好！写完信之后，他感觉压在身上的重量少了一磅。有一种自由的感觉，几乎是一种欢快。他把头放在桌子上睡着了。是默尼耶把他叫醒的。

“你看到时间了吗？该准备出发了。”

船员们已经集合在栈桥前等着开始点名。

有几个船员走起来、站着都踉踉跄跄的，其他的船员是醉酒的人那种空洞的眼神。

默尼耶点名的时候，一辆由一匹白色的骏马拉着的车到了。大家都转过头好奇地看着。那些富人很少会来既弥漫着臭味又人群拥挤杂乱的港口。所以人们很好奇。

一个年轻的女人从雕花的车门走下来。亚纳马上就认出是肖娜。女人的动作非常优雅，有一种习惯性高人一等的气质。她看到了亚纳，但亚纳很快就明白自己并不是她要找的人。他和女人问好。

“罗易克怎么样？”她用一种从容大方的语气问道。

“他很好，他待在意大利。”

肖娜并没有掩饰住内心的失望。

“我以为你已经结婚了，在蒙特利尔享乐呢。我没有想到会在这里见到你。”亚纳说道。

“婚约已经取消了。”她说着递给亚纳一封信。

女人请求他把信交给罗易克，然后上车走了，没有再说什么。

船员们开始上船了。亚纳站在最后，心里想着皮特。詹妮是对的。皮特在这里很快乐，为什么要把他从他的生活中或者是他们的生活中拉走呢？为什么要强迫他和一个根本没有时间照顾他的人生活在一起呢？

就在默尼耶要下令升起栈桥的时候，亚纳看到一个女人朝着码头跑来，怀里抱着一个孩子。佩尔妮气喘吁吁地跑到了“玛丽皇后”号前。亚纳向她走过去。

“他想要看他爸爸的船！”她缓过一口气来说道。

亚纳快速地在孩子的额头上吻了一下，然后没有回头地上了船。前一天晚上喝的劣质苹果酒使得他肚子传来一阵疼痛。他心里想：“我总是个逃跑者。”

默尼耶指挥着船开始驶离港口。缆绳也解开了，亚纳看着佩尔妮拉着皮特的手渐渐远去。他只见了儿子两小时，心中感到无尽悲伤。他离开了他唯一的联系，他想到了自己的父亲：他此刻在做什么，波利莱克医生或许一直在做他认为对儿子有利的事。

返程很艰难。“玛丽皇后”号遇到了好几次暴风雨的阻拦，随后风也停了，把这艘三桅帆船搁在了大西洋里。船员们的心情变得很糟糕。酒也不够了，默尼耶决定每天定量供应。那些当初因为不厌恶科皮亚克接受上船的船员不停地说长道短，不停地争论。

因为他们浪费了很长的时间，货舱也没有装满。默尼耶建议亚纳不要去波尔多。他们比第一批船迟了很长时间，而那里的价格也跌了。应该去班波尔，把鱼卖给那里建成的几个烘干工厂。亚纳不得不接受他的建议。

11月初的时候船驶入了班波尔的港口。以前的时候，这艘最美丽的捕鳕渔船的回归是个大事件，因为它又一次征服了遥远的海域，展示了自己还是最好的、最高效的船只。但是今年，没有人注意到它的到来。默尼耶再怎么吹雾角都是徒劳的，人们都不聚集到码头上来。那科皮亚克呢？为什么他没有听到他的船的呼唤呢？

亚纳靠岸给罗易克邮寄了信之后，返回到了港口上。船员们正在准备把货物卸到车上，这些车会把货物运送到位于班波尔和圣布里厄之间的内陆晒场。卸载工作进行了两天，四轮货车来回穿梭，还有驻足在湿漉漉的铺石路面的马车。

亚纳带着一种不祥的预感跑到了科皮亚克家中。他发现房子的门扣上了，百叶窗也关着。他敲了很长时间门，但是没有人回应他。他返回到港口上，默尼耶在指挥着卸货的工作。默尼耶转过头，用一种悲伤的眼神看着他。

“你听说消息了吗？这里的人们说……”

“说什么了？”

“科皮亚克死了。”

亚纳接受了这个不幸的消息，混到了船员们中去卸下小包的腌制鳕鱼。他感觉对于科皮亚克的死自己是有责任的。

夜幕降临了，当来来往往的车辆都停下来的时候，默尼耶邀请亚纳去附近的一家酒馆喝鱼汤。

“他的心脏出问题了，但人们说他是受不了他的‘玛丽皇后’号被马达船判处了死刑。他是一个顽固的人，没了他的船他活不下去。”

“那维尔日妮呢？你知道她在哪里吗？”

“在她家里。她不给任何人开门。对她来说，以后的生活不会容易了。”

吃过饭之后，亚纳又返回到了维尔日妮家里敲门。他终于听到了步子在方砖上摩擦的声音。门开了。他已经认不出维尔日妮：她突然间老了，脸上也有了皱纹，身体也缩小了。亚纳把她抱在怀中很长时间。女人从怀抱中挣脱，豆大的泪珠流淌在她的面颊。

“进来吧。”她说道。

亚纳走进了点着一支煤油灯的客厅。什么都没有改变，他感觉科皮亚克回来了，坐到了他的位置上，坐在了那个米色丝绒的扶手椅上。维尔日妮坐在他的对面，擦干了眼泪叹着气说道：

“可怜的……”她小声地嘟囔着，“他已经明白这是‘玛丽皇后’号的最后一次航程。他本可以和其他人一样，保持热情去继续捕鱼，但他真的太骄傲了，他不想亏着本去工作。”

“我们可以在‘玛丽皇后’号上装一个马达……”

女人摇了摇头。

“不，埃文不想让一艘好帆船变成一艘平庸的马达船。这样，‘玛丽皇后’号注定只能短期出海，注定只能运送商品，但肯定不能继续深海捕鱼了。”

“确实这个渔季并不好。”

“如果他不是那么要强，或许一切都能顺利解决。医生已经和他说他的病恶化了，他随时可能倒下。这让他很痛苦。接着有一天，他出去就没有回来。我去港口的酒馆里找他。人们来告诉我有人看到他的尸体漂在码头上。可怜的埃文。”

她发现自从进门自己什么都没有给年轻人提供。她向亚纳提议留下来吃晚饭。亚纳说自己已经吃过了，但是还是接受喝一些汤。

“事情是怎么发生的？没有人知道。他是在经过码头的时候遇到袭击了，还是自己摔到了海里？”

“埃文不喜欢别人为他做主。我们本来能平静地在这里生活的。”维尔日妮叹息道。

女人端上了汤。亚纳知道自己在会让这个老妇人感觉好很多，自己盛了一晚热乎乎的稠腻肉汤。

“埃文喜欢你。他就是这么一个人，一根筋，就靠直觉做事。他没有儿子，他就把你当成了他的儿子。他非常崇拜你的祖父！”

晚饭过后，她提议亚纳睡在他两年前住过的那间卧室，他好心地接受了女主人的建议。

他整晚都没有合眼。他感觉科皮亚克还在这间屋子里。他责备自己用捕鱼的时间去看自己的儿子。停靠到霍普代尔花了三天，停靠和返程花费了两天。这些时间他本可以用来让平底小捕鳕渔船再出两次海来弥补他们迟到造成的损失。因为储备已经不足，船员们被迫接受了他的决定，但为什么他在圣皮埃尔不补足双倍的储备呢？他做事轻浮，听不进默尼耶的意见，忘记了航行的目的是为了捕鱼，仅仅是为了捕鱼。

早上他起得很早。一股浓郁的咖啡香气使他提起了精神。他看到维尔日妮正在厨房烤面包。女主人和他打过招呼让他坐在一个小桌子前。

“埃文和我每天就在那里吃饭。对我们两个人来说已经足够了！”她说着把滚烫的面包片放在亚纳面前。

她也坐下来，倒上了咖啡。

“世界变得太快了。因为这个世纪初的一些发明，人们都迷失了，但这些改变不了埃文。上帝已经给他判了死刑。我想这才是他难以忍受的。”

“神的旨意我们很难猜到，但是我们也不能丧失信心。”亚纳说着想起了修女詹妮。

她又一次擦干了眼泪。

“我能怎么办？当我认识他的时候，他就已经是捕鳕渔夫了。他买下了‘玛丽皇后’号然后奔赴他的生意，那才是他的生活。他给我的只有剩下的部分，但那我也心满意足了！”

喝着咖啡和新鲜的牛奶，吃着用刀片涂在烤得裂开的面包上的黄油的早餐，让亚纳感觉到一种愉悦。他饶有胃口地咬着他的面包片。维尔日妮在他的对面小口地喝着咖啡。女人放下她的碗说道：

“我见过你的妈妈了。她很怨恨埃文把你接收到了‘玛丽皇后’号上。”

亚纳突然间哽住了。

“你的父母过得很糟。你父亲的状况很不好。你妈妈非常勇敢，她一直照顾你的父亲。如果你去看望他们会让他们很高兴……”

亚纳放下他的碗。

“我对过去发生的事情很后悔，”他嘟囔道，“我就是一个怪物。”

维尔日妮抬起眼睛看着年轻人，盯着他看了很久。

“我发现你已经改变了。你不再是从前的那张脸，那张为一点点矛盾就会生气的少年的脸。大海让你变得睿智了。”

“我要去检查船的卸载工作了。”亚纳为了回避，起身说道。

到了港口，他看到默尼耶在拿着个本子记录着卸载下来的鳕鱼块。卸下来的货物都放置在车上一个巨大的磅秤上。默尼耶和他问好之后对他说，鳕鱼的储藏情况让他十分惊喜。他已经商议好一个高价，但即使这样离收支平衡还很远。

“会有很大的缺口。”他说道，“我们要给供货商付款，还要给船员们付工资！如果走些小运气的话，我们能挣到我们需要支出的大部分钱。你有什么建议？”

“我不知道。”亚纳说道，“我需要时间考虑一下。”

卸载工作继续进行。亚纳看到了默尼耶有多么焦虑。年老的大副不停地抗议人们的动作不够快，不停地抗议审计员过秤的时候把零头的斤两都抹去。亚纳向他建议道：

“我去找找维尔日妮·科皮亚克。她或许能给我们救急。”

默尼耶满眼怒火地看着他。

“你怎么胆敢说出这样的话？你没有想过吗？她没有钱来借给我们。你脑子里到底在想什么？”

他又大声斥责一个把一包腌制好的鳕鱼片从手中滑落的搬运工。

“再说，你向一个寡妇借钱就不感觉羞愧吗？”

亚纳扫视了周围的人群一眼。默尼耶说得有道理。这时一个骑马的人冲破好奇的人群和那些小个子搬运工。他下了马站在了“玛丽皇后”号的对面。即使他的脸被帽子遮住了，亚纳还是一下子把他认了出来。这个瘦高个向他走过来，把帽子摘下，亚纳看到了他有麻子的脸。内心自发的冲动使得亚纳一下子紧紧地抱住了他。

“罗易克！我真高兴能在这里见到你！你已经收到我的信了吗？”

“什么信？”

“我给你写信为了……为了向你道歉。”

罗易克在他的耳边说道：

“你才是对的。钱不能代表一切！我也是，来和你道歉的。”

罗易克向一旁低声埋怨的默尼耶问好。

“你，你来这里做什么？我们以为再也见不到你了。”

“好吧。”罗易克对亚纳说道，“我没有收到你的信，但是维尔日妮给我写信告诉了我船长的死讯。她也和我说了‘玛丽皇后’号的困难。我知道这事不能耽搁，所以我就来了。”

他说话时候心满意足地看着一旁微笑的亚纳。他的朋友又回来了使他感觉很满意。他的眼里发出了光彩，从今以后所有的困难都变模糊了。他突然想到肖娜交付给他的信。

罗易克向默尼耶保证说他会找到一个方法去解决“玛丽皇后”号的债务的。然后拉着亚纳到了附近的一家酒馆。两个男孩面对面坐着，很长时间都没有说话。

“我很想你。”罗易克终于说道，“我非常后悔我对你说的那些话，就像是我对你……而我又知道你是个固执的人，我害怕你再也不会见我了！”

“你也同样，我也很想念你。”亚纳回答道。

罗易克说自己的生意运转得很好，在热内亚他已经变成了一个港口上绕不过去的人。说到了特蕾莎还在等着亚纳，当然是以意大利女郎的方式，宴会接着宴会……在三个月的时间，她已经传闻和三个有显赫家庭的热内亚人订婚了。

“那边怎么样？”罗易克终于用谨慎的声音问道。

“肖娜没有嫁给乔治。她给了我一封写给你的信。”

罗易克咬了咬嘴唇，眼神变得严肃起来。他接过信，把它在指尖转了几圈，像是想要看清纸张的质地，看到了信封上的落款。随后打开了信封看起来。

“她在等我。”他满脸容光焕发地说道，“但我现在还不能离开欧洲。再说那里已经是冬天的，船也过不去了。我的生意正处于关键时期，我已经投入了一大笔钱。”

亚纳看到罗易克还是没有改变，把欲望摆在第一位，收集能给他权力的钱财。他忘掉了本真，忘掉了感情。而没有这些他永远也不会快乐。

“生意，总是生意。”他生气地反驳道，“钱对你就那么重要吗？倒不如给肖娜写信告诉她，你只有一点点心急，就这样回复她吧。”

罗易克听着快活地哈哈大笑起来。

“这就是我要做的。不过我的信要等到明年春天的时候才能到。”

他们把啤酒喝完之后又返回到了港口。卸货已经进入尾声。罗易克决定去看望维尔日妮·科皮亚克，他本来应该刚到达的时候就去的。他又让默尼耶放心之后和亚纳一同离开了港口。

船长的遗孀像迎接救世主一样迎接了罗易克。钱至少可以给年轻人带来这样的回报。这个曾经被人们艰苦拉扯大的孩子，现在人们却要张开臂膀欢迎他，都是因为他商业头脑的原因。

维尔日妮把她的客人邀请到了只有特殊客人才能去的那个客厅。但这也不能让罗易克失去商人的利益观。

“‘玛丽皇后’号是一首很棒的帆船。”他解释道，“但是它的这些帆船的优点在改造的时候就变成了缺点。它不会是一艘好的马达船！”

“那我该怎么做呢？”维尔日妮呜咽地说道，“我就让它在港口的一个角落里腐烂？这是我唯一的生计。”

“停在那里它会越来越不值钱。”罗易克回答道，“您也可以把它卖掉，我听说有美国的有钱人迷恋这种船，他们用这种船来航海找乐子。但这需要等，可能等好几年才能找到买家。”

维尔日妮本来寄希望于罗易克，希望他能用他天生的商业头脑变戏法一样地就解决现在这个情况。她失望了，眼泪从面颊上流下来。

“科皮亚克夫人。”罗易克又接着说道，“所有我现在知道的东西都是在‘玛丽皇后’号上学到的。埃文对我来说就像是一个父亲，很严厉但通常是正确的。我是在船上才和亚纳学会了写字，是在船上我才学会了做人。所以，我不会不管您的。我会尽力做我能做的一切，但我也不会和您承诺会有奇迹出现。”

两人和年老的妇人告辞之后返回到港口，默尼耶正在和几个叫嚷着要钱的船员争论。亚纳责怪他的朋友和这个仁慈的、毫无防备能力的女人——维尔日妮，说明了事情的严峻形势。

“和她说谎对她的伤害更大。人们说谎是为了保护自己，不是为了别人的好处。”

两人帮助默尼耶摆脱困境。亚纳向船员们宣布：自己，默尼耶还有船东会分担每个船员的薪酬。考虑到一份微薄的薪酬总比没有好，这些卑劣的小人接受了他的建议。

当事情都解决之后。亚纳和罗易克住到了邻近港口的一个乡间客栈。晚上吃晚饭的时候他们喝了很多的酒，喝到神志不清。两人有很多心事，有的没的胡乱地说着：罗易克说到了霍普代尔，说到了贝汀医生，说到了他心中的肖娜。

亚纳说到了他的儿子，修女詹妮的坏脾气。他从桌子旁站起身来，用轻快的语气说道，好像这件自从他回到班波尔就一直考虑的事根本不重要：

“明天，我要回家看望我的父母。”

第二天一大清早，他们又去看望了维尔日妮。罗易克向她安慰道：他已经找到了一个解决“玛丽皇后”号问题的方法。他把一捆钱放在桌子上。

“这是出租船的定金。”

在走出门口前，他拥抱了维尔日妮。

事情发生得很突然，维尔日妮不知道该怎样回应，放在桌上的钱可以解她的燃眉之急。她连一句谢谢都没有说两个年轻人就离开了。罗易克走到街上对亚纳说道：

“你看，我听了你的，做了一次非常糟糕的买卖，但这让我心里很暖。”

就在这天，亚纳租了一匹马立刻出发去往布勒斯尼克。天上在下雨，风吹着树摇来摇去，把落叶都卷到了空中。他在“吊死者之屋”附近的小树林做了一个迂回。两年的时间，年老的建筑物已经变得更加破烂不堪了。瓦片也缺了，荆棘已经长到了被撞开的大门里。亚纳想到了弗兰切斯卡，他又感觉到了在内心深处曾经把自己从家门远远地推出去的那种感觉。他还会再见到她吗？现在他已经接受了走在过往的痕迹上，一切都是有可能的。

在进入村子的时候，他犹豫了。一些人惊讶地看着他的归来，询问着他。他穿过了铁匠铺，公证员家的房子，教堂，三个酒馆……一种令人心碎的痛楚压迫着他。他感觉身上失去了力量。他想要退却，但在这个关键时刻退却，那么他的朋友罗易克是有理由不去跟随这样一个懦夫的。他想到了自己的儿子，然后策马奔跑起来。

波利莱克居所的门开着。他进了院子里，正在清扫马厩的西蒙看到了他。这个老男人在原地愣了一下，然后跑了过去抓住了缰绳。亚纳从马上下来。西蒙看着记忆中那个脸蛋白皙、瘦长脸的男孩，变成了他对面一个拥有褐色的皮肤的强壮男人。他相信自己是看到了埃里克·波利莱克。

“真的是您吗？”他嘟囔道，“我真是太满意了！”

他已经不敢用你和男孩相称。那个躺在马厩的草垫上听他讲捕鳕渔夫出海故事的男孩已经变成了另一个人，几乎变成了一个陌生人。

“家里的情况怎么样？”亚纳看着百叶窗都闭着的房子问道。

西蒙抬了抬肩膀。

“我们不能说过得好。”

“我的爸爸吗？”

“他病得很严重。抱歉和您这么说，但他快不行了。”

亚纳迈着沉重的步子走上了台阶。胸口上一种尖锐的痛苦使他将手放在门把手上站了一会儿。终于，他走进屋子。

房子里弥漫着一种药酒和发霉的味道。他的妈妈在楼梯口。她以为是西蒙进来了，正要转过头说话的时候看到了亚纳。她嘴巴张着，用手扶住楼梯栏杆来不让自己摔倒。亚纳爬上了楼梯，停在了离母亲几步远的地方，随后把母亲紧紧地抱在怀中。

“亚纳，是你吗？”母亲用微弱的声音问道。

这个谨慎多愁善感的女人是那么想念他。他一边哭一边笑着。

“我请求你的原谅，妈妈！”

“你的父亲状况不好……”约瑟芬呜咽着说道。

亚纳走进了从他离开后一直没有改变的卧室。百叶窗闭着的昏暗房间里，靠床头柜上点着一盏油灯来提供光亮。他看到一个男人躺在床上，头放在白色的大枕头上，一点都不像他记忆中的那个爸爸。男人脸很瘦，脸颊凹陷，眼珠深深地陷在眼眶里。他认不出这是曾经那个伟岸坚强的人。波勒·波利莱克睡着了，一动不动。他的妈妈向前走过去，他听到了母亲的抽泣。

“我们终于团圆了。”她低声地说道。

亚纳眼睛闭着向床上的病人俯下身去。把手放在病人微温的额头上。这时，波利莱克医生慢慢地抬起了眼皮，苍白的嘴唇舒展出一种淡淡的微笑，然后头翻倒到了另一边。他的呼吸很艰难。

“爸爸。”亚纳小声地说道。

这个他已经很长时间没有说过的词语让他的眼里噙满了泪水。

“上帝赐予我恩泽了。”医生艰难地说道，“靠近点让我好好看看你。”

他把头转向亚纳。

“我请求你原谅我，爸爸。”他哽咽地说道。

波勒·波利莱克用力地抬起了胳膊，用关节粗大的手握住了亚纳。

“是我该向你道歉。让你远离大海是我的错。那是我们血液里的东西。我们不能阻止一只鸟儿去飞翔。”

他的声音明亮，说起话来也不费力。约瑟芬看到了他的改变，认为这真是一个奇迹。

“不能让他太劳累。”她小声地说道，“让他休息吧，我们一会儿再来。”

但是波勒不松开儿子的手。他抿了抿干燥的嘴唇。太阳穴上爆出青色的血管。

“你不知道，”他用嘶哑的声音说道，“我是多么想保护你……”

“不要这样说，”亚纳对他说道，“你会好起来的，我确定。我们还有很多事要一起做。”

“嗯，很多的事……”医生说着闭上了眼睛。

约瑟芬把亚纳推到了门口，然后慢慢地关上了房门。

他们小心翼翼地迈着步子从楼梯走下去，为了避免发出走路咯吱咯吱的声音。

到了厨房，母亲让亚纳坐在熟悉的位置上，然后生起了火。

“莉亚拿来了新鲜的鸡蛋，你想让我给你做个煎蛋卷吗？”

房间里的一切都没有变。排钟还在它的位置，调料盒放在搁物架上，衣柜的门还是关不住。亚纳看着妈妈把鸡蛋打在一个大碗里搅碎。他想要说些什么，但有些东西挡住了他，他害怕打破这把他带回童年的片刻，害怕破坏他们在一起的片刻。他尤其为自己愚蠢的固执感到很羞愧。

与此同时，他也感受到了母亲的拘束，这让他很痛苦。母亲把蛋倒在一个烧热的长柄平底锅里，一阵油煎的声音使得沉寂变得更加沉重。突然间，楼上传来一声叫喊。母亲跑上了楼梯，亚纳跟在她的后面。

波勒从床上起身的时候滑到地上了。他想要起身但他没有那么大的力量。

“帮我把他扶起来！”约瑟芬命令道。

亚纳抱起父亲瘦弱的身体放在床上,约瑟芬给他盖上了被子。父亲睁开了眼，小声地说着：

“有些事我需要和你说……”

他的呼吸变得急促，断断续续的。

“你的叔叔路易……”

他再说不下去了。父亲的头垂到了另一边，眼珠也不转动了。约瑟芬大叫了一声，摇晃着他想要让他活过来。然后她也放弃了，就像只受伤的小动物似的哽咽地说道：

“他已经见到你了。他的最后一眼是留给你的。上帝已经把他接到身边了。”

约瑟芬没有去看站在原地不知所措的亚纳。西蒙来了，站在死者面前做了一段祷告。一股烧焦的味道从厨房传来。亚纳跑着拿起了已经被火烧焦的蛋卷。然后，为了自己能够做些什么，他帮着西蒙去准备葬礼的事情，去给父亲报丧。

两个小时之后，人们的吊唁开始了。波利莱克医生在这个地区很有名望，病人们都来向他表示敬意。亚纳艰难地忍受着人们向他投来的目光。人们窃窃私语说波勒·波利莱克是因为受不了与儿子的不和而死的，而他的儿子回来的太晚了，救不了他了。

“好像是因为那家意大利人的女儿，你们知道吗，就是曾经住在‘吊死者之屋’的那个。”

“他现在怎么样了？那个女孩也走了，他还是一个人！”

“好像他现在做了那个‘神圣职业’，他父亲一直反对他。”

亚纳听着背后人们的交谈，但却一点儿也没有在意。一个那么爱他的人的死亡让他深深地感到惊慌不安。他想尽力去支援他的妈妈，但是没有人能帮得到约瑟芬。

葬礼在两天后举行，对于亚纳来说却是永远无法终止的时间。在他的一生中，他都要承担这个死亡沉甸甸的分量。尽管这样，他还是站在没有哭泣的妈妈身边，抬起头接受着从葬礼离开的人们的吊唁。母亲穿着一袭黑衣，与捕鳕渔夫的遗孀没什么不同，和因为抚养两个儿子劳累过度而过早死去的祖母没什么两样。

路易叔叔紧紧地把亚纳抱在怀中。他哭了。为他这个当他还小的时候就辅助他们的妈妈维持生计的哥哥哭了。因为他并不想在这里表现自己的悲伤，葬礼一结束他很快就离开了。他安抚约瑟芬说她可以依靠自己，可以依靠萝丝。萝丝提议她去和他们住一段日子。

“我可以的。”约瑟芬回答道，“你们不必担心，我有莉亚和西蒙。他们对我很好。”

葬礼过后，村子里空了。在莉亚和西蒙的陪同下，约瑟芬挽着儿子的胳膊回到家里。亚纳好几次尝试着想去安抚母亲，但是母亲太过悲伤了，什么都听不进去。西蒙建议他要有耐心。约瑟芬喜欢几乎所有东西，但是除了孤独。他告诉亚纳可以放心地把母亲交给他们。

“我们在这里已经很长时间了，我们已经成了这个家里的一部分。”老管家一边走向马厩一边说道。马匹正在等着它们每日定量的燕麦。

晚上吃晚饭的时候，亚纳决定直接和母亲说话。

“你怨恨我，不是吗？”他问道。

母亲摇了摇头，但还是低着头。他感到很懊悔。

“我不是一个好儿子。大海使我和父母分离。我这一生都会内疚的。”

“那是你的命。”母亲还是没有抬起头，盯着餐具说道。“我们本应该明白，你的父亲也很后悔当初把你推向陆军。他曾经因为大海受了那么多的苦。”

“你接下来要做什么？”亚纳问道。

“你不用担心，我可以应付得了。西蒙和莉亚会和我在一起的。”

接下来的几天，亚纳花了很长时间带母亲去散步。他们很少交谈，但是亚纳明白，自己的存在让母亲感觉舒服不少。在一周之后，母亲明白他厌烦了。她平静地对儿子说道：

“你的生活不在这里。去吧，我能应付得来。”

第二天，亚纳就离开了布勒斯尼克。他拥抱了强忍着不哭泣的母亲，拥抱了莉亚，然后和西蒙握手之后上了马。回到班波尔，他又去看望了维尔日妮·科皮亚克。女人已经知道了波利莱克医生的死讯，向他抱歉自己不能去参加葬礼。

“我给我的母亲带去了痛苦。”亚纳说道，“她封闭在自己的世界里，不想让我去帮助她。我知道她怨恨我。”

“你不要担心，你的母亲和我相处得很好。你父亲的离去也会让我们走得更近。从今以后我们就是两个寡妇了，我们会经常互相看望的。我开始了解她了，她没有坏心。给她一些时间，给她写信吧。她非常爱你，这一点上，我是确定的。”

亚纳在下午的时候离开了班波尔。罗易克一个星期前就出发了，他迫不及待地想去找他的朋友。

Chapter 21

罗易克在波尔多又联系了更多的卖家去购买晒干鳕鱼，他想要把这些鳕鱼卖到意大利和中东去。他又一次地实践了那条商业的原则：最先发现商机的人才能赚到钱。

他们在波尔多停留了一周时间。去年春天亚纳“背叛”之后，罗易克又不想把“罗萨”号船长的位置交给一个没有深海捕鱼经验的人，船又开始做地中海地区的业务，来往于意大利半岛，西班牙，希腊和土耳其之间。他因此还补偿了船员们，后续的交易也花费了很多钱。

“我们的钱柜里没有什么了。”他承认道，“我们应该尽快把钱收回来，但我并不担心！”

两人决定乘火车去马赛，在那里他们可以登上直达意大利的轮船。

三天之后，他们到了热内亚。罗易克向亚纳展示了他的收获：港口上的仓库。

他用这些仓库来囤积商品。他又有了第二艘马达船，名叫“布列塔尼”号，负责把港口城市的人们运到另一个港口，虽然这些地方有铁路连接，但是马达船是这个地区最快的交通工具，这也给他积累了一批忠实的客户。

“从今以后发展最重要靠的就是速度和准时。”罗易克强迫亚纳听着他的论述，“最快的交通工具才能活下来，其他的会被宣判死刑。”

亚纳很赞赏同伴敏锐的洞察力。这个从前的见习水手在时代交替的时刻能够嗅到机会的出现，能够在商人的新生活中有种令人困惑的自如。然而他在与别人的交往中并没有天赋，因为他说话太直接了。在开始的时候，他交谈的对象是手艺人、捕鳕渔夫，还有和他一个圈子里的人。他现在在地中海已经拥有两艘船了，以后他要和那些有学历的金融家去谈判；他已经认识到了自己的缺陷。

“由你来代表我们的公司。”他有天对亚纳说道，“而我，我会站在身后。我的麻子脸不会取悦别人，而我也不懂得用漂亮的方法说话。我所有的言行举止都彰显出我生来就是跑腿的，我是一个粗人，我也知道我永远都改不了我的坏习惯。”

亚纳又找到了特蕾莎，女孩带他去看了一场称得上是极好的意大利音乐戏剧。她要无聊死了！她质问亚纳为什么不常给自己写信。但亚纳从罗易克那里已经得知，特蕾莎用非常舒适的方式度过了她的时光，参加城里所有的宴会，在那些骑士的怀抱里尽心地服侍。他们很快就回归了他们去年轻女郎“单身公寓”的习惯。

明年春天的婚约又提上了日程。就这样，由特蕾莎和她的父亲引导着，亚纳进入了热内亚的上层商圈。罗易克陪着他，但是站在二线。他让同伴去交际，自己满足于站在身后，听着耳边的人们的谈话，常常能够在谈判的过程中有所收获。他观察这一切，明白了一切，任何一个脸上的小转折都逃不过他的眼睛，他能够立刻领会其中的含义。因为特蕾莎的关系网，他们的这种合作出色地进行着，生意也越做越大。

奥古斯都·玛格丽对法国人的归来很高兴。如果说一开始他对于亚纳和特蕾莎的关系还有所保留的话，那么从今往后他就成为第一个宣扬亚纳·波利莱克是他的女婿的人。他喜欢谈论他们从外祖母那一代开始的法国血缘。人们都知道他是个沙文主义者，他对阿尔卑斯山另一边来的东西都持保留态度。在游览过巴黎之后，他说巴黎是排在罗马、那不勒斯、威尼斯、米兰、热内亚之后的世界上最美丽的城市。

在热内亚，人们提前一个多月就开始为1910年的圣诞节做准备。城市里都被装饰上了多彩的花环和饰有假雪的假冷杉。热内亚永远不会错过节庆的机会。

亚纳受邀到了玛格丽家中，在那里还是讨论结婚的事情。婚礼仪式会在 1911 年春天刚开始的时候举行，就在亚纳出发去捕鱼之前。

“罗萨”号已经准备就绪了。按照罗易克的设想，“罗萨”号会是一艘高效率的捕鳕渔船，而且重要的是，它的容量是之前帆船的两倍。两个强力的马达可以使船只拖动巨大的拖网。他还想用那些速度慢的船去回收利用那些扔到海里的鱼然后运到波尔多经过出售前的晒干流程，然后出售到地中海的内港。罗易克已经说服了奥古斯都·玛格丽来投资这个能给他很多回报的生意。

亚纳在 1 月的时候给母亲写了封信，说了他和特蕾莎预期的婚姻。所有的人都等着迎接，他希望母亲能在意大利住一段时间。在下个渔季结束的时候，他会把皮特带来。他想让母亲教他法语和布列塔尼语。两周之后，母亲给他回信说，自己感觉不能承受这样的长途旅程：我不再年轻了，而我也害怕那些新的交通工具，像火车或是轮船，我将完全迷失在一个陌生的国度。我非常希望你能幸福。我也希望你能回来布勒斯尼克，给我介绍你年轻的妻子。她肯定是个充满魅力的女人。

说真的，我很想认识你的小皮特，但是我并不确定让他和抚养他长大的人分开是一件好事情。在这里，他将感觉和我一样陌生。而我，作为他的祖母，我会不停地给他讲他的家族故事，但这个家族已经不再是从前那样了。

亚纳很失望。他相信拒绝的背后是母亲还在怨恨自己。他把这件事告诉了罗易克，但罗易克没有像他一样断言。

“我认为你想错了。让一切都随时间流逝吧，时间会把很多的东西放回原位的。”

随着时间的流逝，亚纳开始忙于下次出海捕鱼的准备工作。他又回到了波尔多，去招募一批专长于拖网捕鳕渔船捕鱼的水手，但是上次“罗萨”号的错误出发让船员们变得多疑，也增加了他们的要求。

在特蕾莎这一边，她准备着自己的婚礼。计划在 2 月的时候去布列塔尼旅行。这个热内亚人急着看见她的婆婆，想着和她一起弹钢琴肯定会有很多乐趣。特蕾莎已经在她的单身公寓里给皮特准备了一间卧室。她想要把皮特当作自己的儿子，让他在热内亚接受最好的教育。

“你不会是想让他在布列塔尼长大吧？他会一直哭泣的！”她在了解到亚纳的意愿之后惊奇地说道，“你要和我说他是一个法国人，和你一样。但这并不能作为理由，强迫他去生活在一个一样条件差的地区。”

在1月末的时候，一件不经意出现的事情给一切安排都画上了问号。罗易克来找亚纳，邀请他跟随自己来到一个寄存处，这里的东西要被装上一艘去往意大利南部的船。罗易克从旁边拿出一个包裹放到了亚纳面前。

“这有什么特别的？”亚纳用法语问道，这是两人不想让别人听懂时才使用的语言。

“你看看地址。”

亚纳读道：“塔拉索女伯爵，塔拉索城堡，那不勒斯”，塔拉索女伯爵……他似乎在哪里听到过这个名字，然而他想不起来自己到底什么时候听到过这个名字。罗易克笑着看着他，就像是在和他绕弯子。

“读一下寄件人的名字你就明白了。顺便说一下，”他又说道，好像是为了使亚纳平静，“我有肖娜的消息了。”

“啊，是吗？”亚纳惊讶地问道，“你已经给她写过信了？”

“是的，她给我回信了。她想要我去看她。我认为，这次我得去了！”

谈话的时候，亚纳把包裹转过去然后读出了寄件人的名字：安东尼奥·波尔丽。他没有再读下面的地址。这下他明白了。他不敢抬起头看正在角落里笑着看他的罗易克。

“所以，你现在要怎么做？”

亚纳已经以为完全忘记的事情，他强迫自己去认为那是一次轻浮的爱情，此刻突然闯进了他的记忆里，就像是狠狠痛击了他一下，使他说不出话来。终于，他反应过来了。

“这说明她已经结婚了，这就是她已经不再想我的证明。的确，一切都结束了。再说，塔拉索女伯爵也可能不是弗兰切斯卡。”

“不管怎么说，安东尼奥·波尔丽已经找回了他在米兰的地位。这不是偶然。我很确定女伯爵就是弗兰切斯卡。”罗易克反驳道。

亚纳同样也知道，但他想保留一点疑问来阻止自己马上就奔赴那不勒斯的意愿。他已经花时间从弗兰切斯卡的回忆中逃了出来，但他突然间明白自己不过是在等一个她的信号，然后去找到她。他与伊丽莎白的婚姻不过是一个插曲，是一段快乐的时光罢了，但是时光太短了，让他无法去铭记。而现在他又准备娶特蕾莎。这真的是他想要的吗？

“我们去那不勒斯转一圈？”罗易克提议道，“那是个很脏的城市，但很繁华。再说那里还有维苏威火山……那里肯定能找到好的买卖！”

亚纳迷失在自己的思绪里，没有听到他说的话。

“听着，我已经决定去霍普代尔。肖娜在等我。我想要给贝汀医生留下个好印象。从这一点上看，没什么比得上一个阔气的生活排场！”

罗易克笑起来。亚纳一脸严肃，就像是自我反省。面前的包裹呼唤他走上一条他害怕结局的道路。

“如果弗兰切斯卡拒绝见我。”他对同伴说道，“那我怎么办呢？”

罗易克笑得更欢了。

“你忘了你已经订婚了，特蕾莎要为你疯狂了！”

“特蕾莎不会痛苦很长时间。她并没有一颗忠诚的心，也抵抗不了帅气的年轻小伙。而我……”

随着时光的流转，他已经把弗兰切斯卡放在了心底深处。这次偶然地找到她的地址又把他唤回了现实。忽视过去让他处于现在的地位，但内心的悔恨还在不停地烦扰着他。

“你去把这个包裹带给女伯爵！”爱责难的罗易克决定道。

“你想都别想。”亚纳喊道，“一个包裹的分发员就想要吸引到塔拉索女伯爵的注意？不，我要给她写信。”

“等信到了的时候……不，我们需要去换换气，我们去那不勒斯吧！”

“你真是像一个孩子。”亚纳嘲笑地说道，“那不勒斯的旅行也很吸引我。我们明天早晨就登上运输这个包裹的船……”

接下来的日子本来要用来做准备工作。罗易克给他的合作者下发了命令。他只会离开几天，而工作还要继续进行。长时间以来，他一直想要去南部的半岛建立分行，他想这次娱乐性的旅行将是他计划的第一步。但最重要的是，他想要亚纳完全地从他的过去解放出来。回到布勒斯尼克是第一步，那不勒斯是第二步。

第二天凌晨的时候，“贝尔斯多”号蒸汽船离开热内亚的港口立刻驶往了南部。

一路无事。天气很晴朗，蒸汽船不受风的影响，航行在自己的航线上。亚纳想，如果上一次出海捕鱼他能自由地操纵马达船，那结果会是很好的。

“‘罗萨’号就要做出壮举了。”罗易克说道，“我打心底里高兴。因为捕鱼是我唯一感兴趣的，它是我身体里的东西。我是一个捕鳕渔夫，一个捕鳕渔夫，尽管我在这里的生活很好，我还是感到无聊。我需要去闻闻我们掏去内脏的鱼的味道，闻闻要腌制的一片鳕鱼的味道……”

亚纳没有回答，但他也有相同的想法。他是波利莱克家族的人，他想念大海。他迫不及待地想要登上“罗萨”号驶往大浅滩。

“我们现在做的事可不太严谨，我和你商量好。”罗易克说道，“我们就说我们是为了玩乐！你有你母亲的消息了吗？”

罗易克有东拉西扯的天赋，能顺着他的思路从一个主题跳到另一个主题。但又从不会离开重点和他深层的动机。

“自从 12 月末就再也没有收到。”

“在我看来，我已经考虑过很多了。”罗易克开始说道，“我也去找，找了我的母亲。她刚到布雷斯特生活不久。她嫁给了一个叫克洛德·马尔赛的人，这是她的第二个丈夫。好像是因为第一个丈夫殴打她。”

他用一种好像被划伤的声音说着，声音被一种犹豫的心情压抑着。他尝试着不表现出来自己的压抑。

“我经常对自己说，回忆过去什么都做不了。我的母亲以她的方式生活，我对她来说什么都不是。如果她曾经想过要找我的话，她毫无疑问很早之前就会做了。然而，现在我明白了，是我需要去看她，这是内心深处的需要。”

他低下头好像自己承认了什么羞愧的事情。亚纳把手搭在他的肩上。

“你不要这样。你的妈妈肯定一生都在后悔曾经把你抛弃。”

“现在，我一直在苦思冥想。现在是该我做最后决定的时候了。”

他们在晚上到了那不勒斯。西下的太阳使得维苏威火山显现出一种赭石色。景象非常宏伟。亚纳和罗易克站着凝视着火山。作为大海的男人，他们也被大地的力量吸引了。

城市很吵闹，环境也很肮脏。人们没有表现出对他们驻足的人行道上发出臭味的垃圾有什么不适。一条街的乞丐把手伸向富裕的路人，路人用脚把他们踢开。

亚纳和罗易克找到了一家乡间客栈来吃饭和过夜。他们坐在桌子旁，身边环绕着玩骰子顾客的叫喊声和他们不停的争论声。

他们在一个像是小提琴共鸣箱的房间里也只睡了很短的时间。木制楼梯上脚步的声音，人们相互打招呼的声音，下层大厅里打斗的声音一直持续到早上 5 点钟。

他们疲倦地起了床。亚纳利用吃早饭的机会去打探塔拉索伯爵的消息。他知道了塔拉索伯爵住在城市边的城堡里，在卡萨帝路上。客栈的老板是一个小个子的意大利人，卡着一张松弛的脸和下垂的眼皮。谈到塔拉索的时候带着些许夸张：

“尤利·德·塔拉索是军队的高官。他出发去抗击土耳其人了。”

“那伯爵夫人呢？”亚纳漠不关心地问道。

男人笑了，抬起眼睛看着天空，做了一个地中海地区的人特有的夸张动作。

“放心吧，那是个非常漂亮的女人。但她和我们这里人的性格不一样。人们说她是从北方来的……”

在补觉之后，亚纳和罗易克走向了卡萨帝路。塔拉索伯爵的城堡在一座山丘上。一个巨大的大门敞向一条笔直的大路，路的两边种着梧桐树。那是一座华丽的白色建筑物，覆盖着红色瓦片的屋顶。大理石的雕像矗立在花园中，周围环绕着小矮树和众多的花丛。亚纳感到很不舒服。弗兰切斯卡的世界和他的不同。他怎么能奢望女孩在这样宏伟的环境下还能够保留着对那个拉小提琴的布列塔尼青年的记忆呢？

“我们不要待在这里了。”他对罗易克说道，“我们已经看到了我们想看的。那个像女仆一样穿着的外国女孩现在统治着这么大的地方。她结交的都是名门贵族……我对她已经不存在了。”

在亚纳说话的时候，罗易克的脑中闪过一个想法：他不是来这里什么都不尝试就离开的。对他来说，命运给了人们跟随的道路，它喜欢人们向他乞求。只有那些愿意奉承命运的人才能得到机会。他拦下了一辆给城堡的马厩送草料的车。

“请问，塔拉索伯爵现在随军去土耳其了？”

“是的。”一个男人笑着说道，嘴里的牙齿都掉了，“这里的所有人都知道。你们是外国人吧，从你们的口音能听出来。”

“是的。我们是从法国来的。我们是花饰和丝绸商人。我们想把我们的商品展示给女伯爵。”

“女伯爵不会接见你们的。她打发走了所有的商人和流动小贩。尤其是外国人。”

亚纳有了主意。他站到罗易克前问正在整理马匹的男人道：

“事实上，我希望把一件属于女伯爵的东西还给她。”

“这关我什么事？我还有其他的事情要做！再说了我怎么能相信你说的就是真的？”男人皱着他的粗眉毛说道。

“这把提琴是弗兰切斯卡·波尔丽的。”亚纳说着打开了盒子，“您看，我知道她女孩时候的名字。我真的认识女伯爵！我们从法国来就是为了给她带来这把昂贵的乐器。”

男人看了看提琴。

“日诺！”他转过头对身后的一个少年喊道，“来这儿！”

日诺个子很高，但消瘦的身体显示出了他的贫困。他柳条似的身体在一件破烂的衣服里打转，膝盖和胳膊都被撕破了。

“你去把这个盒子带给佩里诺。”

随后他转向两个法国人。

“佩里诺是女伯爵最信任的人。他和女伯爵一样是从米兰来的。当女伯爵还是安东尼奥·波尔丽的女儿的时候他就跟着了。他知道怎么处理这把提琴。”

少年拿起乐器，跑到了长长的大道上。在车辆和挡着他的人之间来回穿梭。运送草料的人也给他的马套上笼头走远了。亚纳意识到自己刚刚是不是犯了一个错误。他是不是再也见不到那把提琴了？

“现在我们怎么办？”他问罗易克道。

“我们等那个小孩回来。我们没别的选择！”

塔拉索女伯爵——弗兰切斯卡度过一个美好的早晨之后，现在正在花园中和卡尔米娜还有他的奶妈——温柔的玛格丽特在散步。她的样子与她和家人逃到法国时相比一点儿都没有改变。她有些冷淡的美丽眼睛中充满了光芒，她的乌黑环形卷发披在她一直那样精致的脸庞边。她的身体还是那么苗条，尽管因为女儿的出生胯变宽了。她的女儿马上就15个月了。

自从结婚以来，弗兰切斯卡和丈夫在一起度过的时间很少，作为军队的高官，丈夫经常出差。她经常感到很无聊，和米兰的家人保持着紧密的联系。尤其是和她的母亲，她几乎每天都会给母亲写一封长长的信。因为伯爵的支持，安东尼奥·波尔丽已经恢复了他的地位。作为帮助的交换，弗兰切斯卡和伯爵结婚了。但她没有后悔：尤利是个很好的伴侣。每次休假他都会在城堡举行宴会，那些欢乐的时光让妻子很满意。然而她还没有忘记和布勒斯尼克年轻的亚纳在一起时的美好感觉，没有忘记那一次就像是春天里两次骤雨间的阳光一样短暂的初恋。但是生活和时光消磨了她的记忆。弗兰切斯卡没有再去找那个和她在雨夜度过浓情蜜意一晚的男孩。回忆过去有什么用呢？他应该有了自己的生活，而她也是。

这一天，弗兰切斯卡正在等着他的哥哥尼古拉·波尔丽来看望他。哥哥接管了父亲之前的生意并开始往东方发展。他这次要返回雅典，利用路过的机会来看望他的妹妹。等她返回到房子里的时候，她十分信任的人——管家佩里诺来找她了。

“夫人。”他躬身施礼说道，“我那里有一个年轻的男孩给您带来了一把乐器，他说是您的东西。我应该如何回应他？”

弗兰切斯卡感觉自己的心脏扑通扑通地超速运行了。

“一把乐器？什么乐器呢？”她终于平静下来说道。

“是一把提琴，夫人。”

“一把提琴？”

她看着周围的一切，好像这个金碧辉煌的大厅一下子变成了在遥远的布列塔尼破烂的房子。

“快把这个男孩给我带来。”

这个消息让她心中动荡不安。一把提琴！她想到了在谷仓那一晚之后自己留给亚纳的那把提琴。

瘦高的日诺,帽子拿在手中,十分羞涩地被引进了他只看到过外面的城堡里。他终于近距离见到了美丽的伯爵夫人，他在夫人面前低着头。伯爵夫人一下子把他手里装着提琴的盒子夺过来，放在椅子上打开。

“我的上帝啊。”她嘟囔道。

她把乐器从盒子里取出来，全神贯注地审视着。这就是她的瓜奈里·德·耶稣，那个年轻的布列塔尼人曾经用这把精美的乐器奏出了那样悦耳的音乐。她颤抖着向低着头的日诺说道：

“告诉我，是谁给你这把提琴的？”

男孩看着佩里诺，向他请示准许说话。伯爵夫人很不耐烦。

“你回答我啊？是谁给你的这把提琴？”

“有两个人。”男孩含糊不清地说道。

“啊？”伯爵夫人说道，很失望，因为她等的是一个人，“那这两个人，是怎样的两个人呢？”

“他们的口音很奇怪。我的老板说那是法国口音。”

“你说什么？”

弗兰切斯卡又继续对他喊道。日诺把他瘦削的头缩在瘦弱的肩膀里。他不敢再看着面前的夫人，生怕又惹来夫人的雷霆大怒。他想要逃出这间房子。

“告诉我，”弗兰切斯卡说道，“两个男人里有没有一个有什么特别的特征，我不知道怎么说，比如一条疤痕？”

日诺又看着佩里诺，佩里诺示意他继续说下去。

“是的。”他说道，“有一个人的脸上是有一条。就是这样。”

男孩拿他的指头指到右脸上。

“快跑去给我把他找来！”弗兰切斯卡烦躁不安地命令道。这让佩里诺感到很好奇。

男孩不敢动，还是看着佩里诺等待他下发指令。

“好，去吧！”他向男孩命令道。

日诺迈着长腿笨拙地跑起来。佩里诺想和弗兰切斯卡说话，但是夫人告诉他让他离开，她想要一个人静一会儿。

弗兰切斯卡走到窗户旁。她的心脏快速地跳动着。现在她的过去又和她连接了。在这些年。她不想去想亚纳，因为自己的生活中再也没有他的位置。她拿起了小提琴，把嘴唇放在亚纳曾经用手抓的把手，想要透过年老的清漆寻找他的味道。她哭了，满心喜悦地哭了。她突然间感觉自己就像是一个出门在外旅行了太长时间的人就要结束自己的旅程。她想到了尤利，令人自豪的高官正在为他的祖国战斗——她重新恢复了镇定。亚纳已经变成了一个陌生人。她知道自己爱过他，因为那时他是一个自由的男孩，而自己是一个逃亡者。

为什么现在还要见他呢？为什么要为了一份简单的回忆而冒着种下不幸种子的风险去见他？亚纳已经不再是她记忆中的那个人。她肯定会失望的。再次见面除了痛苦什么都没有。

日诺一直跑到了公园的门口：两个法国人已经不在了。他恐慌地询问坐在用驴拉着的搬运车上的农民。根据他的描述人们告诉他看到这两个男人朝着那家乡间客栈去了。他跑得上气不接下气。终于找到了已经坐在桌前的两个外国人。亚纳看到了他向他招招手。

“你已经把提琴交给那个夫人了？”

他气喘吁吁的，只能点头表示肯定。

“她说什么了？”

“她说‘去把这个男人找来！’”

亚纳结结巴巴地和男孩说了句谢谢，与此同时罗易克把一个钱币放到了男孩手中。当男孩走远了，亚纳问道：

“我现在该怎么做？”

他心里也问自己道：现在还有理由去见一个已经变成伯爵夫人的她吗？

“我们走吧！”他决定道，“我们知道的已经足够了。我已经把提琴还给了它的主人。现在，我们在这里没什么可做的了。”

他把酒杯拿起来放到嘴上。罗易克看到他的手在颤抖。

“走吧。”亚纳站起来又说道。

他走出了客栈，罗易克一下子抓住他。

“你明白你在做什么吗？你把这唯一一次机会都放走了！”

亚纳上了马背，随后向与城堡相反的方向疾驰而去。罗易克扑向他们的包裹。然后两人并排着骑马奔跑，什么都没有说。尽管是春季，但气温已经很高了，马很快就露出了疲惫的迹象。他们停在一个小村庄前，村庄里的钟楼矗立在山丘间。

“好了。”罗易克说道，“现在你过多的精力也用完了。我们应该安静地谈谈了！”

“我想要尽快离开那不勒斯。我要回热内亚。特蕾莎还在等我，我应该马上结婚。”亚纳说着像是要说服自己。

“你就这样停了？塔拉索伯爵夫人想要见你。在人家的地盘不遵从她的命令是个严重的错误。”

“我求你了，罗易克，别再开玩笑了！伯爵夫人有她的生活，我有我的生活。我们不会再有什么交集了。过家家的儿戏应该停止了！”

他们返回到了客栈。夜幕降临了，罗易克对同伴的行为很恼火，对他说道：

“你表现得就像个小孩子。你在每次要找到自我的时候就逃避。你害怕你的黑暗。这不是一件好事。明天，你去城堡。一个人……”

第二天，罗易克很早就离开了乡间客栈。亚纳一个人焦虑不安地去了塔拉索的城堡。一晚上的思考有个成果：他早上决定不愿第二次让机会溜走。穿过公园通往城堡的长长的大路上，挤满了贩卖蔬菜的菜农的双轮运货马车，以及其他的商贩和乘坐着汽车或者是双轮马车的游客。亚纳寻找日诺，但没有找到，所以决定自己走一步看一步。

他穿过长长的大道，人们没有注意到他。他一直向前走，没有考虑会有什么后果，脑子里只有一个图像：弗兰切斯卡。他到了门房前。一个守卫走过来拦下了他。

“告诉塔拉索伯爵夫人，亚纳·波利莱克想要见她。”

守卫告诉他的同伴去通报，他又站回了先前的位置去审查其他游客。亚纳等待着，心扑通扑通的，大脑一片空白。一会儿之后，一个仆人出来对他说道：

“伯爵夫人在等您。”

他没想到事情会这么容易。他满心焦虑地迈着迟疑的步伐跟在仆人身后。走过一条长长的走廊，他们进入了城堡的主体。随后，仆人敲开了一间房门并示意他进去。他进去后门又关上了。亚纳惊讶地发现，这间金碧辉煌的大房间里只有自己一个人。他听到身后传来轻轻的脚步声，但不敢回头去看。弗兰切斯卡站到了他的面前。

“亚纳？”她小声地说道，好像在怀疑面前的人是不是亚纳。

亚纳一个字也说不出，也做不出一点点回应。他就站在伯爵夫人的面前，表情呆板，心里想着自己拙劣的穿着。她没有变。虽然，她的衣服变得奢华，贵妇人的自信让她的举止更加尊贵，依旧那样冷淡，但眼前的就是那个曾经住在“吊死者之屋”的那个弗兰切斯卡。

而在弗兰切斯卡的一边，她没有看到记忆中的那张脸。他已经不再是一个小公子哥，站在他面前的是一个在海上阳光照射下皮肤变成棕色的粗壮男人。她转过身朝着放着提琴盒的桌子走去，桌上的提琴盒子打开着。

“它一直都跟随着我。”亚纳说道。

两人都不知道该怎样使现在与他们的过去接轨。

“我已经变了很多。”她为了打破沉默低声地说道。

她的胸口好像压着一块巨石。

“你呢？”她接着又叹息道。

“我变成了一个捕鳕渔夫。”

波利莱克医生的儿子在塔拉索伯爵夫人的面前感觉自己很渺小。他们第一次见面时的角色相互置换了过来。他是多么想要解释自己的承诺。

“我发现自己流淌着大海的血液。我的祖父就是捕鳕渔夫，他和他的船还有船员们在纽芬兰的某个地方沉没了。他的灵魂萦绕着我。”

“那提琴呢？”

“水手没有那么精致的手去拉小提琴。但我现在还能拉一些曲子。”

她笑了笑。亚纳从她的尴尬行为中看出她是想要打发自己。他走向了门口。

“别走！”弗兰切斯卡对他说道，“我们还没有都说……当我那天晚上和你在谷仓的时候，我就知道我们第二天凌晨要离开。我们又一次逃跑了……但这次机会站在了我们这边。伯爵的密使在该死的佩里尼一家之前找到了我们。我们回到了米兰，一切都解决了。”

“你的父亲因为你和我说过的过失被审判了吗？”

弗兰切斯卡走过了房间面对着窗户，眼神凝重，像是在认真地回忆过去。

“我的父亲原来和安德鲁·佩里尼一起做生意。他们在印度开设了分行去进口丝绸，高档棉布和香料。但是英国人才是那里的主人，英国人设法使他们破了产。佩里尼控告我的父亲是这次糟糕生意的主谋。而我父亲又在安德鲁美丽的妹妹比昂卡的影响下签订了一堆的合同。我们在一夜之间变得一无所有。我父亲感觉自己被合伙人玩弄了。他们争论起来。然后安德鲁就昏倒死了。他们控告是我的父亲杀了他，但是证人们证明还没有打斗安德鲁就昏倒了。但是我们已经破产了，怎么能得到真相呢？我们只有逃跑求助我父亲原来的朋友——

塔拉索伯爵。说说你吧，你变得如此不同……”

她又向亚纳走去，站在了屋子的中央。

“我在霍普代尔待了一年。那是拉布拉多的一个地方，一个冰雪王国。我娶了伊丽莎白，她在我的儿子皮特出生之后去世了。从那以后，我就和我的朋友罗易克·塔耶维住在热内亚。我们在准备出海去捕鱼，用我们自己的船。那你呢，你……”

“我嫁给了拯救了我的家人的伯爵。我们有一个女儿叫卡尔米娜。”

随后两人陷入了沉寂。这所有的时间，这些生活经历又把他们拉回了各自的生活。两人一直没有说话，亚纳又一次地走向了门口，这一次弗兰切斯卡让他离开了。

罗易克晚上在客栈找到了他的同伴。亚纳因为生气用带着嘘声的声音和他说：

“你让我犯了我这一生最大的错误。她就像是见个奴才似的接见了我！”

罗易克了解亚纳，他糟糕的真诚让他看不清眼前的真相。

“事实上，你的骄傲阻止你真诚地对待自己！你到底想要什么？如果弗兰切斯卡一点都不理会你，这就完美了！去和特蕾莎结婚吧。你已经把你的过去扫清了。你还要怎么样呢？”

确实，他还希望怎样呢？亚纳咬紧了牙。罗易克说得很对，但是自己还是很恼火。他不相信和特蕾莎在一起会快乐。

“这个婚姻注定要失败。我相信我会回到布列塔尼。我会变成捕鳕渔夫中的一员，我要照顾我的儿子和我的母亲。这是一条明路。”

罗易克用平稳很多的语气说道：

“如果我们没有来这里，你这一生都会寻找弗兰切斯卡。现在，虽然你感觉很痛苦，但一切都结束了。你要去建造一些别的东西了。听我一句，让时间去证明。没有人知道未来会是怎样。你很快就要出发去捕鱼，这个才是重点。”

“你说得有道理，但是……”

他不知道该怎么解释自己见过弗兰切斯卡之后的不安。罗易克接着说道：

“我们3月12日登船。你将是‘罗萨号’的船长，而我是大副。我们去检验我造的拖网。另一艘船在6月的时候回来，把第一批的货物运到波尔多。至于这个往返的交通工具，我想让‘玛丽皇后’号去做。默尼耶已经同意指挥，也同意了缩小船员的数量。我们今年就雇佣帆船，明年我们再看。”

“好主意，科皮亚克也会满意的。”

预期的出发让亚纳感到很兴奋。自从他生活在意大利，他就一直思念他的祖国。他每晚都会做梦骑马走在布列塔尼的乡村里。他没有找到任何一个其他地方有相同的景色，冈峦起伏的乡村牧场和小田地轮作。相比于班波尔的港口、意大利的港口，包括波尔多的港口，都被混杂的桅杆、缆绳、破渔网和捕蟹的柳条笼占满了。就像他只在照片上看过的祖母一样穿着黑衣服的女人，年老的捕鳕渔夫坐在酒馆里谈论出海、谈论暴风雨的那种气氛都让他想念。现在他已经找到了弗兰切斯卡，他暂住在这个半岛上也变得没有了意义。

“这里，是阳光明媚。”亚纳说道，“但是哪里有大海的呼吸——潮汐呢？海风呢？雨呢？我们感觉就像被困在一个兽笼里。我想回布列塔尼去。我已经想了很久了，等这次渔季结束了我就回去。”

他们沉默地喝光杯中的啤酒，眼睛望着大海。

“你知道吗？”罗易克无意地说道，“弗兰切斯卡没有向你走近那一步，但你呢？你向她走近那一步了吗？”

没有，他一直待在他的谨慎中，想在这个贵妇人背后找到那个“吊死者之屋”的女孩。而在另一边，记忆中的那个男孩已经长大了，那个能令人惊奇地演奏提琴的男孩，弗兰切斯卡已经看到他变成了一个棕色皮肤的水手，深陷的双颊，那是大海给他成熟的印记。在很平常的谈话背后是他们两人藏着的失望。

“或许你应该给她写信。”罗易克建议道，“文字这个东西，当它们漫游的时候是那样的轻盈，很容易就能到达目的地。”

“再看吧。”亚纳说道。此刻他正想着特蕾莎，想着把儿子带入自己的人生中。

几天之后，1910年3月10日，正当他们准备出发去纽芬兰、去拉布拉多的时候。一封来信又让一切画上了问号。亚纳接到了入伍服役的命令，母亲希望他遵守这项命令。他要去加入驻扎在布尔日的军团，位于法国的中央大区，远离大海，远离港口和船只。他的军队服役期限会持续两年，这对他来说是很长一段时间。尽管他一直徒劳地和自己重复“你不是去打仗的”，他还是感觉自己去了就再也回不来了。

他首先给母亲写了封信：我的生命在两年前就停止了，但这不会推迟我的计划。我很想回去生活在布列塔尼你的身边，去抚养我的小皮特。而相反地，与特蕾莎的婚约会延期，这不会阻止我在休假的时候带她见你。

他还说道，他忠诚的朋友罗易克·塔耶维随后也会入伍，但时间会稍微迟一些，或许是在1910年年末的时候。

接着，他又拿出一张纸。笔头在纸上停留，却没有写下一个字母。终于，他开始写道：那天，我在你城堡的客厅里惊慌失措得就像是一个小孩。在美丽尊贵的伯爵夫人面前，我找不到那个我认识的弗兰切斯卡。而你，你也认为对面的是一个陌生人，一个捕鳕鱼的渔夫，一个平民百姓。我离开的时候真想大声地号叫。然而，在我的内心里，什么都没有变过。你的提琴从来没有离开我。今天早上，在我就要入伍之前，我感觉我就像缺了一条胳膊。我们的路可能再不会有交集。永别了，美丽的外国女郎……

这是一杯倒入大海的水，一份永远不会有回复的无用信件。而这封信产生什么后果也追溯不到他的作者。他把信对折用蜡封好之后写上了地址，随后紧紧地拥抱罗易克。自己离开了。

他出发了，就像是被推上断头台的死囚。

Chapter 22

亚纳被编入了一支步兵军团。很快，他就开始想念大海了。可敬的埃里克·波利莱克的孙子把自己比作了我们关在笼子里要迁徙的候鸟，任凭它无聊地死去。曾经希望做一名军官的他现在满足于做一名下级军士。

开始的几个星期，他收到了很多特蕾莎的来信，女人向他保证他的离开对自己来说什么都不会改变。他们的婚约已经推迟了，但是她会等着亚纳的。罗易克也写信告诉他自己也准备出发入伍了。他申请被分配到海军去；但他最近得知他将被编入阿尔卑斯山猎步兵。至于我们的生意，它因为我们的离开会受到很大的影响。我已经找到一个可靠的经营人来替代我们，但是当猫不在的时候老鼠也就放松了所有的警惕。我对目前的情况并不乐观，但你不要担心，如果需要的话我们再从零开始。默尼耶已经得到了“罗萨”号的指挥权，我想要把“玛丽皇后”号委托给巴赫奈克，但是他已经在别处找到指挥的工作了。所以，“玛丽皇后”号会待在码头，因为我没有船员去让它航行。如果有过剩的鱼的话，它们会被卖到圣皮埃尔。而剩下的鱼会被运回波尔多。

顺便说一句，我买了一辆汽车。这和马可是两种东西。我对正在酝酿中的这个世界感到非常兴奋：火车可以在三天的时间内穿越法国。我们可以乘飞机渡过英吉利海峡。你知道吗，我们说过的那艘大船——著名的“泰坦尼克”号，那艘根本不会沉没的大船，将在1912年的4月开始穿越大西洋的旅程，会有超过两千名的乘客。真遗憾我们不是自由身，不然的话我们可以登船去做这次将会被记录在航海历史上的穿越。

亚纳通过往返于法国海角和纽芬兰的船只给修女詹妮和他的儿子写了很多信，修女詹妮回信告诉他，皮特的身体很好，他现在会讲英语和一点儿法语，他迫不及待地等他的爸爸到来。

在1910年8月初的时候，亚纳有第一次休假的机会。他没有和特蕾莎说，只身一人返回到了布勒斯尼克。对父亲的记忆萦绕在心头。他记得因为他的错误而去世的父亲最后的眼神。他在营房与母亲的信件来往中明白了母亲对他的态度。母亲给他回信说日子很漫长，充斥着无聊。从前她最爱的两项活动，弹钢琴和阅读现在也给不了她一点儿乐趣。尽管亚纳在信中把皮特描述成了一个十分可爱的孩子，但母亲的回信中却对皮特只字未提。

当西蒙看到他从军营回来的时候，他都不敢相信自己的眼睛。亚纳和他打过招呼之后走上了台阶去敲厚重的门。他的母亲来给他开了门然后倒在他的怀里。他们感情激动地互相拥抱。这让亚纳的心中感到很开心。

“是你吗？”她挣脱开之后问道，仿佛不敢相信她看见的一切。

“十天的休假，这十天是给你的。”

她看起来很开心，尽管她的眼神还是依旧冷淡。亚纳对自己说自己的这条回路又闭合了，在浏览过大海和遥远的国度之后，他洗刷掉了少年时的坏脾气，又回到了这个他曾经不懂得欣赏的宁静房子里。随处都是对父亲的回忆，亚纳估量着自己失去的东西。他曾经在这个宁静祥和的地方播下了不幸的种子，就为了一份他已经永远失去的爱情。他发现了母亲的衰弱。母亲已经失去了漂亮的外形，变成了一个有一双悲伤的眼睛的老妇人。对母亲来说，大海也带走了她的一切。

“你吃过饭了吗，只吃过一顿？走，去厨房。我相信那儿还有中午剩下来的东西。莉亚做的苹果酒兔肉非常好吃。”

亚纳任母亲把自己引导到了这间拥挤的屋子里，他想象波利莱克医生正在那里吃早餐。当母亲把一个锅放在还热的炉灶上的时候，他坐到了自己熟悉的位置上。沉寂又降临在两人之间，亚纳想到了一些事情但他并不想说。母亲把一个盘子和餐具放在桌上，拿出了一瓶酒。

“对我父亲的思念一直没有离开我。”亚纳小声地说道。

约瑟芬走近儿子，抓住了他的手，母亲的动作那样温柔，使得亚纳感动得眼里噙满了泪水。

“他曾经是那么强势，那么决绝。使得我们现在还是不断地想念他。”

她快速地吻了一下儿子的额头。亚纳站起身来把母亲紧紧抱在怀里。这时锅里的酒汁浇兔肉沸滚了。

“我这一辈子都会为父亲而悲痛的，”亚纳又说道，“我们曾经就需要那么点东西就可以好好相处。”

约瑟芬把一只浇了稠腻料汁的兔子腿放到了亚纳的盘子里。食物的味道使得亚纳又回忆起了自己那么想要忘记的童年。

“他的那些黑暗的日子就像是给他带上了一个铁球。在十岁的时候，大海就夺走了他无忧无虑的生活，他认为他做的事情都是在保护你。相信我，我曾希望他不会改变自己的想法。”

亚纳很有食欲地吃着盘子里的食物。这是他长久以来在这个厨房里吃的第一顿饭。母亲坐在他的对面，眼睛一直看着他。一些话似乎使得他们的距离拉近了，约瑟芬的脸上也发了光。好像在突然间，她停止了悲伤。

“和我说说皮特吧。我知道他生活在一个什么都没有的国度，但如果你能给我一张他的照片就太好了。我能够根据名字想到这个小男孩的样子，你明白吗？”

“我会写信给修女詹妮的。但我不确定霍普代尔有没有相机。不管他怎么样，我都会把他带到这里的。在我结束我的军队服役之后。”

当他吃完之后，约瑟芬把盘子和餐具都收拾到了洗碗池里，莉亚下午的时候会来清洗的。亚纳拉着母亲上了楼，走到了曾是他生活的一部分的书房。钢琴盖开着，一张肖邦的乐谱摆在乐谱架上。提琴也放在原来的木盒子里，在他没有接触到弗兰切斯卡的提琴前他非常钟爱这把提琴。他拿起提琴，在母亲满意的目光下调音。

“你还记得我们两人一起演奏的贝多芬第二奏鸣曲吗？”

当亚纳把母亲拉到了钢琴边，母亲笑了笑，脸上又有了从前的笑容。

“我不会了。”她说道，“我已经手生了。自从我成了一个人，我就再也不想演奏了。如果音乐不是给某个人的话它就没有意义了。”

亚纳在架子上的乐谱中翻找出了那首著名的奏鸣曲,上面还有母亲的注解。

“我们试一试？”

“我可不和你保证会弹出什么！”她说着坐在了钢琴边。

他们开始弹奏，各自奏错的时候就笑一笑。过去的已经过去了。亚纳从他提琴的声音里又找到了一些快乐，虽然声音和弗兰切斯卡的提琴比起来十分的苍白，但那是过去的声音，他曾经不懂得欣赏的那段快乐时光。他们从头开始了好几遍，最后终于能够几乎完整地演奏这支世界上能使提琴声和钢琴声极其自然地结合的奏鸣曲，在音乐中不同的乐器声音完美融合，每一个音符都紧密地衔接。

当他们停下演奏的时候，彼此看着对方，哈哈大笑起来。这是这所房子长久以来的第一声笑声。在厨房里洗碗准备晚饭清汤的莉亚听到楼上的笑声，自己也笑了。

随后亚纳带着母亲去散步。人们惊讶地看到波勒·波利莱克的遗孀拉着儿子的胳膊走得那样轻快。人们都说她痛苦得都不能走出院子，但现在她走起来就像是个年轻的姑娘。她一边回应着人们的问好，一边和行人打问着村子里的新鲜事。

“你看他们。”她在儿子的耳边说道，“他们都嫉妒我挽着这样一个帅气的军官！”

然而，在广场转了一圈之后，约瑟芬就感觉累了。她不想去强迫她疼痛的腿，决定回家去。

第二天，亚纳提议他的妈妈去班波尔的维尔日妮·科皮尔克家里去。他们在临近中午的时候到了班波尔。维尔日妮张开双臂欢迎他们。她告诉亚纳，罗易克在这里住过几天，他已经安排好了他的生意。

“所有的这些纸，我都看不懂。幸运的是他能给我讲明白。他和我说在他服役期间‘玛丽皇后’号就停在码头。还有，他还帮助了我，没有他我都不能住在这所房子里。我每天都为这个善良的孩子祷告。他就像个真正的儿子一样对我。”

亚纳一周都过得很开心，他意识到自己这些年有多么想念母亲的爱。他们每天都在一起。他们会去散很长时间步，经过波勒·波利莱克的坟墓的时候就静心冥想。

他们经常会闲逛到通过森林到“吊死者之屋”的那条小道上去。不知道什么时候开始，有工人在发奋地修补这座废墟。

“这个房子卖掉了？”亚纳问道。

“是的，我听说是一个甘冈的富商买了它。看起来他想要建一座城堡！”

“我们等着瞧吧！”亚纳说着有些伤感，因为经过修补，工人们会抹去这里弗兰切斯卡最后的痕迹。

他们还去看望了路易叔叔和萝丝，他们的女儿都留在了圣布里厄。萝丝说柏丽娜会在夏初的时候结婚，而马尔泰在秋季初的时候也会订婚。约瑟芬对亚纳说道：

“我真应该感谢路易和萝丝在我一个人生活的时候给我带来了快乐。他们对我非常好。”

路易还是没有变，额头上刚刚长出了几条皱纹。谈起他的船的时候他还是满怀激情，而他的船却让萝丝很恼怒：他们的房子里已经被堆满了船，他永远也不会冒着把他珍贵的三桅帆船毁坏的危险去搬家。路易不停地问亚纳纽芬兰、拉布拉多的事情，尤其是他梦想着建造一个缩小的地理模型。

“说真的，你说得有道理。”路易承认道，“海上是没有美丽生活的。”

“那你呢？”亚纳问道，“你为什么从来不上船呢？”

“因为我是波利莱克家族的一个另类。我太软弱了。我很喜欢简单的生活……”

休假结束后，亚纳一身轻松地离开了。他已经又重新和他的童年，他的家庭联系在一起。他感觉自己变得更加强大，可以去面对未来的一切。心里唯一的阴暗面：“吊死者之屋”的修复工作又使他对弗兰切斯卡的回忆复苏，他后悔自己在离开意大利的时候给塔拉索伯爵夫人写了那封信。

1911 年秋天，亚纳有机会和提前应征的罗易克一同休假。没有家的罗易克自然而然地住到了维尔日妮·科皮亚克的家里。在 10 月初的时候，捕鳕渔船已经从纽芬兰、拉布拉多和冰岛回来了。“罗萨”号是第一批到达的船只，船舱里满载腌制的鳕鱼。亚纳和罗易克去波尔多，帮忙卸鱼的时候感觉到了鳕鱼质量的上乘。拖网的效果很好。默尼耶又找到了生活的乐趣：

“开始的时候很困难。”他解释道，“需要准确地找到浅滩。前期的几天，我们捞上来的石子都比鱼多，但是随着时间的增加，我们明白了哪里有肥美的鳕鱼。我们又向北航行，在那里我们的捕鱼成果非常惊人！未来就在那里。如果科皮亚克知道的话，他也会和我们一起去的。”

罗易克感觉很满意。他竟然成功地说服了最执拗的水手们！他的商业意识从来不会缺失，他又回到了热内亚去找他的合伙人。

到了热内亚，特蕾莎向他打听亚纳沉默的原因，但她已经明白亚纳的意思。罗易克告诉他亚纳已经和他的家里联系在一起，可能永远都不会生活在意大利了。奥古斯都·玛格丽对此表示很失望，但这已经不是他第一次给女儿订婚约了，他也不希望女儿嫁给一个普通人。他把罗易克邀请到了家里。年轻的意大利女郎很有机遇意识，他对罗易克说道：

"我一直想要认识你。但是亚纳阻止了我。他是那么的妒忌！我们失去了很多的时间，我们两人……"

罗易克任由她去说，自己做出很有风度的样子。现在，罗易克还需要她的父亲，在返回军队的时候他就会和女孩拉开距离，因为他一点儿都不想娶她。

11 月初的时候，两人又回到了军队。他们的军衔都升了，但不是因为对军队产生了信仰，而是为了躲避繁重的日常劳动和改善他们的伙食。罗易克已经开始着手创办一个大的航海公司。他一直强调捕鳕渔夫们把鳕鱼送到专业的工厂去晾晒损失了很多钱。在他看来，增加利益最好的方法就是控制整个生产线，把捕到的鱼分配给杂货店，鱼店，给所有能买到鳕鱼的地方。他写了一封长长的信把自己的想法解释给他的同伴。亚纳给他回信，想要使这个新生企业家缓和他炽热的心情，告诉他应该停止动不动就发脾气。他们两人相辅相成，长久以来他们就彼此知道这一点。他们知道他们其中一个如果离了另一个人，那就什么也不是。罗易克很有想象力，有未来的视野，知道怎样去利用世纪初革新事物。而亚纳则在把握成功的细节上很出色，因为他有一个清晰的头脑，能够注意到罗易克忽略的风险。

圣诞节前，亚纳收到了一封皮特的信。男孩笨拙地在纸上画上了单词祝他圣诞快乐，告诉他自己在等他。亚纳非常感动，把皮特的信寄给了母亲。"我能够感觉得到，这个孩子的到来正好会重新给予我们大房子生命。"母亲给他回信说，"上帝没有忘记我们，我相信我就是那个走运的人。我想到了孤苦伶仃的维尔日妮·科皮亚克，我想要和她分享我得到的新幸福。"

1911 年过去了。"罗萨"号在默尼耶的指挥下，又一次成功地满载而归。

1912 年春天，就在船只刚刚出发的时候，一个意想不到的事件深深地触动了罗易克，他写信给亚纳说道："你肯定听说那个消息了。'泰坦尼克'号，这艘用所有现代科学建造的华美越洋船，几小时就沉没了。事故有几千个受害者。

这艘号称不会沉没的船显示了人类的雄心是有限制的。尽管‘泰坦尼克’号肯定有缺陷或者是弱点，工程师们也会研究出来解决办法的，下一艘船会更加的安全，但是大海总是有下一个未知的东西。”

在布勒斯尼克的边界上，“吊死者之屋”已经变成了一座精美的建筑。房子周围的土地已经被改造成了一个花园，种着种类稀缺的树木和大量的花。人们都去那里赞美这个曾经被诅咒、被遗弃的地方。但是房子里一直没人住。亚纳很惊讶这个房屋所有者投资这么多的钱却不来享受他的成果。没有人见过房屋的主人，受委托改造房屋的是一个圣布里厄的建筑师，当人们问道他的委托人时他却总是含含糊糊。房子的百叶窗一直闭着，公园的门也关着。班波尔的工人会定期来修剪草地、整理花园，然后就离开。这座没人居住的建筑已经变成了这个地区最美丽的不动产。人们对它议论纷纷，那些虚无缥缈的流言四处流传。约瑟芬在信中给儿子讲了这些事情，还在信中给儿子讲述自己每天的消遣——读塞古尔伯爵夫人的字句。

在 1912 年的 5 月，亚纳终于自由了。他返回了布勒斯尼克，很遗憾自己没有赶上刚刚出发去捕鱼的船。但并不要紧：崭新的生活展现在他的面前。罗易克要等到秋天的时候才能被解放，他要求亚纳去波尔多处理晒干的鳕鱼。随后亚纳要去热内亚处理这两年搁置的事情。亚纳很担忧会面对特蕾莎，但是年轻的女郎已经去了罗马，而玛格丽也没有责怪他：他总是有新的未婚夫介绍给他的女儿，这次是一个银行家的儿子，这能够帮助他日益衰微的生意。

7 月 20 日晚上，布勒斯尼克的居民惊讶地看到十多辆豪华汽车行驶在村子的主道上，进入了人们还继续称为“吊死者之屋”的花园里。亚纳正在和母亲像往常一样散步，他认为新的主人要举办一个宴会来庆祝乔迁之喜，也没有太在意这件事。

这是极美的一晚：空气温和，一阵轻柔的海风送来一丝清凉。罗易克正在休假，就和维尔日妮坐汽车从班波尔来和亚纳及他的母亲吃晚饭。约瑟芬·波利莱克家的房子里已经安上了电灯，电灯的光芒照着已经摆放好桌子的露天阳台。微风带来了节日的气息。交响乐团断断续续的音乐声能传到亚纳家中，给本已经很舒适的夜晚更增添了些许欢快。

大家正在喝浓汤的时候，亚纳突然愣住了，勺子还举在空中。他这样的状态保持了一会儿，听不到母亲的问题，也没有理会罗易克疑惑的眼神。喝彩声中清晰地显现出一阵音乐声，是用小提琴演奏的一首勃拉姆斯的匈牙利舞曲。

“这不可能！”亚纳小声地说道，“我肯定是弄错了……”

但他心里明白自己没有弄错。亚纳有音乐家老练的耳朵，他能够辨识出乐器的声音。他又想起来当初第一次拿着弗兰切斯卡的小提琴，他给女孩演奏的就是这首曲子。

“这不可能！”他重复着从桌子旁站起身来。

他没有看惊讶于他奇怪态度的母亲便走开了。罗易克已经明白了是怎么回事，告诉波利莱克夫人让他去吧。

他像个机器似的穿过村子，没有理会路上遇到的人对他友好的问好。他一直走到了森林里，找到了他从前走的那条小路，通过勒布尔丹河潮湿的河岸，然后到了那间自从他与弗兰切斯卡浓情蜜意一夜之后就再也没有变过的老谷仓前。

他到了“吊死者之屋”，站在大门口。一群宾客示意他进去。他们都是化过装的，有一些装成了皮埃罗，其他的人装成了古世纪的仆人。所有人都戴着面具让人认不出来。一束明亮的电光照耀着铺石的院子，院子里停着十余辆漂亮的汽车。两个女人拉着他的胳膊把他带到了一个大厅的里边，大厅里非常暖和。身边人们谈论的噪声很大，他听不懂人们说的是什么语言，但确定一定不是法语。仆人们给宾客呈上了餐前点心和香槟酒。亚纳问自己眼前这不真实的一切是不是在做梦。他想要离开，但是另一堆宾客挡住了他。

“对不起，我以为我听到了一个我认识的提琴的声音。我肯定是弄错了，我要回家了……”

“不许走！”一个女人用浓重的意大利口音说道，“您就是我们的客人。我们从来没有这样疯狂地笑过，从来没有举行过这样的宴会。”

亚纳没有玩乐的心思。他急着回家去找他的母亲和罗易克，他们都以为他是疯了。这时一个乐手向他走过来，演奏的还是那首勃拉姆斯的第五匈牙利舞曲。亚纳看到了他的提琴。

“这是从哪里来的？”他问道，“是谁卖给你的？”

他认为如果弗兰切斯卡摆脱了这个乐器，那也就说明她想从记忆中抹掉这段回忆，属于亚纳的那一部分回忆。但是它怎么会凑巧就出现在这里呢？

“您跟我来，”年轻的乐手说道，“我去给您介绍是谁给我的提琴。”

他冲开了亚纳面前的人群，推开了高谈阔论和喝多了酒的宾客。他离开了屋子，敲了敲一间小客厅开着的门。

“您就在这里等吧。”他说着把提琴放到了一个小圆桌上。

他走了出去关上了门。亚纳一个人就感觉是在一场醒着的梦境中，就像是突然间，他就到了另一个地方。对面的一扇门没有声响地开了。亚纳感觉自己要支撑不住昏厥了。一个女人向他走来，即使脸上带着半截面具，亚纳还是能认出她来。她走近亚纳，对他笑了笑摘下了面具。

“弗兰切斯卡？”他小声地说道，内心极不平静。

“嗯，是弗兰切斯卡。这座房子以后就是我的啦。”

“它不是一个富商的……”

“那都是我们放出去的谣言。我想要秘密一直保持到今晚，一直到我们重逢。”

亚纳已经被震得昏头昏脑。他不知道该如何做出反应。仆人端来了香槟酒，随后踮着脚尖退下了。

亚纳终于大胆地说道：

“离开那不勒斯之后，我以为我们之间的一切都结束了！”

“我那时只能那么做。我是塔拉索伯爵夫人。还有……还有，我很害怕。”

"你现在不再是塔拉索伯爵夫人了？"

"是，从某种意义上来说。但我的丈夫因为在土耳其受伤过重去世了。我欠他很多，他曾经那样关切……但他希望我继续生活。所以我就出现在这里了。我现在是自由身，我相信你也是。来，拿着提琴再给我演奏吧。"

亚纳颤抖着不知道该怎样把乐器固定到他的下巴上。终于，音乐声溢满了整个房间。好几扇门打开了，宾客们在一种冥想的沉寂中走进房间来听他演奏。亚纳演奏出了他以前从没有演奏出的音乐；他本以为自己已经被海上的工作和两年的军旅生涯变得麻木迟钝的手指，此刻又找到了它们的敏捷灵活。提琴奏出了完美的音响……

弗兰切斯卡笑着，跳动的乐符招来人们阵阵喝彩声。宾客们惊讶地嘴大张着倾听着他的音乐，他们惊讶于这个意外出现的陌生人竟有这样的音乐天赋。只有女主人是唯一不意外的人。

当亚纳停下演奏的时候，似乎是一个天使刚刚来过。弗兰切斯卡请求宾客们去尽情享受奶油小点心和香槟酒。宾客们离开了，她关上了门朝着她的音乐家转过身去。

"我父母和尼古拉要来这里住几天。他们也急着要看看这座房子。"

"你并不喜欢这个多雨的地区，这里也没有意大利那样温暖的太阳。你改变主意了？"

"只要和你在一起，我在哪里都很开心，即使是一点太阳也没有。"

第二天，亚纳把弗兰切斯卡介绍给了母亲。约瑟芬热情地欢迎了意大利女人。母亲在一个保守的男人身边度过了一生，她不知道怎样去表达自己的内心浪漫的感受。见过弗兰切斯卡之后，她也看到了儿子是多么走运。打心底里，约瑟芬喜欢那些以喜剧结尾的王子和牧羊姑娘的故事。

7 月末，亚纳和罗易克乘着邮船到了拉布拉多海域。他们找到了捕鱼成果颇丰的"罗萨"号。平底小捕鳕渔船已经被弃用了。与之前下锚停船不同，现在的船拉着拖网去捕鱼。拖网捕鳕渔船的节奏更快，每次收起拖网鱼的数量都很可观。需要额外的工作就是把鱼从渔网上取下来，这在以前下钩捕鱼时是不存在的。鳕鱼通常大小不一，但只有用从前传统的方法捕到的大鳕鱼才能让人兴奋。

当他们到达霍普代尔的时候，两人的心中都绷着一根弦。罗易克担忧肖娜已经找到一个新的未婚夫忘掉了自己；而亚纳在想着该怎么去和这个马上就要四岁的儿子相处。

佩尔妮和詹妮安排了父子俩的会面。当皮特看到父亲的时候，他跑着抱住了这个从那么远地方来的男人。随后，他皱起了眉头。父亲和他想象中的那个父亲不同，他想象中父亲是一个长着小胡子神情严肃的水手，就和他每天见到的水手那样。但他看到的是一个刮过脸、面带微笑的年轻男子。但很快，亚纳就用他从法国带来的礼物驯服了自己的儿子：大量的糖果，一辆脚蹬车，还有一堆的船模型，船模型当然没有路易叔叔的那么细致，但对于小孩玩乐已经足够了。

罗易克找到了变瘦变得憔悴的贝汀医生。肖娜迫不及待地出现在这个让她戏弄了一年的男人身旁。而罗易克，用非常传统的方式向笑着看着他的医生请求女儿的婚事。

“肖娜没有征得我准许的习惯。如果她同意的话，那我也同意。”

大家都很着急。婚礼在不到一周就举行了。罗易克满面春光洋溢着幸福。这个一无所有被母亲抛弃的孩子，当他第一次登船去纽芬兰海域的时候，人们还嘲笑他的焦躁不安和麻子脸。而现在他娶了医生的女儿，一个社会名流的女儿。

但是对于罗易克来说，他不会长时间地忘掉他的生意。在婚礼过后的三天，他就登上了“罗萨”号去保证各项工作的运行。捕鱼结果令人欣喜。

默尼耶开始熟悉了这片海域，知道怎样把船引导到产鱼多的水域然后装满船舱。

在这段时间，亚纳一直都和儿子在一起，他已经成功地和儿子建立起了一种真实的默契。佩尔妮和詹妮害怕这两个法国人出发回国的那一刻的到来。亚纳希望把孩子带回布列塔尼，让他去学习法语。修女知道一旦出发去了气候温和的欧洲大陆，皮特就再也回不来了。

出发的日子到了。皮特穿着新衣着急地想要登船。他非常着急以至于都没有给他的奶妈和修女詹妮一个拥抱。肖娜迟到了，仆人架着双轮马车拉着她的包裹。她也急切地想要进入自己的新生活了。她悄悄地拥抱了父亲，紧靠在哭泣的母亲身边。随后拉起了皮特的手登上了烟囱已经冒烟的船上。

“我们下个渔季会回来的！”当栈桥被推到码头上的时候她喊道。

船只驶出码头走远了，渐渐地消失在迷雾中。

生活到此又翻过一页。

这群旅行者在 8 月末的时候到了布勒斯尼克。

在码头上，弗兰切斯卡拉着卡尔米娜的手在等待亚纳和皮特的到来。

开始的时候，罗易克和肖娜接受住到了维尔日妮·科皮亚克的家中，女人很高兴能有人和自己做伴。亚纳和弗兰切斯卡自然而然地住进了“吊死者之屋”，一家人在那里其乐融融地生活。

皮特和卡尔米娜两人相处得很好。他们语言不通，但是可以用肢体和手势来交流。很快，两人就混合出了一种只属于他们的语言，以英语和意大利语为基础，夹杂着变样的法语和布列塔尼语。两人变得很有默契。人们经常看到他们一起在街道上奔跑，和其他的孩子混在一起或是去脸上又焕发出荣光的约瑟芬·波利莱克那里要糖果吃。

圣诞节的时候，弗兰切斯卡的父母来了。最终，亚纳和弗兰切斯卡两人也决定就在节日期间在上帝面前结合。尼古拉已经结婚了，亚纳知道两人可以好好相处。这让弗兰切斯卡感到很高兴。尼古拉对拉布拉多的皮毛兽猎人的皮草很感兴趣，已经想着他能从中赚取的利益。

亚纳和弗兰切斯卡的婚礼仪式在圣诞节的第二天举行。一下子，蜂拥而至的宾客住满了布勒斯尼克的两家乡镇旅店。

路易叔叔和罗易克是亚纳的证婚人。路易在婚礼当天迟到了，他到的时候满脸油污，要求婚礼推迟一下以便让他去洗把脸换身衣服。他解释道：

“我们可再也不能信任那些机械师了。昨天，这些无能的人刚和我保证我的汽车没有问题，今天还没有走两公里汽车就抛锚了！我不得不自己修车！”

亚纳的堂妹已经到了。柏丽娜挽着丈夫的手，丈夫是圣布里厄一个有名航海木匠的儿子。马尔泰的眼睛紧紧盯着她的未婚夫，一个自炫其美的唱歌剧的男子。路易叔叔并不喜欢他，对他说话也很粗鲁。

终于，婚礼的仪式得以进行。皮特和卡尔米娜提着新娘婚纱的拖地裙。亚纳在他们的身后，满脸喜悦。经过商量之后，他们决定把村子里所有的人都邀请到了“吊死者之屋”。天气很冷，但也没有影响到人们的热情。

路易把亚纳叫到了一个角落。

“我有些事要和你说。”他说着看看周围，确保没有别人可以听到。

亚纳也变得严肃，因为他了解路易叔叔，这不是他开玩笑的口吻。路易从他的口袋里掏出了一个小盒子。

“这是给你的。”他用严肃的口吻说道。

亚纳打开盒子看到了一块印着圣·伊芙头像的奖章。

“这是你爸爸的东西。这是我和你爸爸在我们母亲死后收拾房子的时候找到的。这是埃里克·波利莱克的幸运物。他最后一次出海的时候忘记了拿。对你的爷爷来说有两件最重要的东西：他的圣经和这块奖章。我拿了圣经，你爸爸选择了这块奖章。当他感觉自己快不行了的时候，他把我叫到了他的枕边。他把这块要给你的奖章托付给了我。既然你做‘神圣职业’，你也需要它。”

亚纳非常感动。父亲一直想着他。这肯定就是父亲在咽下最后一口气前想和他说的事情。

“我本来应该在葬礼那天把它交给你的。我那天已经带在身上了，但我没有给你。我害怕那天的晦气会沾到这个奖章上。我一直在带等一个幸福的时刻。事实证明，我是有道理的。”

亚纳拥抱了他的叔叔，然后两人笑着回到大厅。

1913 年年初，亚纳和罗易克为新的渔季做准备。亚纳买下了一块土地来把他腌货的仓库搬到那儿。但两人的心中只有一个急切的愿望：重新回归大海，探索新的捕鱼海域。“玛丽皇后”号也随着大潮流安装了一个补充马达。他们作为航海的尖兵，驾船北上去探索浅滩。“罗萨”号是捕鳕鱼海域最壮丽的船只之一，而他们的船上装备了小拖网要为“罗萨”号开路。

“真是一座金库。”罗易克说道，“这就是海洋的财富。”

他们很开心，对未来也充满了信心。

Chapter 23

蒙特利尔，2012年8月12日。

派翠西亚落下了二重奏《第二提琴奏鸣曲》——巴赫的最后一个音符。大厅里掌声雷动，鲜花簇拥在这个年轻女士的台前。一次胜利的演出。

年轻的演奏家微笑着向与会者鞠躬致谢。她现在急着赶回酒店，争取在赶往多伦多之前休息几小时，在那里她还有连续三晚的演出。和人们致谢的同时，她的眼神落在左手里轻盈的小提琴上。每次音乐会结束之后，她就为她的曾祖父亚纳·波利莱克和他的妻子弗兰切斯卡·波尔丽——塔拉索女伯爵而感动。她要感谢他们给了她这把世上独一无二不可模仿的提琴。

她回到了化妆室，打开盒子把她珍贵的“波尔丽”放进去，这是专家们给予这把令人惊讶的瓜奈里·德·耶稣的称号。在近一个世纪的时间里，这把提琴被遗忘在班波尔附近祖宅顶楼的旧货堆里。那里是第一次世界大战之后，亚纳和弗兰切斯卡快乐地生活的地方。她笑着看着盖子上贴着的已经泛黄的照片，照片上有一个年轻的男子和一个漂亮的女人：亚纳和弗兰切斯卡。她的祖父皮特曾经和她讲过关于他们的故事。亚纳和他的朋友罗易克·塔耶维躲过了第一次世界大战的屠杀。

派翠西亚让工作人员去给自己叫一辆的士。

音乐厅的负责人到了，热烈地祝贺她演出的成功并向她提议去喝香槟酒，她接受了提议。

“明天早上我就要出发去多伦多。我已经太累了，但是还是需要坚持到9

月末。随后，我会回布列塔尼的祖宅休息一段时间，我打算在圣诞前夕在那里结婚。”

“恭喜你！”负责人举起酒杯和女音乐家碰杯时说道，“您再找不到一个比那里更适合举办这个幸福事件的地方了。人们都说布列塔尼地区很美！”

派翠西亚笑着想到了布勒斯尼克。在一个世纪以来，这个村子几乎没有改变。波勒·波利莱克的房子还是在村子的正中央，伯特兰德已经把从前的马厩改成了一个车库来放置他收藏的汽车。这个55岁的医生对于黄金时期的意大利款式有种特别的爱好。他与挂在墙上的照片中的波勒·波利莱克长得很像，一副庄重的方脸，唯一的不同就是他有一双和安东尼奥·波尔丽一样的黑色眼睛。

“你知道我的祖宅叫‘吊死者之屋’吗。”派翠西亚继续说道，“很不吉利的名字不是吗？我们做了很多努力去抹掉这个名字，但是人们还是这么叫。最终，我们也习惯了，这没有什么大不了的。重要的是我们在那里生活的非常快乐！”

“您的未婚夫也是一个音乐家？”这个好奇的男人又问道。

“噢，不！他管理着一家进出口的家族企业。”派翠西亚和他的未婚夫斯蒂芬·塔耶维是在两年前布列塔尼的一次老式帆缆索具的展出上认识的，而“玛丽皇后”号是那次展出的主角。他们未来的婚姻也为亚纳和弗兰切斯卡、罗易克和肖娜的故事画上了一个圆满的句号。

的士到了。负责人把演奏家送到了音乐厅的门口。派翠西亚紧紧地把提琴夹在肩膀下坐到了车上。